Charlotte Lyne
Die Blüten der Träume

TINTE & FEDER

Das Buch

Wien 1900: Viktoria Liebenfels liebt nichts mehr, als die Nachmittage heimlich mit ihrem adligen Geliebten Rudolph von Auersperg zu verbringen. In der Gewissheit, dass er ihr bald einen Antrag machen wird, reist sie mit ihren Eltern in die blühende Hafenstadt Triest. In der Pension Hortis begegnet sie bei einem Dinner dem Winzer Fabrizio Ascoli, der sie von Anfang an fasziniert. Für einen kurzen Tanz spürt sie in seinen Armen ein Glück, das sie nicht einordnen und schon gar nicht vergessen kann.
Zurück in Wien muss Viktoria feststellen, dass ihr Verhältnis mit Rudolph aufgeflogen ist. Sie selbst ist als gefallenes Mädchen zum Gespött der guten Gesellschaft geworden. Die Eltern sind tief enttäuscht von ihrer Tochter und reagieren mit kühler Distanz. Viktoria flüchtet zurück nach Triest. Während Fabrizio mit allen Mitteln um den Erhalt seines Weinguts und die Zukunft seiner Geschwister kämpft, muss Viktoria eine schwierige Entscheidung treffen. Aber ihre Wege kreuzen sich immer wieder …

Die Autorin

Charlotte Lyne ist eine deutsche SPIEGEL-Bestsellerautorin, Lektorin und Übersetzerin. Mit ihren inzwischen mehr als 20 Romanen ist sie regelmäßig an der Spitze zahlreicher Bestsellerlisten zu finden. Charlotte Lyne schreibt auch als Charlotte Roth, Carmen Lobato und Lydia Conradi und hat bisher bereits über eine halbe Million Leserinnen und Leser begeistert. »Die Blüten der Träume« ist der fulminante Auftakt ihrer »Triest«-Saga.

Charlotte Lyne

Die Blüten der Träume

DIE TRIEST-SAGA

Roman

TINTE & FEDER

Deutsche Erstveröffentlichung bei
Tinte & Feder, Amazon Media EU S.à r.l.
38, avenue John F. Kennedy, L-1855 Luxembourg
September 2024

Umschlaggestaltung: bürosüd° München, www.buerosued.de
Umschlagmotiv: © Beata Becla © leoks © Radu Bercan © NATALIA-P
© ALL TEXTURES © Balate.Dorin / Shutterstock; © Alexia Feltser /
ArcAngel
1. Lektorat: Silvia Kuttny-Walser
2. Lektorat und Korrektorat: Media-Agentur Gaby Hoffmann,
www.profi-lektorat.com
Gedruckt durch:
Amazon Distribution GmbH, Amazonstraße 1, 04347 Leipzig /
CPI Druckdienstleistungen GmbH, Ferdinand-Jühlke-Straße 7, 99095
Erfurt /
CPI books GmbH, Birkstraße 10, 25917 Leck /
Libri Plureos GmbH, Friedensallee 273, 22763 Hamburg

ISBN 978-2-49671-575-0
e-ISBN 978-2-49671-576-7

www.tinte-feder.de

Für Lissi Epple und Egisto

»Sempre allegri, mai passion, viva là e po bon.«
»Immer vergnügt, nie leidend, lebe hier und gut ist's.«
(Motto der Stadt Triest im
Dialekt Triestín)

Zum besseren Verständnis zeitgenössischer und lokaler Begriffe enthält dieses Buch am Ende ein Glossar.
Sämtliche Übersetzungen aus dem Italienischen und seinen Dialekten stammen von der Autorin und verletzen kein Urheberrecht.

Erster Teil

Wien

April 1900

»Avevo una città bella tra i monti rocciosi e il mare luminoso.«
»Ich hatte eine schöne Stadt zwischen den felsigen Bergen und dem leuchtenden Meer.«
Umberto Saba, einer der größten Dichter Triests

1

Vicky

Palais Auersperg, Josefstadt

»Ach komm schon, Vicky, nur noch ein einziges Mal. Sei nicht so eine Spielverderberin.«

Viktoria Liebenfels, Vicky genannt, hatte sich auf der gigantischen Fläche des Himmelbetts bereits aufgesetzt und war im Begriff, sich zu rekeln, ließ sich aber erweichen und drehte sich noch einmal zu ihrem Geliebten um.

Dieser Geliebte, Träger des klangvollen Namens Rudolph Leopold Augustinus von Auersperg, lag zwischen den seidenen Laken und Kissen ausgebreitet und erinnerte Vicky mit seiner appetitlichen Hingestrecktheit und der karamellfarbenen Glätte seiner Haut an einen Strudelteig, bereit zum Füllen. Mit Topfen beispielsweise. Mit flüssiger Butter sowieso. Oder mit Walnüssen, Mandelstiften und gewürzten Apfelschnitzen.

Vicky musste an sich halten, um mit ihrem Vergleich nicht auf der Stelle herauszuplatzen. In ihren Augen war er geradezu genial, aber aus Erfahrung befürchtete sie, dass sowohl die Genialität als auch der Humor an Rudolph verschwendet waren. Umso mehr, wenn ihr Herzallerliebster eine so grantige Laune an den Tag legte wie gerade jetzt.

»Und du sei kein solcher Griesgram«, beschied sie ihn, packte kurz entschlossen seinen Fuß und küsste den großen Zeh. »Dass ich heut' schlecht Zeit hab' und gleich wieder wegmuss, hab' ich dir doch vorher gesagt.«

»Aber ich bekomme dich drei geschlagene Wochen lang nicht zu sehen!«, beklagte sich Rudolph im Tonfall von Vickys Mutter, wenn die über Probleme mit den Lieferanten nörgelte. »Da wirst du ja wohl wenigstens die paar Augenblicke deiner kostbaren Zeit aufbringen können, um sie dem Mann, dem erklärtermaßen dein Herz gehört, zu widmen.«

»Geht nicht, mein Herzensmann.« Sie beugte sich über ihn und küsste ihn auf den Bauchnabel. Dann entwand sie sich der Hand, mit der er sie zu packen hoffte, und stand auf. »Muss in einer knappen Stunde am Bahnhof sein. Der Zug wartet nicht. Nicht mal mein Fiaker wird noch allzu lang warten.«

»Herr des Himmels, dann lässt du ihn halt davonfahren. Was schert uns das? Ich dachte, du liebst mich, Vicky.«

Wenn er so etwas sagte und dabei das Gesicht verzog wie ein trauriger Schweißhund, fiel es Vicky schwer, hart zu bleiben. Sie liebte ihn in der Tat. Sie wollte ihr Leben mit ihm verbringen und das beileibe nicht nur, weil er in dem für ihren Geschmack recht pompösen Palais Auersperg zumindest ein Wohnrecht erben und ihr die Tür zur besten Gesellschaft öffnen würde. Auch nicht in erster Linie, weil sie ihn ausnehmend hübsch fand, sondern weil sie ihn, so verwöhnt, selbstherrlich, gedankenlos und blasiert, wie er nun einmal war, von ganzem Herzen gern hatte.

Aber mit ihren Eltern in die Ferien fahren würde sie trotzdem. Davon hielten sie keine zehn Pferde und auch kein Rudolph Freiherr von Auersperg ab.

Entschlossen zwang sie sich, ihren seidenen Jupon von seinem Perserteppich zu klauben, ihn sich über den Kopf zu streifen und an ihrem frisch geliebten, nur mit dem Korsett bekleideten Körper hinabgleiten zu lassen. Ein herrliches Gefühl von Luxus. Der Unterrock war derart vortrefflich gefertigt und die Seide so makellos glatt, dass es nicht einmal raschelte.

»Der Stolz der Großbürgerstochter ist ihre Wäscheaussteuer«, pflegte ihr Vater zu erklären. »In den Stand einer Ehefrau sollte eine junge Dame, die etwas auf sich hält, mit einem Vorrat an Wäsche eintreten, der für ihr ganzes Leben ausreicht.«

Rudolphs Verwandte, allen voran seine Mutter, die wohlgeborene Freifrau Laetitia, hätten es zweifellos *degoutant* gefunden, dass sich ein Mann über Damenunterwäsche ausließ, aber Vickys Vater hatte eine nicht von der Hand zu weisende Rechtfertigung: Er verdiente damit sein Geld, hatte es angeblich vom fliegenden Händler bis zum angesehenen Unternehmer in der Josefstadt gebracht.

Vicky strich die Volants glatt und griff nach den Strumpfhaltern. »Wenn du mich gar so arg vermisst, kannst du mich ja in Triest besuchen kommen. Meine Eltern haben bestimmt nichts dagegen einzuwenden. Im Gegenteil, meine Mutter täte nichts lieber, als sich in ihrem gesamten Bekanntenkreis damit zu rühmen, dass ein waschechter Freiherr ihrer Tochter seine Aufwartung gemacht hat. Und wenn dir die Pension Hortis nicht vornehm genug ist, könntest du im Duchi d'Aosta logieren.«

»Jessas Maria.« Rudolph schlug die für einen so stattlichen Mann verblüffend kleinen Hände über seinem Goldschopf zusammen. »Triest. Wie du als Absolventin einer Bildungsanstalt eigentlich wissen solltest, machen wir Habsburger um diese Mördergrube von einer Stadt einen Bogen wie der Satan ums Weihwasser.«

»Ihr Habsburger?« Vicky prustete los. »Habe ich was verpasst? Als ich dich das letzte Mal in voller Montur gesehen habe, warst du noch der zweitgeborene Sohn eines zwar ehrenwerten, aber nicht ganz so bedeutenden Freiherrn, kein Mitglied des allerhöchsten Herrscherhauses.«

Und sie als Absolventin einer Bildungsanstalt zu bezeichnen, war auch übertrieben, fand Vicky. Ja, sie hatte die sechs Klassen des Mädchenlyzeums in der Leopoldstadt besucht, das als höhere Töchterschule galt und seit Neuestem ihre Schülerinnen auf die Matura vorbereiten durfte. Vicky hatte jedoch keinerlei Ehrgeiz an den Tag gelegt, selbige Matura zu erreichen und als eine der ersten jungen Frauen der Donaumonarchie eine Zulassung zur Universität zu beantragen.

Studiert hätte sie, wenn überhaupt, dann lieber beim Demel oder im Sacher, aber von einem Magister in Tortendekoration oder einem Diplom in Dessertkreation hatte sie noch nie gehört. Und eine Ausbildung zur Zuckerbäckerin hätten Wilhelmus und Luise Liebenfels ihrer einzigen Tochter nie gestattet. Ganz sicher war Vicky sich auch nicht, ob sie das gewollt hätte. Ihr war das Essen noch lieber als das Backen, und ihre beste Kundin wäre ohne Zweifel sie selbst gewesen.

Mit dem Schulbesuch hatte sie keinen eigenen, sondern einen Wunsch ihres Vaters erfüllt, der von gesellschaftlichem Aufstieg träumte. Vicky erfüllte anderen Menschen gern Wünsche, wenn es sie nicht allzu viel kostete, und in der Schule war es die meiste Zeit über ziemlich amüsant gewesen. Den Wunsch, den Rudolph ihr antrug, konnte sie allerdings nicht erfüllen. Sie würde nach Triest fahren, komme, was wolle, auch wenn sie ihn natürlich grauenhaft vermissen würde. Auf die Reise hatte sie sich gefreut, seit sie im letzten Jahr aus der Pension von Eduard Hortis abgereist waren, und hatte die Tage gezählt. Nach Triest, in die entzückende Pension an der Piazza

Giuseppina, fuhren die drei Liebenfels jedes Jahr im April, schon seit Vicky fünf Jahre alt war.

Rudolph schnaufte. »Dir wird dein Spott schon noch vergehen, du Frechdachs. Tatsächlich hat meine Mutter auf der Vaterseite durchaus Verwandte im Hause Habsburg. Ich trage den Namen des so tragisch dahingeschiedenen Kronprinzen schließlich nicht ohne Grund. Und dass die Erzherzogin Elisabeth Amalie mehr als nur ein Auge auf mich geworfen hat, ist dir ja wohl nicht unbekannt. Alles in allem wirst du also verstehen, dass ich in eine Stadt, in der man einen Habsburger Kaiser zu massakrieren versucht hat, keinen Fuß setze. Genauso wenig wie der Kaiser selbst es je wieder tun wird. Und du solltest es ebenso halten.«

»Zu meinem Glück bin ich kein Kaiser«, bemerkte Vicky. »Und auch kein tragisch verstorbener Kronprinz.«

Rudolph, der tatsächlich nach dem Sohn des Kaisers benannt worden war, mochte in seinen Kreisen der Einzige sein, der den Tod des Nämlichen noch immer betrauerte. Sämtliche Angehörigen des Adels, die Vicky kannte, bemühten sich peinlichst, den Prinzen, der durch eigene Hand gestorben war und seine blutjunge Geliebte mit in den Tod gerissen hatte, nicht mehr zu erwähnen. Rudolph aber schwärmte für ihn. Er sah sich selbst in seinem verblichenen Idol, obwohl sie sich nicht einmal äußerlich glichen.

Mit einigem Ächzen schnürte sich Vicky den Rock in der Taille zu. Sie hatte mehrere Ösen an ihrem Korsett gelöst, um bei der Liebe mit ihrem Rudi nicht ins Schwitzen zu geraten. Da sie diese nun in der Eile nicht wieder zugehakt bekam, sträubte sich auch der Rockbund.

Weniger Tortenstücke, Viktoria Malwine, beschwor sie sich ohne die geringste Hoffnung, damit etwas zu bewirken. *Weniger Strudel, Knödel, Bonbons, Striezel und Liwanzen.* Aber wozu lebte man denn überhaupt, wenn man sich alles, was Freude machte, versagte? Köstliches Essen schadete der Sanduhrfigur, Liebe mit dem feschen Rudi war unmoralisch und beim Reisen holte man sich diverse Krankheiten und am Ende den Tod.

Den Aufenthalt in Triest würde sie sich jedenfalls nicht durch so eine Unkerei vermiesen lassen. Rosine, die Köchin, die in der Pension Hortis für das leibliche Wohl der Gäste sorgte, hatte eine begnadete Hand für Süßspeisen. Ihr Presnitz, die Triestiner Blätterteigspezialität, die sie mit reichlich gehackten Walnüssen, Feigen, Rum und Vickys geliebter Marillenmarmelade füllte, war derart köstlich, dass Vicky einmal eine ganze, als Dessert für die gesamte Tischgesellschaft servierte Rolle allein verzehrt hatte. Seither buk Rosine ihr regelmäßig einen ganz für sie alleine zum Empfang.

»Ich hab' den Presnitz für das Fräulein schon im Ofen«, lautete die Formel, mit der sie die Familie Liebenfels alljährlich begrüßte.

Wenn Vicky nur daran dachte, lief ihr das Wasser im Munde zusammen. Ihr Magen erinnerte sie knurrend daran, dass seit ihrem reichlich frugalen Mittagsmahl bereits mehrere Stunden vergangen waren. Sie freute sich auf das Abendessen im Speisewagen. Und noch mehr auf das opulente Frühstück, mit dem man sie morgen früh in der Pension Hortis erwarten würde.

Rudolph hingegen war immer noch bei seiner Entrüstung über die schändliche Behandlung, die seinem geliebten Kaiser in Triest widerfahren war. »Ich verstehe wirklich nicht, wie dein Vater den Vorgängen in dieser Stadt so gleichgültig gegenüberstehen kann«, ereiferte er sich. »Jahr für Jahr schafft er seine Familie dorthin, dabei ist und bleibt Triest ein Rattennest der Irredentisten, nicht besser als das unsägliche Trient.«

»Ach komm schon, Rudi.« Vicky stopfte sich die Bluse in den Rockbund und schlug spielerisch mit ihrem Schultertuch nach dem Geliebten. »Immerhin ist Triest doch auch die *Città*

Fedelissima, die während der Aufstände gegen die Habsburger Österreich die Treue hielt.«

»Nenn mich nicht Rudi, du weißt, wie ich das hasse«, fuhr er auf. »Und mit deinem italienischen Gestammel bleib mir auch vom Leib.«

»*Città Fedelissima* bedeutet ›allergetreueste Stadt‹«, erklärte Vicky, die wusste, dass es um Rudolphs Sprachkenntnisse nicht eben glänzend bestellt war. »Den Titel hat das Haus Habsburg Triest verliehen, weil die Stadt sich weigerte, aufseiten der Aufständischen gegen die österreichische Herrschaft zu kämpfen.«

»Wie auch immer«, schnitt ihr Rudolph missmutig das Wort ab. »Ich kann diese Italiener nicht leiden. Hast du vergessen, dass es auch ein Italiener war, der vor zwei Jahren unsere Kaiserin mit einem Stich ins Herz infam ermordet hat?«

»Wie könnte ich das vergessen?«, erwiderte Vicky, die die Geschichte von dem grausigen Attentat, das ein offenbar geistig verwirrter italienischer Hafenarbeiter an der Kaisergattin Sisi verübt hatte, mittlerweile in sämtlichen Facetten auswendig kannte. »Du erzählst es mir doch jedes Mal aufs Neue, wenn wir beieinander sind.«

»Wenn dir das, was ich zu sagen habe, nicht passt, kannst du ja froh sein, dass du mich drei Wochen lang nicht zu ertragen brauchst«, kam es pikiert von Rudolph zurück. »Dann schleich dich halt zu deinen Italienern, deren Gesellschaft ziehst du ja offenbar der meinen vor.«

»Herrschaftszeiten, Rudolph, jetzt mach aber mal einen Punkt.« Vicky überlegte. »Ich glaub, ich hab in den ganzen Jahren, die wir unsere Frühlingsferien in Triest verbringen, so gut wie keinen Italiener kennengelernt. Herrn René höchstens. Er rollt das R wie ein Gewittersturm, und Rosine hat mir mal zugetuschelt, dass er eigentlich Renato heißt. Aber an österreichischer Vornehmheit kann er es mit dir spielend aufnehmen.

Ein Stammgast, ein Chirurg aus Budapest, hat ihn mal gefragt, ob er sich den Stock, den er verschluckt hat, nicht operativ entfernen lassen will.«

»Dann nimm doch diesen Renato, wenn der es mit mir aufnehmen kann«, blaffte Rudolph.

»Lieber Himmel, Schatzi, heut' bist aber wirklich mit dem linken Fuß zuerst aufgestanden.« Vicky setzte sich auf den Bettrand, um sich die Stiefel zu schnüren, und küsste mit einem kleinen Lachen den Rist seines Fußes, der unter dem seidenen Laken hervorlugte. »Der Herr René ist der Empfangschef von der Pension und mindestens so uralt wie Herr Hortis persönlich. Sagen wollt' ich zu deiner Beruhigung eigentlich nur, dass die Italiener in Triest für sich bleiben, genau wie die Österreicher, die Slowenen, die Griechen und was es sonst noch alles dort gibt. Jeder macht seins, und keiner stört sich an keinem. In der Pension wirbelt ein mucksmäuschenstilles slowenisches Zimmermädchen, die Fanika, aber sonst findest du dort nur österreichisches Personal, und die Gäste stammen größtenteils auch aus Cisleithanien. Bist du jetzt zufrieden? Darf ich mich dann auf den Weg machen, um höchst züchtig mit meinen Eltern in die Ferien zu fahren?«

»Höchst züchtig – dass ich nicht lache, du kleines Biest weißt doch gar nicht, was das ist«, zischte Rudolph. »Und wie soll ich wohl zufrieden sein, wo du mich drei Wochen lang erbarmungslos in der tödlichsten Langeweile sitzen lässt?«

»Mein herzallerliebster Rudolph.« Vicky war aufgestanden und hatte sich ihre Pelerine umgelegt, um endlich aufzubrechen, aber sie setzte sich noch ein letztes Mal zu ihm auf den Bettrand. Und dieses Mal lachte sie nicht. »Ich habe es ernst gemeint, als ich dir vorschlug, mich in Triest zu besuchen. Ich könnte dich meinen Eltern vorstellen. Meinst du nicht, nach den achtzehn Monaten, die wir uns hier in deinem Lustschloss unter der Bettdecke vergnügen, wäre es an der Zeit? Wir können auch warten und du stellst mich zuerst deinen Eltern vor, das ist mir einerlei. In jedem Fall ließen sich die Zeiten, in denen du armer Kerl ohne mich vor Langeweile vergehst, entschieden reduzieren. Du müsstest dich lediglich dazu entschließen, aus mir gefallenem Mädchen endlich ein ehrbares zu machen.«

»Du meinst, wir … wir sollten uns verloben?« Er blickte zu ihr auf, als hätte er diese Möglichkeit nie zuvor auch nur im Entferntesten erwogen.

»Hast du mir nicht erst an Neujahr erzählt, es wäre dein innigster Wunsch für das neue Jahr?«

»Ja, schon, ja schon – aber du weißt, dass es so einfach, wie du es gern hättest, nicht ist.«

Das wusste Vicky in der Tat. Das Problem waren ihre Väter: Der seine war ein Baron des hoffähigen Adels und der ihre handelte mit Unterwäsche. In jeder früheren Epoche hätte diese Diskrepanz Vicky zu einem Leben als Mätresse verurteilt. Aber sie lebten an der Schwelle zum zwanzigsten Jahrhundert, und Rudolph hatte von Anfang an geschworen, dass er sich von dem Standesunterschied nicht davon abhalten lassen würde, Vicky zu seiner Frau zu machen.

»Solche Dünkel gehören ins finstere Mittelalter«, hatte er kämpferisch bekundet. »Du bist das Madl, das mir gefällt, also bist du auch das Madl, das ich zur Frau nehm'.«

Vicky hatte es nicht eilig gehabt. Sie hatte das Abenteuerliche ihrer Beziehung am Anfang sogar genossen, doch allmählich begann die ewige Heimlichtuerei an ihren Nerven zu zerren. Ihre Freundinnen waren samt und sonders bereits verlobt. Neulich hatten sie und ihre ebenfalls noch ledige Cousine Felice sich in düstersten Farben ausgemalt, wie es wäre, als spätes Mädchen sitzen zu bleiben.

Keine sonderlich verlockende Aussicht. Sie würden auf ewig bei ihren Eltern wohnen müssen, in ihren Kinderzimmern, als gingen sie immer noch in marineblauen Kleiderröcken zur

Schule, und sobald sie für das bunte Karussell der Bälle, Soireen und Tanztees zu alt geworden wären, bliebe ihnen nichts übrig, als ihre Tage damit herumzubringen, zu sticken oder Taschentücher zu umsäumen.

Vicky war das eine so verhasst wie das andere. Dass sie einmal heiraten würde, hatte für sie schon deshalb festgestanden, weil es sie der Frage enthob, was sie sonst mit ihrem Leben anfangen sollte. Selbige Frage war allzu kompliziert, und Vicky gehörte weiß Gott nicht zu den Menschen, die sich aus Komplikationen etwas machten.

»Wer zu lange aufs falsche Pferd setzt, dem laufen die richtigen am Ende davon«, hatte Felice, die von Vickys Liebe zu Rudolph von Auersperg wusste und an den meisten Tagen ihr Alibi für die Eltern darstellte, gesagt. Felice liebte Spruchweisheiten. Sie war ein wandelndes Poesiealbum.

Vicky schüttelte sich und rief sich in die Gegenwart zurück. »Ich habe mich nicht beklagt«, sagte sie zu ihrem Geliebten und stand endgültig auf. »Du warst es, der über Trennungsschmerz und Langeweile gejammert hat, also habe ich dir einen Vorschlag unterbreitet, um deinen Qualen abzuhelfen. Mach daraus, was du willst. Ich zwinge dich zu nichts.«

»Warum bist du denn auf einmal so schnippisch?«, fragte Rudolph gekränkt. »Ist's dir etwa nicht recht, dass mir was an dir liegt? Du weißt, an Auswahl fehlt es mir nicht. Die Erzherzogin Elisabeth Amalie …«

»Dann wünsch' ich dir eine erbauliche Zeit mit der Erzherzogin Elisabeth Amalie«, fuhr ihm Vicky ins Wort. »Du wiederum wünschst mir hoffentlich eine erbauliche Zeit in Triest, und falls wir uns in drei Wochen wiedersehen und einander noch grün sind, können wir ja von Neuem überlegen, ob sich an dem Zustand unserer Verbindung etwas ändern lässt, oder ob besser alles bleibt, wie es ist.«

Sie streckte die Hand nach der zierlichen vergoldeten Klinke aus und öffnete die Zimmertür. Die Luft auf dem Gang erschien ihr frisch und wohltuend im Vergleich zu der stickigen, überheizten des Zimmers.

»Ach, Süße, jetzt mach doch keinen Schmarrn!«, rief ihr Rudolph hinterher. »Sag mir wenigstens richtig Lebewohl, wenn du dich schon nicht umstimmen lässt.«

Vicky aber hatte bereits einen Fuß hinaus in den Gang gesetzt, wo sie sich den Porträts einiger weniger bedeutender Gestalten unter Rudolphs Ahnen gegenüber fand. »Nenn mich nicht ›Süße‹«, war alles, was sie ihm noch hinwarf. »Getauft bin ich auf Viktoria Malwine, was zumindest meiner Ansicht nach ein tadelloser Name ist.«

2

Vicky

Österreichische Südbahn Wien – Triest

Vickys Vater, Wilhelmus Liebenfels, seines Zeichens Wäschefabrikant, war ein Perfektionist. Ein Zug, der mit sieben Minuten Verspätung den Bahnhof verließ, verdarb ihm den Urlaub. Die drei Liebenfels waren schon tief in der Steiermark, hatten Kapfenberg passiert und ihr behagliches Schlafwagenabteil mit einem Tisch im Speisewagen vertauscht, als er sich noch immer über die Unzuverlässigkeit der Österreichischen Südbahn erging und über Möglichkeiten nachsann, sich einen Teil des Fahrpreises erstatten zu lassen.

Vicky hingegen liebte Dinge mit kleinen Fehlern. Sogar Torten. Und Menschen sowieso. Ihr Rudolph, den sie nicht Rudi nennen durfte, war dafür das beste Beispiel. Er mochte ein verwöhnter Griesgram und ein Snob sein, aber er war der verwöhnte, versnobte Griesgram, den sie liebte. Wenn sie ehrlich war, vermisste sie ihn bereits jetzt. Vor allem im Bett, auch wenn ein Mädchen aus gutem Hause so etwas natürlich nie und nimmer zugeben durfte. Was hätte sie aber sonst zugeben sollen? Sie und Rudi verbrachten ja nun einmal so gut wie all ihre gemeinsame Zeit im Bett, und ob sie es nun zugeben durfte oder nicht – Vicky hatte dagegen ganz und gar nichts einzuwenden.

An Rudolph unter seinen seidenen Bettlaken zu denken löste also einen ziemlich heftigen Anfall der landläufig »Sehnsucht« genannten Krankheit in ihr aus. Ihrer Liebe aber würde es guttun, eine Weile voneinander getrennt zu sein. Rudolph musste sich darüber klar werden, dass es so nicht weiterging. Vicky war eine Posaune. Zumindest bezeichnete Felice – nicht nur ihre liebste, sondern zugleich ihre einzige Cousine – sie so, weil sie alles, was ihr in den Sinn kam, hinausposaunte. Für Heimlichkeiten war sie nicht geschaffen, auch wenn ihr das Versteckspiel mit dem unwiderstehlichen Spross derer von Auersperg anfangs Spaß gemacht hatte.

Inzwischen wünschte sie sich, sie hätte zu ihrer Mutter sagen dürfen: *Rudolph graust es auch vor Blutwürsten*, als diese die in Scheiben geschnittene Blutwurst, die ihnen im Speisewagen serviert worden war, mit angewiderter Miene zurückgehen ließ. Oder sie hätte ihrem Vater zu seiner Forelle einen Muskateller des Jahrgangs 1892 empfehlen können, weil Rudolph diesen regelmäßig zu seinem Fischgang trank.

Vor allem wünschte sie sich, sie hätte sich nicht wie ein Aal winden müssen, als ihre Mutter sie nach dem Befinden ihrer Cousine ausfragte, mit der sie angeblich ja den vergangenen Nachmittag verbracht hatte. Felice war das einzige Kind von Tante Annerose, Mutters jüngerer Schwester, und was immer eines der beiden Mädchen tat, wurde von der Mutter der anderen mit glühender Eifersucht überwacht.

Für Vickys Mutter schien es keine albtraumhaftere Angst zu geben als die, Felice könne sich einen präsentablen Bräutigam angeln, ehe ihre eigene Tochter ein solches Exemplar nach Hause brachte. Noch grauenhafter war natürlich die Vorstellung,

Felices Verehrer könne einem höheren Stand angehören als der von Viktoria oder in anderer Hinsicht bemerkenswerter sein.

Annerose Diederich hatte einen Fuhrunternehmer namens Augustin Federer geheiratet.

»Die Federers sind nicht mehr als bessere Bierkutscher«, pflegte Vickys Mutter sich zu ereifern, während Felice zufolge deren Mutter tönte: »Ich weiß nicht, was das Luiserl mit seinem Vornehmgetue sich einbildet. Dass ihr Mann mit Weiberunterzeug sein Geld verdient, ist schließlich eher ein Grund, sich zu schämen, als die Nase hoch zu tragen.«

»Es muss scheußlich anstrengend sein, das Leben unserer Mütter zu führen«, hatte Felice erst kürzlich Vicky zugeraunt. »Ständig wie ein Schießhund auf der Lauer zu liegen und in zorniges Kläffen auszubrechen, sobald im Dunstkreis der gegnerischen Tochter ein junger Mann auftaucht.«

Über den Ausdruck »gegnerische Tochter« hatte Vicky lachen müssen, aber im Grunde war das Ganze eher traurig. »Ich hab' mir immer eine Schwester gewünscht, aber wenn ich mir anschau', wie unsere Mütter sich die Butter auf dem Brot neiden, bin ich vielleicht ohne besser dran.«

»Für mich bist du meine Schwester, und ohne dich wär' ich weit schlechter dran«, hatte Felice friedfertig erwidert. »Wenn dein Rudolph sich erst einmal erklärt, kann ich sowieso nicht mehr mithalten. Meine Mutter muss die Waffen strecken und ich werde deine Brautjungfer. Versprochen?«

»Worauf du Gift nehmen kannst.«

Da mochte Rudolph sich drehen und wenden, wie er wollte. Ihre Brautjungfer würde keine seiner zahlreichen Schwestern, Basen oder Nichten, sondern ihre herzallerliebste Felice sein.

Bisher aber hatte sich Rudolph ja eben nicht erklärt, und auf die Fragen, mit denen ihre Mutter sie bei ihrer Kaisermelange bombardierte, musste Vicky sich die Antworten aus den Fingern saugen. Ihre Mutter trank immer Kaisermelange zum

Abschluss der Mahlzeit, ebenso wie sie bevorzugt Kaiserfleisch als Hauptgang und Kaiserschmarrn zum Dessert wählte und zum Frühstück nach Kaisersemmeln verlangte. Vielleicht hegte sie ja geheime Hoffnungen, von der ganzen Kaiserei könne sich das banale rote Blut in ihren Adern mit der Zeit ins Bläuliche verfärben.

»War denn Felice etwa neulich zum Tanz bei den Schraders eingeladen?«, verlangte sie gerade zu wissen, ehe sie sich an ihren Mann wandte: »Dass Viktoria übergangen worden ist, ist im Übrigen ein Affront, gegen den du hättest Stellung beziehen sollen, Wilhelmus.«

»Und wieso sollte ich?«, grummelte Vickys Vater, schlürfte genüsslich die letzten Tropfen Kosakenkaffee aus seinem Glas und rieb sich mit beiden Händen über seinen imposanten Wanst. »Dass der Schrader ein Arschloch ist, weiß ich, solang' ich im Geschäft bin, und dass ein Liebenfels bei einem Arschloch betteln geht, wirst du, bis ich ins Gras beiß', nicht erleben.«

»Wilhelmus!« Vickys Mutter schlug mit der Hand auf den Tisch, dass die Tassen und Gläser hüpften. Mit nervösen Blicken durch den Speisewagen vergewisserte sie sich, dass keine wichtige Person Zeuge der sprachlichen Entgleisung ihres Mannes geworden war. Luise Liebenfels war überzeugt, dass er nicht die geringste Chance gehabt hätte, sich seinen Traum vom Aufstieg in höhere Sphären zu erfüllen, hätte sie nicht unablässig sein pöbelhaftes Benehmen korrigiert.

Vicky ihrerseits war erleichtert, dass ihr Streit um den Kaufhausdirektor Schrader die beiden zumindest vorübergehend von ihr selbst ablenkte. Sie blickte aus dem Fenster hinaus in die Dunkelheit der heraufziehenden Nacht und bedauerte, dass sie durch die Scheibe kaum etwas außer ihrem eigenen Spiegelbild erkennen konnte. Sie wünschte, sie hätte sich schlafen legen dürfen, auch wenn sie vor Aufregung vermutlich kein Auge zubekommen würde. Schlafen und aufwachen, wenn die

Sonne sich wieder zeigte, aus dem Bett im Zugabteil aufblicken und begreifen, dass das Meer nah war, dass sie die schroffen Julischen Alpen und das Karsthochland im Rücken hatten und schon so gut wie in Triest waren. Von klein auf, solange sie sich erinnern konnte, war sie immer die Erste gewesen, die die aufragenden Dächer und Türme der Stadt entdeckt hatte.

Solch ein himmlisch-friedliches Hinübergleiten in Träume von ihrem Ferienparadies war ihr heute jedoch nicht vergönnt. Ihre Mutter hatte es bereits aufgegeben, ihrem Vater für seine schändliche Ausdrucksweise die Leviten zu lesen, und machte sich für die nächste Attacke auf ihre Tochter bereit.

»Was für ein Schlachtschiff von einer Frau«, hatte Vicky einmal einen ihrer Tänzer auf einer Soiree sagen hören, als ihre Mutter in den Saal gewallt war. Ein Volltreffer, fand Vicky. Egal, ob sie ihre Hausmädchen die Treppe hinauf- und hinunterscheuchte, die Schneiderinnen in der Werkstatt zusammenstauchte oder sich in einem von Wiens nobelsten Restaurants zum Diner niederließ – Luise Liebenfels wirkte in allen Lebenslagen wie unter vollen Segeln und bis an die Zähne bewaffnet.

»Hältst du es nicht für nötig, mir zu antworten, Viktoria?«, feuerte das Schlachtschiff nun seine Kanone auf die vor sich hin dösende Vicky ab.

»Oh. Entschuldige, Mama.« Vicky riss sich zusammen und straffte die Schultern. »Ich war wohl in Gedanken und habe gar nicht mitbekommen, dass du etwas gefragt hast.«

»Und ob du das mitbekommen hast«, empörte sich ihre Mutter. »Du sitzt mir ja schließlich gegenüber und bist weder taub noch geistig minderbemittelt, sondern erfreust dich bester Gesundheit. Im Übrigen fällt es mir nicht zum ersten Mal auf, dass du mir ausweichst, sobald ich deine Cousine erwähne. Ihr habt euch doch nicht etwa zerstritten? Wundern tät' mich das nicht, denn dass es sich höchst zäh gestalten kann, mit den

Federers auszukommen, braucht mir keiner zu erklären. Was ich mich aber frage, ist: Warum hockt ihr dann tagein, tagaus beieinander, wenn ihr euch nicht länger grün seid?«

»Aber wir sind uns doch grün!«, rief Vicky. Um sich mit Felice zu zanken, mochte es tausendundeinen Grund geben, aber nie wären sie auseinandergegangen, ohne sich wieder zu versöhnen und ewige Lieblingscousinenschaft zu schwören. »Und wir hocken auch gar nicht tagein, tagaus beieinander, wir sind nur …«

»O doch, das tut ihr«, unterbrach ihre Mutter. »Ganz genau das. Anstatt euch um Einladungen zu bemühen, um Gelegenheiten, die euren gesellschaftlichen Radius erweitern, verkriecht ihr euch in eurem Mauseloch. Bildest du dir etwa ein, es könnte deine Aussichten auf eine akzeptable Partie verbessern, wenn du mit den dubiosen Bekannten von Adolf und Annerose Federer verkehrst?«

Vicky unterdrückte ein Stöhnen. »Wir denken nun einmal nicht ununterbrochen daran, unsere Chancen auf irgendwelche Partien zu verbessern«, entgegnete sie. »Wir sind einfach zwei Cousinen, die sich gern miteinander die Zeit vertreiben.«

»So ist sie, die Jugend von heute.« Ihre Mutter atmete tief ein und griff sich mit beiden Händen an die aufgetürmte Frisur. »Bildet sich ein, sie habe Zeit genug, um sie sich zu vertreiben, statt jeden Augenblick zu ihrem Vorteil zu nutzen. Und eines kannst du mir glauben, mein Kind: Meine Schwester Annerose, die kenne ich besser als mich selbst. Die ist mit sämtlichen Wassern gewaschen und gestattet ihrer Tochter ganz bestimmt nicht, die Hände in den Schoß zu legen und den lieben Gott einen guten Mann sein zu lassen. Du wirst dich noch umschauen – nämlich dann, wenn deine geliebte Felice eine gute Gelegenheit wittert und sie dir vor der Nase wegschnappt. Aber dann beklag' dich nicht bei mir, dass du traurig am Gleis stehen und dem Zug nachschauen musst, der abgefahren ist.«

Sich bei ihrer Mutter über abgefahrene Züge oder sonst etwas zu beklagen, war das Letzte, was Vicky in den Sinn gekommen wäre. Sie gab es auf, auf eine Antwort zu sinnen, denn ihre Mutter würde ohnehin keine akzeptieren. Und solange sie nicht in Zweifel zog, dass ihre Tochter die unzähligen dämmerigen Winter- und anschließend die leuchtenden Frühlingsnachmittage im Hause ihrer Verwandten zugebracht hatte, sollte ihr alles recht sein.

»Noch einen Likör als Schlummertrunk, die Damen?«, mischte sich der Vater ein, der aussah, als hätte er sich während des Wortwechsels schon einmal ein Nickerchen gegönnt. Zuweilen tauschten er und Vicky einen verstohlenen Blick wie Verbündete. Gewiss wären sie alle beide ohne die ständig bemühte Luise hoffnungslos verloren gewesen, aber das bedeutete nicht, dass selbige immer ganz leicht zu ertragen war.

»Aber nicht doch, Wilhelmus«, maßregelte ihn seine Angetraute. »Es ist schon zehn Uhr durch, in diesen Zügen schläft man ohnehin miserabel, und wenn wir morgen vollkommen übermüdet sind, wird der Ankunftstag eine Tortur. Für den Teint ist es auch Gift, und vergib mir, dass ich dir das sagen muss, aber allmählich solltest du anfangen, deiner Gesundheit zuliebe auf dein Gewicht zu achten.«

»Ich nähme gern einen!«, meldete sich Vicky, obwohl sie kaum zu hoffen wagte, dass der Vater es ihr gestatten würde. Es war einigermaßen verdreht: Zwar wurde von ihr erwartet, dass sie sich eher heute als morgen verlobte, möglichst ebenso schnell vor den Altar trat und am besten im Handumdrehen einen männlichen Enkel lieferte, aber wenn es um ein kleines Glas Wein oder Hochprozentigen ging, behandelte ihr Vater sie noch immer wie ein Kind. »Einen Marillenlikör«, bat sie. »Der macht süße Träume.«

»Woher willst du das denn wissen, Kind?«, kam es prompt von ihrem Vater. »Ein Tröpfchen Sirup in die warme Milch kannst du haben, die lassen wir dir aufs Abteil bringen, da sorgt sie für guten Schlaf.« Er winkte dem Kellner, bestellte den beschriebenen Kleinkinderschlaftrunk und für sich selbst einen Enzianbrand.

»Du solltest im Übrigen ebenfalls auf deine Linie achten«, wandte die Mutter sich an Vicky, während der Vater mit dem Abzeichnen der Rechnung beschäftigt war. »Die Zeiten, in denen ein junges Mädchen auseinandergehen durfte wie ein Hefeteig, sind nämlich lange vorbei. Und deine Cousine, auch wenn sie sonst nicht sonderlich ansehnlich ist, hat eine Taille, die sich mit zwei Händen umspannen lässt, lass dir das von mir gesagt sein. Die achtet auf sich und weiß, was bei den jungen Herren heutzutage Anklang findet.«

Rudolph gefalle ich, wäre es Vicky um ein Haar herausgerutscht. Natürlich war ihr nicht entgangen, dass ihre Vorliebe für köstliches Essen und vor allem Süßspeisen sich um ihre Taille und die Rundungen der Hüften herum bemerkbar machte. Sie hatte sich ja selbst schon mehr als einmal gefragt, ob es nicht ratsam wäre, ein wenig strenger zu sich selbst zu sein.

Aber sie hatte doch solches Vergnügen am Essen!

Und wenn man über all die Probleme nachdachte, mit denen die Welt sich an den entferntesten Ecken und Enden plagte, den Krieg im südlichen Afrika, die Aufstände in China, die vielen Unruhen, Streiks und Attentate – was für eine Rolle spielte es da, ob Fräulein Viktoria Liebenfels aus der Alser Straße in Wien-Breitenfeld ein paar Pfündchen mehr auf den Hüften hatte oder nicht? Und wann immer Rudolph sie in seine Arme zog und ihr ins Ohr raunte, wie er sich nach ihr verzehrt hatte, versank das Problem mit ihren überzähligen Pfunden ohnehin in völliger Bedeutungslosigkeit.

Ihre Mutter hatte schon weitergeplappert: »Ich weiß, du glaubst, weil dein Vater Geld hat, wirst du, was die Heirat betrifft, keine Probleme haben. Das Geld deines Vaters hat dir ja schon immer sämtliche Steine aus dem Weg geräumt, warum sollte es also nicht auch dafür sorgen, dass sich ein standesgemäßer Bräutigam für dich findet? Aber, mein Kind, glaube einer, der es nicht so leicht gemacht worden ist wie dir: Ganz so einfach funktioniert es in der Welt da draußen nicht. Geld erleichtert manches, ohne Frage. Aber ein wenig anstrengen müssen wirst du dich trotzdem.«

Vicky war überrascht, wie verletzt sie sich fühlte. Für gewöhnlich nahm sie die Spitzen ihrer Mutter nicht ernst, hörte meist kaum noch hin oder tauschte ein verstohlenes Grinsen mit ihrem Vater. Überhaupt hielt sie sich nicht für einen Menschen, der sich leicht kränken ließ. Dies aber traf sie unerwartet heftig: War ihre Mutter überzeugt, sie wäre ohne das Geld ihres Vaters nicht fähig, einen Mann zu finden? War sie entschlossen, den Menschen, mit dem ihre Tochter ihr Leben verbringen und Kinder haben sollte, sozusagen zu kaufen?

Und ihr Vater?

Sagte der gar nichts?

Vicky wusste ja, dass er ein Mann war, der am liebsten seine Ruhe hatte und sich mit ihrer Mutter, wenn er es irgendwie vermeiden konnte, nicht anlegte. Aber sie hatte auch immer das Gefühl gehabt, dass er auf sie ein wenig stolz war und nichts auf sie kommen ließ. Umso mehr enttäuschte es sie, dass er sich nicht zu ihrer Verteidigung aufschwang.

Sie musste sich auf die Unterlippe beißen, um nicht herauszuplatzen, dass sie sehr wohl in der Lage war, sich selbst einen Mann zu suchen. Dass *ein* Mann sie anziehend fand, und zwar nicht irgendeiner, sondern Rudolph von Auersperg, Sohn eines Freiherrn und zumindest der eigenen Aussage nach mit dem Hause Habsburg verwandt.

Bedeutete ihr das alles etwas?

Vicky war von jeher überzeugt gewesen, dass ihr Rudolphs Status gleichgültig war. Ihr ging es allein um sein Wesen, seinen Charakter und natürlich auch darum, was er für ein hinreißend fescher Kerl und zu welchen ganz erstaunlichen Taten unter seidenen Laken er fähig war. Jetzt aber hätte sie nur allzu gern die Mutter mit all dem Tamtam um Rang und Adel beeindruckt: *Da schau her*, hätte sie sagen wollen. *Deine mollige Tochter, die nichts kann, als sich von Vaters Geld die Steine aus dem Weg räumen zu lassen, hat den ganz großen Wurf gelandet. Den, von dem du und deine Schwester bis eben nicht einmal zu träumen gewagt habt.*

»Jetzt schau nicht drein wie drei Tage Regenwetter«, unterbrach ihr Vater den Strudel ihrer Gedanken. »Glaubst du etwa, ich verschleudere mein sauer verdientes Geld und stopf es dem Hortis für seine überteuerte Pension in den Rachen, damit ich mir drei Wochen lang sauertöpfische Gesichter anschauen muss?«

Er leerte sein Schnapsglas und Vicky stand auf. »Nein, natürlich nicht, Papa«, sagte sie. »In Triest werden wir wie immer nur Sonne, leichten Wind und höchstens einmal einen kleinen Frühlingssturm bekommen, und ich habe beste Laune. Nur müde bin ich und gehe jetzt zu Bett.«

»Müde?«, rief ihre Mutter. »Aber wovon denn, wo du doch den ganzen Tag keinen Finger gerührt hast?«

»Vom Essen«, gab Vicky zurück und verließ den Speisewagen, ohne sich noch einmal umzudrehen. Das seltsame Gefühl der Leere, das sich in ihr ausbreitete, passte nicht zu ihrer Freude auf Triest. Hatte ihre Mutter etwa recht? War sie wirklich nur ein oberflächliches, verwöhntes Ding, das zu nichts taugte? Sie beschleunigte ihren Schritt und drängte an einem erschrockenen Kellner vorbei.

»So eilig, gnädiges Fräulein? Sind S' auf der Flucht?«

»Ja, vielleicht«, antwortete Vicky und stürmte weiter in ihr Abteil. Auf der Flucht vor ihren eigenen, völlig unnützen Gedanken, denen der Schlaf hoffentlich den Garaus machen würde, ehe sie Triest erreichten. In Triest nämlich hatten solche Gedanken nichts zu suchen. Nach Triest, in die Stadt der Winde, gehörte nichts als eitel Sonnenschein.

3

Valeria

Palazzo Sacchi-Nemours,

Casale Monferrato, Piemont

»Und was ist, wenn ich nicht länger mit Ihnen tanzen will?«

Valeria machte einen Sprung zur Seite und wand sich blitzschnell aus den Armen von Goffredo Crollalanza, mit dem sie sich durch den Walzer gequält hatte und der sie nun wie selbstverständlich in den *Liscio* führen wollte.

»Warum sollten Sie das nicht wünschen?«, erwiderte Crollalanza und rieb sich den Oberlippenbart. »Ich bin Ihnen ja zur Genüge vorgestellt worden. Weder an meinem Stand und meiner Familie noch an meiner Stellung oder gar meinen Absichten ist meines Wissens etwas auszusetzen.«

Nein, dachte Valeria, *natürlich nicht*. Wie schon so oft an diesem und an sämtlichen ähnlichen Abenden wallte Zorn in ihr auf. Die Crollalanza waren Landadelige, Großgrundbesitzer aus dem Lombardischen, und ihre Söhne vergnügten sich auf diesen rauschenden Bällen, zu denen sie andere Landadelige und Großgrundbesitzer einluden, auf die Art, die ihnen am besten passte: Sie machten daraus eine extravagante, in Brokat und Seide gehüllte Fleischbeschau.

Die sogenannten jungen Damen aus der Umgebung wurden am Rande der Tanzfläche regelrecht aufgereiht, hielten ihre Programme in verschwitzten, verkrampften Fingern und warteten verzweifelt darauf, dass einer der Herren der Schöpfung sich erbarmte und seinen hochedlen Namen für einen Walzer, *Liscio* oder wenigstens einen der Rundtänze eintrug.

Die jungen und weniger jungen Herren spazierten vor den Reihen auf und ab wie Händler auf dem Viehmarkt und begutachteten in aller Ruhe das Angebot, ehe sie sich zum Kauf entschlossen.

Dafür war Valeria Ascoli sich zu schade!

Und wenn der geliebte *Castellano* sie hundertmal beschworen hatte, sie dürfe im Interesse der Familie nicht aus der Rolle fallen – sie war wie ein Pferd, ein zweijähriges, das als Jährling niemand ans Halfter gewöhnt hatte und das sich jetzt nicht mehr zähmen ließ. Ihr Zorn, ihre Empörung, ihre wilde Sehnsucht nach Freiheit gingen mit ihr durch.

Die ersten Takte des *Liscio* erklangen. Dunkler als eine Mazurka, lustvoller als ein Walzer, wilder als eine Polka und über den träumenden Geigen kühl und kühn der Lauf der Klarinette.

»Nun kommen Sie schon, Signorina Ascoli.« Der nicht mehr ganz taufrische Erbsohn der Crollalanza griff nach ihr wie nach einem Polster, das er sich der Bequemlichkeit halber in den Rücken stopfen wollte. »Ich bin überzeugt, es gibt unter den jungen Damen in diesem Saal keine, die Sie um Ihren Tänzer nicht glühend beneidet.«

»Dann soll ihn doch eine von denen nehmen«, rief Valeria und erschrak fast vor ihrer eigenen Unverschämtheit. »Ich will nicht mit dem reichsten oder angesehensten Herrn tanzen, sondern mit dem schönsten.«

»Wie bitte?« Crollalanzas Stirn begann im Licht der Kronleuchter schweißnass zu glänzen.

»Sie haben ganz richtig gehört. Mit dem schönsten.« Im Takt des *Liscio* wirbelte Valeria aus den besitzergreifenden Armen des Cavaliere davon.

»Aber ich bitte Sie.« Der plumpe Crollalanza stolperte hinterdrein. »Auf Schönheit kommt es beim Mann doch wahrlich nicht an.«

»Und warum dann bei der Frau? Sie wählen doch ebenso aus, also sollten Sie mich ja wohl verstehen.«

In drei, vier Vierteldrehungen schwebte sie ihm davon, warf sich allein in den Tanz, umrundete mehrere Paare und landete schließlich an der Brust eines Mannes, der am Rand gestanden und offenbar nicht vorgehabt hatte zu tanzen.

»Ich bitte um Verzeihung. Du musst mich retten.«

»Vor wem oder was?« Wie automatisch nahm der Überfallene Tanzhaltung ein, breitete den Arm um ihre Taille und begann, sie in die erste Figur zu führen.

»Vor dem unsäglichen Cavaliere Crollalanza.«

»O je, Valeria. Und warum ausgerechnet ich?«

»Habe ich dem Cavaliere schon erklärt: Weil du der schönste Mann im Saal bist.«

Der war er ohne Frage. Lange Beine, schmale Hüften, Schultern, um die Sorgen der Welt darauf abzuladen. Was die heiratsfähigen Mädchen der Gegend jedoch ebenso wie die nicht heiratsfähigen zum Schmachten brachte, waren das unbändige schwarze Haar und die überraschend hellen Augen unter Wimpern, die ihn wie einen Dichter, einen Balladensänger oder einen Freiheitskämpfer, aber nicht wie den Erben des Weinguts von Montechiaro d'Acqui aussehen ließen.

»Von mir aus.« Er hob die Brauen bis unter die Stirnlocke. »Aber ich bin dein Bruder.«

»Umso besser.«

Er suchte ihren Blick. »Dass man seine Brüder nicht heiraten kann, ist dir entfernt in Erinnerung, richtig?«

Sie hielt ihm stand. »Und dass ich am Heiraten kein Interesse habe, ist dir entfernt ebenfalls in Erinnerung. Auch richtig?«

Sie grinste und er konnte nicht anders, als sich anzuschließen.

»Ein bisschen freundlicher hättest du zu Crollalanza nicht sein können? Dem Mann gehören Luxushotels von Rimini bis Portofino.«

»Und du glaubst, von denen hätte er mir welche geschenkt, wenn ich freundlicher zu ihm gewesen wäre?«

»Ach geh, *Piccinina.*« Fabrizio seufzte. »Nein, ich glaube, er hätte womöglich das Kontingent erhöht, das er für die nächste Saison bei uns bestellt. Aber nein, wirf dich nicht zornbebend in die Brust, um mich zu fragen, ob du dich für den Erhalt des Weinguts verkaufen sollst. Du weißt selbst, dass du das nicht sollst. Du hättest nur … ach, vergiss es.«

»Ist schon gut«, erwiderte Valeria. »Wenn du mich so nett bittest, dann vergesse ich es.«

Ein paar Takte lang tanzten sie schweigend.

»Wo ist Crispino?«, wollte Fabrizio nach einer Weile wissen.

»Keine Ahnung«, erwiderte Valeria. »Soll ich meines Bruders Hüter sein?«

»Falls dich meine Antwort darauf interessiert – ja, in der Tat, das solltest du«, kam es trocken von Fabrizio. »Zumindest würdest du mir damit einen Teil der Arbeit abnehmen, da ein wenig charmante Werbung für den Wein deiner Familie ja für dich nicht infrage kommt.«

»Charmante Werbung!« Valeria lachte laut heraus, sodass die Tänzerin neben ihr, die kurzatmige Baronessa Sacchi-Nemours persönlich, pikiert den Kopf nach ihr drehte. »Das ist nicht dein Ernst, oder doch? Mein Charme ist eine Feile, Fabrì, die taugt eher dazu, Kaiserinnen zu erstechen, als für vollmundigen Barolo zu werben.«

Fabrizio seufzte noch einmal. »Womit wir erneut beim Thema Crispino wären. Du hast wirklich keine Ahnung, wo er stecken könnte?«

Valeria hatte selbst bemerkt, dass ihr Verweis auf die mit einer Feile erstochene Habsburger Kaiserin nicht eben taktvoll gewesen war. Aber mit ihrem Taktgefühl verhielt es sich ähnlich wie mit ihrem Charme: Beides war weit eher geeignet, Menschen gegen sie aufzubringen, als sie zu umschmeicheln.

Valeria machte sich nichts daraus. Sie hatte nicht vor, irgendeinen kahlköpfigen Langweiler zu heiraten, wie es für ein Mädchen ihrer Gesellschaftsschicht vorgesehen war, ja, sie hätte nicht einmal einen Mann heiraten wollen, der ihr gefiel. Sie hatte andere Pläne mit ihrem Leben, hätte die Einöde des ländlichen Piemont, in der sie aufgewachsen war, lieber heute als morgen verlassen, um nach Turin zu gehen, in eines der großen Redaktionshäuser, und Journalistin zu werden.

Im nächsten Winter, sobald sie volljährig war, würde sie es tun. »Dass ich meine minderjährige Schwester nicht freiwillig in eine Höhle des Löwen schicke, wirst du mir gnädigst vergeben«, hatte Fabrizio gesagt. »Aber ich werde dich auch nicht in Ketten legen, um dich daran zu hindern, denn ich weiß, das hätte keinen Sinn. Ich kann nur hoffen, dass du bis dahin zur Einsicht kommst.«

Er hoffte vergebens. Ohne sein Wissen war Valeria bereits vor einem Jahr der *Lega promotrice degli interessi femminili* beigetreten, die sich für die Rechte der Frauen einsetzte. Sie hatte unendlich viel gelesen, hatte mit Vorreiterinnen der Bewegung Briefe gewechselt und begriffen, dass es für eine Frau keinen anderen Weg in ein selbstbestimmtes Leben gab als den

Ausbruch aus den patriarchalischen Familienstrukturen und den Eintritt ins Berufsleben.

Ihr Bruder konnte das nicht verstehen. Valeria liebte ihn heiß und innig, sie liebte ihre beiden Brüder heiß und innig, denn schließlich waren sie außer dem *Castellano* das Einzige, was ihr von ihrer Familie geblieben war. Sie wusste, dass Fabrizio sie seinerseits womöglich noch heftiger liebte und sich nichts mehr wünschte, als dass sie glücklich war. Was eine Frau aber benötigte, um glücklich zu sein, konnte Fabrizio nicht ahnen, denn er war ja keine.

Glück bedeutete für ihn Montechiaro d'Acqui, das Weingut, das sich seit dem vierzehnten Jahrhundert im Besitz ihrer Familie befand, das uralte Steinhaus, geschützt von Pinien, Libanon-Zedern und Koniferen, das im Winter schwer zu heizen war, mit dem Kamin im Salon, wo sich einst vielköpfige Generationen der Ascoli-Sippe zu geselligen Abenden versammelt hatten. Nun waren von all dem Getümmel nur noch Fabrizio, Valeria und Crispino samt dem Onkel entfernteren Grades, dem Verwalter Livio Bonistalli, den sie den *Castellano* nannten, übrig. Valeria wusste, wie sehr Fabrizio sich danach sehnte, die gelichteten Reihen aufzufüllen, dem alten Gemäuer wieder Lärm und Leben einzuhauchen. Sie wusste auch, wie verzweifelt er das Mädchen vermisste, mit dem er dies hätte in die Tat umsetzen wollen, obwohl er nie darüber sprach.

»Da es bei mir selbst offenbar nichts wird, muss ich auf dich und Crispino zählen«, war alles, was er zu dem Thema jemals gesagt hatte.

Aber auf sie, Valeria, konnte er nicht zählen, so leid es ihr tat, ihn zu enttäuschen. Er war kein Mann, der Enttäuschung verdiente, er hätte mit Gigliola, dem Mädchen, das er seiner Art gemäß vermutlich als seine einzige Liebe betrachtete, glücklich werden und ein halbes Dutzend Kinder haben sollen. Aber das Leben war eben leider Gottes nicht gerecht, und sie als seine

Schwester konnte ihm für das, was er verloren hatte, keinen Ersatz beschaffen.

Sie hatte ein Recht auf ihre eigenen Träume. Und die beinhalteten nun einmal keine Vermehrung der Familie Ascoli, weder durch Kinder noch auch nur durch einen Ehemann.

Um Crispino, ihren um sieben Stunden jüngeren Zwillingsbruder, schien es nicht besser bestellt. Wenn das überhaupt möglich war, war er noch wilder, ungestümer, unaufhaltsamer geraten als Valeria. »Die leitende Hand der Eltern fehlt«, tuschelten die Nachbarn untereinander, und vielleicht hatten sie damit ja recht. Möglicherweise waren die Ascoli-Zwillinge aber auch einfach zu Rebellen geboren, und vielleicht war eine Zeit, in der nicht nur ein neues Jahrhundert, sondern eine völlig neue Epoche anbrach, als Nährboden für Rebellen besonders geeignet.

Wie Valeria selbst zog es auch ihren Zwillingsbruder in die Politik. Während ihr jedoch konkret die Rechte der Frau am Herzen lagen, kam es ihr vor, als wäre das Anliegen für Crispino zweitrangig, solange er nur für etwas kämpfen konnte. Und je gefährlicher der Kampf war, umso mehr fühlte er sich dazu hingezogen.

Er war noch keine fünfzehn gewesen, als er sich einen Irredentisten genannt hatte, einen Kämpfer für die Vereinigung sämtlicher von Italienern bewohnten Gebiete. Namentlich der Süden Tirols und die Stadt Triest mit ihrem blühenden Hafen sollten seiner Meinung nach den österreichischen Unterdrückern entrissen und dem jungen italienischen Nationalstaat einverleibt werden. Den Triester Guglielmo Oberdan, der 1882 versucht hatte, den Habsburger Kaiser zu ermorden, und dafür nach dem Gesetz der Donaumonarchie am Würgegalgen gestorben war, erklärte Crispino zu seinem Idol.

»Er hat sich zum Märtyrer gemacht, um sein Vaterland zu vereinen, und ich bin zu dem gleichen Märtyrertum bereit«, hatte der Fünfzehnjährige feurig beteuert und seinen älteren Bruder damit vermutlich einem Herzanfall nahegebracht.

Zwei Jahre später waren die Irredentisten Crispino jedoch bereits nicht mehr radikal oder faszinierend genug, und er begann, sozialistische und anarchistische Reden zu schwingen, von denen er Valerias Überzeugung nach nicht einmal die Hälfte verstand. Sie hatte angenommen, dass es ihm wie zuvor in erster Linie um den Nervenkitzel ging, wenn er von entrechteten Bauern, ausgebeuteten Arbeitern und verhungernden Kindern sprach und zu Protesten aufrief. Ihres Wissens waren die einzigen Bauern, mit denen ihr Bruder je in Kontakt gekommen war, die Weinbauern in den Bergen von Montechiaro, die nach der Maische vor ihren Häusern saßen und aus dem Trester ihren Grappa brannten. Von denen hungerte keiner, und niemand beutete sie aus.

Mit den Wanderarbeitern, die zur Zeit der *Vendemmia*, der Lese, kamen und hinterher samt ihren Zelten wieder verschwanden, hatte Crispino gewiss nie ein Wort gewechselt.

Sie hatten ihn gewähren lassen, waren bis über die Ohren mit anderem beschäftigt gewesen und hatten ihm kaum richtig zugehört. Dann aber war er über Nacht verschwunden und hatte nichts als einen abgerissenen Briefbogen hinterlassen. Auf den hatte er gekritzelt, er ginge nach Mailand, um sich den Protesten gegen die steigenden Weizenpreise anzuschließen, die Tausende in den Hunger trieben.

Das war vor zwei Jahren gewesen. Fabrizio hatte sich Sorgen gemacht, aber vor allem war er zornig gewesen, weil er anderes zu tun hatte, als das Kindermädchen seines kleinen Bruders zu spielen. Valeria hatte das Ganze als eine weitere Eskapade ihres abenteuerlustigen Zwillings abgetan. In den folgenden Tagen aber wurde in verschiedenen Städten zu Streiks aufgerufen, in Florenz und Pavia kam es zu Straßenkämpfen und aus allen

Richtungen Italiens zogen Protestierende nach Mailand, um ins Zentrum der Stadt zu marschieren.

Auf der Piazza del Duomo hatte der Militärkommandant der Stadt, General Fiorenzo Bava Beccaris, seine Truppen aufgestellt und ließ auf die anrückenden Demonstranten feuern. Je nachdem, welcher Zeitung man Glauben schenkte, der konservativen *La Stampa* oder dem radikalen *Avanti!*, fanden zwischen achtzig und dreihundert Menschen den Tod.

Eine Nacht und einen Tag lang hatten die verbliebenen Ascolis nicht gewusst, wo Crispino sich aufhielt und ob er noch am Leben war. Fabrizio war Hals über Kopf nach Mailand gereist und hatte am Straßenrand aufgereihte Leichen besichtigt, um herauszufinden, ob sich die Überreste seines kleinen Bruders darunter befanden. Wie die von Artilleriegeschützen durchlöcherten Toten ausgesehen hatten, konnte Valeria sich lebhafter vorstellen, als ihr lieb war. Und was das Erlebte in Fabrizio ausgelöst hatte, wagte sie nicht zu vermuten. Er hatte sein Bestes getan, um ihr und Crispino die Eltern zu ersetzen, aber er war selbst nur fünf Jahre älter als sie und empfindsamer, als er zugab. Alles, was sie wusste, war, dass er drei Tage später mit dem völlig zerrauften, einem geprügelten Hund gleichenden Crispino nach Hause kam und über die Sache nie wieder ein Wort verlor.

Und dass er zuvor mit Gigliola Tapari verlobt gewesen war und es nicht mehr war, als er aus Mailand zurückkehrte.

Auch über Gigliola wurde nie wieder ein Wort verloren.

Seither war Fabrizio bemüht, ein Auge auf Crispino zu haben, und wenn er es nicht konnte, verlangte er von Valeria, dass sie für ihn einsprang. Valeria aber glaubte nicht daran, dass es möglich war, Menschen, die es in die Freiheit drängte, zu bewachen. Es sei denn, man wollte ein Gefängnis errichten, was Fabrizio gewiss so wenig wollte wie sie.

Er tat ihr leid, wie er mit den letzten Takten des *Liscio* die Blicke durch den Saal schweifen ließ und dabei doch gewiss selbst wusste, dass er seinen Bruder hier nicht finden würde.

»Lass doch, Fabrì«, mahnte sie ihn weich. »Du weißt, diese Leute hier sind ihm zuwider. Er wird eben Freunde getroffen haben und mit ihnen irgendwo eingekehrt sein.«

»Diese Leute hier, wie du sie nennst, sind unsere Nachbarn«, versetzte Fabrizio. »Unsere reichsten Nachbarn noch dazu und zweifellos die mit dem größten Einfluss. Sich mit den Honoratioren der Gegend gut zu stellen, gehört nun einmal zu unseren Pflichten, wenn uns etwas daran liegt, dieses Weingut aus der Talsohle herauszubringen. Ich Idiot habe mir eingebildet, ich könnte dafür ausnahmsweise mit der Unterstützung meines Bruders rechnen, aber auf so dämliche Ideen kommt wohl auch niemand außer mir.«

Valeria konnte ihn nur bewundern, weil er bei all der Erregung noch in der Lage war, einen eleganten Slalom um sämtliche Paare zu tanzen, ohne einen Schritt zu verpatzen oder auch nur einen Achtelschlag aus dem Takt zu geraten.

»Er ist jung«, sagte sie lahm.

»Aha. Und wie alt bist du selbst, Großmütterchen? Ganze sieben Stunden älter, sofern mich meine Erinnerung nicht täuscht. Gib dir keine Mühe, Valeria, die hat der Sargnagel nicht verdient. Wenn er innerhalb der nächsten Viertelstunde nicht auftaucht, spanne ich an und fahre ihn suchen.«

An seiner erhobenen Hand schickte er sie in eine wirbelnde Drehung um die eigene Achse und fing sie mit dem letzten Ton der Musik in seinen Armen auf. Was immer Gigliola Tapari dazu gebracht hatte, ihm das Herz zu brechen und aus seinem Leben zu verschwinden – einen besseren Tänzer würde sie schwerlich irgendwo finden.

»Muss das wirklich sein?«, fragte Valeria.

»O ja, das muss es, *Piccinina*. Und von übermorgen an bist du es, die zu jeder Tages- und Nachtzeit darauf zu achten hat, wo unser Bruder Leichtfuß sich gerade herumtreibt. Ich erwarte, dass du mir telegrafierst, falls es Anlass zu auch nur der geringsten Sorge gibt.«

»Wohin fährst du denn?« Valeria packte seinen Arm und zog ihn von der Tanzfläche, ehe irgendein Sacchi oder Crollalanza auf die Idee kam, sie für die nachfolgende Tyrolienne als Partnerin zu beanspruchen.

»Nach Triest«, antwortete Fabrizio. »Mit meinem Probenkoffer Hotels abklappern wie ein fliegender Kesselflicker mit dem Bauchladen.«

Valeria vertrat einem der Kellner den Weg und schnappte sich zwei Gläser des perlenden Champagners, den ihre blasierten Gastgeber dem einheimischen Spumante vorzogen. »Da haben sie dich doch letztes Jahr schon abblitzen lassen«, wandte sie ein. »Der *Città Fedelissima* ist unser Wein zu gehaltvoll, sie mögen Blutleeres lieber.«

Er zuckte die Achseln. »Ich muss es eben noch einmal versuchen.«

Sie zog ihn an sich und schmiegte sich kurz an seinen Arm. Er konnte ein Stoffel sein, er verstand keinen von ihnen, aber er wäre für sie durch mehrere Feuer gleichzeitig gegangen, und wenn er sich kleinmachen musste, tat es ihr weh. »Haben wir das wirklich nötig, Fabrì?«

»Glaub mir, wenn wir es nicht nötig hätten, würde ich mich nicht darum reißen«, erwiderte er, wollte das Glas, das sie ihm gegeben hatte, zum Mund führen, fuhr aber urplötzlich herum wie ein aufgeschrecktes Tier.

Valerias Blick folgte dem seinen und etliche der lachenden, plappernden, tanzenden Gäste taten es ihr nach.

Zu den Flügeltüren des Ballsaals herein stolperte ihr Bruder Crispino. In gewisser Weise war er noch hübscher als Fabrizio, allerdings schmaler, zierlicher, mit zarten Zügen und dem Blick eines Botticelli-Engels. Der Frack, den er trug, hing am Revers in Fetzen, das gerüschte Hemd war seines Kragens beraubt und bis zur Taille aufgerissen. Sein lockiges Haar war zerwühlt, das Gesicht gerötet, die Augen blutunterlaufen.

»*Madonna mia!*«, kreischte eine Frau – Marianna Sacchi-Nemours, eine ledige Schwester des Gastgebers. »Was ist Ihnen denn geschehen, *Poveretto*? Sind Sie unter die Räuber geraten?«

»Ich wünschte, das wäre er«, zischte Fabrizio so leise, dass niemand außer Valeria ihn hören konnte. »Sternhagelvoll ist er. Weiter nichts.«

»Und ist das so schlimm?«, zischte Valeria zurück, obwohl sie selbst erschrocken war. »Verdienen wir nicht unser Geld damit, dass sich die Leute betrinken?«

»Warum sie sich betrinken, ist die Frage«, erwiderte Fabrizio. »Und über den Grund, aus dem mein zwanzigjähriger Bruder es heute Abend getan hat, würde ich lieber kein Wort erfahren.«

4

Melitta

Pension Hortis

Triest, Piazza Giuseppina

»Die komplette Familie zum Empfang zu versammeln – das tue ich nur für meine Stammgäste«, pflegte Melittas Onkel Eduard zu erklären, nachdem sie alle, auf der Stufe vor dem Portal aufgereiht wie die Orgelpfeifen, die eingetroffenen Gäste begrüßt hatten. Waren es Leute, die zum ersten Mal kamen, ließ er die Familie genauso auflaufen, behauptete aber stattdessen: »Ich tue es nur für meine besten Gäste«, oder: »Ich tue es nur für Gäste wie Sie.«

Melitta hasste die Prozedur. Sie hatte im weißen gestärkten Spitzenkragen wie ein Dienstmädchen zwischen ihrer Mutter Agathe Braun und ihrer Großmutter Eleonore Hortis strammzustehen, während der Onkel beflissen vortrat, sobald der Schlag des Wagens geöffnet wurde. Die sogenannte komplette Familie bestand aus zwei Witwen, einer sitzen gebliebenen Jungfer und einem Junggesellen im Großvateralter. Dahinter, in einem Schritt Abstand, reihte sich das Personal auf: Maître René, der überhaupt kein Maître, sondern Empfangschef war, Rosine, die Köchin mit dem unsäglichen Mundwerk, Matthis, der Kellner, und die vier Mädchen für Küche und Zimmer. Hugo, der Kutscher, der sich zugleich um Garten und Pferde kümmerte, half den Gästen aus dem Wagen.

Und dann sah Melitta sie kommen, die hohen Herrschaften, für die all dieser Aufwand getrieben wurde. Sie musste die Hände zu Fäusten ballen, damit ihr kein Fluch entschlüpfte oder sie einfach davonlief. Schließlich wollte sie dies alles hier eines Tages erben, und um das zu erreichen, musste sie die von ihrer Mutter beständig vorgebeteten zwei Gebote befolgen.

Das erste Gebot: Wir dürfen es uns nicht mit Onkel Eduard verderben.

Und das zweite Gebot: Die Gäste sind Könige.

Wie verhasst sie Melitta waren, jene *Könige*, hätten sich diese gewiss niemals vorstellen können. Die Königinnen vor allem, und die hübschen weit mehr als die unscheinbaren.

Die, die eben aus dem Wagen stieg und sich mit einem Lachen die aus der Frisur gelöste Haarpracht über die Schulter warf, hasste Melissa mehr als jede andere.

Sie hatte sich das unzählige Male gefragt: Hatten die hübschen Mädchen mit der herrlichen Haarfülle auch nur die geringste Ahnung, wie einfach ihr Leben war?

Wäre sie, Melitta, am Vorabend in Wien in einen Zug gestiegen und hätte die Nacht auf einem Bett im Schlafwagen verbracht, so hätte sie mindestens zwei Stunden vor der Ankunft aufstehen müssen, um mit allerlei Klammern, Nadeln, Wässerchen und Tinkturen ihr dünnes, strähniges Haar in eine halbwegs vorzeigbare Form zu bringen. Sodann hätte sie mit Pinsel und Puder vergeblich versucht, ihrem farblosen Teint ein wenig Schimmer zu verleihen, hätte das bisschen Schmuck, das sie besaß, dreimal ausgewechselt und am Ende doch ausgesehen wie das Mauerblümchen, dem man am Eingang zum Ballsaal seinen Mantel in die Hand drückte, das aber kein Mann bei Verstand um einen Tanz bat.

Eines Tages würde sich das ändern. Eines Tages würde ihr die Pension Hortis gehören und all die Schnösel, die jetzt blasiert über sie hinwegsahen, würden Schlange stehen, um sich die stadtbekannte Goldgrube unter den Nagel zu reißen. Dann aber würde es Melitta sein, die über einen nach dem anderen die Nase rümpfte, ihn stehen ließ und ihres Weges ging, um ihr Leben allein ihrem Geschäft zu widmen.

Melitta bildete sich nichts ein. Von Männern konnte ein Mädchen wie sie lediglich enttäuscht werden. Die Pension hingegen würde sie niemals enttäuschen, und mit ihrem Fleiß, ihrem Ehrgeiz und ihrem Geschäftssinn war sie dazu geboren, sie zu führen.

Die junge Dame, die soeben der Kutsche entstiegen war und sich lachend im Glanz ihrer Hübschheit sonnte, hatte sich mit solchen Gedanken ihr Leben lang niemals plagen müssen. Seit dem Tag, an dem sie von ihren stolzgeschwellten Eltern zum ersten Mal auf ein Tanzvergnügen geführt worden war, hatte sich Viktoria Liebenfels zweifellos vor männlicher Aufmerksamkeit nicht retten können. Sie besaß genau das, was Männer liebten und was Melitta zutiefst verachtete: dichtes, wallendes Haar in der Farbe dunklen Honigs, niedliche Rundungen, die zum Umarmen einluden, Züge wie eine Porzellanpuppe und einen Augenaufschlag, der rührende Hilflosigkeit signalisierte.

Und was war unwiderstehlicher für einen Mann als ein hilfloses Püppchen, dem er sich als unerschrockener Retter andienen konnte?

Eine wie Melitta hingegen, die von klein auf ihren Mann hatte stehen müssen, schreckte ab, weil Männer sich vor Frauen, die ihr Leben selbst in die Hand nahmen, fürchteten.

Nein, vielleicht nicht alle, erinnerte sie eine winzige Stimme in ihrem Hinterkopf. Alle Jubeljahre einmal tauchte ein Exemplar auf, das sich von Intelligenz und eigenem Kopf bei einer Frau nicht einschüchtern ließ, sondern sich sogar davon angezogen fühlte. Ein Mann, der selbstbewusst genug war, um mit einer Frau auf Augenhöhe ein Gespräch zu führen, ihr zuzuhören, wenn sie etwas zu sagen hatte, und dabei auf ihre Worte zu achten, nicht auf die Üppigkeit ihrer Lippen oder den Aufschlag ihrer Wimpern.

Fabrizio Ascoli.

Nur drei Tage lang hatte er in der Pension logiert, um mit Onkel Eduard über sein Angebot an Weinen zu sprechen. Seither war mehr als ein Jahr vergangen, aber Melitta war es nicht gelungen, ihn sich aus dem Kopf zu schlagen. Er würde gewiss nie wiederkommen, denn Onkel Eduard hielt die italienischen Weinbauern für zu windig und bezog seine Weine aus Tirol und Kärnten. Die Erinnerung an die paar Stunden in Signor Ascolis Gesellschaft hütete Melitta jedoch wie einen Schatz.

Viktoria Liebenfels hingegen wirbelte um die eigene Achse, dass ihr himmelblauer, rüschenbesetzter Rock um sie herumflog, und reckte sich dann auf die Zehenspitzen.

»Das Meer!«, rief sie aus und versuchte, am Maximiliansdenkmal vorbei einen Blick auf die Anlegestelle des Molo Giuseppino zu erhaschen. »Es ist ja noch da und es ist noch immer das wunderbare Meer von Triest!« Obwohl es für die Jahreszeit kühl war, knallte die Morgensonne vom wolkenlosen Himmel und verstreute eine Unzahl glitzernder Splitter über die weite dunkelblaue Fläche, als hätte jemand einen Stern zerschlagen.

Melitta wusste, dass die Touristen sich vor Begeisterung über den Anblick kaum beruhigen konnten. Es war diese Lage an der zum Meer hin offenen Piazza, die die Pension so einträglich machte. »Da bist du ja wieder, mein kleines Stücklein Österreich am Meer«, pflegte der melancholische Adam Kinsky, der als einer der wenigen im Sommer kam, zu sagen, sobald er aus seiner Kutsche stieg, und das Trinkgeld, das er Hugo zusteckte, schien den Dank für dieses Wiedersehen zu enthalten. Onkel Eduard hatte wahrhaftig den richtigen Riecher bewiesen, als er als blutjunger Mann vom Militärdienst zurück in seine Heimatstadt gekommen war und sein väterliche Erbe in dieses Haus mit seiner bonbonrosa Fassade, dem wuchernden Efeu und den weißen Sprossenfenstern investiert hatte. Seither hatte er unermüdlich daran gearbeitet, die Pension mit allem modernen Komfort sowie aller traditionellen Behaglichkeit auszustatten und ihr zu einem exzellenten Ruf im gesamten Gebiet der Doppelmonarchie zu verhelfen.

Die Pension Hortis konnte mit den großen Luxushotels mithalten, weil sie Stil besaß und mit individuellem Einsatz geführt wurde. Wenn es dazu nötig war, Gäste wie die Liebenfels mit dieser lächerlichen Familienparade zu begrüßen, würde Melitta sich allem Widerwillen zum Trotz nicht zu schade dafür sein.

»Das Meer, das Meer«, erging sich Viktoria weiter, als hätte sie noch nicht genug Aufmerksamkeit auf sich gezogen. Onkel Eduard schüttelte derweil ihrem Vater, dem Wäschefabrikanten, die Hand, und die Großmutter erörterte mit dessen Gattin, die trotz der vornehmen Kleidung etwas Ordinäres an sich hatte, das Abendprogramm. All das war wie immer. Was allerdings dann geschah, war ganz und gar nicht wie immer, sondern völlig unvorhergesehen: Aus der hinteren Reihe des Personals, das still abzuwarten hatte, bis die Reihe der Begrüßung an ihm war, brach ausgerechnet der so kultivierte, auf Form bedachte Maître René aus und stürmte an den Frauen der Familie vorbei auf Viktoria Liebenfels zu.

»Verehrtes Fräulein Viktoria«, rief er und ergriff mit beiden Händen die Hand der Angesprochenen. »Es ist so schön, dass Sie wieder da sind und sich so sehr an allem hier erfreuen. Wir haben Sie vermisst. Ihre Natürlichkeit. Ihre Lebensfreude. Ihre Liebe zu unserer Stadt.«

Melitta biss sich auf die Lippe. Es tat weh, sosehr sie sich dagegen wehrte. Was war los mit ihr? War sie etwa eifersüchtig auf die geradezu peinliche Zuneigungsbekundung eines ältlichen Hotelangestellten für einen jungen, frivolen Gast?

René war immer da gewesen. Er hatte bereits für Onkel Eduard gearbeitet, als sie im Alter von nicht ganz zwei Jahren mit ihrer Mutter hierhergekommen war. Ihr Vater war gestorben, die Mutter mittellos und verzweifelt, nicht in der Lage, ihrem vaterlosen Kind die Geborgenheit zu geben, nach der es sich sehnte. Onkel Eduard und die Großmutter waren dazu schon von ihrer Natur her nicht in der Lage, aber da war René gewesen. Der freundliche Mann hinter dem Rezeptionstisch, der stets ein Zuckerl, ein Bonbon, stets ein Lächeln, stets ein tröstendes Wort für das kleine Mädchen gehabt hatte, das allen anderen im Weg gewesen war.

Aus den Zuckerln war sie herausgewachsen und hatte gelernt, dass man mit Angestellten nicht umging wie mit Familienmitgliedern. Dennoch war sie wohl dem Glauben verhaftet geblieben, dass René sie mochte, sie als Onkel Eduards Erbin respektierte und ihre Qualitäten schätzte. Nie hätte sie erwartet, dass ausgerechnet er dem billigen Charme einer Viktoria Liebenfels auf den Leim ging und dafür sogar aus der Rolle fiel.

»Maître René!«, rief das törichte Ding und warf wahrhaftig dem Empfangschef die Arme um den Hals. »Ich habe euch alle ja auch so vermisst, und ich freue mir ein Loch in den Bauch, weil ich endlich wieder in Triest sein kann.«

»Aber Viktoria!« Die Stimme ihrer Mutter klang, als würde sie jeden Augenblick kippen. »Ich muss doch sehr bitten. Solches Betragen dulde ich nicht, wie du sehr wohl weißt.«

»O nein, ich bitte Sie, verehrte gnädige Frau.« Maître René löste sich aus Viktorias Armen und verneigte sich in Richtung ihrer Mutter. »Bitte nehmen Sie es Ihrer reizenden Tochter nicht übel. Es war ja meine Schuld. Vor lauter Freude darüber, Sie alle wieder bei uns zu haben, habe ich mich vergessen und bitte dafür untertänigst um Verzeihung.«

»Wenn ich jetzt endlich ohne weiteres Larifari einen großen Braunen und anschließend mein Frühstück serviert bekomme, soll die Sache meinethalben begraben sein«, ließ sich der Wäschefabrikant mit tiefem Bass vernehmen, ehe seine Gattin den Mund aufbekam. »Sollte ich mir hier allerdings noch länger die Beine in den Bauch stehen müssen, kann ich für nichts garantieren, mein Guter.«

»Aber ich bitte Sie, mein lieber Herr Liebenfels.« Onkel Eduard warf die Hände in die Luft, wie um den dicken Fabrikanten zu beschwören. »Natürlich bekommen Sie auf der Stelle Ihren Kaffee, und Ihr Frühstück hat unsere Rosine doch schon fertig vorbereitet, wie Sie es von uns gewohnt sind. Hugo – bringen Sie das Gepäck der Familie Liebenfels auf ihre Suite. Und Sie, René, kümmern sich schleunigst um die Anmeldung und sämtliche Papiere.«

In dem letzten Satz lag ein scharfer Tadel, den René verdient hatte. Er verbeugte sich unterwürfig und eilte davon, um die Anweisung auszuführen.

Vielleicht war er eben doch nicht ganz astrein, der sogenannte Maître, überlegte Melitta, während sie den Übrigen zurück ins Haus folgte, um beim Auftragen des opulenten Frühstücks für die Herrschaften zu helfen. Den Gerüchten zufolge, die sich hartnäckig hielten, hatte er mindestens einen italienischen Elternteil, mit größter Wahrscheinlichkeit jedoch derer zwei. Natürlich sprach das nicht per se gegen ihn, und Triest war nun einmal eine

Stadt, in der mehr Italiener als andere lebten. Letzten Endes ließ es sich ja aber nicht von der Hand weisen, dass diese sich von den Österreichern und Deutschen erheblich unterschieden.

Sie waren unbeherrschter, sprunghafter, weniger zivilisiert und nahmen es leider auch nicht allzu genau, wenn es um Pünktlichkeit, Ehrlichkeit und Verlässlichkeit ging. In den Tagen, als Fabrizio Ascoli zu Gast gewesen war, hatte Melitta gedacht, dass sich solche Urteile nicht verallgemeinern ließen und es in jedem Volk Ausnahmen gab.

Aber war das denn wirklich so?

Konnte ein Mann das Blut verleugnen, das ihm in den Adern floss, die Abstammung, die ihn geprägt hatte?

Melittas Mutter hatte ihre Tochter vor dem allzu schnell verschenkten Charme der italienischen Wesensart gewarnt. Ein italienischer Mann nahm es mit der Treue nicht genau und machte überschwängliche Versprechungen, die er am nächsten Morgen längst vergessen hatte. Fabrizio Ascoli mochte ein besonders angenehmer Vertreter seiner Art sein, aber alles in allem erwies es sich wohl doch als Segen, dass er nicht noch einmal nach Triest gekommen war.

Melitta ging hinunter in die Küche, wo es nach Rosines kross gebratenem Schinken mit Kren duftete, ihren in weißem Essig eingelegten Sardellen, den mit Zimt gesottenen Pflaumen und dem in Butter schmelzenden Zucker, der über den Strudel gegossen wurde. Auf der Treppe hörte sie Viktoria Liebenfels falsch und aus vollem Halse singen.

Dieses Geschöpf hatte niemals das Gefühl gehabt, irgendwo überzählig oder im Weg zu sein, jemandem lästig zu fallen oder ignoriert zu werden. Sie war eine Königin, der der gesamte Hofstaat zu Diensten eilte, und dabei war sie doch zu überhaupt nichts nütze.

Warum waren Menschen so?

Warum verteilten sie ihre Zuneigung nicht nach Verdiensten, sondern verschleuderten sie an irgendwen, der ein gewinnendes Lächeln besaß?

»Na, Fräulein Melitta, was hegen S' denn für weltbewegende Gedanken?« Rosine war zu ihr getreten und hielt ihr eine Platte mit frisch aufgeschnittenen Wurst- und Fleischwaren entgegen. »Können S' mir damit wohl rasch zur Hand gehen? Ich muss doch den Presnitz noch bestreichen für das süße Fräulein Vicky, und Sie wissen ja selbst, wie ungeduldig deren Herr Vater ist.«

Melitta nahm die Platte ohne ein Wort entgegen und trug sie hinauf ins Frühstückszimmer, dessen Fenster wie bei einem Kaffeehaus hinaus auf den belebten Platz gingen. *Dem süßen Fräulein Vicky, dieser verfluchten Sachertorte auf Beinen, soll ihr Presnitz im Hals stecken bleiben*, dachte sie und wäre vor Zorn um ein Haar über den Läufer vor der Schwelle gestolpert.

5

Vicky

Pension Hortis

Triest

Ende April

Der Abend war zauberhaft. Ganz so, als wäre Triest eine Malerin und hätte die Muster aus verlaufendem Rosa, Gold und Grau eigens für Vicky mit feinstem Pinsel an den Himmel getupft. Das letzte Sonnenlicht spiegelte sich auf der Oberfläche des Canal Grande, dessen Uferpromenade sie entlangflanierte, und eine Welle der Dankbarkeit überwältigte sie. Sie musste stehen bleiben und die schnurgerade Wasserstraße hinaufblicken, vorbei an Schiffsmasten zu den Säulen der Sant'Antonio-Kirche, weil sie diese Stadt – das kleine Wien am Meer – so unglaublich liebte.

Fanika, das Mädchen, das sie auf Geheiß ihrer Mutter begleiten und ihr die Einkäufe tragen musste, blieb einen Schritt hinter ihr ebenfalls stehen. Vicky hatte der Altersgenossin hundertmal zu erklären versucht, dass sie gefälligst neben ihr gehen und dabei mit ihr plaudern sollte und dass sie die eine Schachtel mit dem feschen Fedora-Hütchen für ihren Rudolph auch selbst tragen konnte. In der Via San Nicolo, bei einem grandiosen jüdischen Hutmacher, hatte sie die Kopfbedeckung erworben. Sie wog fast nichts und würde dem Rudi nicht das markante Haupt beschweren. Fanika aber hörte gar nicht hin, hielt sich unbeirrt hinter ihr und klammerte sich am Tragegriff der Schachtel regelrecht fest. Vicky kannte das schon von früheren Besuchen. Fanika betrug sich auch, als spreche sie kein Wort Deutsch oder überhaupt eine Sprache, befolgte aber prompt und präzise jede Anweisung, die man ihr gab.

Sie wollte es eben so, und Vicky hatte es aufgegeben, sie von etwas anderem zu überzeugen. Sie war froh, dass sich diese Möglichkeit mit Fanika überhaupt ergeben hatte. Andernfalls hätte ihre Mutter nämlich darauf bestanden, sie bei den angeblichen Einkaufsbummeln zu begleiten, statt ihr zu gestatten, allein in der Stadt herumzustreifen.

Und dabei war es doch das, was Vicky am meisten liebte: ihr Triest auf eigene Faust zu erkunden, durch die verwinkelten Gassen und die breiten Prachtstraßen zu schlendern, immer Neues zu entdecken und sich dabei zu fühlen, als verschmelze sie mit der Stadt und würde ein Teil von ihr.

Dabei werde ich in Wahrheit nie so ein Teil sein, durchfuhr es sie, und unverhofft verspürte sie einen Schmerz in der Brust. *Ich bin nur eine von etlichen gut betuchten Wienerinnen, die einmal im Jahr auf ein paar Wochen kommen, von vorn bis hinten verhätschelt werden und dann wieder abreisen, ohne dass jemand ihr Fehlen bemerkt.*

Irgendwann würde der Besuch zur Routine werden, wie er es für ihre Eltern längst war. Sie würde nur noch darauf bedacht sein, für ihr Geld angemessen umsorgt zu werden, in den eleganten Geschäften ein paar Souvenirs ohne jeglichen praktischen

Nutzen zu erstehen und genügend Ansichtskarten zu schreiben, um den Neid des Bekanntenkreises zu schüren. Irgendwann würde diese wilde Freude, die Erregung, das Hochschnellen des Herzschlags, sobald der Zug in den Bahnhof einfuhr, einer müden Gelassenheit weichen, ähnlich der ihres Vaters, der kurz vor der Ankunft noch einmal schnarchend eingenickt war. Irgendwann würde Triest lediglich ein Ort sein, mit dem sie eine glückliche Erinnerung verband, doch jene würde von Jahr zu Jahr blasser werden und im Grunde nicht mehr ganz wirklich erscheinen.

Sie erschrak und musste im nächsten Augenblick lachen. Seit wann war sie denn so sentimental, ja geradezu nostalgisch? Das war doch sonst nicht ihre Art! Für gewöhnlich genoss sie ihren Aufenthalt in vollen Zügen, machte alles mit, was Triest und die Pension Hortis an Vergnügen zu bieten hatten, und lebte ganz für den Moment.

Lag es daran, dass die schöne Zeit schon wieder fast vorbei war, dass ihr nur dieser Abend und der morgige Tag blieben, ehe sie übermorgen die Rückreise antraten?

Oder war es, weil diesmal etwas anders gewesen war, so sehr sie sich auch bemühte, es zu leugnen? Das Unbeschwerte, Selbstvergessene, das ihre Tage in Triest sonst auszeichnete, hatte sich diesmal nicht einstellen wollen. Allzu oft waren ihre Gedanken zurück nach Hause gewandert, zu Rudolph und den Komplikationen ihrer Beziehung. Es konnte so wie bisher nicht weitergehen, das wusste sie, und es wurde ihr mit jedem Tag klarer. Wenn sie wieder in Wien war und ihr Liebster sie durch ein Billett ins Palais derer von Auersperg bestellte, würde er nicht nur eine überglückliche Vicky in die Arme nehmen und mit ihr unter die seidenen Laken schlüpfen können.

Er würde eine Entscheidung treffen müssen.

Sie ließ sich nicht länger unter der Bettdecke verstecken und sei diese auch noch so prunkvoll und bequem. Auch wenn in ihrem großen Herrn von Auersperg wie wohl in den meisten Männern ein kleiner Feigling steckte, sollte er Farbe bekennen, musste er vor seine Mutter, die furchteinflößende Freifrau Laetitia, hintreten und ihr erklären: »Verehrte Frau Mama – ich bin entschlossen, eine Bürgerliche zur Frau zu nehmen.«

Umbringen würde sie ihn schon nicht, die übermächtige Freifrau. Er war schließlich kein Kaiserenkel, der eine Dynastie zu bewahren hatte, sie schrieben das Jahr 1900 und eine so klitzekleine Mesalliance kam alle naselang vor. Rudi sagte ja selbst, seine Mutter sei ein Hund, der eher bellte als biss. Vicky brachte zwar keinen altehrwürdigen Titel, aber immerhin eine üppige Mitgift sowie ihre Stellung als Alleinerbin mit. In jenen alten Familien des hoffähigen Adels schienen zwar selbst Kuchengabeln und Türklinken vergoldet zu sein, doch zugleich war nicht zu übersehen, dass es nach jahrhundertelanger Verschwendungssucht an flüssigen Mitteln hier und da fehlte. Auch im Palais Auersperg blieben ganze Flügel unbeheizt und dringend nötige Restaurierungsarbeiten wurden aus fadenscheinigen Gründen aufgeschoben. Eine kleine Finanzspritze war da sicherlich willkommen, auch wenn sie mit dem Verkauf von Damenunterwäsche erwirtschaftet worden war.

»Geld stinkt nicht«, pflegte Vickys Vater ihr mit hochgezogenen Brauen zu erklären, und bisher hatte er damit recht behalten.

Sie würden also ernst machen – Rudi und Vicky. Und wenn der Ernst erst einmal da war, die Freifrau ihr Riechsalz genommen und sich von ihrem Schrecken erholt hatte, würde Vicky kein Kind mehr sein. Natürlich war sie genau genommen schon jetzt keines mehr, aber sie lebte eben noch unter der Obhut ihrer Eltern, wurde von jenen versorgt und trug für nichts und niemanden Verantwortung. Als Gattin eines von Auersperg würde sich das zweifellos ändern, und Vicky fiel auf, dass sie keine Ahnung hatte, was damit alles auf sie zukam.

Eines aber wusste sie: Die Reisen mit ihren Eltern, die verzauberten Frühlingsferien in Triest würden ein Ende haben. Rudolph machte ja keinen Hehl daraus, dass er die Stadt, die so nah an der Grenze zum jungen Königreich Italien lag, nicht mochte, und seine gesamte Familie verbrachte ihre Ferien grundsätzlich auf ihrem Landschloss im Burgenland.

War es das, was sie auf einmal so melancholisch stimmte? Das Wissen, dass ihre Tage in Triest gezählt waren?

Sie riss sich zusammen. Über der Balustrade von Sant'Antonio, auf der die sechs steinernen Märtyrer von Triest versammelt standen, brach der zartrosa und grau melierte Himmel auf und die Abendsonne sandte noch einmal mit letzter Kraft ihre Strahlen hinunter, woraufhin das Wasser aufglühte, als stünde es in Flammen.

Als versuche ihre Lieblingsstadt, ihren Kummer zu verscheuchen und ihr einen fröhlichen Abend zu wünschen.

Als wolle sie zu ihr sagen: Nun nimm's nicht so schwer, das passt nicht zu dir. Auch einer verheirateten Frau ist es schließlich nicht verboten, gelegentlich ein paar Tage mit der eigenen Familie zu verreisen, und du wirst schon wieder herkommen, wenn vielleicht auch nicht mehr so oft.

Vicky drehte sich um. »Komm, Fanika, gehen wir heim und freuen uns aufs Abendessen. Ich kann es gar nicht erwarten zu sehen, was Rosine heute wieder für uns gezaubert hat.«

Bereitwillig wie eins der kleinen Pferdchen, die vor den mit Touristen beladenen offenen Wägelchen zum Strand zockelten, drehte Fanika um und begann, den Weg, den sie gekommen waren, zurückzugehen. Dabei verlangsamte sie ihren Schritt, bis Vicky an ihr vorbei war, und ließ nicht zu, dass diese ihr die Hutschachtel abnahm. Dass sie von Rosines gutem Essen angefangen hatte, war taktlos, fiel Vicky auf, denn von den Speisen, die für die Gäste zubereitet wurden, würde Fanika ja nichts abbekommen. Das Leben war eine Ansammlung seltsamer

Ungerechtigkeiten, und wenn jemand vom Glück so begünstigt war wie sie selbst, war es schon fast eine Sünde, Trübsal zu blasen.

Es war bereits so gut wie dunkel, als sie zurück auf die Piazza Giuseppina kamen, und hinter den Fenstern der Pension empfing sie goldgelbes Licht. Auch vom Meer, das hinter den letzten Häusern zu erahnen war, blitzte noch das eine oder andere Licht herauf. Das alles wirkte so einladend, dass Vickys bedrückte Stimmung verflog. Das Leben war schön. Sie zog Fanika in eine leichte Umarmung, rief: »Danke, du liebes, fleißiges Wesen«, und winkte René, der mit einer Verbeugung hinter der Rezeption hervortrat, fröhlich zu. Beschwingt eilte sie samt ihrer Hutschachtel die Treppe hinauf in den zweiten Stock, um sich im Schlafzimmer ihrer Suite für den Abend umzukleiden.

Zu ihrer Erleichterung traf sie ihre Eltern nicht in dem kleinen Tagesraum der Suite an, sondern konnte ungesehen in ihr Zimmer schlüpfen. Hätte ihre Mutter hier gesessen und sich Rosines köstliche Pinzen schmecken lassen, so hätte sie Vicky wie so oft mit Fragen bombardiert, die diese im Augenblick nicht beantworten wollte. Sicher saß die Mutter mit ihrem Likör und ihren Pinzen, jenen süßen Brötchen, unten in der Bibliothek und hatte ein anderes Opfer für ihre Befragung gefunden. Ihr Vater würde hingegen im Rauchsalon eine Zigarre, seinen Enzian und die Stille genießen, eine der ausgelegten Zeitungen ungelesen über den Bauch gebreitet, und die Augen nur so weit geöffnet halten, dass er sehen konnte, wo sich sein Glas befand.

Das war für ihn Urlaub.

An ihrem Vater hatte Vicky schon immer geschätzt, dass er gut für sich selbst sorgte und alle anderen in der Regel tun ließ, was diese gern wollten, solange sie ihn bei der Befriedigung seiner Bedürfnisse nicht störten.

Sie öffnete ihren Kleiderschrank, begutachtete, was noch darin hing, und wählte ein rauchgraues Kleid aus schlicht fallendem Crêpe, das an Ärmeln, Ausschnitt und Säumen in dunklerem Grau bestickt war. Zu ihren Lieblingskleidern gehörte es nicht, es schien ihr zu ernst und formal, um zu ihr zu passen. Das bronzefarbene Seidenkleid mit Schärpe und kleiner Schleppe aus schwarzem Atlas, das ihre Mutter in Paris hatte fertigen lassen, wollte sie sich jedoch für den morgigen Abend aufheben.

Wie in jedem Jahr würde Eduard Hortis sie an ihrem letzten Abend zu einem festlichen Dinner an den Tisch der Familie bitten. Anschließend würde ein wenig getanzt werden, wobei geeignete Partner für Vicky kaum zur Verfügung standen. Sie würde einen einzigen Walzer mit ihrem Vater, der das Tanzen hasste, absolvieren und zwei oder drei mit Eduard Hortis, der vorgab, es zu genießen, sich aber steif wie ein Brett bewegte.

Vicky hatte trotzdem ihren Spaß dabei. Sie mochte den alten Herrn Hortis gern. Viel älter als ihr Vater konnte er im Übrigen gar nicht sein, aber mit seinem straff gescheitelten eisengrauen Haar und der beflissenen Förmlichkeit wirkte er, als müsse er jenem mindestens zehn Jahre voraushaben. Als Kind hatte Vicky ihn insgeheim »Onkel Schränkchen« getauft, weil er so eckig gebaut war und durch die Gegend marschierte wie ein kleiner Schrank auf Beinen.

Seine drei weiblichen Anverwandten versprühten alles andere als gesellige Verbindlichkeit, aber Vicky fand sie amüsant. Sie kam nicht umhin, sich in ihrer Gegenwart wie in einer der Possen von Nestroy zu fühlen, die im Theater an der Wien gespielt wurden. Melitta, Hortis' Nichte, und ihre verwitwete Mutter Agathe Braun versuchten, einander mit ihren sauertöpfischen Mienen zu übertreffen. Eleonore Hortis, seine Mutter, behandelte die beiden hingegen mit einer Herablassung, die viel zu dick aufgetragen war, um echt zu sein, und kommentierte alles, was sie taten, mit beißendem Sarkasmus.

Anfangs hatte Vicky versucht, sich mit Melitta, die nur wenige Jahre älter war, anzufreunden. Die Hoteliersnichte hatte jedoch schnell deutlich gemacht, dass sie die Pensionsgäste als Angehörige einer zwar notwendigen, aber wenig erfreulichen Spezies betrachtete und dass privater Kontakt mit ihnen unter ihrer Würde war.

Vicky ließ sich nicht davon abhalten, ihr weiter freundlich zu begegnen. Dass sie damit abprallte, fand sie eher vergnüglich als verletzend. Wenn sich Melitta in der Rolle der miesepeterigen Menschenfeindin gefiel, dann war das ihr Recht, das Vicky ihr nicht streitig machen würde. Sie selbst liebte Menschen, war geradezu süchtig nach ihnen und hatte ihren Heidenspaß daran, alljährlich die unterschiedlichen Gestalten, die sich in der Pension einfanden, zu beobachten und darüber nachzudenken, was für Geschichten sie wohl mit sich herumtrugen.

Eilig streifte sie das graue Kleid über, hatte einige Arbeit damit, es über ihre Taille zu zerren, und bedachte Rosines Kochkünste mit einem höchst liebevollen Fluch. Da nützte ihr auch ihr *Sans-Ventre*-Korsett nichts: Die neuerdings als so begehrenswert geltende Schlankheit ohne den Ansatz eines Bauches suchte man bei ihr vergeblich.

Vor dem Toilettentisch warf sie einen raschen Blick in den Spiegel, ordnete sich mit ein paar Griffen das Haar und steckte einen kleinen Schildplattkamm als Schmuck hinein. Viel richtete sie damit nicht aus. Ihr Haar war eine Plage. Wenn Rudolph zum Scherzen aufgelegt war, was nicht eben häufig vorkam, nannte er sie Medusa, weil eine solch wilde Fülle auf ihrem Kopf wucherte und die dunkelblonden Strähnen nur zu gern zu Schlangen verfilzten.

»Wenn du eine von Auersperg werden willst, wirst du dieses Vogelnest regelmäßig den Händen eines Meistercoiffeurs überlassen müssen, der es dir ordentlich onduliert«, hatte er ihr einmal gedroht. »Andernfalls bekommt meine Mutter Schreikrämpfe, weil sie Ungeziefer darin wittert.«

Vicky machte sich nichts vor: Eine von Auersperg zu werden, würde nicht zu den leichtesten Aufgaben ihres Lebens gehören. Aber davon ließ sie sich nicht schrecken. Die allzu leichten Aufgaben wurden ihr allmählich fad. Es war höchste Zeit, sich einer echten Herausforderung zu stellen.

Sie schlüpfte in ihre spitz zulaufenden Abendstiefel, die für den morgigen Tanz zu unbequem waren, und warf sich einen burgunderroten Schal um die Schultern, um dem Grau des Kleides ein wenig Farbe zu verleihen. So angetan lief sie hinunter in den ersten Stock, wo im sogenannten Spiegelsaal das Essen serviert werden würde.

Der Spiegelsaal war Vickys liebster Raum in der gesamten Pension. Als Speisezimmer für die Gäste war er nicht sonderlich günstig gelegen, da sämtliche Gerichte mit dem Speisenaufzug nach oben befördert werden mussten. Frühstück, Mittagsmahl und Kaffee wurden daher unten im Morgenzimmer serviert, doch für den Abend war dieser Raum einfach zu zauberhaft, um ihn nicht zu nutzen.

In dunklen Farben – Grün- und Brauntönen – gehalten und mit viel glänzendem Messing ausgestattet waren drei seiner Wände ab der halben Höhe mit geschickt aufgehängten, rechteckigen Spiegeln bedeckt. Die Ausschnitte von Bildern und Bewegungen, die diese Spiegel je nach Blickwinkel fingen und zurückwarfen, verwandelten den Saal in ein Vexierspiel, und die schummerige Beleuchtung durch Kerzenleuchter und Wandarme steigerten diesen Effekt. Es entstand der Eindruck, in eine nicht ganz wirkliche Welt eingetaucht zu sein, und war es nicht genau das, was man sich von einer Ferienreise erhoffte? Der Alltag verschwand und man überließ sich einer

Art Schweben durch Träume, einer Zeit zwischen den Zeiten, in der sich Wünsche erfüllten und alles möglich war.

Zur vierten, vorderen Seite hin öffnete sich der Spiegelsaal jedoch der Welt. Statt der Spiegel reihten sich hier ab der halben Höhe Fenster, die auf den Innenhof der Pension hinausgingen. In diesem gruppierten sich allerlei Kübel mit südländischen Pflanzen um ein Schwimmbecken, das so gekachelt und beleuchtet war, dass das Wasser darin nicht wie gewöhnliches Wasser, sondern wie eine Fläche aus Aquamarin schimmerte.

Ein magischer Ort!

Dass jemals ein Mensch in dem Becken schwamm, bezweifelte Vicky. Um diese Jahreszeit, wenn in Triest Hauptsaison herrschte, war es noch zu kalt, und im Sommer fanden die Österreicher es für eine Reise in den Süden zu heiß. Es hätte sie nicht gewundert, wenn das Bassin keinem anderen Zweck diente als dem, die Menschen, die vor den Fenstern saßen und ihr Essen einnahmen, zu verzaubern. Bei ihrer Mutter, die die Mahlzeiten nutzte, um ihre Predigten zu halten, verfehlte es ebenso die Wirkung wie bei ihrem Vater, der beim Essen an nichts als ans Essen denken wollte, doch bei Vicky hatte es immer funktioniert.

Würden ihre Eltern noch in ihren verschiedenen Aufenthaltsräumen sitzen oder hatten sie ihren angestammten Fenstertisch bereits eingenommen?

Vicky beschloss, sich schon einmal in den Spiegelsaal zu begeben. Wenn die Eltern noch nicht da waren, würde sie ein paar Augenblicke an diesem Lieblingsort allein genießen, auf das schillernde Blau des Wassers hinausschauen und die träumerische Stimmung beschwören, in die zu geraten ihr nur in Triest gelang. Genau das war es, was ihr in diesem Jahr bisher gefehlt hatte. Flüchtig spielte sie sogar mit dem Gedanken, sich ein winziges Glas Champagner als Aperitif zu bestellen, doch sie verwarf ihn gleich wieder. Auch wenn ihr Vater sie in seine

Frage, ob »die Damen« so etwas wünschten, regelmäßig einschloss, betrachtete er sie weiterhin als sein Kind, dem kein Alkohol gestattet war.

Es war bedauerlich. Aber zugleich berührte es sie.

Sie wollte den Raum betreten, aus dem das flackernde Kerzenlicht ihr schon einladend entgegenschlug, da stand ihr auf einmal wie aus dem Boden gewachsen Onkel Schränkchen gegenüber.

»Liebes Fräulein Viktoria. Einen schönen Abend wünsche ich Ihnen. Sie sehen heute ja wieder einmal ganz besonders bezaubernd aus – natürlich nur, wenn es gestattet ist.«

Vicky lachte laut heraus. »Wenn was gestattet ist? Dass ich bezaubernd aussehe oder dass Sie mir ein Kompliment machen, Herr Hortis?«

»Das Letztere natürlich, das Letztere«, beeilte er sich, ihr zu versichern. »Sie verstehen es nicht falsch, nicht wahr, meine Liebe? Wir kennen uns schließlich nicht erst seit gestern. Vor noch nicht allzu langer Zeit haben Sie auf meinen Knien gesessen und Hoppe Reiter gespielt, erinnern Sie sich?«

»Nur sehr dunkel.« Viktoria lachte wieder. »Aber auch wenn ich aus dem Hoppe-Reiter-Alter schon ein paar Jahre heraus bin, habe ich ganz gewiss nichts dagegen einzuwenden, dass ein Herr so freundlich ist, mir ein Kompliment zu machen.«

»Wie nett Sie das sagen. Selbstverständlich ist mir bewusst, dass Sie sich vor Komplimenten gar nicht retten können und auf eines von mir nicht angewiesen sind. Und die meisten dieser Schmeichler werden wohl weit jünger sein als ich.«

»Ach, so nett wie die älteren sind die jungen Herren selten«, rutschte es Viktoria heraus, ehe sie sich fragen konnte, ob diese Antwort nicht den Rahmen der Etikette sprengte. Offenbar tat sie das. Onkel Schränkchen errötete tief.

»Nun ja. So sehr alt bin ich ja noch gar nicht«, stammelte er. »Zumindest war ich bis eben der Meinung … ja, schon recht, das halbe Jahrhundert habe ich überschritten. Aber werden nicht jene Jahre beim Manne als die besten bezeichnet?«

»Um ehrlich zu sein, ich habe keine Ahnung«, antwortete Vicky. Onkel Schränkchen in seiner betulichen Art hatte durchaus etwas Liebenswertes, aber im Augenblick strapazierte er ihre Geduld. Sie versuchte, sich unauffällig zu recken und einen Blick an ihm vorbei zu werfen, um festzustellen, ob ihre Eltern sich schon eingefunden hatten. Das Licht war jedoch allzu gedämpft, und ein großer Tisch in der Mitte versperrte ihr die Sicht auf ihren kleinen.

»Fräulein Viktoria«, begann Eduard Hortis von Neuem und deutete eine Verbeugung an. »Ich weiß, Sie freuen sich auf Ihr Abendessen, und ich will Sie auch nicht lange aufhalten. Es gäbe da allerdings bitte schön einen Gefallen, den ich von Ihnen zu erbitten hätte.«

»Aber gerne doch«, unterbrach Vicky, ehe er zu einer weiteren Kavalkade aus verlegenen Floskeln ansetzen konnte. »Sie tun so viel für uns und machen es uns jedes Jahr wieder so schön, dass ich mich freuen würde, wenn zur Abwechslung einmal ich Ihnen einen Gefallen tun könnte.«

»Sie sind wirklich ein Schatz, Fräulein Viktoria.« Er ergriff ihre Hand und drückte sie, um gleich darauf noch tiefer zu erröten. »Oh, verzeihen Sie bitte. So habe ich es natürlich nicht gemeint.«

Wie er es nicht und wie er es stattdessen gemeint hatte, interessierte Vicky in diesem Augenblick herzlich wenig. Ihr Magen knurrte. »Was kann ich denn nun für Sie tun?«, fragte sie.

»Ja, also, es ginge um den heutigen Abend«, druckste Hortis. »Ich würde gern Sie und Ihre geschätzte Familie bitten, sich mir und den Meinen bereits heute und nicht wie gewohnt an Ihrem morgigen letzten Abend in unserem Hause anzuschließen.« Mit einem Schwenk des Arms wies er auf den großen Tisch vor den Mittelfenstern, und jetzt entdeckte Vicky dort ihre Mutter, die sich mit einem grauhaarigen Tischherrn offenbar angeregt unterhielt.

»Wir haben heute nämlich ganz besondere Gäste«, erklärte Eduard Hortis weiter. »Und um die Gelegenheit entsprechend zu gestalten, dachten wir uns, wie hübsch es doch wäre, wenn wir die Tischrunde um Ihre bezaubernde Person erweitern könnten. Bei unseren Gästen handelt es sich um den Herrn Bankier Graubener, der hier bei uns in Triest zu den hochgeschätzten Persönlichkeiten zählt, sowie um seinen Sohn, Herrn Julius Graubener junior. Außerdem eingetroffen ist ein ebenfalls sehr geschätzter Bekannter aus dem Königreich Italien, ein Herr Ascoli, der mit Weinen handelt, jedoch aus ausgezeichneter Familie stammt.«

6

Vicky

Der allseits so hochgeschätzte Herr Bankier war der Grauhaarige, der offenbar zum Tischherrn ihrer Mutter auserkoren worden war. An seiner anderen Seite saß Agathe Braun, und auf diese folgte ein rotblonder, ein wenig teigiger Jüngling, bei dem es sich um den Sohn handeln musste. Der Platz neben ihm war noch frei und somit offenbar Vicky zugedacht.

Sie strebte darauf zu, und sah, wie Agathe die verkniffenen Lippen schürzte, um sie, wenn auch widerwillig, der Form gemäß einander vorzustellen.

Ihr Bruder unterbrach sie jedoch. »Warten S' mal«, murmelte Eduard Hortis, ließ den Blick über die Menschen am Tisch schweifen und winkte dann seiner Nichte, die neben einem Mann in einem nach englischer Art geschnittenen Dinnerjacket mit schmalen, seidenen Revers saß. »Melitta, du nimmst neben dem jungen Herrn Graubener Platz, wie wir's besprochen haben. Herr Ascoli, ich habe die Ehre, Ihnen Fräulein Viktoria Liebenfels aus Wien vorzustellen, die Ihnen heute Abend reizende Gesellschaft leisten wird. Liebes Fräulein

Viktoria – hiermit stelle ich Ihnen Herrn Fabrizio Ascoli aus dem Piemont vor, einen geschätzten Freund unseres Hauses.«

Der Mann im Dinnerjacket stand auf. *Diese Engländer wissen, wie man einen Mann anzieht*, durchfuhr es Vicky. Sowohl die Schultern als auch Taille und Hüften des Herrn wirkten in dem eleganten Kleidungsstück einfach phänomenal.

Dass man einem Mann nicht auf die Hüften starrte, war Vicky bewusst. Dass die männliche Hüfte durchaus zu den Höhepunkten der göttlichen Schöpfung gezählt werden konnte, war ihr seit ihrer Bekanntschaft mit dem jungen Herrn von Auersperg jedoch auch nicht länger ein Geheimnis, und dem Vergleich mit diesem Exemplar hätte selbst ihr Rudi nicht standgehalten.

»Sehr erfreut«, begrüßte sie der geschätzte Freund mit den schönen Hüften, klang aber ganz und gar nicht so.

Etwas in Vicky erschrak. Was dieses Etwas war, konnte sie nicht wissen, denn es hatte sich nie zuvor in ihr erschrocken.

»Möchten Sie mir Ihre Hand nicht reichen?«, fragte der Mann, während sie noch mit dem Erschrockensein beschäftigt war. Sein Deutsch war perfekt. Nur die Betonung der Silben und die Aussprache der Vokale verrieten auf dezente Weise den Ausländer. »Seien Sie so nett und lassen Sie es mich wissen. Dann braucht die meine nicht länger in der Luft zu hängen.«

Er zog die Hand, die er ihr hingehalten hatte, zu sich zurück, und Vicky blickte auf. *Er handelt mit Wein, hat aber Augen wie Bier*, durchfuhr es sie, als wäre sie nicht recht bei Verstand. Dem eleganten Jackett zum Trotz war er eindeutig kein Engländer. Das Haar zu schwarz und so unzureichend gebändigt wie ihr eigenes, die Züge zu scharf, zu prägnant, der Mund zu groß, die Farben zu intensiv. Italiener war er. Plötzlich glaubte sie, Rudolphs Stimme voller Missfallen durch das Gemurmel und Geklapper im Saal hallen zu hören.

An ihr wäre es gewesen, sich zu entschuldigen, weil sie ihm ihre Hand nicht gegeben und auch keine Floskel zur Begrüßung ausgesprochen hatte. Aber sie entschuldigte sich nicht. Für gewöhnlich hatte sie damit keine Probleme, doch gerade schien es ihr, als hätte er sich bei ihr entschuldigen sollen.

Aber wofür?

Seine Art mochte ein wenig blasiert sein, aber lieber Himmel, wo fand sich denn ein junger Mann der höheren Gesellschaftsschichten, dessen Art nicht blasiert war? Er jedenfalls hatte nicht die Form verletzt, obwohl es Vicky fraglich schien, dass der Blick, mit dem er ihr weiterhin unverwandt begegnete, noch als schicklich durchging. Eben furchte er ein wenig die wie mit Tinte gezeichneten Brauen, die über den bierhellen Augen ein Dach bildeten. Blasiert war gar kein Ausdruck dafür. Und worauf bildete sich der Herr Weinhändler aus dem Piemont nun so viel ein?

Wie auch immer.

In jedem Fall musste Vicky etwas von sich geben, ehe die Lage noch peinlicher wurde. Ohnehin kam es ihr bereits vor, als hätten sämtliche Gäste ihre Mahlzeit unterbrochen und als wäre jedes Augenpaar im Saal auf sie gerichtet.

Zu ihrer Rettung schwang sich ausgerechnet Melitta auf. »Das geht nicht, Onkel!«, rief sie und entband Vicky damit von der Pflicht, sich irgendwelche Worte abzuringen. »Herr Ascoli und ich unterhalten uns gerade so angeregt, und Herrn Graubeners Tischdame kann doch Viktoria sein!«

Gott sei Dank, die mit dem größten Fauxpas bin nicht länger ich, dachte Viktoria, ohne sich wirklich zu freuen. Stattdessen tat Melitta ihr leid. Hektische Röte bedeckte ihr Gesicht, und auf der Stirn brach ihr der Schweiß aus. Nicht nur, dass sie ohne Zweifel in den blasierten Herrn aus dem Piemont verschossen war – sie hatte nun auch dafür gesorgt, dass im gesamten Saal ein jeder davon wusste.

»Melitta!« In dem einen Wort, das Agathe Braun ausstieß, lag genug Missbilligung, um ihrer Tochter jeglichen Wind aus den Segeln zu nehmen.

»Die Mühe dürfte sinnlos sein«, kam es trocken wie Zwieback von Eleonore Hortis. »Benehmen ist bekanntlich Glückssache, und als das Glück verteilt wurde, lag unsere Melitta ja wohl mit der Bräune im Bett.«

Melittas Schultern sackten regelrecht herunter, und ihre Mundwinkel taten das Gleiche. »Aber ich war doch zuerst hier«, widersprach sie ganz leise, brach aber ab und senkte den Kopf.

»Kein weiteres Theater, Melitta«, bestimmte ihr Onkel, während Vicky hilflos auf etwas sann, um ihr beizustehen. »Blamiert hast du uns jetzt wahrlich genug.«

Hatten die Verwandten der armen Melitta denn überhaupt kein Mitleid? Die junge Frau sah aus, als stünde sie kurz davor, vor der kompletten Versammlung in Tränen auszubrechen. In diesem Augenblick betrat auch noch Matthis, der Kellner, den Saal und balancierte ein Tablett mit gewiss einem Dutzend Champagnerkelchen auf einer Hand.

»Es hat mich gefreut, mit Ihnen zu sprechen, Melitta.« Ungläubig vernahm Vicky die Stimme des Gastes aus Italien, in der nicht einmal eine Spur von Blasiertheit schwang. Er hielt Melitta die Hand entgegen, die Vicky verschmäht hatte, nahm die ihre und beugte sich nieder, um über dem Handrücken einen Kuss anzudeuten. »Vielleicht haben wir ja morgen vor meiner Abreise noch Gelegenheit, unser Gespräch fortzusetzen? Ich jedenfalls finde das, was Sie mir über doppelte Buchführung erzählt haben, höchst faszinierend. Es stammt aus Italien, ich sollte mich damit auskennen, aber ich habe noch nie davon gehört.«

Er verzog den Mund. Etwas, das sich zuvor in Vicky erschrocken und verhärtet hatte, schmolz.

Melitta erwiderte sein Lächeln und ihre Wangen röteten sich noch intensiver. »Danke«, hauchte sie kaum hörbar und huschte davon, um ihren Platz zu räumen.

Alles in Vicky sträubte sich dagegen, diesen Platz einzunehmen. Er gehörte Melitta. Und was immer gegen den Italiener sonst einzuwenden sein mochte, er hatte tadellos reagiert. Einen Schritt hinter ihr wartete jedoch der arme Matthis und balancierte nach wie vor das Tablett mit den Gläsern. Also erbarmte sie sich, ging um den Tisch herum und schob sich auf den freien Stuhl. Zu ihrem Glück setzte augenblicklich das allgemeine Geschnatter wieder ein und Matthis machte sich in Windeseile daran, die Champagnergläser zu verteilen.

Vor Vicky stellte er auch eines hin, und zwar eines, das bis zum Rand gefüllt war. Sie sandte einen Seitenblick in Richtung ihres Vaters, aber der schenkte ihr keine Beachtung. Also würde sie dieses Mal wohl in den Genuss des beschwingt machenden Getränks kommen, und weiß Gott, sie war darüber froh.

Eduard Hortis blieb stehen und hob seinen Kelch.

»Auf unsere wunderbaren Gäste, den Reichtum und die Vielfalt, die sie in dieses Haus bringen«, trug er seinen Trinkspruch vor. »Sie alle sind uns lieb und teuer – ob sie nun aus Wien, aus dem Piemont oder lediglich aus der Theresienvorstadt unseres geliebten Triest stammen.«

Zustimmung wurde laut, so hölzern die kleine Ansprache auch geraten war. Gelächter perlte durch den Raum, Gläser klirrten aneinander. Vicky griff nach dem ihren und wandte sich, wie es sich gehörte, ihrem Tischherrn zu.

»Ich bitte um Entschuldigung«, sagte sie.

Seine Augen wirkten mit dem bläulichen Lichtschein vom Hof im Hintergrund dunkler, aber nicht weniger intensiv. »Schmarrn«, erwiderte er in einem Österreichisch, das sie zum Lachen brachte. »Ein Vergnügen kann das für Sie alle ja nicht sein, hier herumgeschoben zu werden wie Gläser mit Wein, der einem zu sauer ist. Meine Schwester hätte sich strikt geweigert und diesen geselligen Abend auf fulminante Weise platzen lassen.«

Er hob sein Glas vors Gesicht, und Vicky stieß ihres geradezu schüchtern dagegen. Dabei war Schüchternheit eine Eigenschaft, bei deren Verteilung *sie* die Bräune gehabt haben musste, so wie die arme Melitta beim Glück. »Ich kann Ihre Schwester verstehen«, rang sie sich ab.

Sein Lächeln war ein Sonnenstrahl, der über ein Stück Land glitt und gleich wieder verschwand. »Ich auch. Zwar nicht immer, aber immer häufiger.«

Vicky trank Champagner und hoffte, er würde ihr helfen, die seltsame Schüchternheit, die die Nähe dieses Mannes in ihr weckte, zu überwinden. Sie wünschte, er würde seinen Blick abwenden und brachte es doch selbst nicht fertig. Sein Gesicht fesselte sie. Nicht weil er nach dem landläufigen Geschmack ein gut aussehender Mann war, sondern weil eine Geschichte in seine Züge eingegraben war, die sie plötzlich um jeden Preis ergründen wollte.

Eine Geschichte voll Augenzwinkern und Lachen und Menschen, die vor einem Haus in der Sonne tanzten.

Aber auch eine von Verlust und Schmerz, obwohl sie nicht die geringste Ahnung hatte, wie sie darauf kam.

Was auch immer ihr die seltsamen Gedanken eingab – sie musste etwas sagen. »Sie waren sehr nett zu Melitta«, brachte sie schließlich heraus.

»Warum sollte ich nicht?«, erwiderte er. »Fräulein Melitta war ja auch sehr nett zu mir. Außerdem fällt es mir von jeher schwer, dabei zuzusehen, wenn ein Mensch gedemütigt wird.«

»Mir auch«, platzte Vicky heraus. »Trotzdem habe ich nichts gesagt, um Melitta zu helfen, sondern es geschehen lassen. Jetzt schäme ich mich.« Sie stürzte den Rest des ungewohnten Champagners hinunter, und einen Augenblick lang drehte sich der Saal mit seinen Spiegeln und dem hundertfachen Blitzen der Kerzenflammen um sie.

Er nahm ihr das Glas aus der Hand und stellte es ab. »Davon ist abzuraten«, sagte er. »Trinken Sie ihn langsam, vor allem, wenn der Abend noch jung ist. Dieses Erzeugnis mag sich harmlos wie ein Getränk für Kinder geben, aber wenn es zu Kopf steigt, ist es eindeutig eines für Erwachsene.«

»Ach ja. Sie handeln ja mit Wein.«

»Nicht mit Champagner.« Er stellte sein eigenes Glas ebenfalls ab, sah aber immer noch Vicky ins Gesicht. »Und was die Scham betrifft: Ich finde es erfreulich, wenn Menschen das noch können, sich für etwas schämen. Es scheinen immer weniger zu werden – die meisten suchen doch die Schuld bei allem und jedem, dem Wetter, dem Nachbarn, der Regierung, dem Papst – nur nicht bei sich selbst.«

Vicky musste lachen. Nicht, weil das, was er gesagt hatte, komisch, sondern weil es so treffend war. Ehe sie etwas erwidern konnte, kehrte Matthis mit Fanika und einem weiteren Mädchen zurück und trug den ersten Gang auf: eine Suppe aus Meeresfrüchten, Tomaten, frischem Knoblauch und weißem Wein. Vicky hatte völlig vergessen, wie hungrig sie war, doch der köstliche Duft rief die Erinnerung wach. Sie konnte es kaum erwarten, nach dem Löffel zu greifen und sich auf die Suppe zu stürzen wie zuvor auf den Wein.

Apropos Wein. Matthis umrundete mit einer in eine Serviette gewickelten Flasche den Tisch und füllte einem nach dem anderen das Glas, das für Weißwein bereitstand. Als er zu ihnen kam, hielt der Italiener blitzschnell seine Hand über Vickys Glas, wie es sonst ihr Vater tat. Die Hand war ausnehmend schön. So wie seine Stimme und sein Gesicht. Verärgert war Vicky trotzdem. Was bildete der Mensch sich ein?

»Darf ich erfahren, was Sie da machen?«, murrte sie, musste jedoch feststellen, dass er ihr gar nicht zuhörte. Stattdessen hatte er sich zur Seite gewandt und sprach in gedämpftem Ton mit Matthis. Der nickte schließlich voller Eifer, eilte in das kleine Anrichtezimmer nebenan und kehrte mit einer weiteren Flasche, die dunkler und bauchiger war als die erste, zurück. Inzwischen hatte der Italiener seine Hand zurückgezogen und sah nun zu, wie der Strom des tiefgoldenen Weines sich in ihr Glas ergoss.

»Ich habe mir erlaubt, die Sorte, die auf der Karte steht, durch einen von meinen eigenen ersetzen zu lassen«, erklärte er, nachdem Matthis auch ihm eingeschenkt hatte und weitergezogen war. »Einen spät reifenden Arneis von 1897. Ich dachte, der könnte Ihnen schmecken.«

Das war nicht wenig selbstgefällig. »Fragen Sie andere Leute grundsätzlich nicht, was sie möchten?«, forderte Vicky ihn heraus. »Oder sind Sie nur bei Frauen so gönnerhaft?«

Das, was sich jetzt auf seinem Gesicht abzeichnete, hatte nichts von einem flüchtigen Sonnenstrahl, und es war auch kein Lächeln, sondern ein waschechtes Grinsen. »*Touché*«, entgegnete er. »Vermutlich wortwörtlich dasselbe hätte meine Schwester mir um die Ohren gehauen.«

Vicky hatte ihn für mindestens Anfang dreißig gehalten, sah aber jetzt, dass er jünger war. »Und was würde Ihre Schwester nun mit dem Wein anfangen?«, hakte sie nach.

»Sie würde darauf bestehen, dass ich ihn umtauschen lasse«, gab er kleinlaut zu. »Und wenn ich ihr hundertmal versichern würde, dass die andere Sorte nach Sauerkraut schmeckt – sie würde darauf beharren, das sei ihr egal.«

»Ich liebe Sauerkraut«, sagte Vicky.

»Nein, tun Sie nicht.« Wie unter Qualen verzog er das Gesicht. »Niemand kann diese Beleidigung eines arglosen Gaumens lieben, und ein Wein, der danach schmeckt, zieht die jahrtausendealte Geschichte des Weinbaus in den Schmutz. Ein Wein, der etwas wert ist, trägt ein Echo dieser Geschichte in sich und verleiht ihm seine eigene Persönlichkeit. Der, den ich Ihnen unbefugterweise unterjubeln wollte, ist ein Mädchen, das wir ›die kleine Schwierige‹ nennen, weil er so kapriziös ist, sich jeden nur erdenklichen Schädling einfängt und sich erst bequemt, fertig zu reifen, wenn die *Vendemmia* so gut wie vorüber ist. Aber wenn man sich das Ergebnis schließlich auf der Zunge zergehen lässt, schmeckt man etwas von den Aprikosen und Mandeln des südlichen Kaukasus, an dessen Hängen die ersten Rebstöcke der Menschheitsgeschichte gepflanzt wurden, von den Äpfeln, mit denen die ersten Trauben von Griechenland nach Frankreich gelangten, und von den goldgelben Birnen, die wir selbst an den Fuß unserer Weinberge pflanzen.«

»Donnerwetter«, entfuhr es Vicky. »Haben Sie diese ganzen Gegenden bereist und das alles probiert?«

Er senkte die Lider, zog eine Miene, als könne er kein Wässerchen trüben. »Weder – noch«, gestand er. »Ich habe es auswendig gelernt, um den Leuten meinen Wein aufzuschwatzen.«

Vicky musste lachen. »Und was würde Ihre Schwester jetzt sagen?«

»Mir egal«, ahmte er den ruppigen Tonfall der Schwester nach. »Halt den Mund und hol mir meinen Sauerkrautwein.«

Ihre Blicke trafen sich wieder. In seinen bierbraunen Augen funkelte ein spiegelndes Licht von den Kerzen. »Sie haben Glück«, verkündete Vicky. »Ich bin heute Abend milde gestimmt und probiere Ihren Wein. Aber wehe, er schmeckt nicht nach dem halben Geburtstagskuchen, den Sie mir da beschrieben haben!«

»Nach Zuckerguss schmeckt er nicht!«, rief er, aber Vicky hatte schon das Glas ergriffen und einen undamenhaft mächtigen Schluck daraus getrunken. Sie verfügte über keinerlei Erfahrung mit Wein und konnte nicht beurteilen, ob an der

Lobeshymne des Italieners etwas dran und dieser Tropfen tatsächlich etwas Besonderes war. Aber dass er ihr schmeckte, wusste sie. Dass es Spaß machte, ihn zu trinken, und dass die schwärmerische Geschichte, die sein Erzeuger ihr erzählt hatte, dazu beitrug.

»Und?« Fragend hob er die tintenschwarzen Brauen. »Findet meine kleine Schwierige Gnade vor Ihrem Gaumen?«

»Sagen wir, ich habe schon Schlechteres getrunken.«

»Das haben Sie in der Tat. Melitta zufolge sind Sie bereits seit drei Wochen hier und mussten sich mit dem Sauerkrautwein herumquälen.«

Sie lachten beide. Und dann stand auf einmal Fanika hinter ihnen, um die Suppenteller abzuräumen, aus dem Anrichtezimmer mit dem Aufzug schob Matthis den Servierwagen mit dem zweiten Gang, und fassungslos bemerkte Vicky, dass sie vergessen hatte, ihre Suppe zu essen.

»Das ist mir noch nie passiert«, bekannte sie.

»Da sehen Sie mal, was unser Arneis auf Sie für eine Wirkung hat«, erwiderte er. »Bleiben Sie dabei, er passt auch zu Weißfisch und Gnocchi.«

»Zu Weißfisch und was?«

Er wies auf einen der flachen Teller, auf denen Kartoffelteigbällchen in einer salbeiduftenden, cremigen Soße angerichtet waren. »Zu den Teigwaren, die eindeutig der Küche unseres Volkes entnommen wurden«, erläuterte er. »Wobei man sie wirklich nicht zu Fisch reichen sollte. Sie schmecken nie besser, als wenn man sie allein mit geschmolzener Butter, frisch gemahlenem Pfeffer, Knoblauch und einem reifen, grob geriebenen *Parmigiano* genießt, wie es bei uns im Piemont üblich ist.«

»Ist bei Ihnen im Piemont alles besser als anderswo?«, konnte sich Vicky das Nachfragen nicht verkneifen.

In seine Augen trat von Neuem das Funkeln. »Mein kleiner Bruder würde darauf erwidern: ›Weder essen noch singen, dichten oder Frauen beglücken kann man irgendwo auf der Welt so gut wie in Italien.‹«

»Aha«, bemerkte Vicky. »Und wie viele Geschwister haben Sie noch?«

Das Funkeln erlosch so abrupt, als hätte jemand das Licht ausgeschaltet. »Nur diese beiden.«

Hatte sie etwas Falsches gesagt? Bis eben hatten sie doch miteinander herumgealbert, wie sie es mit einem Mann nie für möglich gehalten hatte. Zwischen ihnen hatten Funken gesprüht. Und jetzt saßen sie stumm beieinander und beugten sich über ihre Teller, als würden sie fürs Essen bezahlt. Wobei der Italiener, von dem Vicky erst in diesem Moment bemerkte, dass sie seinen Namen vergessen hatte, sich mit einem kümmerlichen Lohn würde zufriedengeben müssen. Er aß kaum zwei Gabeln voll. Vicky hingegen hatte zumindest Hunger, und wenn ihr etwas schmeckte, hielt sie so schnell nichts davon ab.

Als Zwischengang wurden Sardellen serviert, die in Zwiebeln, Lorbeer und Essig eingelegt waren, und dann konnte Vicky aus dem Anrichtezimmer das geschäftige Geklapper vernehmen, mit dem der Hauptgang sich ankündigte. Dem Duft nach würde es ein Wiener Schnitzel geben, Kartoffeln und Gemüse allerdings anders als in Vickys Heimat mit Kümmel, Majoran und dem köstlichen Oregano gewürzt. Sie liebte es – und wollte es sich auf keinen Fall durch eine Verstimmung verderben lassen.

»Wenn ich etwas Falsches gesagt habe, tut es mir leid«, sagte sie zu ihrem Tischherrn.

Der ließ auf der Stelle die Gabel sinken und wandte sich ihr wieder zu. »Das haben Sie nicht. Verzeihen Sie mir, ich war in Gedanken. Darf ich es wiedergutmachen? Ihnen zum

Fleischgang das Beste offerieren, was unsere Berge im Piemont zu bieten haben?«

Vicky war nie zuvor betrunken gewesen, spürte aber, dass ihr genau das bevorstand, und fand es himmlisch. Erleichtert lachte sie auf. »Sie dürfen. Ausnahmsweise. Sollte ich je Ihrer Schwester begegnen, verrate ich ihr kein Sterbenswort, versprochen.«

»Sie kennen meine Schwester nicht. Das Geheimnis, das die Ihnen nicht entlockt, ist noch nicht erfunden worden.«

Matthis stellte die üppig gefüllten Teller vor sie hin, und nach einem kurzen Wortwechsel mit ihrem Tischherrn brachte er eine Flasche, aus der ein Wein im tiefen Rot von Granatsteinen in Vickys Glas floss.

»Dolcetto d'Acqui.« Aus dem Mund des Italieners klang der Name des Weines wie ein Liebeslied. »Manche behaupten, er wäre im Vergleich zum Barolo zu leicht, doch die kennen den unseren nicht, der seine Reife und Schwere auf leichten Schultern trägt wie ein Wanderer, der sich vom Leben nicht unterkriegen lässt.«

»Haben Sie das auch auswendig gelernt, um Leuten Ihren Wein aufzuschwatzen?« Vicky wollte nicht allzu deutlich zu erkennen geben, wie viel Spaß sie daran hatte, ihm zuzuhören.

Verlegen senkte er den Kopf und verschränkte die Hände. »Ich fürchte, ja.«

»Ich wette, so viel, wie Sie verkaufen, kann auf Ihrem armen Weinberg gar nicht wachsen«, sagte Vicky. »Mit Ihrem Talent werden Sie auf etwas anderes umsteigen müssen. Sie könnten Blinden Ferngläser verkaufen. Oder den Hottentotten Winterpullover.«

»Ich kann nur Wein«, bekannte er. »Von allem anderen verstehe ich nichts. Mein Wein allerdings fühlt sich von dieser eigentümlichen Fleischzubereitung, die er zu begleiten hat, ein wenig gekränkt. Wenn Sie meinen Rat wollen, genießen Sie ihn pur, ohne jede überwürzte Speise, die sein Bukett verdirbt.«

»Sie sind ungerecht«, protestierte Vicky. »Rosine kocht vorzüglich, und ein Wiener Schnitzel ist eine gute Gabe Gottes.«

»Ich glaube, dann möchte ich lieber in der Hölle enden«, erwiderte er sehr leise und umfasste den Stiel seines Glases mit beiden Händen, ehe er trank.

Vicky trank auch und musste ihm zumindest dahingehend recht geben: Der Wein war eine Offenbarung. Er hatte etwas von einem scheinbar schwerelosen Tänzer, dessen Kraft und Wucht man erst bemerkte, wenn er einen mit dem letzten Ton des Walzers in den Armen fing. Woher kamen ihr diese verqueren Gedanken? Hatte ihr Tischherr sie mit seinen blumigen Elogen etwa angesteckt?

Er ließ sein Hauptgericht nahezu unberührt zurückgehen, schien aber dem Liptauer, der anschließend in kleinen Töpfen mit eingelegten Gurken, Kapern und frischem Roggenbrot gereicht wurde, mehr zugetan. Danach folgte eingemachtes Obst, und zum Abschluss stand Eduard Hortis noch einmal auf und verkündete: »Zu Ehren unserer hochgeschätzten Gäste, der Familie Liebenfels aus Wien und vor allem ihrer liebreizenden Tochter Viktoria, präsentiert uns die Backstube der Pension Hortis heute – eine Sachertorte!«

Vicky war sich nicht einmal sicher, ob das gestattet war. Die ganz mit Schokoladenglasur überzogene Original-Sachertorte war eine der berühmtesten Spezialitäten Wiens und durfte ihres Wissens nur in dem gleichnamigen Hotel und beim Hofzuckerbäcker Demel, wo sie kreiert worden war, angeboten werden. Aber was lag schon daran? Das mächtige, in dunklen Guss gehüllte Gebilde, das soeben mit brennenden Kerzen dekoriert hereingetragen wurde, war eben eine Sachertorte á la Rosine. Vicky fand es unendlich rührend, dass die Köchin, die ja nicht als Zuckerbäckerin ausgebildet war, sich an dem komplizierten Rezept versucht hatte, um ihr eine besondere Freude zu machen.

In ihrer Ergriffenheit sprang sie auf, um hinüber ins Anrichtezimmer zu laufen und sich persönlich bei Rosine zu bedanken. Aber sie hatte die Wirkung des Weines unterschätzt, fühlte sich auf einmal, als wären ihre Beine aus einer wabbeligen Masse wie zum Tortenfüllen und stolperte über irgendetwas, das im Weg stand. Um nicht lang hinzustürzen, streckte sie instinktiv die Hand nach einem Halt aus, krallte sich in die Kante des Tischtuchs und riss mit diesem ihr Weinglas, das Weinglas des Italieners und dessen frisch gefüllten Teller mit dem Tortenstück zu Boden.

Die Schweinerei war unbeschreiblich. Schokoladenmasse, granatroter Wein, Streuzucker und Kaffeesahne ergossen sich über sie, während deren Behälter um sie in Scherben zerschellten. Zugleich begann im Saal ein ohrenbetäubendes Geschrei, Geklirr und Gepolter zu tosen, vor dem sie am liebsten meilenweit geflohen wäre.

Weh tat es auch. Etwas Scharfes schnitt ihr in Hand und Wange, und ihre Hüfte war schmerzhaft auf dem Parkettboden aufgeprallt.

Gleich darauf aber kam es ihr vor, als werde um sie eine Glasglocke aufgeblasen, die ihr Schutz bot und sie von Erregung und Getümmel trennte. Der Italiener war neben ihr auf die Knie gesunken, die Hosen seines eleganten Anzugs in der Brühe aus Schokolade und Wein. »Halten Sie still, Vittoria«, beschwor er sie leise, schob ihr behutsam einen Arm in den Rücken und half ihr zum Sitz auf. Ebenso behutsam löste er Scherben aus ihrem Haar und der Kleidung und zog eine, an deren Spitze ein Blutstropfen prangte, aus ihrer Wange. »Ich bitte Sie – nicht bewegen. Wir wollen ja nichts tiefer hineintreiben.«

»Kruzitürken, was bin ich nur für ein Tollpatsch«, beschimpfte sie sich.

Er lächelte sie an, schickte mit einer Handbewegung ein paar Leute, die ihr zu Hilfe eilen wollten, ihres Weges und legte ihr einen Finger auf die Lippen. »Lieber nicht sprechen, ehe ich sicher bin, dass nirgendwo mehr eine Scherbe steckt.«

Vorsichtig sammelte er alle Glas- und Porzellanscherben ein, legte sie auf den Tisch und tupfte ihr dann mit einer Serviette das Gesicht ab, reinigte notdürftig ihr ruiniertes Kleid. Seine Hosen würden nicht besser aussehen, wenn er aufstand, und auf einmal hätte sie gerne gelacht.

»Dürfte ich bitte erfahren, was in dich gefahren ist, Viktoria?« Mit der ihr eigenen Rücksichtslosigkeit hatte ihre Mutter sich zu ihnen durchgedrängelt.

»Ein bedauerlicher kleiner Unfall, *Madame*«, antwortete an Vickys Stelle der Italiener. »Um ehrlich zu sein, bin der Schuldige ich, und Sie sehen mich voller Reue, das müssen Sie mir glauben. Wie es aussieht, ist Ihre Tochter jedoch nicht ernsthaft verletzt, wofür ich meinem Schöpfer danke. Für die Reinigung des entzückenden Kleides komme ich selbstverständlich auf.«

Und dieser Mensch behauptete, er könne nur Wein verkaufen? Vicky war sicher, dass er den Leuten aufschwatzen konnte, was immer ihm gefiel.

Unschlüssig blieb ihre Mutter stehen. »Sind Sie sicher, dass Sie zurechtkommen?«, fragte sie, offenbar erleichtert, dass sie sich nicht selbst mit ihrer von Kopf bis Fuß verunzierten Tochter herumplagen musste.

»Vollkommen sicher, *Madame*«, beteuerte der Italiener. »Erlauben Sie mir, Ihnen nach diesem unverzeihlichen Missgeschick zu beweisen, dass eine junge Dame dennoch bei mir in guten Händen ist.«

Was die Mutter zur Antwort murmelte, konnte Vicky nicht verstehen, aber immerhin zog sie sich zurück. Fanika und das andere Mädchen rückten mit Eimern und Wischlappen an, um den Schaden zu beseitigen, und die Übrigen nahmen ihre Mahlzeit wieder auf.

Kaum war die Mutter verschwunden, wurde der Italiener ernst, konzentrierte sich völlig auf Vicky und tupfte ihr noch immer etwas vom Gesicht – Blut oder Wein, Tränen, Schweiß oder Schokoladensoße.

»Das war sehr edel von Ihnen«, bedankte sie sich.

»Ach was.« Er strich ihr durchnässte Strähnen ihrer Medusa-Haare hinter das Ohr, von wo sie sofort von Neuem hervorquollen. »Mit Ihrer Mutter müssen ja Sie sich nach diesem Abend auseinandersetzen, nicht ich.«

»Aber Ihr schöner Kuchen!«, fiel Vicky ein.

»Dafür, dass Sie mich von dem erlöst haben, wollte *ich* mich eigentlich bei Ihnen bedanken«, sagte er. »Lediglich um meinen Wein tut es mir leid.«

»Sie sind ein Snob«, stellte sie fest.

»Der bin ich.«

Halb unter dem Tisch kauerten sie und blickten einander in die Augen, verwundert, dass sie davon noch immer nicht genug hatten. Keinen Schritt neben ihnen schrubbte Fanika den Boden, und über ihnen begann Matthis, die Kuchenteller abzuräumen.

7

Fabrizio

Montechiaro d'Acqui, Piemont

Mai

Er hielt es seit Jahren so.

Wenn er von einer Reise zurückkam, die ihn wochenlang von seiner Heimat ferngehalten hatte, bat er Alfredo, ihren Knecht, ihm sein Pferd zum Bahnhof nach Monferrato zu bringen und dort unterzustellen. Saturno lief am Führzügel neben dem Einspänner, mit dem Alfredo dann wieder zurückfuhr, und wenn Fabrizio aus dem Zug stieg, lagerte er den größten Teil seines Gepäcks ein und ritt auf seinem Schimmel nach Hause.

Es war alles ein bisschen aufwendig, hätte sich in der doppelten Buchführung, die Melitta Braun zufolge ein venezianischer Mönch erfunden hatte, nicht gut gemacht. Aber für die Finessen der mönchischen Buchführung war Fabrizio ohnehin nicht geschaffen. Der Ritt auf seinem Pferd aus der Stadt hinaus zu seinem Haus in den Weinbergen gab ihm das Gefühl, sich von allem Belastenden, Bedrückenden frei zu schütteln und mit neuer Hoffnung nach Hause zu kommen.

Natürlich war das eine Illusion, die daheim auch nie lange brauchte, um zu platzen. Aber im Laufe der Zeit hatte Fabrizio gelernt, dass es zwei Dinge gab, die ihm die Kraft verliehen, die Herausforderungen seines Lebens durchzustehen: ein Gestänge aus Routinen, an dem er sich festhalten konnte, und ein Luftkissen aus Illusionen, das ab und an einen Aufprall abfederte.

Der Aufprall würde diesmal so hart nicht sein, hoffte er, während er Saturno in leichtem Galopp durch die Ebene lenkte, ohne ihn mit den Schenkeln treiben zu müssen. Immerhin hatte er unerwartet gute Verkäufe abgeschlossen, und auch wenn das Geld dafür noch nicht in der Kasse klingelte, würde der Direktor seiner Bank ihm daraufhin wohl die Kredite verlängern. Es gab keine schönste Zeit in den Weinbergen von Montechiaro, weil jede Zeit hier von ihrer eigenen Schönheit geprägt war, aber wenn es eine gab, die am heilsamsten auf das Gemüt wirkte, dann war es der Mai.

Der Wein stand in Blüte. Die Reben an den Hängen hatten kräftig ausgetrieben, und die zarte Spur Rosa an ihren Spitzen besaß schon eine Ahnung von der Fülle der Trauben. Wie ein Jahrgang ausfallen, ob das Klima ihm gewogen sein oder ob Schädlinge und Krankheiten ihm zusetzen würden, wusste man nie im Voraus, so wenig wie ein Elternpaar wusste, ob ihm seine Kinder gerieten. Aber jeder neue Jahrgang, der so kurz vor der Frucht stand, war auch eine neue Möglichkeit – eine noch unverdorbene Chance.

Das Haus aus graubraunem Stein lag in seinem Kessel zwischen Hängen, deren Säume zwei Reihen von Birnbäumen markierten. Die Bäume hatte Fabrizios Großvater gepflanzt. »Den Apfel pflanzt ein Mann für seine Kinder, die Birne für seine Enkel«, hatte er Fabrizios Vater zufolge zu sagen gepflegt.

Weil er nach langen Jahren, die er seiner militärischen Laufbahn gewidmet hatte, erst spät bereit gewesen war, eine Familie zu gründen, hatte er sich für Birnen entschieden, damit seine Enkel, die er wohl nicht mehr kennenlernen würde, etwas hatten, das sie an ihn erinnern würde.

Noch ein paar ruhige Jahre mit seinem Weingut und seiner Familie hatte er sich vorgestellt, doch stattdessen war er ein volles Jahrhundert alt geworden, hatte sowohl den Einmarsch der Österreicher in sein geliebtes Piemont als auch deren Vertreibung nach der Schlacht von Solferino miterlebt. Dazu die Einigung Italiens, die Ausrufung des Königreichs, die Geburt seines einzigen Sohnes und die seiner vier Enkel.

Die Birnbäume hatten das alles ebenfalls miterlebt und Jahr für Jahr ihre schneeweißen Blüten, gefolgt von prallen goldgelben Früchten hervorgebracht. Die Zeit der Blüte war inzwischen fast vorbei, hier und da zeigten sich schon winzige Kugeln, die sich zu Birnen auswachsen würden. Dahinter erhoben sich Pinien, Libanon-Zedern und Koniferen, die ihre Schatten auf das Haus warfen. Noch ein Stück weiter stand die mächtige Kastanie, die ihnen jeden Herbst Körbe voller Maronen bescherte. In Honig gebacken wurden diese zu reifem, bröckeligem Käse gereicht. Wer das einmal zum Nachtessen probiert hatte, sehnte sich nie wieder nach aufwendigen Menüs mit fünf Gängen.

Auf dem kleinen Flecken, wo kein Schatten der Bäume das Haus erreichte, brachte die Sonne die Schindeln des Daches zum Glänzen. Auf dem steinernen Geländer des Balkons standen Kästen, in denen einst leuchtend rote Geranien geblüht hatten. Wann immer Fabrizio hierher zurückkam, nahm er sich vor, dafür zu sorgen, dass wieder welche gepflanzt wurden.

Es hatte nur niemand Zeit, sie zu pflegen, sagte er sich, das war der einzige Grund für ihr Fehlen. Sein Onkel Livio, der *Castellano*, der sich um die gesamte Verwaltung des Gutes kümmerte, hatte auch so mehr als genug zu tun, und daneben beschäftigten sie nur noch zwei Angestellte: Alfredo für Garten, Stall und die Aufsicht über die Saisonarbeiter, und Mariuccia, seine Frau, fürs Haus. Valeria, die sich der Tradition nach um solche Dinge hätte kümmern sollen, würde eher den Teufel tun, und Crispino vergaß er, wenn es um Arbeiten für die Familie ging, besser ganz.

Fabrizio spürte, wie ihm etwas den Nacken hinaufkroch, als hätte sich ein giftiges Tier unter sein Hemd geschlichen. Die wohltuende Wirkung des Ritts ließ schon nach. Er war zu Hause, die Schonzeit war vorüber, und die Gedanken an seine Geschwister brachten die Sorgen zurück.

Auch die Erinnerungen.

Vor allem jene, die er mit einem Siegel verschließen und vergraben wollte, weil sie ihm die Bewältigung des Alltags erschwerten, die aber mit diesem Haus und seiner Umgebung untrennbar verbunden waren.

Er sprang vom Pferd. Lockerte den Sattelgurt und die Riemen des Kopfstücks und begann, den verschwitzten Schimmel trocken zu führen. Saturno, ein Salernitaner aus dem Gestüt Persano mit viel Vollblut- und Lipizzaneranteil, hatte seinem Vater gehört. Carlo Ascoli hatte ihn nach seinem liebsten Sagenhelden benannt, dem Titanengott Saturn, war mit dem eigensinnigen Hengst jedoch nicht zurechtgekommen. Er hatte Geschöpfe nur lieben können, wenn sie sich ihm unterwarfen, und da Saturno weit davon entfernt war, hatte er ihn verschneiden lassen, auch wenn er als Deckhengst ein mittleres Vermögen wert gewesen wäre.

Es tat Fabrizio in der Seele weh, daran zu denken. Das nunmehr entwertete Pferd hatte seinen Vater nicht länger interessiert, und so hatte er selbst sich seiner angenommen. Saturno war erst zwölf, in seinen Gangarten leicht und rege, aber sein Herz hatte etwas von einem alten Mann, der sich aufgegeben hatte. Unter dem Sattel ging er so lammfromm, dass Fabrizio ein Kind auf seinen Rücken gesetzt hätte, ohne um dessen Sicherheit zu fürchten.

Aber auf dem Gut von Montechiaro d'Acqui gab es keine Kinder, und Fabrizio fand, er sei es Saturno schuldig, dass nur er allein ihn ritt. Sie waren zwei Gefährten, zwei Übriggebliebene, die einander halfen, einfach weiterzumachen. »Wir zwei Verschnittenen«, sagte Fabrizio manchmal zu ihm und hatte das vage Gefühl, dass der Apfelschimmel traurig mit ihm lachte.

Alfredo kam aus dem Stall, um ihm sein Pferd abzunehmen.

»Eine gute Reise gehabt, Signore?«

»Ja, sehr gut, Alfredo. Danke. Hier zu Hause alles in Ordnung?«

»Signor Barocci hat vorgesprochen«, antwortete Alfredo. »Er bittet Sie, ihn aufzusuchen, sobald es Ihnen möglich ist. Näheres kann Ihnen Ihr Onkel sagen, der mit ihm gesprochen hat.«

Der Direktor seiner Bank. Fabrizio hatte damit gerechnet, doch anders als befürchtet konnte er nun mit Ruhe in das Gespräch gehen. Um das Gut bis zur Lese zu führen, würde es nötig sein, den Kredit zu verlängern, aber die Bestellungen aus Triest würden ihn in die Lage versetzen, seine Raten pünktlich zu begleichen. Sobald die Zahlungen eintrafen, würde Barocci sein Geld sehen. Eduard Hortis hatte ihm versichert, er werde sich umgehend darum kümmern, sodass Fabrizio auf den ersten vereinbarten Abschlag bereits in diesen Tagen zählen konnte.

»Ich fahre morgen in die Stadt«, sagte er zu Alfredo. »Sie und Mariuccia, schreiben Sie mir eine Liste mit allem, was für den Haushalt benötigt wird.«

»Aber gewiss doch, Signore.« Das Gesicht des Mannes schien regelrecht aufzuleuchten. Dass Mängel ausgeglichen, Dinge besorgt werden konnten, die seit Langem fehlten, bedeutete, dass es aufwärtsging, dass der Verlust des Gutes, den der lebenskluge Mann vermutlich nicht weniger fürchtete als Fabrizio, wieder einmal abgewendet war. Montechiaro war Alfredos Heimat ebenso wie die seine. Fabrizio schuldete es ihm und seiner Frau genau wie seinen Geschwistern und dem *Castellano*, dass Haus und Gut erhalten blieben.

»Ist meine Familie zu Hause?«, fragte er weiter.

Alfredo schüttelte den Kopf. »Nur Signorina Valeria. Sie sitzt in ihrem Zimmer und sagt, sie habe zu arbeiten.« Die Missbilligung war nicht zu überhören. Alfredo liebte Valeria, er vergötterte sie geradezu und hatte ihr das Reiten beigebracht, noch ehe sie laufen konnte. Ihre Weigerung, sich der Tradition gemäß wie eine höhere piemontesische Tochter zu gebärden, und ihre Entschlossenheit, für die Rechte der modernen Frau zu kämpfen, waren jedoch zu viel für den alten Knecht, der sein Leben lang nie aus Montechiaro hinausgekommen war.

»Signor Livio ist einer Lieferung wegen nach Spigno gefahren«, fuhr er fort. »Und von Signor Crispino weiß ich nur, dass er ausgegangen ist.«

Fabrizios Kehle wurde enger. In seinem Mund breitete sich ein bitterer Geschmack aus. Gern hätte er Alfredo gefragt, wann und wohin sein Bruder gegangen war, aber er wollte den Mann, der dem traurigen Überrest seiner Familie treu ergeben war, nicht unter Druck setzen. Außerdem war er sicher: Hätte Alfredo etwas von Nutzen zu sagen gehabt, so hätte er es getan.

Er bedankte sich, streichelte Saturno die schmale Grube zwischen Hals und Schulter und trug seinen Handkoffer ins Haus.

»Salve, *Piccinina*«, rief er so laut, dass seine Schwester ihn in ihrem Zimmer unter dem Dachstuhl hören musste. »Dein lang und schmerzlich entbehrter Bruder ist endlich wieder daheim.«

Eine Antwort vernahm er nicht. Nur nach einiger Zeit ein Scharren, das verriet, dass eine Tür geöffnet worden war. Davon abgesehen war das gedämpfte Klappern mit Töpfen und Pfannen, das zu ihm herüberdrang, das einzige Geräusch. Fabrizio seufzte innerlich und stieg die Treppe hinauf zum Zimmer seiner Schwester.

Sie hatte tatsächlich ihre Tür geöffnet, wartete im Eingang und fiel ihm um den Hals. »*Benvenuto*, Fabrì, mein Herzensbrüderchen. Tut mir leid, dass ich nicht runterkommen konnte, um dich zu begrüßen, aber ich habe schrecklich viel zu tun.« Sie wies auf den zierlichen, damenhaften Schreibtisch, der unter dem Fenster stand und bis weit über sein Fassungsvermögen hinaus mit gestapelten Büchern, Zeitschriften und Papieren beladen war.

»Aha«, bemerkte Fabrizio.

»Was soll das heißen? Dass du meine Arbeit nicht ernst nimmst, weil ich im Gegensatz zu dir noch kein Geld damit verdiene? *Mi dispiace tanto, bellino*. Wir haben nun einmal nicht alle das Glück, als Lieblingssöhne auf die Welt zu kommen.«

Sie sah erschöpft aus, stellte er fest. Bleich, übermüdet, ihr schönes Haar ungepflegt. Außerdem so, als hätte sie seit seiner Abreise nicht mehr zu sich genommen, als die *Saltimpali* verzehrten, die Schwarzkehlchen, die den umliegenden Wald bevölkerten. Genug nahrhafte Speisen in Valerias schmalen, sehnigen Körper zu bekommen, war schwierig gewesen, solange Fabrizio denken konnte. Sie behauptete, sie habe zu dem ständigen Niedersitzen und Essen, wie es in Piemonteser Familien Brauch war, keine Zeit, weil es Wichtigeres zu tun gab.

Ehe er sich daran hindern konnte, hatte er ihr Haar berührt, war mit den Fingern glättend hindurchgefahren. Verwundert blickte sie auf. Zärtlichkeit war sie von Crispino gewohnt, nicht von ihm. Die zwei waren Zwillinge, miteinander durch ein Band verbunden, das ihn von jeher ausgeschlossen hatte. Er versuchte auch gar nicht, sich in ihre Gemeinschaft zu drängen. Seine Aufgabe war es, für die Sicherheit der beiden Jüngeren zu sorgen, alles andere machten sie lieber miteinander ab.

»Wenn du nichts dagegen hast, mache ich mich dann wieder an meine Arbeit«, sagte sie, ließ ihn los und fuhr herum, um sich an den Schreibtisch zu setzen. Von irgendwo zwischen den Stapeln hob sie eine Füllfeder auf und begann kratzend, sie über einen Bogen Papier zu führen.

»Willst du gar nicht hören, was ich in Triest erreicht habe?«, fragte Fabrizio.

»Nein, will ich nicht«, erwiderte Valeria, ohne sich umzudrehen. »Du willst ja auch nicht hören, was ich erreicht habe, weshalb sollte es mir also anders ergehen?«

»Was hast du erreicht, *Piccinina*?« Mit drei Schritten durchmaß er den kleinen Raum und trat hinter sie.

»Nichts«, blaffte sie, ohne aufzuhören, mit der offenbar leeren Füllfeder über das Papier zu kratzen. »In deinen Augen wie üblich nichts, da mir natürlich niemand einen *Centesimo* dafür geben wird und du demzufolge nicht einsiehst, weshalb ich damit meine Zeit verschwende.«

Fabrizios Blick wanderte über die Stapel. Ganz oben auf dem nächststehenden lag eine dünne, aufgeschlagene Schrift. Er hob sie auf und betrachtete das Deckblatt. Carolina Arienti, »Della schiavitù delle donne«.

Von der Versklavung der Frauen.

»1797«, las er das aufgedruckte Erscheinungsjahr der Schrift laut vor. »Mehr als hundert Jahre alt. Und ich dachte, ihr Kämpferinnen für die Rechte der Frau seid so fortschrittlich.«

»Dass die Arienti schon vor hundert Jahren darüber geschrieben und sich bis heute an den Verhältnissen nichts geändert hat, sollte dir zu denken geben«, verwies sie ihn. »Die *Associazione per la donna* hat sich einverstanden erklärt, einen Artikel von mir in einer Broschüre zu veröffentlichen. Zu den Anfängen der italienischen Frauenbewegung. Bezahlen können sie nichts. Aber für mich ist es trotzdem ein gewaltiger Schritt.«

Fabrizio wünschte, er hätte die Größe des Schrittes begreifen können. Er liebte seine Schwester unendlich, bewunderte ihre Klugheit, ihre Bildung, fand sie unfassbar schön – was lag ihr daran, ein paar Zeilen über ein obskures Thema in einer Broschüre abgedruckt zu sehen, die sowieso kein Mensch las? Hätte sie mit all ihren Talenten nicht so viel mehr erreichen können?

Es gab Frauen, die Romane schrieben, oder nicht?

Zumindest in England gab es welche, und als Schriftstellerin hätte sie stolz darauf sein können, ein wenig eigenes Geld zu verdienen und dennoch zu Hause, im Schutz ihrer Familie, bleiben zu können.

Und irgendwann heiraten, fügten seine Gedanken automatisch hinzu. Von jemandem anders so geliebt und behütet zu werden, wie bisher von ihm. Wie konnte sie sich wünschen, allein zu bleiben, durch dieses Leben ohne einen Gefährten zu ziehen und darauf zu verzichten, eines Tages Kinder zu haben?

Fabrizio hätte freiwillig niemals darauf verzichtet. Er fühlte sich einsam, selbst unter den Menschen, die ihm die liebsten waren, seit seine Gefährtin nicht mehr bei ihm war.

»Wenn es dich freut, freue ich mich auch«, sagte er schließlich lahm.

Sie hielt in ihrem Gekratze inne und drehte sich nach ihm um. Zumindest die Spur eines Lächelns spielte um ihren Mund. »Im Moment freut mich gar nichts. Ich muss den Text morgen auf die Post bringen, und ich habe keine Tinte mehr.«

»Nimm meine«, sagte Fabrizio.

»Dein Ernst?«

»Ich wünschte, ich hätte noch mehr Probleme, die sich dermaßen komplikationslos lösen lassen«, erwiderte er. »Die Tinte steht unten im Arbeitszimmer auf meinem Schreibtisch. Nimm dir alles. Ich muss morgen ohnehin in die Stadt und kann neue besorgen.«

»Zu Barocci?«, fragte sie nun doch mit ein wenig Besorgnis in der Stimme. »Er ist hier gewesen. Beim *Castellano* …«

»Er bekommt sein Geld«, erwiderte Fabrizio. »Ich habe wider Erwarten in Triest einen ausgezeichneten Abschluss gemacht und kann die Herren von der Bank beruhigen.«

»Das ist ja großartig, Fabrì. Das ist phänomenal.« Sie sprang auf und schlang ihm von Neuem die Arme um den Hals. »Bitte entschuldige, dass ich nicht früher gefragt habe, wie es gelaufen ist. Dieser Artikel ist so wichtig für mich – und dann geht mir ausgerechnet im letzten Abschnitt die Tinte aus.«

»Vergiss es.« Fabrizio winkte ab.

»Du bist dein Gewicht in Gold wert.« Sie küsste ihn auf die Wange. »Apropos – wo du jetzt flüssig bist, könntest du mir wohl ein bisschen was leihen, damit ich ein paar Bücher, die ich bestellt habe, in Petrones Buchhandlung abholen und die Briefsendung nach Mailand bezahlen kann?«

»Damit sieht es schon schlechter aus«, antwortete Fabrizio und schob die Hände in die Hosentaschen. »Flüssig bin ich nämlich vorerst nur auf dem Papier. Ich habe Verträge unterschrieben und veranlasse morgen früh die vereinbarten Lieferungen, aber das erste Geld wird erst in den nächsten Tagen telegrafisch angewiesen.«

»Mist.«

»Nicht das Ende der Welt.« Aus seiner Tasche förderte er eine zerknitterte Banknote zutage und schob sie ihr in die Hand. »Ich will ja schließlich mein Gewicht in Gold wert bleiben.«

»Bleibst du«, versicherte sie. »Und eines Tages zahle ich dir alles mit Zins und Zinseszins zurück. Auch wenn du nicht daran glaubst.«

»Du brauchst mir nichts zurückzuzahlen«, sagte er. »Geld, das wir einnehmen, gehört unserer Familie, und wenn du welches brauchst, dann sollst du es, sofern es möglich ist, bekommen. Tu mir einen anderen Gefallen, *Piccinina*. Oder besser gleich zwei.«

»Welche zwei?« Auf einen Schlag klang sie hellhörig.

»Pass auf dich auf.«

»Jaja.«

»Und sag mir, wo der Nagel zu meinem Sarg sich herumtreibt, der sieben Stunden nach dir auf die Welt gekommen ist.«

»Hätte ich es mir doch denken können.« Valeria stöhnte. »Zum Teufel, ich habe keine Ahnung, wo Crispino steckt, Fabrì. Er mischt sich nicht in mein Leben und ich mische mich nicht in seines. Er geht eben aus. Ins Dorf, auf ein paar Gläser. Die meisten jungen Männer tun das, ohne dass ihre Brüder wie Schießhunde über sie wachen. Von ihren Schwestern ganz zu schweigen.«

»Und woher hat er das Geld für all die Gläser?«, fragte Fabrizio.

»*Dio mio*, hast du mir nicht gerade noch erklärt, alles Geld, was hereinkommt, gehöre der Familie? Er wird eben den *Castellano* darum bitten, und der wird ihm das bisschen Vergnügen, das er hier in der Einöde bekommen kann, nicht verweigern.«

Fabrizio musterte sie, versuchte, in ihrem Gesicht zu lesen, ob sie ihm etwas verschwieg. Ihre Züge aber waren wie Buchdeckel, die vor seinen Augen zuklappten. Im nächsten Augenblick schlug unten die Haustür ebenso zu.

»*Benvenuto, benvenuto*, Fabrizio, *carissimo mio*!«, drang es die Treppe herauf. »Wie war die Reise, geht es dir gut, bis du mit allem zufrieden? Deine Geschwister und ich, wir haben dich von ganzem Herzen vermisst.«

Livio Bonistalli, der *Castellano*, war nach Hause gekommen. Seit er sich nach Kräften bemühte, den drei Ascoli-Geschwistern Vater und Mutter zu ersetzen, schwadronierte er grundsätzlich mindestens für zwei.

8

Fabrizio

Fabrizio machte sich gar nicht erst die Mühe herauszufinden, ob sein Bruder in der schlichten *Piola*, der Dorfkneipe, unter den älteren Bauern, die dort Grappa tranken und *Scopa* spielten, seine Zeit und sein Geld verschleuderte. Hätte er für möglich gehalten, dass es so war, hätte er sich geärgert, hätte sich vorgenommen, dem Kerl eine Standpauke zu halten, und es vermutlich vergessen. Aber er hätte sich bei alledem nicht gefühlt, als lege ihm jemand die Hände um den Hals und drücke langsam, aber sicher zu.

Statt in der *Piola* vergeblich nach Crispino zu suchen, befragte er Livio. Als der seinen Wortschwall über ihn ergoss, ohne wirklich etwas zu sagen, war ihm klar, dass er mehr wusste, als er zugab.

»*Mannaggi' al diavolo*«, fluchte er. »Ich kann auf diesen Jungen nicht achtgeben, solange der Rest der Familie mir nicht nur seine Hilfe verweigert, sondern mir Informationen vorenthält. Was ist, wenn er zu Schaden kommt, Livio? Was bringst du dann zu deiner Rechtfertigung vor?«

»Er wird doch nicht zu Schaden kommen, Fabrizio *carissimo*«, versuchte der Onkel, ihn gestenreich zu beschwichtigen. »Ganz im Gegenteil – zur Vernunft kommt er, unser kleiner Crispinetto, zur Vernunft. Er ist im Grunde doch ein guter Junge, genau wie du ein guter Junge warst und unsere Valeria ein gutes Mädchen. Er braucht nur ein bisschen den langen Zügel, so wie ein junges Pferd, das feine Anlagen hat, aber noch ein wenig buckelt und bockt. Mit Pferden kennst du dich doch aus, *carissimo*.«

»*Zio* Livio!«, war Fabrizio explodiert. »Ich will wissen, wo Crispino steckt, sonst nichts, hast du verstanden? Ich habe heute nämlich noch anderes zu tun, und du stiehlst mir mit deinem Geschwafel die Zeit.«

Hinterher tat es ihm leid. Er wusste, dass der *Castellano* tat, was er konnte, dass er sich diese Rolle genauso wenig ausgesucht hatte wie Fabrizio selbst.

Aber der Ausbruch tat seine Wirkung. »Er ist in Spigno«, murmelte Livio mit ganz kleiner Stimme. »Vor dem Haus der Arbeitsvermittlung verteilt er mit ein paar Freunden Brot an Männer, die kein Einkommen haben.«

»Hat er dir das gesagt?«

Livio schüttelte den Kopf. »Eigentlich nicht. Weil ich den Wagen habe anspannen lassen, hat er mich gebeten, ihn mit in den Ort zu nehmen. So kam es, dass wir ein wenig sprachen. Er meint es nur gut, unser Crispino, glaub mir. Hat eben ein weiches Herz. Vor dem Gebäude, wo ich ihn absetzen sollte, habe ich die jungen Leute dann stehen und ihre Gaben verteilen sehen.«

»Und die haben wirklich nichts anderes als Brot verschenkt?« Fabrizio fasste den anderen ins Auge.

Der *Castellano* senkte den Blick. »So genau habe ich nicht hingesehen. Ich musste ja gleich weiter. Kann sein, dass sie auch noch ein bisschen mit den Leuten geredet haben.«

»Und ihnen Flugblätter in die Hand gedrückt.«

»Nun ja …«

»Dir ist klar, dass das verboten ist, nicht wahr?«, bedrängte ihn Fabrizio. »Dir ist auch klar, dass die *Carabinieri* deinen kleinen Liebling im günstigsten Fall nach Strich und Faden verprügeln, wenn sie ihn erwischen. Was sie, wie dir bekannt ist, nicht zum ersten Mal täten. Im ungünstigsten Fall verhaften sie ihn und schaffen ihn nach Turin ins Gefängnis Le Nuove, das alles andere als einen erfreulichen Ruf hat. Wie lange mein zartfühlender Bruder dort überleben würde, möchte ich mir nicht ausmalen.«

»Aber sobald ihnen klar ist, dass er Crispino Ascoli ist, würden sie ihn doch wieder laufen lassen«, wandte Livio ein. »Wenn sie erfahren, dass er aus guter Familie stammt, werden sie diese Sache mit den Flugblättern als den Dummejungenstreich betrachten, der es letzten Endes ja auch ist.«

»Der dumme Junge wird demnächst einundzwanzig«, erwiderte Fabrizio. »Und ihn damals nach dem Aufstand in Mailand herauszuboxen, war schwierig genug.«

Wie jedes Mal, wenn er jene Ereignisse erwähnte, kam es ihm vor, als zucke sein Herz zusammen. Selbst jetzt noch. Zwei Jahre danach. Er tat es nicht oft. Nur wenn er der Ansicht war, dass es sich nicht vermeiden ließ.

»Fabrizio, ich weiß, was du damals für ihn getan hast«, begann Livio in gequältem Ton. »Es war übermenschlich, es hätte dir nicht zugemutet werden dürfen, und dein Vater wäre unendlich stolz auf dich.«

Das wäre er nicht, dachte Fabrizio. *Aber ich hoffe, meine Mutter wäre ein wenig erleichtert, weil ich den Jüngsten, der ihr verblieben ist, nicht seinem Schicksal überlassen habe.*

Er beendete das Gespräch, spannte Saturno vor den Einspänner und fuhr nach Spigno, weil der verfluchte Crispino ja irgendwie nach Hause kommen musste. Tatsächlich hatten die Carabinieri den Platz vor der Arbeitsvermittlung bereits geräumt. Zertretene Flugblätter, Brotkanten, ein paar Stofffetzen und Flecke, die von Blut stammen konnten, aber nicht mussten, bedeckten das Pflaster. Seinen Bruder fand er in der nahen Osteria, einer heruntergekommenen Spelunke, in deren Schankraum es kein Fenster und außer einer funzeligen Birne an der Decke kein Licht gab.

Ein Haufen zerraufter Männer, von denen die meisten keineswegs jung waren, lungerten um einen Tisch, auf dem ein paar Gläser mit trübem Grappa standen. Mit wenigen Schritten durchquerte Fabrizio den Raum und packte seinen Bruder an der Schulter. »Du kommst mit nach Hause«, befahl er.

Ein paar der Männer protestierten, andere lachten, und Crispino zappelte ein wenig, jedoch ohne ernsthaften Widerstand zu leisten. Fabrizio war ihm körperlich bei Weitem überlegen, nicht nur, weil er nach seinem Vater geraten und schwerer gebaut war, sondern auch, weil er ständig auf den Beinen war, während sein Bruder kaum etwas tat, außer in Lokalen und Debattierstuben herumzuhocken. Vom Militärdienst war Crispino aufgrund einer schwachen Lunge freigestellt worden. *Simulant*, hätte ihr Vater dazu gesagt.

Fabrizio zerrte ihn aus der Spelunke und stieß ihn in den Wagen. »Glaubst du, ich habe am Tag meiner Rückkehr von meiner Handelsreise nichts Besseres zu tun, als meinen Nichtsnutz von Bruder einzusammeln?«, fuhr er ihn an, ehe er Saturno zuschnalzte und ihn in Trab fallen ließ.

Er bereute es sofort. Wie er sich anhörte, war ihm selbst klar, und auch, dass er so nichts erreichen würde.

»Vater hätte seine Freude an dir«, zischte Crispino auch prompt. »Und im Übrigen habe ich dich nicht gebeten, mich einzusammeln. Giacinto hat seinen Karren hier, er hätte mich nach unserer Besprechung nach Hause gefahren.«

»Besprechung, dass ich nicht lache.« Fabrizio biss sich auf die Lippen. »Besäufnis trifft es wohl eher. Seid ihr vor den *Carabinieri* in dieses Loch geflüchtet und habt euren Suff beim Wirt anschreiben lassen? Der arme Kerl hat von seinen Einnahmen Kinder durchzufüttern, aber das ist euch Sozialisten, oder wie immer ihr euch nennt, ja egal.«

»Anarchisten«, krächzte Crispino.

»Das ist mir gleichgültig. Ich verbiete dir, künftig in meinem Haus Brot für eure windigen Aktionen zu stehlen.«

»In deinem Haus, Fabrizio?« Es sollte höhnisch klingen, aber Fabrizio entging nicht, dass sein Bruder völlig entkräftet war. Wenn es tatsächlich eine Schlägerei mit der Polizei gegeben hatte, hatte er höchstwahrscheinlich etwas abbekommen, und von robuster Statur war er ohnehin nicht. So wenig wie Valeria. So wenig wie ihre Mutter. Und wie diese hatte ein jedes ihrer Zwillingskinder seine eigene Art, seinen Körper auszubeuten.

»Allerdings«, sagte er. »Mein Haus. Der Erbe bin ich, Crispino, ob es dir schmeckt oder nicht.«

»Und was unsere Mutter sich gewünscht hat, was du ihr auf ihrem Sterbebett versprochen hast, interessiert dich nicht, richtig?«, rief Crispino gegen den Fahrtwind. »Kein Wunder. Du warst ja schon immer Vaters Sohn. Vaters Liebling. Mit einem Menschen, der gefühlvoll ist, der eine empfindsame Seele hat wie die *Mamma*, kann einer wie du doch gar nichts anfangen.«

Seine Mutter hatte kein Sterbebett gehabt. Aber der Hieb saß trotzdem, das konnte er nicht leugnen.

»Schon möglich«, erwiderte er mühsam. »In jedem Fall verbiete ich dir außerdem, in Zukunft an derartigen Aktionen teilzunehmen und damit nicht nur dich selbst um Kopf und Kragen zu bringen, sondern den Namen deiner Familie in den Schmutz zu ziehen. Wie du dich vielleicht dunkel erinnerst, ermöglicht uns der gute Klang dieses Namens, unseren Wein zu verkaufen. Mit deinen kindischen Heldenspielen gefährdest du nicht nur deine eigene Existenz, sondern auch die deiner Schwester, und das lasse ich nicht zu.«

»Kindische Heldenspiele?«, fuhr Crispino auf. »Weißt du überhaupt, was in diesem Land los ist, was in ganz Europa los ist? Kinder hungern, während andere das Geld für überteuerten Weizen einsacken. Und dieser Despot von einem König verleiht einem General einen Orden, der Hunderte von Menschen über den Haufen schießen ließ …«

Fabrizio wusste, wovon er sprach, auch wenn er vorgab, nicht interessiert zu sein. Umberto I. hatte General Bava Beccaris mit dem höchsten militärischen Orden des Hauses Savoyen ausgezeichnet, weil dieser in Mailand auf die Demonstranten hatte schießen lassen. Es hatte auch ihm wehgetan, als er davon gelesen hatte, aber was erreichte man, indem man dagegen protestierte? Gab man irgendwem sein Leben zurück, machte man Zerbrochenes wieder heil?

Fabrizio hatte all das Fragen, all das Grübeln darüber satt. Was er sich wünschte, war ein stilles, friedliches Leben, in dem er den letzten Rest seiner Familie in Sicherheit wusste und man ihn seine Arbeit tun ließ. Lange hatte er gegen den Schmerz, von dem er glaubte, er würde ihn um den Verstand bringen, angekämpft, gegen das Gefühl, wohin er auch ging, auf Schritt und Tritt vom Tod begleitet zu sein. Jetzt strebte er nach einem Leben ohne all diesen Aufruhr. Es mochte ein kleines, bedeutungsloses Leben sein, aber er zog es dem der überschwänglichen Leidenschaften und unerträglichen Qualen vor.

Unwillkürlich musste er an das Mädchen Vittoria denken, das in Triest die Überreste eines nicht ganz gelungenen Nachtmahls vom Tisch gerissen und ihn zum Lachen gebracht hatte.

»Es hört sich an, als wäre Ihr Lachen ein bisschen eingerostet«, hatte sie gesagt, während sie von Geschrei und Geklapper umgeben unter dem Tisch gehockt hatten.

Ja, sein Lachen war eingerostet, und vielleicht hatte er überhaupt nie besonders viel zum Lachen gefunden, aber es war überraschend angenehm, es gelegentlich zu tun. Zu vergessen, dass man aus einer Familie stammte, in der einem das Lachen allzu leicht im Halse stecken blieb.

»Du hast mich verstanden«, sagte er zu Crispino, schnalzte Saturno noch einmal zu und ließ ihn in der langen Ebene in Galopp fallen. Der Himmel rötete sich. Es wurde kühler, als der sonnige Tag hätte vermuten lassen. Ehe sie heimkamen, würde es dunkel sein, und auf einmal sehnte er sich nach dem Feuer in seinem Kamin. »Was der König tut, hat der König zu verantworten, nicht du oder einer deiner anarchistischen Freunde«, fuhr er fort. »Was habt ihr denn bitte schön geplant, um ihn daran zu hindern?«

Er spürte, wie sein Bruder neben ihm mit den Achseln zuckte. »Wer weiß? In Paris hat ein mutiger Anarchist einen Leuteschinder von Präsidenten kurzerhand erschossen. Einer unserer Landsleute übrigens, Geronimo Caserio. Und ein weiterer Landsmann, Michele Angiolillo, hat den Folterknecht, der sich Premierminister von Spanien nannte, in seinem Bad kaltgemacht. Das ist erst der Anfang. Wozu, meinst du, ist wohl das Dynamit erfunden worden, wenn nicht um sich aus der Enge eines Lebens, die man nicht mehr erträgt, seinen Weg frei zu sprengen?«

»Bist du eigentlich völlig von allen guten Geistern verlassen?«, platzte Fabrizio heraus. »Habt ihr Hohlköpfe in Giuseppes Kaschemme etwa darüber palavert, wie man eine Bombe baut?«

»Wir leben in einem Zeitalter der Bomben, Fabrizio«, erwiderte sein Bruder derart selbstgefällig, dass Fabrizio mit den Händen die Zügel umklammern musste, um ihm keine Ohrfeige zu verpassen.

»Ich werde dir sagen, in was für einem Zeitalter du lebst«, beschied er ihn mit erzwungener Ruhe. »In dem Zeitalter, in dem du tust, was ich dir sage. Du wirst dich von heute an von diesen Leuten und ihren hirnrissigen Umsturzideen fernhalten, verstanden? Sollte ich dich noch einmal in deren Dunstkreis erwischen, melde ich dich der Polizei und lasse dich verhaften.«

»Und das meinst du ernst? Du würdest deinen eigenen Bruder der Polizei ausliefern, damit er wie der Märtyrer Caserio unter der Guillotine endet?«

»Sei nicht so melodramatisch«, gab Fabrizio zurück. »In Italien existiert keine Todesstrafe.«

»Und du sei nicht so gottverdammt gönnerhaft«, rief Crispino so laut, dass Saturno den Kopf aufwarf und um ein Haar ins Straucheln geraten wäre. »Weißt du, dass mich diese Haltung von dir nicht wundert, Fabrizio? Dass du mich lieber heute als morgen loswerden würdest, ist mir seit Langem bewusst. Ob sie mich nun im Gefängnis langsam verrecken oder mir an einem Galgen den Hals brechen lassen, ist dir egal. Ich weiß, dass es seit Gigliola keine Liebe mehr zwischen uns gibt, mein Bruder, glaub mir, ich weiß das.«

Fabrizio hingegen hätte viel darum gegeben, es zu wissen. Er hatte sich die Frage unzählige Male gestellt: War es noch Liebe, die er für seinen Bruder empfand, oder nur mehr Pflichtgefühl? Schützte er ihn, weil er ihn nicht verlieren wollte oder weil er Valerias Schmerz nicht ertragen konnte, wenn sie ihn verlor? Hatte er Angst, seine Schwester würde ihm ihre Liebe entziehen, wenn er sie Crispino entzog? Oder wog das alles nicht so schwer wie das Versprechen, das er gegeben hatte, das letzte, das zu halten ihm noch möglich war?

Gefühle verwirrten ihn. Warum war es so schwierig, das eine vom anderen zu unterscheiden? Er hätte Melitta Braun fragen sollen, ob es zur Regelung von Herzensdingen eine doppelte Buchführung gab. Ein Italiener hatte die aber gewiss nicht erfunden, denn die Italiener galten schließlich als Meister des

Gefühls. In Wahrheit war es die übertriebene Dramatik einer Opernaufführung, die in Italien als Gefühl galt, überlegte er.

Fabrizio zog leicht die Zügel an und verlangsamte das Tempo. Ihr Haus, das zwischen den Hängen schlummerte, kam schon in Sicht, die Reihen der Birnbäume und die Dächer der mächtigen Pinien. »Den Namen sprichst du nie wieder aus«, sagte er zu Crispino.

»Welchen Namen?«

»Das weißt du.«

Crispino schwieg.

»Um das, was zwischen uns ist, geht es hier nicht«, sagte Fabrizio. »Es geht um die Verantwortung, die ich für diese Familie und dieses Anwesen trage. Ich sage dir deshalb noch einmal, halte dich von den Kreisen dieser Bombenwerfer fern. Wenn du die Welt oder auch nur das Leben in deinem Land verbessern willst – warum denkst du nicht stattdessen darüber nach, was werden soll, nachdem die Bombe explodiert ist? Allein, indem man einen König in die Luft sprengt, bekommt man ein Volk nicht satt. Und nur weil man aus der Enge seines Lebens ausbricht, hat man noch lange keine Ahnung, wie es sich in der Weite überlebt.«

9

Vicky

Wien-Breitenfels

Mai

Als Vickys liebste, beste und einzige Cousine Felice sie auf dem Südbahnhof vom Zug abgeholt hatte, hatte sie sich wie üblich mit einer Kanonade von Fragen auf sie gestürzt. Während ihre Eltern mit dem Gepäckträger vorausgingen, hatte Felice sie am Arm zurückgehalten, um ihr zutuscheln zu können, was für die Ohren von Vater und Mutter Liebenfels nicht bestimmt war.

Über Triest hatte Felice gar nichts wissen wollen.

»Ach nein, bitte, mein Zuckerkringel, nicht wieder all die Geschichten von René, der sich hundertmal am Tag verbeugt, und Herrn Hortis, dem Schrank auf Beinen, und der Köchin, die Korinthe oder Apfelsine oder weiß der Kuckuck wie heißt. Was ich hören will, ist etwas ganz anderes, und das weißt du!«

»Ach ja? Tu' ich das?« Vicky hatte grinsen müssen.

»Stell dich nicht damisch, das nimmt dir kein Mensch ab. Wie oft *er* dir geschrieben hat, sollst du mir erzählen, und vor allem was!«

»*Er*?«, hatte Vicky gefragt. »Du meinst Rudolph? Der hat mir überhaupt nicht geschrieben. Er hasst Briefe, mag auch keine bekommen, nicht mal ein klitzekleines Telegramm. Wozu soll man sich auf endlosen Papierseiten Liebe schwören, wenn dann keiner neben einem ist, den man anfassen kann, meint er.«

Mitten auf dem von Menschen wimmelnden Bahnhof hatte Felice losgeprustet. »Na, der ist mir ja einer, dein Rudolph. Und? Nun erzähl schon, lass dir nicht alles aus der Nase ziehen. Wann siehst du ihn? Und wann hat er vor, dir endlich seinen Antrag zu machen?«

»Wie soll ich das denn wissen, wo ich ihn drei Wochen nicht gesprochen habe?«, hatte Vicky erwidert und dabei bemerkt, wie sehr sie sich daran störte. Felice hatte recht. Es war höchste Zeit, dass Rudolph sich erklärte. Dass sie mit ihrem Leben vorankam. Am letzten Tag in Triest und umso mehr auf der Rückfahrt hatte sie sich dermaßen melancholisch gefühlt, als wäre sie uralt und das Beste läge schon hinter ihr. Dabei fing doch alles gerade erst an. Nun gut, ihre Ferien in ihrem geliebten Triest waren zu Ende, aber woher wollte sie denn wissen, wohin Rudolph sie in die Flitterwochen entführen würde?

Venedig?

Paris?

Amsterdam?

Die Welt war so groß, und sie hatte noch so gut wie nichts davon gesehen. Es war albern, Trübsal zu blasen, nur weil man nicht ewig in einer kleinen Pension an der adriatischen Küste bleiben konnte. Ihre Verlobung und anschließend ihre Heirat mit Rudolph würde ihr Türen und Fenster zu einem neuen, aufregenden Leben öffnen, sodass sie an den Abschied von ihrem

Triest, ihrer Stadt der Winde, ihrem Wien am Meer, bald gar nicht mehr denken würde.

Wie gewohnt hatte sie auf ein Billett, das sie zu ihm ins Palais Auersperg einlud, warten müssen. Die Buschtrommeln in der Wiener Gesellschaft reagierten jedoch schnell, und dass der Fabrikant Wilhelmus Liebenfels samt seiner Familie wieder in seinem Haus in Wien-Breitenfeld eingetroffen war, sprach sich im Nu überall herum. Davon abgesehen hatte Vicky Rudolph den Tag ihrer Rückkehr ja im Voraus mitgeteilt. Sie hatte ihm das Datum sogar auf einem der Briefbögen, die für immer unbenutzt auf seinem ebenfalls unbenutzten Sekretär herumlagen, aufnotiert und vorsorglich auf den Nachttisch gelegt.

»Hier, damit du nicht vergisst, wie viele Tage du noch zählen musst, bis du mich wiederhast.«

Umso mehr wunderte es Vicky, dass von ihm nichts kam. Kein Diener, der einen Umschlag überreichte, keine postlagernde Sendung an das Fach, das sie gemeinsam auf dem Postamt gemietet hatten. Längst war der Mai angebrochen, in den Straßen und Anlagen der Stadt verströmten die blühenden Bäume einen betörenden Duft. Man brauchte kein Romantiker zu sein, um zu spüren, dass Liebe in der Luft lag, dass nicht nur die Vögel und die Eichhörnchen im Garten in der Stimmung waren, sich zu paaren.

Vicky wartete.

Und wartete.

Irgendwann war sie des Wartens müde und sandte Rudolph eine Nachricht ins Palais, obwohl er ihr eingeschärft hatte, eben das unter keinen Umständen zu tun.

»Man weiß nie, in wessen Hände so etwas fällt«, hatte er sie gewarnt.

»Und was wäre so schlimm daran, wenn eine Nachricht von deiner Braut in jemandes Hände fällt?«, hatte sie ihn gefragt.

»Das mit der Braut braucht noch Zeit, das hatten wir doch nun zur Genüge besprochen«, hatte seine unwillige Antwort gelautet. »Wenn wir mit der Tür ins Haus fallen, verderben wir alles, und das wirst du ja wohl nicht wollen.«

Natürlich hatte Vicky das nicht gewollt, doch sein wochenlanges Schweigen machte sie nervös. Was, wenn ihm etwas passiert war? Wenn er mit irgendeiner tückischen Krankheit im Bett lag? Sie gehörte nicht zu den Menschen, die an jede Wand Teufel malten und ständig gleich an das Schlimmste dachten, aber allmählich gingen ihr die harmlosen Erklärungen für sein Schweigen aus. Also entschied sie sich, ihm die Nachricht zu schreiben. Wenn er ihr deswegen gram war, konnte sie ihm ebenso gram sein, weil er sie so lange hatte zappeln lassen.

Außerdem war es meist lustig, wenn Rudolph ihr gram war, da sie genau wusste, wie sie ihn in Windeseile wieder versöhnen konnte. Er hatte kitzlige Achselhöhlen. Wenn sie ihn in den Achselhöhlen kitzelte und drohte, nicht aufzuhören, ehe er ihr wieder gut war, hatte sie praktisch schon gewonnen. Er konnte quieken wie ein kleines Ferkel, und im nächsten Augenblick zog er sie schon stöhnend vor Verlangen in seine Arme.

Vor dem Gewittersturm, der sich da zusammenbrauen mochte, hatte sie also keine Angst. Es gab überhaupt wenig, wovor sie Angst hatte, fiel Vicky auf. Ihr bisheriges Leben hatte ihr dazu keinen Grund gegeben. In ihre Zukunft blickte sie erfüllt von Neugier und Vertrauen.

Herzliebster Rudolph, du treuloser Schuft, schrieb sie auf eine der Postkarten, die sie in Triest gekauft hatte und die das wundervolle Opernhaus, das Rathaus und die Börse an der Piazza Grande zeigte. *Das wirst du nun eben aushalten müssen, dass du von mir eine unerwünschte Nachricht geradewegs in dein Allerheiligstes gesandt bekommst und dass auch noch das ach so grausige Triest drauf zu sehen ist. Geschieht dir ganz recht, wenn du mich drei Wochen ohne ein Wort von dir hängen lässt, nachdem du zuvor so ein Theater veranstaltet hast, weil ich mich erdreistet habe, drei Wochen in die Ferien zu fahren. Drei Wochen von mir und drei Wochen von dir, das ergibt zusammen sechs, und das ist entschieden zu lang. Also melde dich gefälligst, du Schnösel, andernfalls werde ich glauben, dass du eine andere hast, und das verzeihe ich dir nie. In Liebe, aber ohne Küsse, denn die kriegst du nur in Fleisch und Blut, deine Vicky.*

Sie wählte einen der Umschläge, in denen ihr Vater Werbesendungen verschickte, damit es unauffällig wirkte, und trug das Ganze in der Leopoldstadt, weit genug von ihrem Zuhause entfernt, auf die Post.

Es tat gut, die Karte abgeschickt zu wissen und sicher zu sein, dass nun bald etwas geschehen würde. Vicky rechnete gleich am nächsten Tag damit, denn sobald Rudolph ihre Nachricht erhielt, würde er doch wohl reagieren. Aber der Tag verstrich und ebenso der nächste, und als das Wochenende anbrach, war sie noch immer ohne ein Wort.

Die Tage zogen sich wie Hefeteig, wurden länger und länger. Während um sie herum alle Welt durch den Frühling zu tanzen oder aber mit höchst wichtigen Dingen beschäftigt zu sein schien, wusste Vicky nichts mit sich anzufangen. War ihr früher nie aufgefallen, wie leer ihre Tage waren? Ihre sämtlichen Schulfreundinnen hatten alle Hände voll damit zu tun, ihre Hochzeiten oder sogar schon die Ankunft des ersten Kindes vorzubereiten. Sogar Felice, die sonst mindestens jeden zweiten Tag vorsprach, ließ sich nicht blicken.

Wie seltsam das war, bemerkte Vicky erst jetzt.

Nicht nur ihr Geliebter, auch ihre Lieblingscousine schien auf einmal vergessen zu haben, dass sie existierte.

Was sie Rudolphs wegen unternehmen wollte, musste sie sich in Ruhe überlegen, aber die Sache mit Felice war weniger kompliziert: An einem sonnigen Nachmittag, als der herrliche Mai schon fast vorüber war, hatte sie die Warterei schlicht und einfach satt und machte sich auf den Weg in den zweiten Bezirk, um der Cousine einen Besuch abzustatten.

Vom Haus der Federers war es zum Prater nicht weit. Sie konnte Felice zu einem Spaziergang bitten, und wenn diese nett war und ihr Schweigen erklärte, mochte sie sie zu einer Fahrt mit dem neu erbauten Riesenrad einladen. Vor allem aber würde sie sich mit ihr wegen der Sache mit Rudolph beraten. Felice liebte nichts so sehr wie Klatsch und romantische Geschichten. Sie las schlüpfrige Romane, wann immer sie dem Dienstmädchen einen stibitzen konnte, und kannte sich in Liebesdingen aus, obwohl sie nicht über praktische Erfahrung verfügte. Wenn jemand Vicky diesbezüglich einen Rat geben konnte, dann war es ihre Cousine.

Ihre Eltern waren wie so oft nicht daheim, sondern im Geschäft. Wieder einmal schätzte Vicky sich glücklich, weil sie anders als so viele Töchter des gehobenen Bürgertums nicht unter ständiger Aufsicht stand. Im Grunde konnte sie tagsüber tun und lassen, was sie wollte. Luise Liebenfels kehrte zwar gern die strenge Mutter heraus, doch in Wahrheit war dieser Part für sie ganz und gar nicht geeignet. Auch wenn sie es nie und nimmer zugegeben hätte, langweilte es sie, den fürsorglichen Elternteil zu spielen, während sie sich in der Rolle der Geschäftsfrau wie ein Fisch im Wasser fühlte.

Vicky schlenderte die Alser Straße hinauf bis zum Platz, wo vor der Kirche eine Reihe von Fiakern wartete. Die glänzend gestriegelten Pferde schlugen in der Sonne müde mit den Schwänzen, und Peppi, der alte Fahrer, den sie am liebsten mochte, freute sich, sie zu sehen. Sie stieg ein und ließ sich zum Haus der Federers kutschieren. Die beschwingte Fahrt hob ihre Laune, und als sie vor dem hohen, geschmiedeten Gartentor stand, war sie längst wieder die Frohnatur, als die jeder sie kannte. Das ganze seltsame Durcheinander würde sich als Missverständnis entpuppen und in Rauch auflösen, sobald sie mit Felice gesprochen hatte.

Die kam nicht selbst zum Tor wie sonst, sobald sie von ihrem Fenster im ersten Stock aus erkannte, dass Besuch eingetroffen war. Stattdessen erschien Hagen, der langjährige Hausdiener.

»Fräulein Viktoria. Das ist eine Überraschung. Werden Sie erwartet?«

»Das nicht«, erwiderte Viktoria fröhlich. »Aber Felice freut sich ganz sicher auch, wenn ich als Überraschung komme.«

»Warten Sie.« Er schickte sich an, sich umzudrehen und zum Haus zurückzugehen.

»Ist das Ihr Ernst?«, rief Vicky. »Sie wollen mich hier vor dem Tor stehen lassen? Die Nichte Ihrer Herrschaft?« Nie zuvor war ihr etwas Derartiges geschehen.

»Ich habe meine Anweisungen«, war alles, was Hagen zur Antwort gab, ehe er davoneilte.

Im ersten Impuls wäre Vicky um ein Haar gegangen. Seit wann musste sie sich eine solche Behandlung gefallen lassen, sie war doch dem alten Diener von klein auf bekannt! Im letzten Augenblick aber sah sie ihre Cousine, die mit aufgelöstem Haar und auf Strümpfen aus dem Haus geflitzt kam.

»Himmel, Vicky! Du bist hier!«

»Sag mal, seid ihr jetzt alle närrisch geworden?«, fragte Vicky und wies auf Felices Füße. »Wo hast du denn deine Pantoffeln vergessen? Und warum hat der Hagen, der Stoffel, mich nicht zu dir reingelassen?«

»Pscht, wart's ab, das erklär' ich dir gleich«, wisperte Felice und mühte sich mit dem Schloss des Tores ab. »Aber nicht hier, wo uns alle Welt sieht.«

Von aller Welt konnte in der stillen Seitenstraße keine Rede sein. Außer ein paar Mücken und Vögeln bewegte sich nichts; es herrschte eine schläfrige Ruhe. Endlich war es Felice gelungen, das Tor zu öffnen. Sie schob sich hinaus auf den Gehsteig, packte Vicky beim Arm und zog sie mit sich die Straße hinunter bis zur Ecke, wo ein hoher, üppig blühender Fliederbusch aufragte. Hinter diesen schob sie erst Vicky, dann sich selbst, sodass von Haus oder Garten her niemand die beiden hätte ausmachen können.

»Es tut mir so leid, Vicky«, stieß sie atemlos hervor, kaum dass sie sich vor Blicken geschützt wusste. »Ich hätt' irgendwie zu dir kommen sollen, aber meine Mutter hat mich die ganze Woche wie ein Kerkermeister bewacht.«

»Und wieso hätte deine Mutter dir verbieten sollen, mich zu besuchen?«, fragte Vicky ohne Verständnis.

»Ich darf dich nicht sehen.« Felice blickte zu Boden. »Ich würd' mir selbst schaden, sagen die – der Papa genauso wie die Mama. Mir ist's gleich, Zuckerkringel, das musst du mir glauben, und ich hätt' schon noch einen Weg gefunden. Aber so, wie die sich in der letzten Woche aufgeregt haben, war einfach nichts zu machen.«

Sie blickte wieder auf, und Vicky sah, dass über ihre Wangen Tränen rannen. Erst in diesem Augenblick dämmerte ihr, dass dies hier ernst war, dass es sich nicht einfach so in Luft auflösen und wieder in Ordnung kommen würde.

»Erzähl' mir, was los ist«, forderte sie die Cousine auf.

»Die Mama …«, stammelte Felice. »Die Mama hat gesagt, dass du … dass du ein Flittchen bist!«

»Ein Flittchen?«

»Ja, wegen dem Rudolph. Weil doch die Sybille, Papas Schwägerin, der Mama erzählt hat …« Sie unterbrach sich und schlug die Hände vors Gesicht. »Ach, Vicky, es tut mir so leid, und es ist doch alles meine Schuld!«

»Was ist deine Schuld?« Vicky packte sie bei den Schultern. »Und was hat dieses Klatschmaul Sybille deiner Mutter erzählt?«

»Na, dass du mit dem Rudolph … Ich mein', dass der Rudolph und du … dass ihr … dass ihr ein unschickliches Verhältnis hattet.«

Im ersten Moment hätte Vicky beinahe laut losgelacht. Dieses verlegene Gestotter kam von ihrer Cousine, die sie seit Monaten bedrängte, ihr jede noch so pikante Einzelheit über ihre Beziehung zu Rudolph zu berichten? Es kam von Felice, die unter der Bettdecke verbotene Romane las und sich mit der männlichen Anatomie womöglich besser auskannte als Vicky aus praktischer Erfahrung? Weshalb gebärdete sie sich auf einmal wie eine Klosterschülerin, der man erklärt hatte, dass die Menschheit aus Männlein und Weiblein bestand?

Dann aber begann Wort für Wort zu ihr durchzusickern, was Felice gerade gesagt hatte, und ihr wurde klar, dass dies alles andere war als ein Witz.

»Hast du mir gerade erzählt, diese Sybille weiß von mir und Rudolph?«, fragte sie nun doch einigermaßen bestürzt.

Felice nickte heftig, während neue Tränen über ihre Wangen strömten. »Und meine Schuld ist's, weil ich es hätt' abstreiten sollen, als die zwei mich gefragt haben. Aber ich war so überrumpelt. Und so entsetzt, weil die doch gesagt haben, dass der Rudolph …« Wieder brach sie abrupt ab.

»Ach was!« Vicky, die bereits dabei war, sich wieder zu beruhigen, winkte ab. »Wenn es nun ohnehin schon die Runde macht, hat das Abstreiten auch keinen Sinn mehr. Dann wird der gute Herr von Auersperg eben Farbe bekennen und das Mädel, das er in Schande gebracht hat, heiraten müssen. Meine Mutter wird ein riesiges Gezeter anstimmen, und ich werd' mir ein Mauseloch wünschen, um mich drin zu verkriechen. Aber mein Vater, der wird insgeheim sogar ein bisschen stolz sein. Und sobald die Mama ihren Dampf abgelassen hat, wird sie sich freuen wie aufs Christkind am Weihnachtsabend, weil ihre Tochter sich einen Herrn von und zu geangelt hat. Und dann wird's nur noch um die Heirat und die Aussteuer und die Gästeliste und all das gehen. Du wirst meine Brautjungfer, wie wir's vereinbart haben, und nach dem Skandal kräht kein Hahn mehr, wirst sehen.«

Felice hob den Kopf und schaute sie aus ihren tränenfeuchten, wasserblauen Augen an. »Aber das geht doch nicht«, brach es aus ihr heraus.

»Was geht nicht?«

»Dass der Rudolph … na, dass der Rudolph dich heiratet.«

»Weshalb soll das nicht gehen? Das war doch immer geplant, und dass wir schon vorher von dem Kuchen gekostet haben, der uns eigentlich erst hinterher serviert werden sollte, kommt in den besten Familien vor. Wir schreiben schließlich das Jahr 1900, und dass zwei Menschen sich lieb haben, ist keine Schande mehr.«

»Aber deswegen ist das ganze Getratsche ja aufgekommen!«, rief Felice verzweifelt. »Weil in der Zeitung angekündigt stand, dass der Rudolph sich verlobt hat. Mit einer Freiin Aloysia von Neipperg, was immer das für eine dämliche Henne sein mag. Es tut mir so leid, Vicky. Es tut mir alles so furchtbar leid.«

10

Vicky

Wien-Breitenfels

Juni

Wie es zustande kam, dass der Klatsch, der offenbar seine Runde durch die gesamte Wiener Gesellschaft gemacht hatte, ausgerechnet an diesem Abend ihre Eltern erreichte, würde Vicky vermutlich nie erfahren. Es interessierte sie auch nicht. Genauso wenig wie das Geschrei, mit dem ihre Mutter sie in der Halle ihres Hauses empfing. Einzig um die kristallenen Tropfen des Kronleuchters erfasste sie flüchtig Sorge. So schrill, wie ihre Mutter kreischte, hätten die zierlichen Gebilde leicht zerspringen können.

Aber selbst wenn – was für eine Rolle spielte das schon?

Es kam Vicky vor, als könne nie wieder etwas, das sich in ihrem Leben ereignete, eine Rolle spielen.

Zu ihrem Glück hatte der alte Peppi mit seinem Fiaker gewartet, denn andernfalls hätte sie es womöglich nicht nach Hause geschafft. Dabei war sie nicht weinend zusammengebrochen, wie Felice es wohl befürchtet hatte, sondern hatte sich mit ruhigen Worten verabschiedet und auf den Weg gemacht. In ihrem Innern aber fühlte sich alles wie tot an, und die kleinste Bewegung kostete sie unendliche Mühe.

Wie war das möglich?

Wie konnte ihr, Viktoria Liebenfels, deren Leben so klar und geradlinig verlaufen war wie ein Schnitt durch Tortenguss, etwas geschehen, das in schwülstige Dramen und unglaubwürdige Romane gehörte?

Es ging doch hier nicht um irgendwelche tragischen Helden, die ein schmachtender Dichter seinem Hirn abgerungen hatte, sondern um sie, Vicky und Rudolph, zwei junge Leute, die in die neue Zeit passten und sich auf ein modernes, kreuzfideles Leben gefreut hatten.

Heutzutage konnte schließlich ein Mann, wenn er nicht gerade ein Thronerbe war, nicht mehr mit einem Mädchen verheiratet werden, das er nicht wollte. Und was ein solches Vorgehen beim Thronerben gebracht hatte, hatte man ja gesehen, denn der war der belgischen Prinzessin, die man ihm aufgezwungen hatte, entwischt und hatte sich samt seiner siebzehnjährigen Geliebten erschossen.

Rudolph würde sich nicht erschießen, durchfuhr es Vicky. Dazu war er zu träge. Gerade diese Trägheit, dieses Sich-Aalen auf der faulen honiggoldenen Haut, zu bequem, einen Finger zu rühren – das hatte sie an ihm geliebt. Es hatte sie amüsiert, weil es zu ihm passte, weil es so durch und durch Rudolph war, dem es viel zu anstrengend gewesen wäre, sich zu verstellen. In diesem Moment allerdings fragte sie sich, ob er auch zu träge gewesen war, sich gegen die Verheiratung mit dieser Aglasia von Neppenheim, oder wie immer sie hieß, zur Wehr zu setzen.

Hatte es ihm zu viel Mühe bereitet, ihre Liebe zu verteidigen?

War die Zukunft, die sie sich gemeinsam in bunten Farben ausgemalt hatten, ihm keinen Aufwand wert gewesen?

Vicky stand mitten in der Halle ihres Elternhauses, hörte, wie ihre Mutter mit sich überschlagender Stimme auf sie einschrie, und empfand nicht viel mehr als Verständnislosigkeit.

»Schande hast du über uns gebracht!«, kreischte ihre Mutter. »Unseren guten Namen in den Dreck gezogen! Womit haben wir das verdient, nachdem wir dir alles ermöglicht haben, was ein Mädel sich nur wünschen kann – alles, alles, alles? Und das ist der Dank? Dass du dich vor sämtlichen Leuten, mit denen sich zu verkehren lohnt, zum Flittchen machst? Was glaubst du wohl, wer nun noch seine Wäsche bei uns kaufen wird?«

»Ach, um die Wäsche ist mir nicht bang«, meldete sich Vickys Vater zu Wort, derweil ihre Mutter um Atem rang. »Wenn darüber getratscht wird, dass meine Tochter so fesches Unterzeug trägt, dass nicht mal ein von Auersperg widerstehen kann, ist das fürs Geschäft nicht so übel.«

Lag da ein Augenzwinkern in seiner Stimme? Würde er ihr, seiner kleinen Vicky, der er nicht einmal ein Glas Wein erlaubte, zur Seite stehen?

»Wie kannst du nur?«, schrie ihre Mutter ihn an. Sie war hochrot im Gesicht, und es war nicht zu erkennen, ob die Nässe auf ihren Wangen von Schweiß oder von Tränen stammte. »Es ist unsere Tochter, von der wir hier sprechen.«

»Ja, das weiß ich, bin ja nicht deppert«, bekundete ihr Vater und ließ sich in den zierlichen, mit rotem Samt gepolsterten Lehnstuhl neben dem Tischchen fallen, auf dem der Hausdiener Briefe und Billette ablegte. »Nun beruhig' dich mal, von dem Geschrei wächst ja zerschlagenes Porzellan nicht wieder zusammen. Ich sag nur, dass du dich ums Geschäft nicht sorgen musst. So ein Gerede, ein bisschen schlüpfrig und so weiter, das macht sich in unserem Gewerbe gar nicht schlecht. Und was das Mädel betrifft, ja, heiraten wird sie jetzt nicht können. Dabei hätt' ich einen ganz passablen Kandidaten gehabt, den Sohn von den Behringers, ordentliche Familie, einziger Erbe, und das

Bankgeschäft ist nicht zu verachten. Aber die werden sich nun hüten, ihrem Augapfel eine Braut ins Haus zu holen, die sich als benutzte Ware entpuppt hat.«

»Wilhelmus!« Statt noch einmal loszuschreien, brach Vickys Mutter in herzzerreißendes Schluchzen aus.

»Jaja, ist ja schon gut«, murmelte der Vater, stand aus dem Stuhl, der für seine Fülle zu klein war, allerdings nicht auf, um seine Frau zu trösten. »Werden wir sie halt daheim behalten, wir sind ja nicht die ersten Eltern, denen so was passiert. Auch wenn's schon ein arges Pech ist, dass das schöne Geschäft, das Haus und so weiter mal den Kindern von meinem dämlichen Vetter in die gierigen Hände fällt.«

»Das kann doch wohl nicht dein Ernst sein.« Ihre Mutter heulte auf wie ein verwundetes Tier. »Das Geschäft und das Haus hast du für unsere Kinder aufgebaut, das hast du mir versprochen.«

»Nun ja. So hätt's ja auch sein sollen.« Der Vater atmete tief ein und faltete die Hände vor dem Bauch. »Aber mit den Kindern, die du mir hast schenken wollen, ist's ja so, wie man sich das vorstellt, nichts geworden. Buben hast du mir keine geben können, und was das Mädel angeht – ich glaub', da schweigen wir lieber drüber.«

Vicky ertrug es nicht länger. Die Reaktion ihrer Mutter war nicht anders zu erwarten gewesen, aber dass ihr Vater sich dem offenbar fügte, um seine Ruhe zu haben, stand auf einem anderen Blatt. Ihre Eltern debattierten über ihren Kopf hinweg, als stünde sie nicht im Raum oder wäre nur ein Ding, das Platz wegnahm, weshalb man sich über seinen Verbleib beraten musste. War nicht einmal ihr Vater auch nur einen einzigen Herzschlag lang auf den Gedanken gekommen, sie zu bedauern? Sie zumindest zu fragen, wie sie sich fühlte und ob sie etwas tun könnten, um ihr zu helfen?

Mit einer plötzlichen Heftigkeit sehnte sich Vicky nach Rosine, die ihr, wenn sie als kleines Mädchen an einem Kummer gelitten hatte, eine Tasse heiße Schokolade mit einer gewaltigen Haube aus Schlagobers zubereitet und sie in der Küche der Pension auf die Ofenbank gesetzt hatte. Zu ihren Füßen, die den Boden nicht erreichten, hatte sich eine grau getigerte Katze zusammengeringelt, und während auf dem Herd der Triester Jota-Eintopf mit seinem Duft nach Knoblauch, Lorbeer und frisch gemahlenem Pfeffer brodelte, war das Leid schon nicht mehr ganz so schlimm gewesen.

Nichts ist mehr ganz so schlimm, wenn da ein Mensch ist, dem man wichtig ist, dachte Vicky. Rosine, die ja nicht mehr für sie war als die Köchin ihrer Ferienpension, hatte ihr dieses Gefühl vermittelt. Rudolph hingegen schien sie nicht sonderlich wichtig gewesen zu sein und ihren Eltern war sie jetzt, wo sie als Köder für einen geeigneten Bräutigam nicht länger taugte, offenbar völlig egal.

Tat der Gedanke ihr weh?

Sie wusste es nicht.

In ihr war noch immer alles wie taub und tot.

Nur ihr Stolz lebte noch. Oder das, was ihr von ihrem Stolz geblieben war.

Sie zwang sich, die Schultern zu straffen, und ging zwischen ihren streitenden Eltern hindurch zur Treppe. Erst als sie den Fuß auf die unterste Stufe setzte, schien ihrer Mutter aufzufallen, dass die Tochter nicht mehr dort stand, wo sie sie eben noch nach Strich und Faden zusammengebrüllt hatte.

»Viktoria!«, rief sie. »Wo willst du denn hin?«

»In mein Zimmer«, erwiderte Vicky. »Da ihr beiden mich für euren Disput ja offensichtlich nicht braucht, lege ich mich lieber hin und ruhe mich aus. Der Tag war ein wenig anstrengend, und ich habe Kopfschmerzen.«

Sie war entschlossen weiterzugehen, was immer die beiden auch dazu sagten, und steckte sich zwei imaginäre Finger in die Ohren. Aber vielleicht sagten die beiden ja auch überhaupt nichts. Vielleicht waren sie viel zu überrumpelt davon, dass der Gegenstand mit dem Namen Viktoria einen eigenen Willen hatte und sich nicht scheute, diesem Willen nach zu handeln.

***

Zu behaupten, die Tage, die auf diesen folgten, wären die Hölle gewesen, erschien Vicky noch geprahlt. Die Hölle hätte zumindest Abwechslung geboten, Aufregung, wechselnde Eindrücke, Begegnungen mit anderen zum Teufel Gesandten. Hier auf der Erde aber war sie in ihrem Zimmer, dessen Einrichtung noch aus Kindertagen stammte, isoliert und musste auf schmerzhafte Weise lernen, wie einsam sich ein Mensch fühlen konnte.

Vicky hatte geglaubt, das Gefühl Einsamkeit sei ihr fremd. Ihr Leben war ja immer prallvoll mit Menschen gewesen. Sie hatte nie Schwierigkeiten gehabt, Kontakte zu knüpfen, und wenn einmal niemand da war, mit dem sie sich die Zeit vertreiben konnte, hatte sie ihre eigene Gesellschaft genossen.

Auf ihren Streifzügen durch Triest beispielsweise war sie liebend gern allein oder nur mit der schweigsamen Fanika unterwegs gewesen. Sie allein konnte bestimmen, wohin sie sich wenden und wie lange sie an einem Ort verweilen wollte, und wenn ihre Gedanken ins Schweifen und Träumen gerieten, war da niemand, der sie unterbrach.

Jetzt aber hatte sie das Gefühl, mit ihren Gedanken, die ganz und gar nichts Träumerisches hatten, in einer Zelle gefangen zu sein. Selbst wenn sie hinauslief, weil sie die Enge des blumig ausgestatteten Zimmers mit dem ungeliebten Cembalo und dem Schaukelpferd nicht mehr ertrug, nahm sie die

Zellenmauern und die schwarzen Gedanken mit. Unentwegt kehrten diese zu Rudolph zurück und stellten Fragen, auf die Vicky keine Antwort fand.

Seit wann hatte er gewusst, dass er jene Alicia oder wie auch immer würde heiraten müssen? Hatte er versucht, es zu verhindern, versuchte er es womöglich immer noch?

Hatte er bei alledem kein einziges Mal daran gedacht, mit ihr – seiner Geliebten – in Kontakt zu treten, sie auf das, was sie erwartete, vorzubereiten? War es ihm nicht in den Sinn gekommen, mit ihr gemeinsam nach einem Ausweg zu suchen?

Paare brannten miteinander durch, von so etwas hörte man immer häufiger. Sie reisten nach Schottland, ließen sich trauen und kehrten als Eheleute zurück nach Hause, wo ihnen nach ein bisschen Palaver meist zähneknirschend vergeben wurde.

Erzherzog Franz Ferdinand, der nach dem Selbstmord des Kronprinzen Thronfolger geworden war, würde einer Zeitungsmeldung zufolge eine einstige Hofdame namens Sophie Chotek heiraten, obwohl der Kaiser es ihm noch vor Monaten wutschnaubend untersagt hatte. Der Erzherzog hatte sich geweigert, seine Liebe aufzugeben, hatte sich stattdessen bereit erklärt, auf Thronansprüche für seine künftigen Kinder zu verzichten, und um die Schmach nicht noch größer zu machen, hatte sich Kaiser Franz Joseph schließlich in sein Schicksal gefügt.

Längst hatten sich die Wogen geglättet, die skandalöse Hochzeit war nur noch ein paar Zeilen auf einer der hinteren Zeitungsseiten wert. Und Rudolph war nicht einmal ein Habsburger, geschweige denn ein Thronfolger, was immer er in seinem Anflug von Großmannssucht vor sich hin schwadronierte. Hätte er ebenfalls nur auf irgendein Erbrecht verzichten müssen, um von seiner Familie die Erlaubnis zur Heirat mit einer Bürgerlichen zu erlangen?

Aber Rudolph will auf nichts verzichten, durchfuhr es Vicky. Er wollte träge und bequem, im Besitz sämtlicher Annehmlichkeiten auf seinem Diwan ausgestreckt bleiben, und die geringste Bedrohung dieses Zustandes war ihm zu viel. Wenn Vicky ihn sanft gedrängt hatte, sich mit seiner Mutter auseinanderzusetzen, hatte er gequält die Augen verdreht und gestöhnt.

»Daran sieht man eben, dass du meine Mutter nicht kennst. Ehe ich mich mit der Dame herumstreite, hole ich mir lieber einen Gewittersturm ins Haus.«

Statt sich diesem Gewittersturm zu stellen, hatte er es vorgezogen, auf Vicky zu verzichten.

Auf das Mädchen, dem er ins Ohr gehaucht hatte, er könne ohne sie nicht leben, er werde verrückt, wenn er nur drei Wochen ohne ihre Liebkosungen ertragen müsse.

Nun würde er ein Leben ohne sie ertragen müssen, und nach allem, was Vicky sich zusammenreimte, schien ihn das nicht sonderlich zu schrecken. Viel war es ja nicht, was sie an Informationen besaß. Nicht einmal, wie ihr Verhältnis zu Rudolph überhaupt bekannt geworden war, wusste sie, aber es interessierte sie auch nicht sonderlich. Eher hatte es sie gewundert, dass sich eine solche Beziehung so lange hatte geheim halten lassen. Sie war oft mehrmals wöchentlich im Palais Auersperg vorgefahren, war von Rudolphs Leibdiener eingelassen worden und an etlichen anderen Bediensteten vorbei in den Flügel mit den Privatquartieren spaziert. Hinter der Tür von Rudolphs Schlafgemach war sie verschwunden und erst Stunden später wieder aufgetaucht, Haar und Kleidung zerrauft, die Wangen vermutlich von Röte überhaucht.

Über kurz oder lang hatte ein findiges Tratschmaul einfach nur zwei und zwei zusammenzählen müssen, und sie hatten verflucht viel Glück gehabt, dass dies so lange nicht geschehen war.

War es aber wirklich Glück gewesen?

Wäre ihre *amour fou* früher aufgeflogen, hätte ihre Liaison mit Rudolph von Auersperg nicht achtzehn selige Monate lang gedauert, wäre sie dann jetzt weniger elend dran und hätte nicht das Gefühl, als wäre alles auf einen Schlag zu Ende?

Hätte jemand frühzeitig entdeckt, was unter der seidenen Bettdecke des jungen Herrn von Auersperg gespielt wurde, und hätte derjenige dem Paar diskret nahegelegt, das verbotene Spiel zu beenden – wäre es für Vicky dann tatsächlich nicht mehr gewesen als ein Abenteuer, eine zwar amüsante, aber recht bald vergessene Spielerei?

Stünde sie dann nicht mit der Frage da, die hinter all den anderen Fragen drohend und hässlich wie ein Lindwurm ihren Kopf erhob?

Hat er mich in all den Monaten belogen? Hat er mich in Wahrheit nie geliebt? Aber ich!, schrie es in ihr auf. *Ich habe ihn geliebt! Er war der Mann, mit dem ich mein Leben teilen wollte und der in jeden Traum von meiner Zukunft gehörte!*

Diese Zukunft war ihr mit einem Schlag genommen worden. Was konnte es jetzt noch für sie geben, außer einem Zimmer mit rosa Blumen auf der Tapete, starräugigen, verstaubten Puppen auf einem Regalbrett und einem Schaukelpferd, das sich mit jedem Luftzug knarrend bewegte?

Sie war ja nicht nur ein sitzen gelassenes Mädchen, eine nicht länger unbenutzte Ware, wie ihr Vater sich ausdrückte. Sie war zudem eine Geächtete.

Aber wie ungerecht ist denn das?, schrie es von Neuem in ihr. Rudolph feierte Verlobung, wurde von Ball zu Ball gereicht und würde zweifellos bald auf seiner eigenen Hochzeit tanzen. Vicky hingegen, die sich keines anderen Vergehens schuldig gemacht hatte als er, wurde auf keinen noch so mickrigen Tanztee, auf keine kleinste Soiree mehr eingeladen, und all die Freundinnen, mit denen sie durch ihr buntes Leben gewirbelt war, schnitten sie plötzlich, als hätten sie sie nie gekannt.

Nicht einmal ihre Eltern bestanden wie sonst auf gemeinsam eingenommenen Mahlzeiten, sondern wiesen das Hausmädchen an, Vicky ihr Essen auf einem Tablett nach oben zu bringen. Es war, als könnten sie den Anblick ihres Kindes nicht länger ertragen, ja, als wäre es ihnen lieber, gar kein Kind mehr zu haben.

Sogar ihr Vater. Der sie sein Haserl genannt hatte, als sie noch klein gewesen war und sich abends in sein Arbeitszimmer geschlichen hatte.

Wenn Vicky ihrer Mutter auf der Treppe oder in der Halle begegnete, schlug diese theatralisch eine Hand vor die Augen und gab ein Geräusch von sich, als benötige sie dringend ihr Riechsalz. Ihr Vater hingegen ließ sich überhaupt nicht blicken, sondern verbrachte noch mehr Zeit also sonst im Geschäft.

Aber ich bin doch nicht gestorben, begehrte Vicky innerlich auf. *Ich habe weder die Pest noch die Krätze, mit der man sich infizieren könnte, und doch scheint alle Welt um mich einen Bogen zu schlagen.* Als hätten sie Angst, das Unglück, das Vicky befallen hatte, wäre ansteckend. Sie fand es noch immer unendlich schwierig, von sich selbst als vom Unglück befallen zu denken. Sie war doch ihr Leben lang das Glückskind Vicky gewesen, von dem Maître René gesagt hatte: »Als Sie zur Welt gekommen sind, Fräulein Viktoria, muss die Sonne vom Himmel geschienen und der liebe Herrgott gelacht haben.«

Wiederum hielt Vicky es in ihrem Zimmer, im Haus, in der hallenden Stille nicht mehr aus. Kurzerhand warf sie sich ihre leichte Pelerine über und lief hinaus in den bereits fast sommerlichen Tag. Etwas musste ihr einfallen. Etwas, das ihr trotz allem blieb und das sie mit ihren doch gerade erst neunzehn Jahren noch genießen konnte. Soweit ihre Erinnerung zurückreichte, hatte sie gutes Essen geliebt, doch alles, was ihr in diesen Tagen vorgesetzt worden war, hatte wie Pappe geschmeckt. Es kostete sie Mühe, überhaupt etwas herunterzubringen, und ungläubig spürte sie, wie lose ihr Rockbund um ihre Taille schlackerte.

In ihrer Handtasche tastete sie nach ihrem Geldbeutel und fand einen ziemlichen Batzen Kleingeld. Mit Geld war ihr Vater ihr gegenüber stets großzügig gewesen. Er hatte ihr häufig eine Anzahl Banknoten zugesteckt, »damit niemand auf die Idee kommt, eine Liebenfels müsse sich etwas versagen«, und außerdem ein Sparbuch für sie eingerichtet, in das er regelmäßig Beträge einzahlte. An diese Spareinlage würde sie ohne seine Unterschrift kaum herankommen, aber über das angesammelte Bargeld konnte sie jederzeit verfügen.

Sie beschloss, in eines ihrer Lieblingscafés zu gehen und sich hemmungslos alles zu bestellen, wonach ihr der Sinn stand. Warum nicht ins Hotel Sacher? »Schokolade hilft gegen das ärgste Herzeleid«, behauptete Rosine, und keine andere Torte war so schokoladig, so üppig, so überladen mit schwelgerischer Süße wie eine Sacher. Sie würde sich etwas gönnen. Wenn alle anderen sie wie eine Aussätzige behandelten, würde sie eben sich selbst beweisen, dass sie noch immer derselbe zwar nicht fehlerfreie, aber liebenswerte Mensch war.

Sie nahm einen Fiaker. Nicht den von Peppi, der oben am Platz stand, wo jeder sie kannte, sondern einen Fremden, der vor einer Litfaßsäule wartete. Dennoch kam es ihr vor, als starre ein jeder, an dem der Wagen vorbeiglitt, sie an. Sie konnte die Fahrt durch die sommerliche Innenstadt nicht wie gewohnt genießen, sondern hatte das Gefühl, als zeige von allen Seiten jemand mit dem Finger auf sie.

Im Kaffeehaus des Hotels, wo sie der Duft nach Mokka und das vertraute Geklapper von Kuchengabeln empfing, wählte sie einen Tisch, der halb verdeckt in einem Winkel stand, doch das half nicht. Sobald am Nachbartisch zwei Damen die Köpfe zusammensteckten, glaubte sie, deren Getuschel könne niemandem anders als ihr gelten. Auf einmal war sie überzeugt, man werde *eine wie sie* in diesem renommierten Etablissement überhaupt nicht bedienen.

Letzten Endes erschien doch noch ein Piccolo, bei dem Vicky ihre Sachertorte und einen Kaffee Obermayer mit geeistem Schlagobers bestellen konnte. Als das Gewünschte jedoch gebracht wurde, war ihr der Appetit bereits vergangen, und ihr Magen fühlte sich an, als hätte jemand einen Knoten hinein gemacht.

Wie sollte man seine Lieblingstorte genießen, wenn man sich von hämischen Blicken umgeben fühlte, wenn man bei jedem Bissen Gewisper und schadenfrohes Kichern vernahm?

Es ging so nicht weiter.

Vicky ließ die Gabel sinken und schob den Teller mit dem dunkel glänzenden Tortenstück von sich. Auf einmal musste sie an Triest denken, an den Abend, als die beiden Bankiers Graubener und der Italiener zu Gast gewesen waren und Rosine sich ihr zu Ehren an dieser Torte versucht hatte. Es war gerade erst fünf Wochen her, aber die Erinnerung schien aus einem anderen Leben zu stammen. Aus ihrem glücklichen, sorglosen Leben, das ihr jetzt kaum noch wirklich vorkam.

Aber es war wirklich gewesen.

In Triest hatte sie an jedem einzelnen Tag gelacht. Wenn sie die Augen schloss und sich ein wenig Mühe gab, konnte sie ein Echo ihres Lachens immer noch hören. Mit dem Italiener hatte sie lachend unter dem Tisch gesessen und die Welt um sich herum vergessen. Sein Lachen hatte ein wenig rau geklungen, als werde es nicht oft genug benutzt.

Ob jetzt ihres bald ebenso klingen würde?

Und ob ihre Wangen einfallen würden wie die von Melitta, weil sie nicht einmal ihre Lieblingstorte mehr herunterbrachte?

Nun ja. Diese letzten Bedenken waren wohl ein bisschen übermäßig dramatisch. Der Tag, an dem Vicky Liebenfels vom Fleisch fiel, musste erst noch neu im Kalender eingeführt werden. Aber ihr Lachen – das fehlte ihr. Ihre Zuversicht, die Gewissheit, dass ihre Welt ein guter Ort war und sie selbst geradewegs hineinpasste.

Wie sollte sie das zurückgewinnen, wenn die Menschen, die ihr die liebsten waren, sie behandelten, als empfänden sie regelrecht Abscheu vor ihr? Wenn der Mann, den sie liebte, sie benutzt und weggeworfen hatte, sobald sich etwas Besseres bot? Wenn sie sich in der eigenen Stadt, in ihren eigenen Kreisen verachtet und bei jedem Schritt beobachtet fühlte, sodass sie überhaupt keine Ahnung mehr hatte, wie sie sich verhalten sollte? Sie war sich doch ihrer selbst immer sicher gewesen, hatte zu wissen geglaubt, was richtig war und was falsch.

Manches, das falsch war – wie die Liebe mit Rudolph –, hatte mehr Spaß gemacht als das Richtige. Verdiente sie dafür eine so harte Strafe? Wem aber hatte sie damit denn Schaden zugefügt? »Falsch ist's, wenn's einem andern wehtut«, lautete eine der Lebensweisheiten, die Rosine gern von sich gab, und Vicky war der Meinung gewesen, dass das eine gute Faustregel war.

Warum führte sie eigentlich so gut wie jeder Gedankenweg, den sie einschlug, früher oder später nach Triest?

Weil dort niemand mich hasst, gab sie sich selbst die Antwort. *Weil dort niemand denkt, ich sei das Böse auf zwei Beinen, obwohl ich lediglich einen feschen Kerl lieb hatte und dachte, er liebe mich auch. Weil da niemand von alledem etwas weiß. Weil all das Schlimme nicht dort passiert ist. Sondern hier.*

»Sind Sie fertig, gnädiges Fräulein? Kann ich abräumen?«

Der Piccolo, der jünger sein musste als sie selbst, war neben ihren Tisch getreten und wies, ohne sie anzusehen, auf den Teller mit dem Tortenstück. Seit wann wurde man im Sacher derart gehetzt? Und seit wann sprachen Hilfskellner derart barsch und knapp mit zahlenden Gästen? Wusste also selbst dieses kleine Bürschlein in seiner burgunderroten Livree über ihre Geschichte Bescheid?

So ging es nicht weiter. Sie sah ja überall Gespenster, fühlte sich von allen Seiten verfolgt und konnte keinen klaren Gedanken fassen. Und dabei war sie doch keine, die sich in ein solches Elend fallen ließ und sich womöglich darin suhlte, sondern eine, die etwas tat!

Genau das war es: Sie musste etwas tun.

»Ja, nehmen Sie's nur mit«, sagte sie zu dem Piccolo. »Den Kaffee auch, obwohl's schade um das schöne Schlagobers ist. Warum lassen Sie sich das nicht selbst schmecken? Ich hab' es nicht angerührt, keine Sorge, Sie vergiften sich daran schon nicht.«

Ehe der verdatterte Piccolo, der sie aus fast kreisrunden Augen anstarrte, seine Fassung wiedergewann, legte Vicky das Geld auf den Tisch, stand auf und verließ das Kaffeehaus. Auch wenn es ihr heute hier nicht so wie sonst geschmeckt hatte, war der Besuch doch von Nutzen für sie gewesen. Sie hatte einen Entschluss gefasst und würde unverzüglich nach Hause zurückkehren, um ihr Geld zu zählen und ihn in die Tat umzusetzen.

Sie konnte hier nicht bleiben.

Wien stand für die Vergangenheit, für die bald tausendjährige Geschichte, die sich mächtig erhoben hatte, um ein modernes Mädchen in die Schranken zu weisen. Vicky hingegen brauchte einen Ort, dessen Geschichte jung war, der nicht auf Traditionen pochte, sondern mit seiner blühenden Schifffahrt aus aller Herren Länder und seinen fünf wilden Winden, die Einflüsse aus aller Welt herüberwehten, in die neue Zeit blickte.

Um sich zu erholen, ihre Wunden zu lecken und sich selbst wiederzufinden, musste sie nach Triest.

11

Melitta

Pension Hortis

Triest, Piazza Giuseppina

Juni

»Womit können wir Ihnen denn dienen, verehrter Herr Kommerzialrat? Eine Flasche von Ihrem gewohnten Vitovska? Für Sie haben wir den selbstverständlich vorrätig, auch wenn er nicht länger auf der Karte steht.«

Melitta hasste es, wenn sie im Spiegelsaal beim Servieren aushelfen musste. Der Strom der Feriengäste nahm um diese Jahreszeit ab. Es waren so gut wie nur noch Langzeitmieter zu versorgen, verschrobene Schriftsteller und Künstler, die angeblich herkamen, um zu arbeiten, bis zum Mittag in den Betten lagen, abends zu viel tranken und nie auch nur einen Groschen Trinkgeld gaben.

Adam Kinsky aus Karlsbad würde für ein paar Wochen anreisen, würde angetan mit seinem weißen Gabardine-Anzug, seinem passenden Hütchen und seinem Gehstock langsame Spaziergänge hinunter zu den Kais unternehmen, melancholisch aufs Meer hinausblicken und seltsame Dinge von sich geben wie: »Ist es nicht ein Wunder? Italiener, Österreicher, Slowenen, Juden, Griechen, Armenier, Briten – und hier in diesem unglaublichen Triest verwandeln sie sich alle durch einen einzigen Handstreich in Staatsbürger der Donaumonarchie.«

Was die Künstler an Trinkgeld sparten, zahlte der alte Herr aus Böhmen dreifach, aber von ihm abgesehen verirrte sich kaum ein zahlender Sommerfrischler hierher. Und von Kinsky und den schriftstellernden Trinkkumpanen alleine ließ sich die Pension nicht gewinnbringend führen. Also öffnete Onkel Eduard den Spiegelsaal im Sommer als Restaurant. Obwohl Rosines Kochkünste eher bodenständig als raffiniert waren, lockte er auf diese Weise auch Geschäftsreisende an, von denen sich in Triest zu jeder Jahreszeit eine ganze Anzahl tummelte. Sie blieben zwar nie lange, aber sie trafen sich gern mit ihren Partnern zu üppigen Gastmählern, bei denen sie nicht auf den Pfennig sahen. Onkel Eduard achtete eigens darauf, dass die Weinkarte höchsten Ansprüchen genügte, denn auf eine solche legten diese Leute Wert.

Der Vitovska, den der Bankier Graubener sich regelmäßig bestellte, war ein slowenischer Weißwein aus dem Karstland hinter dem Stadtgebiet. Jahrelang hatte der Onkel ihn sich liefern lassen und erklärt, dass die Gäste nach seiner erdigen Reife verlangten, doch in diesem Jahr hatte er ihn von der Karte gestrichen.

»Die italienischen Weine sind gehaltvoller und haben mehr Charakter«, hatte er erklärt.

Melitta sollte es recht sein. Sie war heilfroh, dass Onkel Eduard stattdessen große Mengen Wein von Fabrizio Ascoli bestellt hatte, dass er offenbar vorhatte, das weiter zu tun, und dass der Italiener also wiederkommen würde.

Sie konnte den Tag kaum erwarten.

Am Morgen seiner Abreise, nachdem er ihr auf so abscheuliche Weise entrissen worden war, hatte Ascoli sie tatsächlich im Frühstückszimmer aufgesucht, wo sie dabei war, für Ordnung zu sorgen, um sich von ihr zu verabschieden. Melitta war so überwältigt gewesen, dass sie jegliche Sitte, jeglichen Anstand vergessen und es gewagt hatte, ihn um seine Adresse zu bitten.

»Darf ich Ihnen schreiben?«

Er hatte verlegen gewirkt, was ihr Herz noch heftiger für ihn schlagen ließ. »Ich wüsste nicht, warum Sie das nicht dürften? Nur bitte ich Sie, nicht enttäuscht zu sein, wenn ich nicht antworte. Ich bin ein katastrophaler Briefeschreiber.«

Natürlich würde er ihr nicht antworten, selbst dann nicht, wenn er ein begeisterter Briefeschreiber gewesen wäre. Kein Mann, der aussah wie Fabrizio Ascoli, schrieb einem Mädchen wie Melitta Braun, und wenn er noch so feinfühlig und besonders und mit dem oberflächlichen Mannsvolk nicht zu vergleichen war. Aber sie hatte seine ausdrückliche Erlaubnis, ihm zu schreiben. Melitta liebte Briefe. Sie vertrieb sich die langen, einsamen Stunden ihrer freien Abende damit, welche zu schreiben, aber bisher hatte sie noch nie einen abgeschickt.

Den Brief an Fabrizio Ascoli schrieb sie jedoch, um ihn abzuschicken. Zwar blieb er nach seiner Fertigstellung noch drei Tage lang versiegelt auf ihrem Schreibpult liegen, weil Melitta erst Mut sammeln musste, doch letztendlich hatte sie ihn auf die Post getragen, um ihn auf seine Reise nach Piemont zu senden.

Das lag mehr als vier Wochen zurück.

Was hatte sie in dem Brief geschrieben, der sich also nun schon vier Wochen lang im Besitz von Fabrizio Ascoli befand?

Nichts als langweiliges Zeug, das ihm beim Lesen vermutlich ein Gähnen entlocken würde. Kleine, bedeutungslose Anekdoten, wie sie sie tagsüber mit den Gästen erlebte. Fragen zu Speisen und Getränken, die im Piemont üblich waren und die man vielleicht in die Speisekarte der Pension einführen könnte. Ansichten und Überlegungen zu Ereignissen, von denen sie in der Zeitung gelesen hatte: Im Herzogtum Baden, das zu Deutschland gehörte, waren Frauen neuerdings zum Hochschulstudium zugelassen. Was aber sollte eine Frau mit einem Hochschulstudium anfangen, sie würde ja wohl kaum als Ärztin, Rechtsgelehrte oder Studienrätin eine für einen Mann gedachte Stellung antreten.

Im Polarmeer hatten norwegische Forscher eine Insel entdeckt. Wozu aber suchten norwegische Forscher nach Inseln, auf denen kein Mensch würde wohnen können?

Und zwischen Berlin und Paris wurde eine sogenannte Telefonleitung verlegt, sodass jemand von Paris aus mit jemandem in Berlin sprechen konnte, ohne ihn zu Gesicht zu bekommen. Sprachen die Leute lieber mit Fremden, die sie nicht sahen, als mit ihren Nächsten, mit denen sie ein Haus teilten? Und wenn man in den Häusern künftig solche Leitungen verlegte – würden dann Familienmitglieder aufhören, einander anzuschweigen?

Hatte sie tatsächlich mit diesem Unfug dreieinhalb Seiten gefüllt? Was sollte Fabrizio Ascoli von ihr denken? Dass ihr Leben vollkommen leer war, sodass sie sich mit hohlen Albernheiten beschäftigen musste?

Ihr Leben war vollkommen leer. Voll fühlte es sich nur an, wenn sie an ihn dachte. So wie jetzt, wo sie Bankier Graubener nach seinem geliebten Weißwein aus dem Karst fragte und sich doch wünschte, sämtliche Gäste würden nach Wein aus Piemont verlangen, damit Fabrizio Ascoli umso schneller wiederkommen musste.

»Ach nein, danke, bringen Sie mir einen anderen«, unterbrach Bankier Graubeners Stimme den stürmischen Fluss ihrer Gedanken. »Dieser Scirocco da draußen mit all seinem

Wüstenstaub verursacht mir Kopfschmerzen, da brauche ich etwas, das einem Mann das Hirn frei spült und ihn wieder klar denken lässt.«

Klare Gedanken vom Wein? Melitta behielt, was sie darüber dachte, lieber für sich. Ohnehin sprach Julius Graubener senior bereits weiter: »Ihr Onkel hat mir da neulich einen kraftvollen Tropfen serviert, Arneis oder Armeis – recht ansprechend, wenn auch keine bekannte Traube. Die kann er sich wohl nicht mehr leisten.« Sein Lachen war hässlich. Bankier Graubener gehörte zu den Menschen, die etwas nur komisch fanden, wenn es anderen das Lachen verleidete.

»Herr Hortis hat gerade im großen Stil edle Weine eingekauft«, beschied sie ihn schroffer, als ihr Onkel es je gutgeheißen hätte. »Natürlich kann er es sich leisten, für seine Gäste das Beste anzuschaffen, was Europas Weingüter zu bieten haben. Der Arneis mag noch nicht sehr bekannt sein, aber er ist ein Piemonteser Spitzenwein, der kurz davor steht, seinen Siegeszug anzutreten. Unser bevorzugter Weinhändler, um den sich die Luxushotels an der gesamten Küste reißen, hat ihn besonders empfohlen.«

»Sieh mal einer an«, brummte Graubener. »Von Ihnen habe ich immer gedacht, Sie würden Ihre ins Auge springende Reizlosigkeit wettmachen, indem sie zumindest nicht nach Weiberart in einem fort plappern.«

Melitta zuckte zusammen. Der Mann war ihr von ganzem Herzen zuwider. Genau wie ihre Großmutter sagte er selten etwas, das nicht verletzend gemeint war, und wie jene traf er meist mitten in die Wunde. Aber Melitta hatte ja von klein auf gelernt, sich in solchen Momenten zusammenzureißen, sich nichts anmerken zu lassen und einfach weiterzumachen. An Fabrizio Ascoli zu denken, half ihr dabei. Er war so ganz anders. Behutsam und einfühlsam. Niemals hätte er etwas vom Stapel gelassen, nur um einem anderen Schmerz zuzufügen. Statt sie reizlos zu nennen, hatte er ihren Händen beim Arbeiten zugesehen und gesagt, es fasziniere ihn, wie flink und geschmeidig diese Hände sich bewegten.

»Soll ich Ihnen dann also den Arneis bringen?«, fragte sie den Bankier.

»Jaja, machen Sie schon. Dieser Scirocco heute Abend bringt einen ja um. Als wäre man selbst in die Wüste geraten und trockne innerlich aus.«

Melitta ging und stieß auf der Treppe um ein Haar mit ihrem Onkel zusammen. »Oh. Melitta«, gab dieser von sich, als wäre sie die letzte Person, mit der er auf dem Weg aus dem Spiegelsaal gerechnet hatte. »Was machst du denn gerade?«

»Ich bediene Bankdirektor Graubener, wie du es mir aufgetragen hast«, erwiderte sie. »Essen will er erst später, wenn er die Stapel der mitgebrachten Post durchgesehen hat, und dabei wird er wie üblich alleine eine komplette Flasche Wein leeren. Allerdings hat er sich gegen den Vitovska und für einen von Herrn Ascolis Weißweinen entschieden.«

»Ja, an dem hat er wohl Geschmack gefunden«, murmelte Onkel Eduard. »Wie ist er denn ansonsten heute Abend gelaunt?«

»Wie er gelaunt ist?«, platzte Melitta heraus. »Er ist doch grundsätzlich ein Griesgram und Miesmacher vor dem Herrn. Heute womöglich noch beleidigender als sonst. Er behauptet dreist, wir könnten es uns nicht leisten, edle Weine auf unsere Karte zu setzen, dabei ist die Qualität von Herrn Ascolis Weinen …«

»Ja, schon gut«, schnitt ihr Onkel ihr das Wort ab. »Lass das meine Sorge sein, ich übernehme ihn.«

»Aber du wolltest doch, dass ich …«

»Für dich habe ich etwas anderes zu tun«, beschied er sie. »Du musst die Dreizehn herrichten. Und zwar husch, husch.«

»Die Flitterwochensuite?« Die Zimmerfolge unter dem Dach verfügte über ein Himmelbett, hatte einen Balkon mit einem Tisch für zwei und bot den schönsten Blick über den Golf mit all seinen Lichtern, die mit den Sternen um die Wette funkelten. Es war nicht nur das feinste, sondern auch das teuerste Zimmer, das die Pension Hortis im Angebot hatte, und die meisten Paare, die es sich reservieren ließen, waren tatsächlich Flitterwöchner.

Aber betuchte Mitteleuropäer auf Hochzeitsreise fuhren doch nicht im Sommer nach Triest!

»Ich erwarte, dass du dir besondere Mühe gibst«, verlangte Onkel Eduard. »Die Suite wird als Einzelzimmer genutzt, aber unserem Gast darf es an nichts fehlen. In einer Stunde muss alles fertig sein. Hugo spannt gleich an und holt sie vom Abendzug ab.«

»Sie?«, fragte Melitta verwundert. Welche Frau kam denn ohne Vorausreservierung mit dem Abendzug angereist und leistete sich eine ganze Suite?

»Viktoria Liebenfels«, erklärte ihr Onkel. »Sie reist dieses Mal alleine, ohne ihre Eltern, und ich möchte gern, dass sie sich bei uns so geborgen und gut aufgehoben fühlt wie in Abrahams Schoß. Wir haben uns verstanden, nicht wahr, Melitta?«

Melitta war, als hätte er ihr einen Fausthieb in den Bauch versetzt. Sie hatte geglaubt, sie hätte das Vicky-Spektakel für dieses Jahr hinter sich, bräuchte sich bis zum nächsten April mit dem unsäglichen Liebenfels-Töchterchen nicht mehr zu befassen. Dass die Erbin des Wäschefabrikanten ihr im April den Abend mit Fabrizio Ascoli gestohlen hatte, hatte das Fass, das seit Jahren voller und voller wurde, zum Überlaufen gebracht. Hätte Melitta sich von einem einzigen Menschen wünschen dürfen, dass sie ihn nie mehr zu sehen brauchte, ihre Wahl wäre ohne Zögern auf die junge Liebenfels gefallen.

Und jetzt reiste dieses verwöhnte, selbstverliebte Balg schon wieder an, platzte mitten in die wunderbar ruhige Nebensaison, und Melitta wurde zum Zimmermädchen degradiert, um dem Prinzesschen sein Luxusbett zu richten?

»Ich bediene Herrn Graubener, wie es mir aufgetragen wurde«, brach es aus ihr heraus, ehe sie sich besinnen konnte. So etwas kam sonst nicht vor: Melitta Braun, die graue Maus der Pension, widersprach ihrem Onkel nicht, sondern tat, was ihr gesagt wurde. Melitta Braun, die arme Verwandte, hielt den Mund und betätigte sich als dienstbarer Geist. Melitta Braun, das Mauerblümchen, besaß keine eigene Meinung, sondern war auf der Welt, um sich nach der von anderen zu richten.

Entsprechend perplex starrte Onkel Eduard sie an. Rasch fasste er sich jedoch, sichtlich nicht gewillt, an seine renitente Nichte Zeit zu vergeuden. »Du hast mich verstanden, Melitta«, sagte er. »Fanika wartet in der Wäschekammer auf dich und Rosine bereitet eine Schale mit Obst und Gebäck vor. Um Direktor Graubener brauchst du dich nicht zu sorgen. Der ist nicht länger deine Aufgabe.«

Damit drückte er ihr den Schlüssel der Flitterwochen-Suite in die Hand und drängte sich an ihr vorbei. Zwei Stufen über ihr blieb er jedoch noch einmal stehen und drehte sich nach ihr um.

»Ach, da wir von Ascoli sprachen – das hier ist für dich gekommen.« Er fischte einen schmalen, cremefarbenen Briefumschlag aus seiner Brusttasche und reichte ihn ihr herunter.

Noch während Melitta sich unfähig fühlte, ihren Augen zu trauen, verliebte sie sich in alles daran: in das schwere, stilvolle Briefpapier, das eingeprägte Wappen mit der Silhouette eines stolzen Steinbocks, der elegante und zugleich dezente Namenszug – *Fabrizio Ascoli.*

»Was will der Herr Weinbauer denn von *dir*?«, fragte ihr Onkel in einem Ton, als könne man unmöglich irgendetwas von ihr wollen.

»Wir haben uns sehr angeregt unterhalten«, warf Melitta so beiläufig hin, wie es ihr möglich war. »Und da wir ja gegen unseren Wunsch getrennt wurden, haben wir eben beschlossen, die Konversation schriftlich fortzusetzen.«

»Aha. Nun, wenn es dir Spaß macht.« Der Onkel schien bereits das Interesse zu verlieren. »Tu mir allerdings einen Gefallen. Beschränke dich auf Belanglosigkeiten und lass dem Mann nicht Informationen zukommen, die mein Geschäft betreffen und ihn nichts angehen.«

Was für Informationen sollten das denn sein, wunderte sich Melitta im Stillen, doch ihr Onkel war schon weitergeeilt. Und sie selbst hatte im Grunde auch keine Lust, sich über Onkel Eduards Schrullen den Kopf zu zerbrechen. Viel mehr wollte sie so schnell wie möglich ihre lästige Arbeit erledigen und dann in ihre Kammer verschwinden, um Fabrizios Brief zu lesen.

Fabrizio. Fabrizio.

Anders konnte sie ihn nun in ihren Gedanken nicht mehr nennen.

Viktoria Liebenfels hatte jegliche Bedeutung verloren. Sollte sie doch kommen, die aufgeblasene Pute, und sollte sie mit ihrer Suite und ihrem Himmelbett und René, der ihr Zucker in den Allerwertesten pustete, selig werden. Melitta interessierte das alles nicht mehr, sie hatte Besseres zu tun, um ihre Gedanken zu beschäftigen: Fabrizio Ascoli hatte ihr geschrieben! Er war ein katastrophaler Briefeschreiber, er hatte sie gewarnt, er werde ihr nicht antworten, aber sein Gefühl, das, was zart zwischen ihnen aufgeflammt war, hatte ihm etwas anderes diktiert.

Beflügelt und schneller als der Scirocco brachte Melitta das Herrichten der Suite hinter sich. Nicht einmal die Tatsache, dass René persönlich einen Kühler mit einer Flasche Champagner hinauftrug, konnte sie mehr schrecken. Viel eher amüsierte es sie. Was für einen Tanz sie alle um die dralle Vicky veranstalteten, in deren hübschem Köpfchen ein höchstens erbsengroßer Verstand herumrollte! Dieses eine Mal hätte es Melitta gefallen, eines der sarkastischen Bonmots ihrer Großmutter zu hören. Eleonore Hortis nannte Viktoria den Gugelhupf.

»Für eine Sachertorte bräuchte sie Gehalt und Format, aber über Mangel an Rundung wird sich bei ihr niemand zu beklagen haben«, lautete ihre Beschreibung. »Und hübsch saftig ist sie ohne Zweifel auch.«

Melitta zog flüchtig noch einmal Laken, Decken und Kissen glatt, dann überließ sie dem Empfangschef den Schlüssel und eilte in ihre Kammer. Die war winzig und besaß auch nur ein winziges Fenster, sodass sie nach der lichtdurchfluteten Suite geradezu finster wirkte. Heute Abend aber war sie für Melitta der schönste Raum der Welt, denn hier, an dem wackligen Frisiertisch, der ihr als Schreibpult diente, würde sie die Worte lesen, die Fabrizio für sie zu Papier gebracht hatte.

Mit aller Sorgfalt öffnete sie den Umschlag, empfand geradezu Schmerz, als der Brieföffner sich durch das Papier der Lasche bohrte. Anders aber wäre es ihr nicht möglich gewesen, den einzelnen schweren Briefbogen zu befreien, auf dem ganz oben, unter Fabrizios eingeprägter Adresse, in geschwungener Schrift ihr Name stand.

> Verehrtes Fräulein Melitta.
> Allem Geschwafel zum Trotz, das ich an jenem Morgen in Ihrer Stadt von mir gegeben habe, muss ich um jeden Preis mich selbst Lügen strafen und Ihnen für Ihren entzückenden Brief danken.
>
> Ich frage mich ganz ernsthaft, ob sich in der Literaturgeschichte nachweisen lässt, dass

schon jemand vor mir einen derart ernsthaften, wohlformulierten und von solchem Reichtum an Gedanken getragenen Brief erhalten hat. Liebes Fräulein Melitta, lassen Sie mich Ihnen versichern, dass Sie ganz außerordentlich zu schreiben verstehen, und dass ich mich geehrt fühle, als Empfänger eines Ihrer Briefe auserwählt worden zu sein.

Als der grauenhafte – und außerdem in Eile befindliche – Briefeschreiber, der ich nun einmal bin und bleibe, ist es mir nicht möglich, auf all die originellen und interessanten Einfälle, Darlegungen und Fragen einzugehen. Ich versichere Ihnen aber, dass ich sie mit Genuss gelesen und die Pause vom Alltag, die sie mir bereitet haben, hochgeschätzt habe. Haben Sie herzlichen Dank für dieses ganz und gar unverdiente Geschenk. Sie dürfen mir in Zukunft wirklich kein ähnliches mehr machen, denn es würde mich beschämen, es Ihnen mit nichts auch nur annähernd Gleichwertigem vergelten zu können. Das eine Mal war mehr als genug, und ich werde es Ihnen nicht vergessen.

Lassen Sie es sich gut gehen, liebes Fräulein, Sie haben es verdient und sollten so viel Freude, wie Sie geben, auch zurückbekommen.

Nur das Beste für Sie und einen freundschaftlichen Gruß nach Triest.

Ihr ergebener, zum Briefeschreiben nicht geborener

Fabrizio Ascoli

PS: Wenn es Ihnen keine Unannehmlichkeit bereitet – wären Sie wohl so nett und lassen Ihren Onkel freundlichst wissen, dass die vereinbarten telegrafischen Anweisungen bisher nicht eingetroffen sind? Ich wäre Ihnen dafür sehr verbunden, ich bin kein Mensch, der gern Mahnungen schreibt, wo es sich ja lediglich um ein den Wirren modernen Geldtransfers geschuldetes Versehen handeln kann.

12

Valeria

Montechiaro d'Acqui

Juni

Krachend schlug die Stalltür auf, sodass Calypso, Valerias nervöse Stute, scheuend stieg. Valeria langte ihr mit beiden Händen ins Halfter, zog ihren Kopf zu sich hinunter und beruhigte sie, indem sie ihre Stirn gegen die Nüstern des Pferdes lehnte.

Auf solche Weise brach nur einer in die Stille dieser Umgebung ein. Nur ein Mensch, der sich aus Pferden nichts machte und der grundsätzlich auftrat, als springe er auf eine Bühne.

Erst als Calypso wieder sicher auf ihren vier Beinen stand und ihre Flanken nicht länger bebten, drehte Valeria sich nach ihrem Bruder, der mittlerweile im Gang stand, um. »Hast du jetzt auch noch den letzten Rest Verstand verloren?«

»Nette Begrüßung.« Crispino trug einen Samtanzug in der Farbe von Auberginen, der hübsch, aber ein bisschen schäbig wirkte. Er lehnte sich mit der Schulter gegen die Tür der leeren Box von Saturno. »Ich dachte, wenigstens meine Zwillingsschwester würde sich freuen, mich zu sehen.«

Valeria seufzte. Nein, sie freute sich schon lange nicht mehr, den jüngeren ihrer Brüder zu sehen, weil ihr bewusst war, dass Crispino nur dann ihre Nähe suchte, wenn es Probleme gab.

»Sag schon, worum es dir geht«, forderte sie ihn auf. »Ich habe wenig Zeit.«

»Ich brauche Geld.«

»Ach, wie sich das trifft«, konnte Valeria sich nicht verkneifen. »Genau das brauche ich auch.«

»Für dich ist das doch keine große Sache. Geh zu Fabrizio und du bekommst, was immer du willst.«

»So einfach ist es nicht, und das weißt du.« Valeria versuchte, sich darauf zu konzentrieren, die Schnallen am Halfter der Stute zu lösen und ihr das Zaumzeug überzustreifen. Calypso warf den Kopf auf. Sie spürte Valerias Unruhe, und diese übertrug sich auf sie.

»Ich weiß, dass unser Herr Bruder auf dem Geld sitzt wie ein Drache auf dem Goldschatz. Dass es dir und mir genauso zusteht wie ihm, ignoriert er geflissentlich, aber wenn du ihn bittest, wird er sich schon weichklopfen lassen. Für dich bringt er immerhin noch so etwas wie Respekt auf. Ich dagegen bin der Versager, das schwarze Schaf der hochheiligen Familie. Für mich ist ihm jeder *Centesimo* zu schade.«

»Ich arbeite für mein Geld«, sagte Valeria, auch wenn das ganz so, wie sie es gern gehabt hätte, nicht zutraf. »Vielleicht solltest du diesen Gedanken auch einmal in Erwägung ziehen? Der Goldschatz, auf dem Fabrizio angeblich sitzt, ist nämlich eher ein Eisberg, der in der Sonne schneller schmilzt, als man zuschauen kann.«

»Ich denke, er verkauft fässerweise Wein an die Österreicher und die reichen Hotelschnösel an der Küste.«

»Tut er«, bestätigte sie. »Und was es ihn kostet, dürftest du dich durchaus gelegentlich fragen. Wenn du deinen Teil beitragen und ihm unter die Arme greifen würdest, bräuchte er sich nicht Tag und Nacht abzurackern, um einen Berg abzutragen, dessen Umfang weder du noch ich kennen.«

Tatsächlich wusste Valeria so gut wie gar nichts. Sie ahnte höchstens, dass ihre Eltern das Weingut nicht in dem properen, wohlbestellten Zustand hinterlassen hatten, in dem es Jahrhunderte hindurch gewesen war. Schlechte Ernten, Schädlinge, Probleme mit dem Transport während der unruhigen Jahre waren die Gründe, die Fabrizio lediglich vage und nebenher erwähnt hatte. Über anderes sprach er nicht. So war er gemacht. Auf seine Eltern ließ er nichts kommen, was immer auch geschehen sein mochte.

»Ha.« Crispino schnaubte wie eines der Pferde und warf dazu passend den Kopf mit den fülligen, seidigen Locken auf. »Das glaubst du ja wohl selbst nicht, dass unser Herr Alleskönner ausgerechnet mich, seinen unfähigen Bruder, mit seinen kostbaren Kunden verhandeln ließe. Er ließe mich auch keinen Plan für die Neubepflanzung erstellen, keine Arbeiter für die *Vendemmia* anheuern oder irgendetwas tun, das über das Stampfen von Trauben, das ich als Wickelkind angeblich geliebt habe, hinausgeht.«

»Es käme auf einen Versuch an.«

»Und du glaubst, den habe ich nicht unternommen?«

»In der Tat!« Valeria breitete die Satteldecke über Calypsos Rücken. »Das glaube ich.«

»Ich habe nun einmal anderes für meine Zukunft geplant, als auf dem Land zu versauern und Wein anzubauen«, versetzte Crispino. »Mich schert das Schicksal dieser Nation, nicht nur das kleine Leben der paar Gestalten, die hier zwischen den Hügeln hausen.«

»Aber ernähren lassen willst du dich von den paar zwischen Hügeln hausenden Gestalten, richtig?«

»Valeria.« Er kam zu ihr, trat in die Box, ehe sie ihn hindern konnte, und zog sie in die Arme. Erschrocken wich Calypso zurück und prallte krachend gegen die Wand.

»*Merda!*«, fluchte Valeria. »Wenn sie sich etwas getan hat, bringe ich dich um.«

»Ruhig Blut. Dieses Mörderpferd, das du sowieso nicht reiten solltest, hat sich kein Haar gekrümmt.« Er zog sie aus der Box und schloss die Tür, was, bis Calypso sich wieder beruhigt hatte, vermutlich das Klügste war. »Schau mich an, Valè. Du verstehst mich doch, du empfindest genauso, wir beide sind einander viel näher als Fabrizio. Glaube nur nicht, er wüsste das nicht. Vermutlich hat er mich deshalb immer gehasst und mit seiner Eifersucht verfolgt, lange bevor das mit Gigliola …«

»Sei still.«

Valeria war Journalistin oder wollte zumindest eine werden. Es würde ihr Beruf sein, nach allem zu fragen. Dennoch gab es Dinge, die sie nicht wissen wollte. Das, was in Mailand zwischen ihren Brüdern geschehen war, gehörte dazu. Lange hatte sie darüber nachgedacht, warum Fabrizios Verlobte daraufhin auf Nimmerwiedersehen verschwunden war, doch wenn Fabrizio es ihr nicht eines Tages selbst erzählte, wollte sie es auch nicht von einem anderen hören.

Crispino war klug genug, das Thema zu wechseln. »Wenn es nach dir und mir ginge, würde dieses alte Gemäuer samt den Weinbergen verkauft und der Erlös zwischen uns geteilt«, sagte er stattdessen. »*Mamma* hätte es so gewollt, *Mamma* hätte es ganz und gar nicht gefallen, dass ihre *gemelli belli*, ihre hübschen Zwillinge, ohne eine Lira in der Tasche dastehen und nicht das Leben führen können, das sie sich wünschen. Unsere *Mamma*, die hätte dafür gesorgt, dass du deinen Traum verwirklichen und nach Turin gehen kannst, um für Zeitungen zu schreiben.

Und sie hätte auch dafür gesorgt, dass ich mein Leben den Dingen widmen kann, die mir am Herzen liegen. Sie wäre stolz auf uns beide gewesen, weil aus uns echte Italiener geworden sind, denen ihre Nation und ihr Volk nicht gleichgültig sind.«

Valeria war sich nicht sicher, ob etwas davon stimmte. Ihre Mutter hatte sie beide verwöhnt, das war richtig. Forderungen gestellt hatte sie nur an Fabrizio, und nachdem sie ihr jüngstes Küken verloren hatte, hatte sie sich mit dem bisschen an Kraft, das ihr geblieben war, noch mehr an die Zwillinge gehängt. Zugleich aber war ihre Mutter eine durch und durch traditionelle Gattin aus den Piemonteser Bergen gewesen, die sich nicht einmal aus Liebe zu ihren Kindern ihrem Mann widersetzt hätte.

Das Weingut, das im Besitz der Familie Jahrhunderte überdauert hätte, zu verkaufen, wäre ihr nie und nimmer in den Sinn gekommen.

Crispino hielt sie umfangen und wiegte sich mit ihr. »Bitte gib mir das Geld, Valè. Nur hundert Lire, bis ich wieder flüssig bin.«

»Hundert Lire.« Sie zuckte zusammen. Zwanzig hatte sie für den gesamten Stoß Artikel bekommen, den sie für die Broschüren der *Associazione per la donna* verfasst hatte. Die Arbeit von sechs Wochen. Es war ihr vorgekommen wie ein Vermögen. Ein Wanderarbeiter erhielt das Doppelte für einen Monat, aber der war eben ein Mann, und die Frauen von der *Associazione* lebten selbst von der Hand in den Mund. Valeria hatte das Geld sparen wollen wie jeden weiteren *Centesimo*, den sie mit ihrem Schreiben verdienen würde, um irgendwann einen Grundstock zusammenzuhaben und gehen zu können. Sich in Turin etwas aufbauen. Ihr eigenes Leben.

»Wozu brauchst du so viel Geld?«, schaffte sie es, ihren Bruder zu fragen.

»Ich muss verreisen, *dolcissima*. Sehr schnell und sehr dringend. Natürlich gebe ich nicht mehr aus als unbedingt nötig, aber ich werde ein paar Dinge zu meiner Sicherheit anschaffen müssen. Und auch wenn die Kameraden mir sagen, dass ich allmählich vom Fleisch falle, sollte ich wohl besser nicht verhungern.«

Valeria schob ihn von sich weg und blickte an ihm herunter. Er übertrieb nicht. Sein Körper schlackerte unter dem Samtanzug, der nicht einmal sauber roch, wie ein Gerippe.

»Wohin musst du so dringend verreisen?«

Er legte ihr einen Finger auf die Lippen, wie er es getan hatte, als sie Kinder gewesen waren. Wann immer Valeria geweint oder ihren Kummer aus sich herausgeschrien hatte, hatte er auf diese Weise versucht, jenen Kummer zum Schweigen zu bringen. »Ich glaube, es ist besser, dass ich das für mich behalte, mein Liebes«, sagte er jetzt.

»Wenn du das glaubst, dann ist es für mich wohl besser, dass ich mein Geld für mich behalte.«

Er sog durch die Zähne Luft ein. »Monza«, zischte er.

»Und was hast du in Monza zu schaffen?«

»*Mannaggi' al diavolo*, Valeria, du weißt es doch selbst. Ich kämpfe für die, die für sich selbst nicht kämpfen können, die keine Stimme haben, keine Vertretung. Und ich kämpfe gegen die, die in ihren Schlössern auf Geldsäcken sitzen, während in den Straßen Kinder verhungern, gegen die, die Kanonen auf Menschen feuern lassen und sich anschließend über den Leibern der Toten als Helden feiern lassen. Du weißt, was mich umtreibt, du bist meine Schwester und kennst mich. Sag mir nicht, dass du dich von Fabrizio hast vereinnahmen lassen, dass auch du nicht länger an mich glaubst, sondern nur einen Taugenichts in mir siehst.«

Und wenn ich es täte?, durchfuhr es Valeria. Rasch rief sie sich zur Ordnung. Nein, natürlich tat sie es nicht, natürlich wusste sie, dass in ihrem Bruder ein guter, solider Kern steckte, dass er schon wissen würde, worauf er sich einließ, genau wie sie es auch wusste. Sie würde nicht Crispino behandeln, wie sie selbst sich von Fabrizio behandelt fühlte, so sehr sie ihn liebte und das, was er für sie tat, zu schätzen wusste. Er hatte sich geschworen, dem Rest des Haushalts von Montechiaro das Heim und den Lebensstil zu erhalten, die Schulden abzuzahlen und die Not vor seinen Geschwistern zu verbergen. Er kämpfte, ohne sich zu schonen, damit es ihnen an nichts fehlte.

Valeria aber hätte es weit mehr bedeutet, wenn er ihr ein einziges Mal das Gefühl gegeben hätte, dass er ihr zutraute, selbst für sich zu sorgen, dass er an ihre Arbeit, ihre Begabung, ihre Entschlossenheit glaubte, und vielleicht auch, dass er stolz auf sie war.

Crispino wollte nichts anderes. Und er bekam es von seinem Bruder noch weniger als sie. Also musste sie es ihm geben. Wenn sie ihn abwies, ihm das Gefühl gab, in Montechiaro keinen Verbündeten mehr zu haben – würde er dann überhaupt noch einmal hierher zurückkehren?

Der Gedanke war unerträglich. Sie mochten alle drei so gegensätzlich sein wie Feuer und Wasser, aber sie waren das, was von ihrer Familie übrig war, und konnten aufeinander nicht verzichten.

»Ich kann dir zwanzig Lire geben«, entschied sie. »Im besten Fall dreißig. Mehr habe ich nicht.«

»Du bist die Beste, Valeria, weißt du das?« Er schlang von Neuem die Arme um sie und zog sie an sich. »Die beste Schwester, die ein Mann auf der Welt nur haben kann, und der Kerl, der eines Tages das gottverdammte Glück hat, dich zur Frau zu nehmen, soll sich nur gewiss sein, dass er es mit mir zu tun bekommt, wenn er dich nicht behandelt wie eine Königin.«

»Jaja, schon gut.« Valeria befreite sich und wollte gehen, um ihm das Geld zu holen. Sie musste Calypso besänftigen und fertig satteln. Sie hätte längst aufbrechen müssen, hatte noch einen Ritt von einer guten Stunde vor sich.

»Ich zahle es dir zurück«, rief er ihr hinterher. »Nicht nur in Geld, was sich von selbst versteht, sondern mehr noch in Liebe. Wenn du mich brauchst, bin ich da, Valeria. Immer. Wo du auch bist, ich werde dich finden und an deiner Seite sein.«

Valeria blieb stehen und drehte sich nach ihm um. »Versprich mir lieber, dass du nichts Törichtes tust«, sagte sie. »Nichts, was deine Mutter, an die du ja so viel zu denken scheinst, in noch tiefere Verzweiflung getrieben hätte. Kannst du mir das versprechen, Crispino? Und auch, dass dein Bruder nicht wieder im Morgengrauen durch die Straßen irgendeiner Stadt ziehen muss, um unter zerschossenen Leichnamen nach dem deinen zu suchen?«

»Damit kein Bruder, kein Vater und keine Mutter in Italien so etwas je wieder tun muss – deshalb gehe ich nach Monza«, antwortete Crispino. »Ich liebe dich, Valeria. Und ich verspreche dir, ich werde bei allem, was ich tue, an dich und unsere arme *Mamma* denken.«

13

Vicky

Pension Hortis

Triest, Piazza Giuseppina

Juli

Sie war hierhergekommen wie eine Kranke in ein Sanatorium, und mit jedem Tag, den sie in Triest verbrachte, spürte sie, wie sie wieder zu Kräften kam. Sie fühlte sich nach wie vor seltsam unsicher, fast zerbrechlich auf den Beinen, und in ihrem Innern schien alles roh und schmerzte bei der leisesten Berührung. Triest aber hatte sie aufgenommen wie die beste nur denkbare Freundin: Sie war da, wann immer Vicky ihren bunten, warmen, vor Leben sprühenden Trost brauchte, und ließ ihr ihre Ruhe, wann immer sie sich zurückzog, um mit ihren Gedanken allein zu sein.

Es war das erste Mal, dass sie im Sommer nach Triest kam, und die Verwandlung, die sich in den paar kurzen Monaten seit ihrer Abreise in der Stadt vollzogen hatte, erschien ihr kaum fassbar. Triest war kein Wien am Meer mehr. Sie war eine durch und durch fremdländische Stadt, auch wenn Gebäude und Straßen der Innenstadt von Wien nachempfunden waren. Sie besaß Farben, wie Vicky sie in ihrer Heimat nie gesehen hatte, und sie leuchtete in der Sonne, die ihr ebenfalls ganz anders vorkam als daheim.

Vor allem aber war das Leben ein anderes als zu Hause. Es wirkte gelassener, weniger getrieben, sich selbst genügend und mit der Welt im Reinen vor sich hin träumend.

Entlang des Molo, dem langen Kai, der ins Meer ragte, schaukelten Fischkutter auf den weichen, vom warmen Wind bewegten Wellen, und vor dem Magazzino, dem steinernen Lagerhaus, in dem importierte Weine umgeschlagen wurden, saßen Männer auf umgedrehten Kisten, tranken Roten aus Blechtassen und spielten Karten. In den schmalen, verschlungenen Gassen hinter den Plätzen und Prachtstraßen schoben sich Menschen und Tiere – Bauern mit Eselskarren, Frauen mit Einkaufskörben, Kinder mit Lumpenbällen, Hunde, die sich um einen Knochen balgten – ohne Hast aneinander vorbei. Manche blieben stehen, schwatzten in sämtlichen Sprachen Europas, gestikulierten, lachten, schimpften und gingen schließlich weiter, um nach wenigen Schritten bei der nächsten Begegnung von Neuem stehen zu bleiben.

In den Sonnenflecken vor den Kirchen spielten Jungen Fußball, während auf den Stufen fliegende Händler Bilder des Heiligen Justus verkauften, des Schutzherrn der Stadt, der angeblich auch Schutz vor Knochenbrüchen, neidischen Nachbarn, Nagelbettentzündungen, Fußpilz, faulem Atem, Albträumen, Taschendieben und Herzschmerz bot.

Für meinen Herzschmerz kommst du zu spät, lieber heiliger Justus, dachte Vicky mit einem bittersüßen Geschmack auf der Zunge. *Aber dass du darin genauso beschlagen sein willst wie im Kathedralenbau und bei der Heilung von Fußpilz tröstet ungemein.*

Marktstände drängten sich, wo immer eine Gasse sich zu einem kleinen Platz öffnete, und auf den Tischen türmte sich unter den von der Sonne verblichenen Markisen eine Farbenpracht, an der Vicky sich nicht sattsehen konnte. Glänzend schwarze Oliven, Tomaten, so rot, dass man ihre Süße schon beim Anblick schmeckte, Orangen, Zitronen und Limetten, wie angemalt glänzend, Bündel von Kräutern, deren leuchtendes Grün rasch verwelkte, weiß, braun und rosa gestreifte Ketten von Knoblauch und Zwiebeln.

Vicky war ein Stadtkind, sie kannte sich mit dem Wachstum von Früchten und Gemüse nicht aus, doch es kam ihr unfasslich vor, dass all diese Köstlichkeiten so frisch und reif zur gleichen Zeit erhältlich waren. An einem anderen Stand reihten sich Käselaibe in den Farben von Schneeweiß bis Honiggelb, an wieder einem anderen hingen Würste und Schinken an Haken und dufteten nach Rauch und Pfeffer, Rosmarin, Lorbeer und Salbei.

Fisch, samt Muscheln, Garnelen und dem ganzen Reigen der Meeresfrüchte, gab es nur im Hafen und entlang der Strandpromenade. Diese aber tauchte in Triest bei jedem Spaziergang plötzlich auf, blitzte zwischen zwei Häusern hervor und war dann kaum noch zehn Schritte weit entfernt. Der schrullige kleine Herr, der aus dem Böhmischen stammte und eine Suite zum Hof hinaus bewohnte, hatte eines Morgens an Vickys Tisch im Frühstückszimmer gesessen und gedankenverloren aus dem leicht geöffneten Fenster gemurmelt: »In keiner anderen der großen Städte ist das Meer so nah wie in Triest. Wäre die Stadt mein Haus, so wäre das Meer eine Wand meines Hauses und ich könnte darin meine Tür öffnen.«

Er war in der Tat schrullig, der kleine Herr aus Karlsbad, der sich als Adam Kinsky vorgestellt hatte, aber er war auch entzückend und als Gesellschaft bei den Mahlzeiten für Vicky perfekt. Genug kleine Tische für alle einzelnen Gäste gab es nicht, also hatte Matthis darum gebeten, den Herrn aus Böhmen an ihrem Tisch platzieren zu dürfen. Es hatte sich als Segen entpuppt. Adam Kinsky war auf eine verlegene, geradezu schüchterne Weise höflich, stellte ihr keine Fragen und störte sie nicht beim Verzehr ihres Essens. Er sprach wenig, und wenn, dann nur, um etwas ganz und gar Liebevolles, Schmeichelhaftes von sich zu geben: Sei es über die Schönheit der Stadt, ihres Meeres, ihrer Berge, ihrer nächtlichen und morgendlichen Himmel, sei es über ein Geschäft, in dem er besonders zuvorkommend bedient worden war, über ein Accessoire, das er sich gekauft hatte, weil man es nur in Triest bekam, oder über die reichhaltigen Spezialitäten der Triester Küche.

Er schien über alles und jeden nur Gutes zu sagen zu haben, und damit wuchs er Vicky ans Herz. Ihm dabei zuzusehen, mit welcher Hingabe und welchem Genuss er in der Frühe seinen Kaffee und am Abend sein Glas roten Wein zu sich nahm, verscheuchte für kurze Zeit ihren Kummer.

»In diesem Wein ist so viel Wärme des Tages gesammelt«, sagte er einmal, »dass es noch für die Nacht reicht. Vielleicht brauchen die Triester sich deshalb zu ihrem nächtlichen Leben nicht wie wir in dunklen Spelunken zu verkriechen, sondern tanzen in ihren erleuchteten Straßen und entlang der Hafenstraße in völliger Unbefangenheit.«

Vicky musste sich das Lachen verbeißen, aber es war kein bisschen höhnisch gemeint. Sie konnte sich unmöglich vorstellen, wie dieser überkorrekt gekleidete kleine Herr mit seinem Kneifer und seinem Gehstock an einem der ausgelassenen nächtlichen Tänze teilnahm. Aber vielleicht hatte er dies ja als Zaungast getan, als vorbeiflanierender Spaziergänger und beinahe zärtlicher Beobachter, der danach allein in sein Zimmer zurückkehrte und Liebeslieder an Triest ersann.

Sie mochte ihn. Und sie mochte René und Rosine, die sie gemeinsam mit Eduard Hortis, ihrem Onkel Schränkchen, vor dem Portal des Hotels empfangen hatten, als hätten sie sich noch nie über einen unerwarteten Gast so sehr gefreut.

Das Gefühl, das sie daheim in Wien gequält hatte, der Eindruck, es gäbe im Grunde keinen einzigen Menschen, dem etwas an ihr lag, wich auf der Stelle. Vielleicht täuschte sie sich und diesen Leuten lag vor allem an dem Geld, das sie zahlte, denn im Sommer war die Pension sicher nicht leicht zu füllen. Das erklärte aber nicht, dass Eduard Hortis ihr die prachtvollste Suite im ganzen Haus bereitstellte und nur den Preis eines Einzelzimmers berechnete. Es erklärte auch nicht, dass René sich jedes Mal, wenn sie den Empfang betrat, um auszugehen oder heimzukehren, eilfertig erkundigte, ob es ihr wohlerging und ob er auch nur das Geringste für sie tun könne. Es erklärte weder, dass Rosine ihr Tag für Tag Teller voll köstlicher Kleinigkeiten ins Zimmer schmuggelte, noch dass Fanika ihr im Lichthof frische Blumen pflückte.

Sie fühlte sich, als hätte sie einen Platz hier, auch wenn sie alles Bargeld, das sie besaß, dafür hinblättern musste, sich eine Woche an diesem Platz leisten zu können. Dass Melitta und Agathe Braun sie schnitten und schnaubten, wenn sie an ihr vorübergingen, dass Eleonore Hortis »Ach, sieh einer an, die Jugend von heute ist ja so überaus engagiert« murmelte, wenn sie Vicky in der Gartenschaukel faulenzen sah, machte ihr nichts aus. Im Gegenteil. Es gehörte dazu. Sie hatte ihre Rolle, als wäre sie ein Teil des Ganzen. Im Grunde mochte sie auch die verbitterten Damen Braun und die giftsprühende Donna Eleonore gern.

Was geschehen sollte, wenn die Woche vorüber war, hatte Vicky sich überlegen wollen, wenn deren Ende näher rückte. Dann aber war ein Telegramm ihres Vaters eingetroffen und hatte dieses Problem fürs Erste gelöst.

Vicky hatte ihren Eltern eine Nachricht auf der Spiegelkommode in der Eingangshalle hinterlassen, nachdem sie ihre Fahrkarte für den Zug gelöst, Eduard Hortis telegrafiert und ihren Koffer gepackt hatte. Dass all dies sich bewerkstelligen ließ, ohne dass jemand Verdacht schöpfte, bewies einmal mehr, wie gleichgültig sie ihren Eltern war. Dementsprechend schwer war es ihr gefallen, die Nachricht abzufassen. Letzten Endes hatte sie nur zwei Sätze geschrieben.

> Bin für eine Woche nach Triest gefahren, um zur Ruhe zu kommen. Macht Euch keine Sorgen. Viktoria

Dass die Eltern sich wirklich Sorgen machen könnten, hatte sie zu diesem Zeitpunkt kaum noch angenommen. Das Telegramm ihres Vaters, das René ihr am zweiten Tag ihres Aufenthalts überreichte, bestätigte ihre Annahme.

> entschluss nach triest zu gehen sinnvoll – stop – halte sechswöchigen aufenthalt für angeraten – stop – weise nötige mittel telegrafisch über hortis an – stop – gruß vater

Ihren Eltern war es also ganz recht, dass ihr Schandfleck von Tochter sich fürs Erste aus dem Verkehr gezogen hatte, und sie scheuten keine Kosten, um sie länger von Wien fernzuhalten. Wenn es ihr wehtat, dann war Vicky entschlossen, sich nicht einmal vor sich selbst etwas anmerken zu lassen. Vielmehr wollte sie sich darauf freuen, so viel Zeit wie nie zuvor in Triest zu verbringen, sich zu erholen und sich im Laufe der Wochen in ihrer Lieblingsstadt einfallen zu lassen, wie sich aus ihrem Leben doch noch etwas machen ließ.

Das Geld, das ihr Vater anwies, zahlte Onkel Schränkchen ihr wöchentlich aus, und Vicky nahm sich vor, es sich davon gut gehen zu lassen. Schließlich hatte ihr Vater keinen Zweifel daran gelassen, dass sie enterbt war und von ihm sonst nichts zu erwarten hatte. Warum sollte sie also nicht nehmen, was sie bekam?

Als Erstes kaufte sie sich ein neues Kleid für den Tanz, den Hortis einmal wöchentlich im Spiegelsaal veranstaltete. Es war von nicht ganz so gediegener Qualität wie die, die ihre Mutter bei ihrer Schneiderin für sie hatte fertigen lassen. Es saß auch nicht ganz so wie angegossen, doch zum Ausgleich war es aus leuchtend rotem Seidentaft und über und über mit einem schwarzen Blütenmuster bestickt.

Ein bisschen frivol, fand Vicky. Und warum auch nicht? Ihrer Frivolität wegen hatte die feine Wiener Gesellschaft sie schließlich ausgeschlossen. Ihr Ruf war ohnehin ruiniert, weshalb sollte sie sich also noch darum scheren? Dass ein junges Mädchen aus guter Familie ohne Begleitung zu einem Tanz ging, hätte daheim umgehend für einen weiteren Skandal gesorgt, doch das sollte ihr recht sein, und hier, in der Ferienpension, in der das Leben sowieso etwas Unwirkliches hatte, nahm man es nicht so genau.

»Schließlich gehören Sie ja praktisch zu unserer Familie und stehen unter meinem Schutz, Fräulein Viktoria«, hatte Onkel Schränkchen gesagt, und damit war den Geboten des Anstands offenbar Genüge getan.

Zum Tanzen gab es vorwiegend ältere Herren, die als Langzeitgäste in der Pension wohnten, doch ein paar jüngere, die eigens für diese Abende herkamen, fanden sich auch. Vicky genoss es, sich nicht länger aussätzig, sondern begehrt und bewundert zu fühlen, da spielte das Alter ihres Tanzpartners keine sonderliche Rolle.

Als Nächstes ging sie noch einen Schritt weiter und kaufte sich einen Badeanzug. Dieses Kleidungsstück war eine brandneue Kreation, und wenn sie ehrlich war, fand sie es nicht besonders kleidsam: Es handelte sich um einen pludrigen

Einteiler aus Flanell, der mit Flügelärmeln und bis knapp über die Knie reichenden Pumphosen ausgestattet war. Ihre Mutter hätte ob dieser Geschmacksverirrung vermutlich einen Ohnmachtsanfall erlitten, während ihr Vater sich vielleicht zu einer eigenen Kreation hätte anregen lassen.

Manchmal vermisste sie ihn. Aber davon ließ sie sich nicht länger aus der Ruhe bringen, und Kuriositäten wie der Badeanzug lenkten sie ab.

An Farben waren lediglich Violett und Brauntöne erhältlich, wie ältere Damen sie trugen, aber dass eine ältere Dame sich in einem solchen Gewand in die Öffentlichkeit wagte, war für Vicky unvorstellbar. Ihr allerdings erschien es ungeheuer reizvoll, ins Meer hineinzulaufen und an ihren nackten Waden das Wasser zu spüren. Sie konnte es kaum erwarten, dieses neue Vergnügen auszuprobieren.

Seit sie hier war, hatte sie immer wieder Menschen mit Badekleidung und Sonnenschirmen gesehen, die sich in bunt bemalten Esel- und Ponykarren die Promenade hinunterkutschieren ließen, und hatte schließlich René danach gefragt.

»O ja, diese Herrschaften verbringen ihre Tage in den örtlichen Badeanstalten«, hatte er ihr erklärt. »Im *Bagno Laterna* oder dem *Bagno Fontana*. Die großen Hotels unterhalten ihre eigenen Badekarren dafür, doch für unser Haus lohnt es sich nicht, da sich der Kreis unserer Gäste für das Meeresbad nicht erwärmen kann.«

»Warum denn nicht?«, rief Viktoria begeistert. »Ich stelle es mir fantastisch vor, bei diesem herrlichen heißen Wetter ins Meer zu laufen. Ich wünschte, ich könnte schwimmen – ich würde mich in die Wellen stürzen und wer weiß wie weit hinausschwimmen!«

»Das ist gefährlich, Fräulein Viktoria«, mahnte er sie in seiner umständlichen, altväterlichen Art. »Menschen Ihrer Herkunft empfinden den Aufenthalt im Freien bei diesen

Temperaturen als zu heiß und der Gesundheit nicht zuträglich. Sie könnten sich einen Sonnenstich zuziehen oder sich die zarte Haut verbrennen …«

»Nun, ich werde nicht gleich daran sterben, Maître.« Vicky hatte gelacht. »Würden Sie denn einen solchen Badekarren für mich mieten, wenn ich mir einen wünschte? Und mich auch wissen lassen, wo ich all die Ausrüstung – Sonnenschirm, Strandschuhe und was immer man sonst noch braucht – bekomme?«

Er hatte aufgeblickt und sie mit seinen tiefdunklen, ständig ernst wirkenden Augen angesehen. »Wenn Sie es sich wünschen, tue ich alles, Fräulein Viktoria. Auch wenn ich aus mehr als einem Grund davon abraten muss und es mir lieber wäre, ich könnte Sie davon abbringen.«

Da er das nicht konnte, begann Vicky in der dritten Woche ihrer Sommerreise, in das *Bagno Laterna* zu fahren und dort die Tage am Wasser zu genießen. Rosine packte ihr ein Picknick ein und vergaß auch nicht eine Halbflasche Weißwein, der Vicky in der Wärme wunderbar zu Kopf stieg. Hemmungen schmolzen wie Eis in der Sonne. Tatsächlich hörte man hier kaum ein deutsches Wort, sondern ein unentwegtes Geschnatter auf Italienisch. Der Strandabschnitt für die Damen war von dem für die Herren durch eine hölzerne Barriere getrennt. Auf der Damenseite vergnügten sich große Gruppen von Freundinnen oder Verwandten, die etliche Kinder abfütterten und Großmüttern in Liegestühlen die Sonnenhüte geraderückten.

Mit plötzlicher Heftigkeit wünschte sich Vicky dazuzugehören. Eine so große, lebhafte Familie hatte sie nie besessen, aber immerhin hatte sie Felice und ihre Eltern gehabt. Jetzt aber hatte sie niemanden mehr als sich selbst und das Meer. Abrupt sprang sie auf und rannte wieder hinein, lief, bis das warme Wasser den pludrigen Stoff durchtränkte und ihre Taille umspielte. Sie hätte sich ganz hineinwerfen wollen und hatte Mühe, der Versuchung zu widerstehen. Musste nicht Schwimmen sein wie Tanzen mit dem Meer?

Ein dünnes Rinnsal erreichte ihre Lippen, sie schmeckte Salz und bemerkte, dass sie weinte. Aber hier draußen, wo sie mit dem Meer allein war und das Jauchzen der Frauen und Kinder nur noch aus weiter Ferne hörte, war das in Ordnung. Es war in Ordnung, sich einsam zu fühlen und keine Bestimmung im Leben zu finden. Das Meer hielt das aus. Es hatte schon weit schlimmere Geschichten gehört.

Nach dem Bad ließ Vicky das obskure Kleidungsstück auf ihrer Haut in der Sonne trocknen, trank den Rest von ihrem Wein und fühlte sich besser.

So verging die Zeit.

Und sie verging viel zu schnell.

Im Nu war die Hälfte ihrer ungewöhnlichen Ferien, waren zwei Drittel und dann fünf der sechs Wochen um. Der Juli neigte sich schon seinem Ende zu und der August kündigte sich mit noch größerer Hitze und Trockenheit an. Die letzten Tage verrannen wie Sand, den Vicky sich durch die Finger rieseln ließ. Drei blieben ihr noch. Wirklich nur noch drei?

Vicky blickte aufs Meer, das ihr sonst so gutgetan hatte, und fühlte sich von Neuem von der Melancholie gepackt, die sie bereits im April gequält hatte. Nur war sie diesmal schwerer zu ertragen, weil in Wien kein Leben auf sie wartete. Alles Leben, das sie besaß, war hier, stellte sie mit Verwunderung fest. Hier aber konnte sie nicht bleiben. Selbst wenn sie ihren Stolz überwunden und ihren Vater noch einmal um Geld für eine Verlängerung gebeten hätte, hätte sie früher oder später der Tatsache ins Gesicht sehen müssen, dass sie in dieser Stadt keine Funktion hatte. In einem Anflug von Torheit wünschte sie sich, bettelarm zu sein wie Fanika und Annamaria, die fest angestellten Zimmermädchen, sodass sie sich bei Eduard Hortis als ein solches hätte bewerben können.

Das Verrückte an der Sache war: Sie war bettelarm. Eine enterbte Erbin, die samt und sonders von den Almosen ihres Vaters abhing. Nur nahm ihr die Armut niemand ab, und als Zimmermädchen kam sie mit ihrer Herkunft nicht infrage. Das Ganze entbehrte beileibe nicht der Ironie: Sie hatte die Rolle, in die das Leben sie gesteckt hatte, in den Sand gesetzt, und jetzt weigerte es sich, ihr eine neue zuzuteilen.

Nach Wien zurückzukehren hieß somit, auf eine Bühne zu treten, obwohl sie in dem Stück gar nicht mitspielte. Sie wollte nicht daran denken, wollte die paar Tage, die ihr blieben, genießen. Der Stoff des unförmigen Badekostüms war fast trocken. Ohne sich um Korsagen und Verschnürungen zu scheren, streifte sie ihr Strandkleid über, stopfte ihre Habseligkeiten in ihren Korb und machte sich auf den Weg hinauf zur Promenade.

Heute Abend würde es wieder Tanz und ein Buffet im Spiegelsaal geben. Es würde das letzte Mal sein, dass sie daran teilnahm. Also wollte sie es noch einmal nach Kräften auskosten. Fanika hatte ihr mit aller Sorgfalt ihr frivoles, rotes Kleid aufgebügelt, und ehe die Sause losging, würde sie sich ihr windzerzaustes Haar frisieren müssen. In Wien hätte ihre Mutter sie dafür zum Coiffeur geschleppt, aber hier durfte ihre Mähne ruhig ein wenig von ihrer Wildheit behalten.

Während Vicky sich von dem sonnenmüden Esel gemächlich die Promenade hinaufziehen ließ, sah sie die italienischen Zeitungsjungen, die Extrablätter mit Fotografien des italienischen Königs anpriesen. Der stattete einer Stadt namens Monza einen Besuch ab, und die Bilder zeigten eine jubelnde Menschenmenge. Auch in Triest hätten gewiss viele gejubelt, und die italienischen Triestiner, die vom Baden kamen, rissen den Jungen die Zeitungen aus der Hand.

Wie italienisch Triest wirklich war, hatte Vicky in diesen Wochen erst begriffen. Die paar Brocken, die sie in der Sprache beherrschte, hatten sich praktisch ohne ihr Zutun zu recht passablen Kenntnissen ausgeweitet. Dennoch war und blieb Triest eine österreichische Stadt. Eine kürzlich von einer Zeitschrift durchgeführte Befragung der Bevölkerung hatte ergeben, dass eine überwältigende Mehrheit daran keine Änderung und gewiss keinen Anschluss an das italienische Königreich wünschte.

In der Pension herrschte die wundervoll träge Ruhe des frühen Abends, in der sich die Gäste Schweiß, Sand und Salz von der Haut wuschen und sich von einem Tag des Nichtstuns ausruhten. In der Luft aber lagen schon ein gewisses Kribbeln, eine Spur Erregung und Vorfreude auf die Nacht und alles, was sie bringen mochte. Vicky beeilte sich damit, sich herzurichten, und setzte sich im Morgenrock an ihr Fenster. Nicht an das große des Salons, das den herrlichen Blick über den Golf bot, sondern an das kleine im Schlafzimmer, das auf den Lichthof hinausging. Zu ihrer Verblüffung entdeckte sie einen Mann, der im Herren-Badeanzug aus der Tür trat, auf einem der Liegestühle sein Handtuch ablegte und kopfüber in das aquamarinblaue Wasser des Schwimmbeckens sprang.

Vicky glaubte, ihren Augen nicht zu trauen. Der Mann, der augenblicklich begann, in schnellen, kraftvollen Stößen die Länge des Beckens zu durchqueren, war kein anderer als der kleine Böhme Adam Kinsky!

Sooft er mit seinem Gehstock zu einem seiner betulichen Spaziergänge aufgebrochen war, hatte er auf Vicky gewirkt, als könne er nicht viel weiter als bis hinunter zum Meer gehen. Jetzt hingegen schwamm er hier in dem verlassenen Bassin, als hätte er bei den Olympischen Spielen in Paris antreten wollen.

O ja, wir haben alle so unsere kleinen Geheimnisse, dachte Vicky amüsiert. Heftiger denn je wünschte sie sich, sie hätte bleiben und noch etliche weitere Gäste mit ihren Eigenheiten, ihren Befindlichkeiten, ihren Geschichten und ihren Rätseln kennenlernen dürfen.

14

Vicky

Eine Stunde später, als der Himmel über der Stadt sich mit dramatischen Rotschattierungen überzog, begann der Tanz. Eine vierköpfige Kapelle, die auch in einigen der zahlreichen Triester Kaffeehäuser auftrat, spielte schmelzende Walzermelodien, das Buffet war üppig bestückt und Matthis und seine Helfer eilten mit ihren Tabletts umher, um unaufdringlich dafür zu sorgen, dass alle Gäste mit Getränken versorgt waren. In den Spiegeln tauchten sich wiegende Gestalten einen Herzschlag lang auf und verschwanden gleich wieder wie in einem Kaleidoskop. Die Atmosphäre des Raumes war erfüllt von Zauber, Traum und Unwirklichkeit.

Vicky tanzte mit einem Briten namens Jones, der nach Triest gekommen war, um einen weltbewegenden Roman zu vollenden. »Aber seit ich in dieser Stadt bin, leide ich unter einer entsetzlichen Blockade«, erklärte er ihr nicht zum ersten Mal in haareraufender Verzweiflung. »Dieses ganze schwellende, schwärmende Leben hier, dieses süße Nichtstun, wie sie es nennen, die Üppigkeit, die diesen Leuten wie im Schlaraffenland in den Mund wuchert, ohne dass sie dafür einen Finger krümmen müssen, das lähmt mich. Verstehen Sie mich? Wir Menschen der nördlichen Gefilde sind ja anders veranlagt, uns liegt so ein Schlendrian nicht.«

Vicky hätte ihm erklären können, dass auch in Triest, namentlich in der Pension Hortis, Menschen von früh bis spät arbeiteten, damit er wie im Schlaraffenland schlemmen und prassen konnte, und dass seine entsetzliche Blockade auf diese Menschen durchaus wie Schlendrian und süßes Nichtstun wirken mochte. Aber sie ließ es bleiben. Der schöne Abend stimmte sie friedlich. Auch wenn der blockierte Schriftsteller grässlich tanzte, hatte sie ihr Vergnügen mit ihm.

Als Nächstes tanzte sie mit Bankier Graubener, der wie üblich kein gutes Haar an der Veranstaltung ließ, und dann mit dessen Sohn, der einen roten Bürstenschnitt trug und über nichts als Geld redete.

»Was das alles wieder gekostet haben mag«, stöhnte er auf, als hätte er aus eigener Tasche für jene Kosten aufkommen müssen. »Glaubt Hortis etwa, er könne davon auch nur einen Bruchteil wieder einspielen? Das sind doch alles Schmarotzer, die sich hier tummeln, abgebrannte Offiziere und verarmte italienische Kleinadelige, die auf Speis und Trank ohne Rechnung und am besten noch auf eine gute Partie aus sind …«

Vicky war erleichtert, als jemand kam, um sie zu erlösen, und nicht nur erleichtert, sondern erfreut, als sie sah, dass es sich um Adam Kinsky handelte. Er lächelte nie, wirkte meist ein wenig traurig, aber sie glaubte, in seinem Augenwinkel ein kleines, verschmitztes Funkeln wahrzunehmen.

»Sie sahen nicht recht glücklich aus«, sagte er. »Also dachte ich, ich sollte mich erbarmen, obwohl ich gar nicht tanzen kann.«

Tatsächlich wiegte er sie ein wenig steif und unbeholfen zu den Takten des Walzers, sodass die geschmeidigen

Schwimmbewegungen von vorhin kaum mehr glaubhaft schienen.

»Macht nichts«, erwiderte Vicky fröhlich. »Es gibt ja kein Gesetz, das vorschreibt, dass man die ganze Zeit über tanzen muss. Ich beispielsweise hätte Lust auf ein Glas Champagner. Und wenn wir uns allzu lange Zeit lassen, bekommen wir von Rosines köstlichen Lachspasteten und den Wolfsbarschfilets nichts mehr ab.«

Erleichtert führte der Herr aus Böhmen sie von der Tanzfläche und besorgte zuvorkommend den gewünschten Champagner.

»Trinken Sie keinen?«, wunderte sie sich.

»Der arme Herr Matthis hatte nur noch ein Glas auf seinem Tablett und sollte nicht schon wieder loslaufen und Gläser nachfüllen müssen«, erwiderte Adam Kinsky bescheiden. »Er rennt ja den ganzen Abend bereits auf und ab und muss doch auch einmal einen Augenblick der Ruhe bekommen. Wie es aussieht, sorgt das gewisse Prickeln, das in der Luft der Weltgeschichte liegt, für außergewöhnlich durstige Kehlen.«

»Und Sie sind ein außergewöhnlich netter Mann«, entfuhr es Vicky. Um die Mühen des Kellners, der nie einen Gast unversorgt ließ, scherte sich außer Kinsky kein Mensch. »Was für ein Prickeln in der Luft der Weltgeschichte meinen Sie?«

»Ich vermag selbst nicht meinen Finger darauf zu legen«, antwortete er. »Aber spüren Sie nicht schon den ganzen Tag eine Art von Spannung, besonders unter den italienischstämmigen Bürgern dieser an Gegensätzen wie an Harmonien so reichen Stadt? Vielleicht liegt es ja daran, dass der italienische König auf Reisen ist, um die Städte seines Reiches zu besuchen, während der Kaiser Österreichs sich weigert, nach Triest je wieder einen Fuß zu setzen.«

»Ach ja, wegen des Attentats.« Der Gedanke rief Vicky ihr letztes Gespräch mit Rudolph in Erinnerung, und ein scharfer Schmerz fuhr ihr in die Brust.

»Ist Ihnen nicht wohl, gnädiges Fräulein?«, erkundigte sich der Böhme erschrocken.

»Doch, doch«, stammelte sie hastig und trank von ihrem Champagner, weil ihre Kehle sich auf einmal staubtrocken anfühlte. »Nur der Gedanke an das Attentat von damals hat mich – nun ja, ein wenig aufgewühlt.«

»Sie sind eine so liebenswürdige Person«, sagte er. »Jemanden, der am Schicksal anderer Menschen Anteil nimmt, selbst wenn er diese gar nicht kennt und nichts mit ihnen zu tun hat, trifft man selten. Aber Sie dürfen es sich nicht allzu nahegehen lassen, meine Liebe, bitte versprechen Sie mir das. Das Leben hat ja etwas von einer Marille, wenn ein derart banaler Vergleich gestattet ist. Beißt man hinein, ist es süß und weich und betörend. Aber es hat einen Kern, der so hart wie Eisen ist und kein Erbarmen kennt.«

Vicky erschrak, und er bemerkte es. Flüchtig berührte er ihren Arm. »Nein, ich bitte Sie, Fräulein Vicky, nehmen Sie einen alten Schwätzer, der zu viel allein ist, nicht ernst und lassen Sie sich nicht den Abend vergällen. Sie sind jung. Sie haben all die Süße der Marille noch vor sich. Ich möchte nur, dass Sie sich an der Härte des Kerns nicht Ihr Herz verletzen, das allzu zart und ungeschützt ist.«

Zart war Vicky wahrlich in ihrem ganzen Leben noch von niemandem genannt worden. Sie wollte etwas erwidern, ihn bezüglich ihres Herzens beruhigen, doch in diesem Augenblick begann die Kapelle, einen neuen Walzer zu spielen, und Eduard Hortis trat zu ihnen.

»Mein lieber Herr Baron«, sagte er mit einer kleinen Verbeugung. »Auch wenn Sie mein geschätzter Gast und damit in diesem Hause König sind, habe ich vor, Ihnen unser zauberhaftes Fräulein Viktoria zu entführen. Zumindest für diesen einen Tanz werden Sie mir das gönnen müssen.«

»Aber gewiss doch, verehrter Herr Hortis.« Auch Adam Kinsky, der über die Anrede »Baron« kurz geschmunzelt hatte, verbeugte sich, ehe er Vickys Hand nahm und kaum spürbar einen Kuss darüberhauchte. »Ich danke Ihnen sehr, dass Sie mir altem Zausel, der nicht einmal das Tanzbein schwingen kann, Ihre Zeit gewidmet haben. Was es mir bedeutet hat, können Sie unmöglich ermessen.«

Damit ging er, und Onkel Schränkchen führte Vicky auf die Tanzfläche. Seinem geheimen Spitznamen machte er alle Ehre: Er bewegte sich flink und im richtigen Rhythmus, aber so eckig wie ein Schrank auf Rollen. Vicky, die eben noch mit dunklen Erinnerungen gekämpft hatte, musste sich ein Lachen verbeißen.

»Ich hoffe, Sie sind mir dieser Entführung wegen nicht böse.«

»Aber nicht doch, lieber Herr Hortis. Ich fühle mich geehrt.«

»Umso besser. Auch wenn die Ehre ganz meinerseits ist.«

Sie tanzten an Melitta vorbei, die in ihrem braunen Altfrauenkleid am Rand stand, als hätte man ihr ein Schild mit der Aufschrift »Mauerblümchen« um den Hals gehängt. Mitleid erfasste Vicky. Melittas Onkel hätte mit ihr tanzen sollen, statt mit einem Gast, der sich vor Tänzern nicht retten konnte. Flüchtig überlegte sie, ob sie das Thema ansprechen sollte, da sah sie in einem der Spiegel Maître René in seiner eleganten marineblauen Livree auftauchen und sogleich, im Weitertanzen, wieder verschwinden.

In der Wirklichkeit war der Empfangschef allerdings nicht verschwunden, sondern auf die Tanzfläche geeilt, wo er wie ein windschneller Hase Haken um Paare schlug, um zu seinem Brotherrn zu gelangen.

»Herr Direktor«, rief er atemlos und so leise wie möglich. »Bitte verzeihen Sie, dass ich Sie störe, aber es ist dringend. Ich habe Herrn Ascoli unten am Empfang.«

»Herrn Ascoli?« Eduard Hortis blieb stehen.

Maître René nickte. »Er sagt, er sei auf der Durchreise und müsse Sie unbedingt sprechen. Er lässt sich nicht abwimmeln. Es dulde keinen Aufschub, behauptet er.«

»Schon gut, René. Ich kümmere mich darum.« Als Hortis sich Vicky zuwandte, sah sie, dass er bleich geworden war. »Ich bitte vielmals um Verzeihung, Viktoria, obwohl ein solcher Fauxpas ja eigentlich unverzeihlich ist. Aber so ergeht es einem Hoteldirektor – selbst in den unpassendsten Augenblicken wird nach ihm verlangt, und er hat zur Stelle zu sein. Bitte haben Sie eine winzige Weile Geduld. Ich kümmere mich um den Störenfried Ascoli und bin sofort wieder bei Ihnen.«

»Ascoli? Signor Ascoli ist hier?« Das war Melitta, die im nächsten Moment bereits quer durch den Saal zu den Türen rannte und im Korridor verschwand.

»Melitta!«, rief Hortis und eilte ihr hinterher. »Bist du von Sinnen? Was bildest du dir denn ein?«

Es hätte komisch sein können. Wiederum eine Szene wie aus einer Posse von Nestroy. Etwas in Onkel Schränkchens Gesicht und die verstörte Miene, mit der Maître René vor ihr stand, verrieten Vicky jedoch, dass nichts Komisches daran war. Mehrere Paare waren neugierig stehen geblieben, doch als sie feststellten, dass es nichts mehr zu erlauschen gab, nahmen sie ihren Tanz wieder auf. Vicky beschloss, die Gelegenheit zu nutzen und sich am Buffet bedienen zu lassen. Eine Menge Leute, darunter ihre einstige Lieblingscousine Felice, behaupteten, Aufregung schlüge ihnen auf den Magen und hindere sie am Essen. Vicky hingegen fand, nichts half bei Aufregung so zuverlässig wie eine solide Mahlzeit. Und darüber hinaus konnte sie ja überhaupt noch nicht sicher sein, ob es einen Grund zur Aufregung tatsächlich gab.

Vicky hatte sich bereits von dem Wildsalat nach slowenischer Art, den weißen Trüffeln und der Pastete reichlich auflegen lassen und Matthis um ein Glas von dem charaktervollen Weißwein namens Arneis gebeten, als Eduard Hortis und Melitta zurückkehrten. Sie hatten den Italiener im Schlepptau, mit dem Vicky im April unter dem Tisch gesessen hatte. Genauer gesagt: Melitta hing an seinem Arm, und der Mann machte den Eindruck, als wisse er nicht, wohin er hier geraten sei. Natürlich, fiel es Vicky ein. Ascoli hatte er geheißen, und er war der Mann, der diesen Wein anbaute. Den gefährlichen Roten ebenfalls. Dolcetto d'Acqui. Der Name war zu hübsch, um ihn zu vergessen.

Onkel Schränkchen gab der Kapelle ein Zeichen, und die Musik setzte aus. »Meine Damen und Herren, hochverehrte Gäste«, rief er ein bisschen wie der Direktor im Circus Knie. »Es ist mir eine außerordentliche Freude, dass sich uns an diesem besonderen Abend noch ein weiterer Ehrengast anschließen konnte. Bitte begrüßen Sie mit mir meinen geschätzten Freund und Handelspartner, Herrn Fabrizio Ascoli, dem Sie den herrlichen Wein verdanken, der hoffentlich reichlich in Ihren Gläsern perlt. Also, lassen Sie uns weitertanzen. Gründe zum Feiern haben wir nun sogar noch einen mehr.«

Die Musiker nahmen ihre Instrumente wieder auf und begannen von Neuem, den Walzer zu spielen. In vorbeigleitenden Spiegelbildern sah Vicky, wie Melitta den Italiener regelrecht packte und mit ihm auf die Tanzfläche zusteuerte, wo er erst zögerlich, dann jedoch zunehmend fester die Führung übernahm. Er tanzte so gut, dass Vicky sich beim Starren erwischte. Jemand kam, um sie aufzufordern, doch sie wies auf ihren Teller und entschuldigte sich.

Als sie aufgegessen und begonnen hatte, sich bei den Nachspeisen umzusehen, stand auf einmal der Italiener vor ihr. Wie er Melitta losgeworden war, hatte Vicky nicht mitbekommen, und sie wusste auch nicht, wohin Onkel Schränkchen verschwunden war. Fabrizio Ascoli verbeugte sich vor ihr. War ihr im April nicht aufgefallen, wie schön er war? Mit einem anderen Wort ließ sich das nicht beschreiben. Er sah aus, als hätte sich der, der ihn gemacht hatte, die größte Mühe gegeben und sich hinterher an seiner Schöpfung erfreut.

»Ich nehme nicht an, dass Sie sich noch an mich erinnern«, grüßte er mit der knappsten Verneigung seines edlen Kopfes. »Wenn es Ihnen nicht allzu viel ausmacht, würde ich gern mit Ihnen tanzen.«

»Es macht mir höchstens ein bisschen etwas aus, und mein Gedächtnis funktioniert noch halbwegs, trotz Ihres Weines.« Vicky lächelte, doch Ascoli lächelte nicht zurück. Er nahm ihre Hand, legte ihr den Arm um die Taille und führte sie auf die Tanzfläche, an den Reihen der Spiegel entlang.

Mit jemandem zu tanzen, der es so gut konnte, der seinen Körper derart vollkommen beherrschte und auf jede Nuance der Musik reagierte, war ein Genuss. Dennoch kam Fabrizio Ascoli ihr vor wie ein nervöses Pferd, dessen Glieder zwar taten, was von ihnen gefordert wurde, das jedoch mit gespitzten Ohren auf etwas ganz anderes lauschte. Irgendwann schien ihm selbst aufzufallen, dass er nicht bei der Sache war und den gesamten Tanz hindurch noch kein Wort mit ihr gewechselt hatte.

»Es tut mir leid«, sagte er. »Ich habe Sie dort bei den grässlichen Süßspeisen stehen sehen und war auf einmal überzeugt, mit Ihnen zu tanzen, werde an dieser absurden Situation etwas besser machen. Aber das ist ja nicht möglich. Verzeihen Sie. Dies ist nicht gerade einer meiner besten Tage.«

»Das wiederum tut mir leid«, sagte Vicky. »Um ehrlich zu sein: Einer von meinen besten Tagen ist es auch nicht.«

»Warum nicht?« Er hob die Brauen und schien nun ganz bei ihr.

Sie zuckte in der Rückwärtsdrehung die Achseln. »Weil ich in drei Tagen von hier abreisen muss. Weil ich nicht weiß, was ich mit mir anfangen soll, wenn ich wieder zu Hause bin. Weil mein Verlobter mich verlassen hat. Oder besser: Weil sich herausgestellt hat, dass mein Verlobter der Verlobte einer anderen Frau war.«

»Oh.«

»Das können Sie laut sagen.«

Warum sie ausgerechnet diesem Fremden all dies erzählte, fragte sie sich höchstens flüchtig. Warum sollte sie nicht? Wem war sie zum Schweigen verpflichtet, und auf was kam es jetzt noch an?

»Mit Verlaub«, sagte er. »Ihr Verlobter oder besser der Verlobte der anderen Frau ist ein Idiot.«

Vicky überlegte. Dann musste sie ein bisschen traurig auflachen. »Ja. Vielleicht ist er das. Aber das habe ich eigentlich vorher schon gewusst und ihn trotzdem gemocht. Er ist ein hübscher Idiot. Und ein charmanter. Auf jeden Fall fühlte sich mit ihm zusammen zu sein so an, als wäre ich auf einmal jemand und hätte im Leben eine – nun ja, so eine Art Existenzberechtigung.«

»Haben alle Menschen, die nicht mit hübschen Idioten zusammen sind, keine?«

Vicky lachte noch einmal auf, und diesmal klang es nicht länger traurig. Während sie versucht hatte, es ihm zu erklären, war ihr aufgefallen, dass es nicht mehr so wehtat. Nicht mehr so wie vorhin, als sie mit Adam Kinsky über das Attentat gesprochen hatte, und bei Weitem nicht mehr so wie in den Wochen in Wien. Es war eher lästig, weil es einen Lebensentwurf aus den Fugen gerissen hatte, für den sie momentan keinen Ersatz finden konnte. Aber mit Fabrizio Ascoli Walzer zu tanzen, die festen Armmuskeln unter dem Stoff seines Anzugs zu spüren und seine agilen Brauen zu bewundern war eine mehr als nur angenehme Zwischenlösung.

Sein ganzes Gesicht, jeder einzelne Zug war agil, und in den Bieraugen funkelten Reflexe der Kerzenflammen. »Ich glaube, für einen Mann ist das kein so großes Problem«, überlegte sie laut. »Ein Mann sucht sich eben eine neue Verlobte, und wenn er keine mehr will, dann ist er doch immer noch ein Schlosserbe, ein Wäschefabrikant, ein Weinhändler oder was auch immer. Ein Mädchen dagegen hat nach der einen geplatzten Verlobung nicht mehr genug Marktwert für eine zweite. Und Schlosserbe, Wäschefabrikant oder Weinhändler kann sie auch nicht werden.«

»Meine Schwester würde Ihnen jetzt vermutlich erklären, dass Sie Journalistin werden könnten«, sagte Fabrizio Ascoli.

»Ach ja, Ihre Schwester«, rief Vicky. »Die, die sich weigern würde, sich von einem Tischherrn zum anderen verfrachten zu lassen, richtig? Und die, die einem jedes Geheimnis auf der Welt entlocken kann?«

Zum ersten Mal schienen sich seine Züge ein wenig zu entspannen. »Vielleicht nicht jedes«, antwortete er mit der Spur eines Lächelns. »Aber ja, das ist sie.«

»Ich nehme an, Ihre Schwester hat recht«, sagte Vicky. »Es gibt sicher jede Menge Frauen, die auch ohne Verlobten oder väterliches Erbe aus ihrem Leben etwas machen. Als Krankenschwester zum Beispiel. Oder als Lehrerin. Ich fürchte aber, ich würde als Lehrerin nichts taugen, sondern mehr kichern und albern als meine Schülerinnen zusammen. Und als Krankenschwester würde ich sämtliche Verbände verknoten, und der arme Patient wäre hinterher kränker als vorher. Wahrscheinlich sind das aber alles Ausreden, und ich bin einfach nur zu faul.«

Aufmerksam sah er sie an, während er sich geschmeidig mit ihr über die Tanzfläche bewegte. »Ich glaube, ich habe zum ersten Mal begriffen, was meine Schwester so wütend macht«, sagte er. »Wir stellen die Frauen wie Puppen in eine Art Regal, damit wir uns eine von ihnen aussuchen können, nicht wahr? Und was aus denen wird, die im Regal sitzen bleiben oder zurückgestellt werden, interessiert uns nicht.«

Perplex schwieg sie einen Moment lang. »Das ist genial«, rief sie dann. »Genauso fühlt es sich an.«

»Und wenn Sie nicht in diesem Regal sitzen müssten – was würden Sie dann gerne tun?«

»Ich weiß nicht«, antwortete Vicky ehrlich. »Es gibt irgendwie kaum etwas, das ich kann. Torte essen, darin bin ich die reinste Meisterin. Durch Triest spazieren. Mir Geschichten über die Hotelgäste ausdenken.« *Und quer durch den Spiegelsaal mit Ihnen tanzen*, verkniff sie sich im letzten Augenblick.

Er öffnete den Mund zu einer Antwort, doch im selben Moment entstand im Treppenhaus ein Tumult. Leute kamen die Stufen heraufgepoltert und von der Straße drangen trotz der Entfernung Rufe in mehreren Sprachen herein.

»Extrablatt, Extrablatt zum Attentat von Monza!«

»Der italienische König von einem Attentäter erschossen!«

»König Umberto I. erliegt seinen Verletzungen!«

Im Nu verwandelte sich der eben noch schwingende, feiernde Saal in ein Tohuwabohu. Frauen schrien auf, Männer rannten zu Türen und Fenstern, Gruppen bildeten sich, die wild diskutierten. Auf dem Buffet stürzte eine Etagere mit Feingebäck um und ein Glas zerschellte klirrend am Boden.

Fabrizio Ascoli ließ Vicky los. Sein Gesicht war aschfahl. »*Madonna mia*«, stieß er zwischen den Zähnen hervor. »Es tut mir leid. Ich muss weg.«

Ehe sie etwas erwidern konnte, war er schon verschwunden. Und ehe die Nachricht von dem Attentat in Monza richtig bei ihr ankam, musste sie an sein Bild von dem Regal denken. Ein wenig kam sie sich auch jetzt so vor: Um sie herum lief alles durcheinander, ein jeder schien eine Funktion und ein Ziel zu haben. Lediglich das Püppchen Vicky war ins Regal zurückgestellt worden, und es verblüffte sie, wie enttäuscht sie darüber war.

»Viktoria. Hier sind Sie ja. Endlich.«

Onkel Schränkchen.

Sie drehte sich um und fand den Inhaber der Pension hinter sich. Sein sonst immer wohlfrisiertes Haar stand regelrecht zu Berge und sein Gesicht glänzte verschwitzt.

»Den ganzen Abend habe ich dringend mit Ihnen sprechen wollen«, sagte er atemlos. »Und jedes Mal, wenn ich so weit bin, kommt mir etwas dazwischen. Aber jetzt nicht mehr. Ob König Umberto ermordet worden ist oder nicht, mein Anliegen duldet keinen Aufschub mehr. Kommen Sie mit mir in den Hof, Viktoria? In diesem Irrenhaus können wir unmöglich reden.«

Besser als abgestellt auf dem Regal, dachte Vicky und folgte ihm geradezu willenlos. Während die Mehrzahl der Gäste durchs Haus und hinaus auf die Straße stürmte, herrschte im Lichthof die gewohnte verzauberte Stille. Die Laternen brannten und tauchten das Wasser des Schwimmbeckens in aquamarinfarben schillerndes Licht. Die Nacht war noch immer warm, nur der leichte Wind, der in Triest unablässig wehte, bewegte die Wedel der Palmen.

»Viktoria.« Ohne Vorwarnung ergriff Onkel Schränkchen ihre Hände und zog sie zu sich herum. Aus ein wenig wässrigen blassblauen Augen schaute er sie an. »Ihnen mag es nicht so vorkommen, aber ich kenne Sie bereits Ihr ganzes Leben. Sie haben mir immer sehr am Herzen gelegen. Erst als das goldige kleine Mädel, das mit einem Lied auf den Lippen durch mein Haus tollte und Rosine zur Hand gehen wollte, dann als Heranwachsende, die einer langsam sich öffnenden Knospe glich, und nun schließlich als voll erblühte, bezaubernde Frau. Ich weiß, ich könnte vom Alter her Ihr Vater sein und ich entspreche vielleicht nicht den romantischen Vorstellungen einer jungen Dame, aber ich bin Ihnen von Herzen zugetan und glaube, mir einbilden zu dürfen, dass auch Sie mich recht gern haben.«

Vicky konnte nicht fassen, nicht für wirklich halten, was sich hier vor ihren Augen abspielte. Was tat er da, was tat Onkel Schränkchen, der doch nie eine Frau, geschweige denn sie selbst, mit Interesse anzusehen schien, der ihr immer wie das Inbild des ewigen Junggesellen vorgekommen war. Das war doch nicht möglich! Sie wollte ihn unterbrechen, doch vor Schreck versagte ihr die Stimme. Zu ihrem Entsetzen sank er auf ein Knie nieder, nahm ihre Hand in die seine und blickte zu ihr auf. »Fräulein Viktoria Liebenfels«, sagte er. »Ich bitte Sie, erweisen Sie mir die Ehre und werden Sie meine Frau.«

Zweiter Teil

Triest

September 1900

»La vita è cosi amara,
Il vino è cosi dolce;
Perché dunque
Non bere?«

»Das Leben ist so bitter,
Der Wein ist so süß.
Warum also nicht trinken?«
Umberto Saba

15

Fabrizio

Santo Stefano vor Gaeta

September

»Sie lassen dich dort nicht hin, Fabrizio«, hatte Donato Cerisi, der langjährige Hausanwalt seiner Familie, erklärt. »Bei allem Respekt, den ich für dich als Sohn deines Vaters hegte und weiterhin hege – eher führt dich ein Weg geradewegs in die Hölle als nach Santo Stefano.«

Also war Fabrizio nach Spigno gefahren, hatte sich vor *Direttore* Barocci zum Bettler gemacht und um ein weiteres Darlehen regelrecht gefleht.

»Lieber würde ich Ihnen rundheraus sagen, Sie und Ihr Satan von Bruder sollen sich eine andere Hausbank suchen«, hatte der *Direttore* ihm ins Gesicht geworfen. »Dass ich es nicht tue, verdanken Sie der Tatsache, dass ich ein Ehrenmann bin und das Andenken Ihres Vaters nicht schänden will, wie seine Söhne es tun.«

Fabrizio hatte die horrenden Zinsen in Kauf genommen, hatte sich unterwürfig bedankt und die geliehene Summe umgehend in Cerisis Kanzlei getragen. Bestechungsgeld. Den Teil, den er für den größten Notfall zurückbehalten wollte, hatte er schließlich auch noch hingeblättert. »Ich kann dir nichts versprechen«, hatte Cerisi gesagt. »Aber ich tue, was ich kann. Sollte ich etwas erreichen, gebe ich dir Nachricht.«

Die Nachricht war erst eingetroffen, nachdem Fabrizio eine weitere beträchtliche Summe aus dem Boden gestampft und angewiesen hatte.

> Habe Besuchstermin für dich erwirkt. Fährhafen Gaeta, 26. September, zehn Uhr am Vormittag. Bring reichlich Zeit mit und sorge für eine Unterkunft in der Stadt, da es möglich ist, dass der Termin sich verschiebt. Mehr für dich tun kann ich nicht, für den weiteren Verlauf bist du allein verantwortlich. Tu mir um unserer langen gemeinsamen Geschichte willen die Liebe und bringe dich nicht in noch größere Schwierigkeiten als die, in denen du ohnehin bereits steckst.

»Du musst ihn da rausholen, Fabrizio«, hatte Valeria ihn bestürmt. »Was immer auch zwischen euch gewesen ist, du darfst ihn da drinnen nicht hängen lassen. Er kommt um. Er ist nicht so stark wie du, er hält das nicht aus.«

Sie hatte geweint. Seine Schwester Valeria war kein Mensch, der leicht weinte.

Fabrizio wusste, dass ihr Gewissen sie quälte, weil sie Crispino das Geld für die Reise gegeben hatte. Er hätte sie freisprechen, ihr versichern sollen, dass es nicht ihre Schuld war, aber er brachte es nicht über sich. Tief in seinem Innern saß der Zorn wie ein hartes, verkapseltes Geschwür. Ja, er sprach sie schuldig dafür, dass sie ihrem Bruder Geld gegeben hatte, und ja, er fühlte sich verraten, weil sie ihm versprochen hatte, es nicht zu tun. Er verspürte außerdem eine lachhafte, geradezu kindische Wut darüber, dass sie sich niemals fragte, was *er* vielleicht nicht aushielt. Immer war es Crispino gewesen, der geschont werden, auf den Rücksicht genommen werden musste. Und hatte Crispino je einen von ihnen geschont? War es ihm je auch nur in den Sinn gekommen, auf einen anderen Menschen Rücksicht zu nehmen?

Valeria bestand darauf, ihn zum Bahnhof zu begleiten.

»Ich werde sehen, was ich tun kann«, war alles an Zusicherung, was er ihr gab.

Sie hängte sich an seinen Arm. »Fabrizio, ich bitte dich – er ist dein Bruder.«

»Du wirst es nicht glauben, aber das weiß ich«, erwiderte er. *Andernfalls hätte ich nicht die Schulden, für die ich Idiot mir seit Jahren den Buckel breche, ins Astronomische erhöht, um ihn zu sehen*, dachte er. Aber das sagte er ihr nicht, sondern bat sie lediglich, ein Auge auf das Gut und auf den *Castellano* zu haben, ehe er in den Nachtzug nach Neapel stieg, um im Morgengrauen nach Gaeta weiterzufahren. Dort begab er sich in den Fährhafen, setzte sich in ein Café, in dem die Hafenarbeiter vor Antritt ihres Tagwerks glutheiße oder hochprozentige Getränke hinunterstürzten, und bestellte sich einen *caffè doppio*, den er jedoch nicht anrührte.

Sein Magen war wie mit einem Siegel verschlossen. Fast hoffte er, der Mann, der ihn in seinem Fährboot hinüber zur Insel Santo Stefano bringen sollte, würde nicht auftauchen. Jener aber kam pünktlich, wie es kein Norditaliener von einem *terrone*, einem Bewohner des Südens, erwartete.

Es war ein noch warmer, aber diesiger Morgen, das Meer leicht bewegt und die Sicht eingeschränkt. Der Fährmann konzentrierte sich ganz darauf, das kleine Boot zu steuern, und sprach kein Wort mit seinem Gast. Mit seiner dunklen Joppe und dem breitkrempigen schwarzen Strohhut hätte er Charon, der Fährmann über den Styx, sein können, der die Seelen der Verstorbenen hinüber in den Hades beförderte. Fabrizio war beinahe versucht, ihm einen *Centesimo* zu geben, die Münze Charons, die gefordert war, wenn man tatsächlich dorthin gelangen wollte.

Und wozu sollte ich das wollen?, fragte er sich, derweil das Boot durch die milchigen Nebel auf die Insel zuglitt. *Um jemanden wiederzusehen? Und wen? Meinen Vater, meine Mutter, meine Liebste?*

Er befahl sich, die sinnlosen Gedanken zu begraben und sich ganz auf die bevorstehende Ankunft zu konzentrieren. Auch Gedanken an ein Mädchen namens Viktoria waren sinnlos, so hartnäckig sie ihn seit jenem Abend auch verfolgten. Wie konnte er auch nur in Erwägung ziehen, sich bei diesem Springball von einem Geschöpf zu melden, dieser jungen Frau mit ihrer wundersamen, ansteckenden Fröhlichkeit? Was hätte er ihr zu bieten? Ein Gut voller Schulden, ein von Bitterkeit zerfressenes Herz und einen Bruder, der als Mörder im Gefängnis saß.

Er hatte kein Recht, andere Menschen in seine Misere zu ziehen. Alles, woran er zu denken hatte, war das Trümmerfeld, das er seine Familie nannte.

Noch war er nicht sicher, ob er Crispino überhaupt zu sehen bekommen würde. Vielleicht hatte der Direktor des Gefängnisses das Bestechungsgeld eingestrichen, um ihm gleich mitzuteilen, dass sein Bruder seinen Besuch nicht wünsche. Vielleicht wünschte Crispino ihn auch tatsächlich nicht, oder es gab andere Gründe, die sich vorschieben ließen.

Wäre ihm das lieber?

Wäre es ihm lieber, Crispino hinter den Mauern, die von dem schroffen Gestein aufragten, seinem Schicksal zu überlassen und nie wieder von ihm zu hören?

Santo Stefano wurde als Insel bezeichnet, doch in Wahrheit war sie nicht mehr als ein Felsen mitten im Meer. Niemand wohnte dort, weder Mensch noch Tier, nur die Wächter, die die Insassen des hufeisenförmig angelegten Gefängnisses bewachten, und diese Insassen selbst. Gemeingefährliche Schwerverbrecher, die in anderen Ländern zum Tode verurteilt worden wären, die man in Italien aber am Leben lassen und somit irgendwo verwahren musste.

Wer hierherkam, war zur Zwangsarbeit verurteilt, obwohl es hier gar nichts zu arbeiten gab. Vermutlich ließ man die Gefangenen Steine klopfen und von einer Seite auf die andere schleppen – knochenharte, schweißtreibende Beschäftigung, deren völlige Sinnlosigkeit sie dem Wahnsinn nahe brachte. Hoffte man, dass die Verurteilten auf diese Weise langsam, aber sicher zu Tode kamen? Verwunderlich wäre das nicht, und um den Tod eines Mörders oder Verräters hinter den Mauern von Santo Stefano würde niemand auf dem Festland ein Geschrei anstimmen.

Die Angehörigen, die sich vor Scham in ihren Häusern verbargen und im Boden versinken wollten, zuletzt.

Auch Fabrizio hatte Kunden verloren, gerade jetzt, wo die Qualität seiner Weine begonnen hatte, sich herumzusprechen. Hotelinhaber, die eben noch seinen Barolo und seinen Dolcetto in den höchsten Tönen gelobt und in großem Umfang nachbestellt hatten, weigerten sich auf einmal, die Ware anzunehmen und zu bezahlen. »Sie müssen verstehen. Um Sie persönlich und um Ihren Wein tut es uns leid, doch unsere Gäste sind königstreue Bürger. Eine geschäftliche Verbindung mit einer Familie wie der Ihren könnte uns den Hals kosten.«

Was mich den Hals kostet, fragt kein Mensch, dachte Fabrizio bitter, aber natürlich war einem jeden das Hemd näher als der Rock, und gewiss hätte er selbst nicht anders gehandelt, hätte seine Situation es ihm erlaubt.

Das kleine Schiff erreichte den kurzen, in den Felsen gezimmerten Kai, und der Schiffer vertäute es. Er machte keine Anstalten auszusteigen, sondern wies nur nach oben, in Richtung des Gemäuers, das sich gegen den grau bezogenen Himmel abzeichnete. »Da müssen Sie hin. Jemand erwartet Sie am Tor.«

Fabrizio bedankte sich und machte sich auf den Weg, den schmalen Pfad über den Felsen hinauf. In dem Moment, in dem das Tor in Sicht kam, trat ein Mann in schwarzer Uniform heraus und hob die Linke zum Gruß. Seine Rechte hielt er an dem Gewehr in seinem Holster, zweifellos bereit, jederzeit die Waffe zu ziehen, sollte Fabrizio eine falsche Bewegung machen.

»Signor Ascoli?« Der Wachmann sprach seinen Namen aus wie den einer widerlichen Krankheit.

Fabrizio nickte. »Der bin ich.«

»Weisen Sie sich aus.«

Fabrizio überreichte ihm seine Papiere, die der Mann von allen Seiten studierte, ehe er sie ihm zurückgab. Danach drehte er sich um, ohne ein Wort zu Fabrizio zu sagen, zog das eiserne Tor wieder auf und trat vor ihm in einen beinahe lichtlosen Gang. Noch immer schweigend führte er ihn tiefer in das Gebäude hinein, bis er schließlich die Tür zu einem ebenfalls nur spärlich ausgeleuchteten Raum öffnete. Das Zimmer war winzig und enthielt außer einem wackligen Tisch und zwei Stühlen kein Mobiliar. Durch das vergitterte Fenster, das nicht größer war als ein Handtuch, fiel kaum Licht. Ein Ort, der mehr Trostlosigkeit, mehr Gottverlassenheit ausstrahlte, war schwerlich vorstellbar.

»Warten Sie hier.«

Fabrizio konnte nur nicken. Der Mann verschwand, und mit unerwarteter Heftigkeit wünschte er sich, er möge nicht mit seinem kleinen Bruder wiederkehren, mit dem lockenköpfigen Jungen, der geweint hatte, weil sein Steckenpferdchen einen freundlich lächelnden Kopf, aber weder Beine noch Körper besaß.

Mit dem Jungen, der geweint hatte, weil sein Vater ihn verprügelt hatte. Wieder und wieder und wieder. Der nachts in Fabrizios Bett unter seine Decke gekrochen war. »Versteck mich, Fabrì. Da, wo er mich nie mehr findet.«

Welchen Sinn hatte es, ausgerechnet in diesem Augenblick daran zu denken? Was änderte das an der Situation, an ihrem Verhältnis, an dem, was er für Crispino würde tun können?

Der Wachmann kehrte zurück und führte an einer Handfessel Crispino mit sich. Der war dürrer als ein Zaunpfahl, schlotterte in schmutzigem, zerrissenem Zeug aus grobem Leinen, und sein Gesicht war so zerschlagen wie damals. Ein Auge zugeschwollen, das andere blutunterlaufen. Die Lippe aufgeplatzt.

»Fabrizio!«

Er weinte. Das war das Unerträglichste.

Mit einem Satz riss er sich von dem Wärter los und warf sich regelrecht auf Fabrizio, an den er sich nicht klammern konnte, weil ihm die Hände auf den Rücken gefesselt waren. »Bitte hilf mir, Fabrì. Bitte, bitte, bitte. Nimm mich mit, bring mich irgendwohin, nur lass mich nicht hier.«

»Schluss damit!« Der Wachmann riss ihn an der Fessel zurück, zerrte ihn um den Tisch, drückte ihn auf einen der Stühle nieder. »Hinsetzen und nicht rühren. Versuchst du aufzustehen, ist Schluss mit dem Besuch.«

Mit einer Kopfbewegung wies er Fabrizio an, sich Crispino gegenüber ebenfalls niederzusetzen. Dann trat er an die Wand zurück und schloss die Rechte wieder um den Lauf des Gewehrs.

Dass dies nicht die klügste Art war, eine Waffe griffbereit zu halten, wusste Fabrizio, der sich in seiner Militärzeit zu seiner eigenen Verblüffung ausgezeichnet hatte. Aber vermutlich wurden die Leute hier schlecht ausgebildet und noch schlechter bezahlt. Zur Not würden sie einen aufsässigen Gefangenen mit dem Kolben erschlagen, wenn sich nicht schnell genug auf ihn zielen ließ.

»Ihr habt eine Viertelstunde«, sagte er. »Keine Minute länger.«

»Nein, nein, nein, das geht nicht!«, rief Crispino. »Nicht wahr, Fabrizio, du lässt nicht zu, dass sie mich wieder in diese Zelle schleifen. Du bist hergekommen, um mich mitzunehmen, du hast mit Leuten gesprochen und ihnen gesagt, sie müssen mich gehen lassen.«

»So einfach ist das nicht«, hörte Fabrizio sich mit einer ihm fremden Stimme sagen. »Du bist zwar vor einem Schnellgericht, aber dennoch rechtskräftig verurteilt worden. Und nicht wegen Mundraub oder Ruhestörung, wie es deinen Kumpanen in Spigno ständig passiert. Sondern wegen eines Attentats auf den König von Italien. Der seinen Verletzungen noch am selben Tag erlegen ist.«

»Aber ich war es nicht, Fabrizio!«, wimmerte Crispino wie als kleines Kind, wenn es um eine gestohlene Süßigkeit ging. »Du musst mir glauben, dass ich es nicht gewesen bin, du musst es in deinem Innern doch wissen!«

»Ja, ich weiß, dass du es nicht gewesen bist«, sagte Fabrizio. »Gewesen ist es Gaetano Bresci, der sich wie du Anarchist nennt und übrigens ebenso hier einsitzt wie du. Dein Komplize, nehme ich an.«

Heftig schüttelte Crispino den Kopf. »Ich kenne den Mann nicht, habe nie von ihm gehört. Du musst mir glauben, Fabrizio, keiner von uns hat je von ihm gehört.«

»Und selbst wenn ich dir glaube: Was ändert das? Du bist am Tag des Attentats in einer Pension in Monza mit zwei selbst fabrizierten Bomben verhaftet worden, die du ja wohl kaum bei dir hattest, um ein Begrüßungsfeuerwerk für den König zu zünden.«

»Das nicht, aber ich habe …«

»Was hast du, Crispino?«

»Ich habe es mir anders überlegt.«

»Aha«, entfuhr es Fabrizio. »Und warum dieser plötzliche Sinneswandel? Erzähl mir nicht, dich hätte auf einmal Mitleid mit König Umberto erfasst. Erzähl mir erst recht nicht, du hättest plötzlich an deine Schwester oder gar an mich denken müssen und an die Hölle von Schwierigkeiten, in die du uns bringst.«

Crispino fasste sich ein wenig und holte Luft. »Wenn du es wirklich wissen willst und dich nicht über mich lustig machst – ich habe an unsere Mutter gedacht«, sagte er. »Daran, dass sie zu mir sagen würde: ›*Crispino, mio angelo.* Was immer dieser Mann auch an Italiens Volk verbrochen hat, er ist es nicht wert, dass mein geliebter Sohn sich dafür zum Mörder macht.‹«

Nicht ein Wort davon klang in Fabrizios Ohren, als hätte seine Mutter es in den Mund genommen. Aber er hatte sie ja nicht in der gleichen Weise gekannt, in der Crispino sie gekannt hatte. Mit ihm hatte sie anders gesprochen als mit ihren drei Kleinen, die sie vor allem Üblen hatte beschützen wollen.

»Wenn du das gedacht hast«, fragte er Crispino, »warum hast du die verfluchten Bomben nicht irgendwo entsorgt und bist zurück nach Hause gekommen?«

»Weil ich eben zerrissen war. Bei meinen Kameraden im Wort stand. Weil nicht jeder seine Welt so einfach in Schwarz und Weiß teilen kann wie der heilige Fabrizio, und warum stellst du mir überhaupt solche Fragen? Weil du mir nicht glaubst?«

»Ob ich dir glaube, spielt keine Rolle«, sagte Fabrizio. »Entscheidend ist, ob ein Gericht dir glauben würde, wenn ich es mit unendlich viel Aufwand dazu bringen könnte, dein Verfahren wieder aufzunehmen.«

»*Dio mio.*« Crispino stöhnte. »Kannst du denen nicht einfach Geld geben, damit sie mich gehen lassen? Ich komme hier um, ich mache es nicht mehr lange. Die schlagen mich zusammen, Fabrì. Jeden einzelnen Tag. ›Das ist für den König‹, sagen sie, und dann heben sie ihre Knüppel und schlagen auf mich ein, als wollten sie mir jeden Knochen im Leib brechen. Ich bin kein Mensch für sie, sondern ein widerliches Tier, das sie zu Brei prügeln müssen. Und dann schleifen sie mich nach draußen in diese gnadenlose Sonne und lassen mich mit einer winzigen Hacke Steine zerstückeln, bis ich heulend zusammenbreche wie ein kleines Kind. Und dann kommen sie und schütten mir Eiswasser über den Kopf und treten mir in den Magen und …«

Er konnte nicht weitersprechen, sondern brach in haltloses, schluchzendes Weinen aus. Er hatte keine Hand frei, um sie sich vors Gesicht zu schlagen, sondern war den Blicken seines Bruders ausgeliefert. Fabrizio musste sich vorbeugen und ihm mit seinem Taschentuch Nase und Augen abwischen, weil er es selbst nicht konnte.

»Warum nicht, Fabrizio?«, weinte er auf. »Warum hasst du mich so sehr, dass du mich hier zugrunde gehen lassen willst? Ist es wegen Gigliola? Weil du mir das, was mit Gigliola geschehen ist, nicht vergeben kannst?«

Fabrizio spürte, wie sein ganzer Körper sich verkrampfte. Im gleichen Augenblick begriff er, warum er wirklich hier war. Nicht weil er es seiner Mutter versprochen hatte oder die Qualen seiner Schwester nicht ertragen konnte. Sondern weil er von seinem Bruder eine Antwort wollte.

Die Antwort, nach der er zwei qualvolle Jahre lang nicht zu fragen gewagt hatte, weil er sicher gewesen war, sie nicht ertragen zu können. Jetzt wurde ihm auf einen Schlag klar: Er brauchte die Antwort, wenn er sich künftig einen Gedanken an das Mädchen Viktoria erlauben wollte. Nicht nur einen Gedanken. Sondern auch einen Brief und die Bitte, sie wiedersehen zu dürfen. Sie war gewiss längst wieder zu Hause in Wien, aber so viele Frauen mit dem Namen Viktoria Liebenfels, deren Väter Wäsche herstellten, würde es schon nicht geben, dass sie sich nicht auffinden ließ. Er würde hinfahren. Auch wenn es verrückt war. Er brauchte Crispinos Antwort, um mit der Vergangenheit abzuschließen und sich zu gestatten, eine Zukunft zu haben.

»Was ist mit Gigliola geschehen?«, fragte er. »Ich kann dir nicht versprechen, etwas für dich zu erreichen. Unsere finanziellen Mittel sind nicht unerschöpflich, und nicht der gesamte italienische Justizapparat ist bestechlich, auch wenn es dir so vorkommen mag. Ich kann lediglich mein Bestes versuchen, aber das tue ich nur, wenn du mir die Wahrheit über das sagst, was damals geschehen ist: Warum war Gigliola mit dir in Mailand? Und warum bist du zurückgekommen und sie ist nicht mehr da?«

»Das weißt du doch.« Aus Crispinos schönen Augen rannen noch immer Tränen. »Wenn ich es dir sage, wird es den ganzen Hass in dir von Neuem aufwühlen und du wirst erst recht nichts für mich tun.«

»Doch, das werde ich«, sagte Fabrizio. »Ich verspreche es dir. Ich werde alles tun, um dich hier herauszuholen, wenn du mir sagst, warum Gigliola mit dir nach Mailand gefahren ist.«

Crispino senkte den Kopf. Seine wirren, schmutzigen Locken fielen ihm über das Gesicht. »Weil sie mich geliebt hat«, sagte er. »Ich war erst achtzehn, ich weiß, aber sie hat mich geliebt, und wir waren ein Paar. Deshalb ist sie mit mir gefahren. Wir wollten es dir erklären, wenn wir aus Mailand zurückkommen. Wir wussten, du würdest wie ein Orkan über uns herfallen, und trotzdem wollten wir den Mut dazu finden. Aber beim Marsch auf die Piazza wurden wir getrennt, und als der verdammte Despoten-General das Feuer eröffnet hat, habe ich es nicht geschafft, mich zu Gigliola durchzukämpfen. Niemand kann sagen, was danach passiert ist, und wohin sie verschwunden ist. Es war der blanke Wahnsinn, Fabrizio. Die

Hölle. Meine Kameraden sind neben mir gestorben, und hinterher war nichts mehr so, wie es einmal war.«

In der Tat, dachte Fabrizio. *Hinterher war nichts mehr so, wie es einmal war.* Es tat viel mehr weh, als er erwartet hatte, viel mehr, als angemessen war, denn im Grunde hatte er es doch vom ersten Tag an gewusst. Gigliola war sein Mädchen gewesen, die eine, mit der er sein Leben hatte teilen wollen, solange er denken konnte. Sie hatte sich mit ihm verlobt und mit ihm von der Zukunft gesprochen, aber geliebt hatte sie seinen kleinen Bruder, wie ja alle letzten Endes seinem kleinen Bruder verfielen, ob sie es wollten oder nicht.

Es tat weh, weil die Jahre mit Gigliola den Teil seines Lebens bildeten, in dem er geglaubt hatte, glücklich zu sein. Weil er sich ihr frei von Furcht ausgeliefert und ihr vertraut hatte, wie er nie wieder einem Menschen vertrauen würde. Auch nicht dem Mädchen Viktoria aus Wien.

Wenn er sich je wieder auf die Nähe zu einem Menschen einließ, würde er gewappnet sein und sich vor neuen Verletzungen schützen. Er würde seine Zuneigung sparsam verschenken und darauf achten, dass er nicht mehr gab, als er zurückbekam. Vielleicht war unter solchen Voraussetzungen, bei solch aufrechnendem Geiz eine Liebesbeziehung gar nicht möglich. Dass er jedoch überhaupt daran dachte, ja, sich sogar mit jeder Faser danach sehnte, kam einem mittleren Wunder gleich.

An dem Abend in Triest hatte er auf einmal all seine Vorsicht über Bord werfen wollen, das Mädchen Viktoria bei der Hand nehmen und mit ihr durch den sommerlichen Nachtwind hinunter zum Meer laufen, ohne sich zu fragen, was daraus werden sollte. Wäre nicht ausgerechnet in dieser Nacht die Nachricht vom Tod König Umbertos eingetroffen, hätte er nicht glauben müssen, sein kleiner Bruder wäre an diesem Tag zum Mörder geworden, hätte er es getan. In den Wochen danach hatten zwei Kräfte in ihm gekämpft wie ineinander verschlungene

Schlangen: die eine, die darauf beharrte, er dürfe sich weniger denn je eine Frau zumuten und habe von einem solchen Versuch nichts anderes zu erwarten als neue Verletzungen. Und die zweite, die leise, aber unbeirrt fragte: *Und wer in Teufels Namen hat dich dazu verurteilt, dein Leben lang einsam zu sein?*

Deine eigene Feigheit. Sonst niemand. Wer nichts wagt, verliert nichts. Aber denkst du auch manchmal an all das, was du gewinnen könntest?

Er hatte seine Entscheidung getroffen. Hatte den Mut gefunden, seinem Bruder die verbotene Frage zu stellen, und saß nun hier und hielt den Schmerz, den die Antwort wachrief, aus. Es war der erste Schritt dazu, seine Vergangenheit hinter sich zu lassen. Wenn er wieder zu Hause war, würde er dem Mädchen Viktoria schreiben.

»Fabrizio? Hörst du mir zu?« Die weinerliche Stimme seines Bruders riss ihn aus seinen Gedanken. »Ich wusste, dass du die Wahrheit nicht ertragen würdest, dass du mich noch mehr hassen und aus Rache hier drinnen elendig verrecken lassen würdest, aber lügen konnte ich trotzdem nicht. Ich mag für den Rest der Welt ein Versager, ein Verbrecher und von allen verachteter Wurm sein, aber diese Gewissheit, diesen Triumph kann mir niemand nehmen: Die schöne Gigliola Tapari hat mich geliebt, auch wenn sie durch die Untat eines Despoten den Verstand verloren hat und Gott weiß wohin verschwunden ist. Nicht meinen Bruder, den unfehlbaren Fabrizio, nicht jeden anderen in der Umgebung, den sie mit Kusshand hätte haben können, sondern Crispino, den Aussätzigen. Mich.«

Sehr langsam erhob sich Fabrizio von seinem Stuhl und gab dem Wachmann, der wie ein steinernes Denkmal in seiner Position verharrt war, ein Zeichen. »Ich lasse dich nicht elendig verrecken«, sagte er. »Ich hole dich hier heraus. Es wird eine Weile dauern, du wirst noch einmal Kraft und Geduld aufbringen müssen, und dass einer von uns hinterher mit dem andern noch zu tun haben will, bezweifle ich. Aber ich hole dich hier heraus, das habe ich dir versprochen, und daran halte ich mich.«

»Fabrizio.« Crispino wollte vorspringen und nach ihm greifen, ehe er sich erinnerte, dass seine Hände gefesselt waren. In den Wachmann kam ebenfalls Leben, er machte einen Satz, um Crispino zu packen, aber Fabrizio trat dazwischen und sandte ihm ein beschwichtigendes Nicken.

Crispino sank matt auf seinen Stuhl zurück. »Ich danke dir, Fabrizio«, murmelte er. »Und ich weiß, unsere Mutter würde dir ebenfalls danken, dass du ihren *angelino* nicht im Stich lässt. Bitte beeil dich, denn meine Kräfte werden mit jedem Tag schwächer. Es ist eine solche Qual, und niemand hat Erbarmen …«

»Schon gut. Ich tue, was ich kann.« Fabrizio wandte sich an den Wachmann und gab ihm ohne Wimpernzucken das Geld, das er mitgebracht hatte, um auf der Rückreise einige unentbehrliche Dinge für den Haushalt auf Montechiaro einzukaufen. »Bitte sorgen Sie dafür, dass mein Bruder ordentlich behandelt wird, bis sein Verfahren zur Wiederaufnahme kommt«, sagte er und schüttelte dem Mann die Hand. »Ich wäre dann so weit. Wenn Sie gestatten, finde ich meinen Weg nach draußen allein.«

Woher er auf einmal die Zuversicht nahm, begriff er selbst nicht, doch für den Augenblick genügte es ihm vollkommen, diese Zuversicht zu spüren. Er würde nach Hause fahren und nach Viktoria Liebenfels' Adresse suchen.

Als er allerdings sein Zuhause zwischen den Hügeln von Montechiaro erreichte, hatte sich die Suche nach Viktorias Adresse erledigt. Auf dem Stapel der Rechnungen und Mahnschreiben, den sein Onkel, der durch die Ereignisse um Jahre gealterte *Castellano*, ihm übergab, lag obenauf ein Brief von ihr.

16

Vicky

Pension Hortis

Triest, Piazza Giuseppina

Oktober

Inzwischen erkannte sie Maître René an seinem Klopfen.

»Fräulein Viktoria? Unten am Empfang ist Besuch für Sie.«

»Für mich?« Wer, mit dem sie nicht rechnete, sollte sie hier besuchen? Ihre Eltern hatten beschlossen, nicht länger mit ihr zu verkehren, ihre einstigen Freundinnen wussten mit größter Wahrscheinlichkeit nicht, wo sie sich aufhielt, und Gelegenheit, neue zu finden, hatte sie noch nicht gehabt. Für sie kamen die Schneiderin, die Hutmacherin, die Floristin, die ihr Vorschläge für aufwendigen Blumenschmuck zeigte, und ein Coiffeur, der an Köpfen aus Pappmaschee Frisuren demonstrierte. Diese Besuche waren jedoch eigens für sie ausgemacht und ihr im Voraus angekündigt worden.

Noch erschien ihr diese neue Wirklichkeit, in der sie lebte, eher wie aus einem der Dienstmädchenromane, die ihre Cousine immer so gern gelesen, die sie selbst aber albern und unglaubhaft gefunden hatte. Onkel Schränkchen, der heiraten wollte? Der nicht irgendeine ihm im Alter entsprechende Bekannte, sondern ausgerechnet sie heiraten wollte? Es hatte doch nie ein Anzeichen, nie den kleinsten Hinweis in eine solche Richtung gegeben. Und doch war es bereits eine unumstößliche Tatsache, die Liste der Gäste war geschrieben und das Aufgebot bestellt. So absurd es auch klang – sie würde in wenigen Tagen Frau Viktoria Hortis sein.

Der sonst so ernsthafte Maître René zog ein geradezu spitzbübisches Gesicht. »Man hat mich angewiesen, Ihnen nichts zu verraten. Sie werden schon selbst nach unten kommen und sich überzeugen müssen.«

»Ja, das werde ich dann wohl.« Vicky war mit der Planung der Canapés für den Empfang nach der Kirche beschäftigt gewesen, die allmählich drängte. Die Auswahl der Menüs bereitete ihr Vergnügen, weshalb sie sie unnötig in die Länge zog. Zudem vergingen die Tage so rasch, dass sie kaum zum Denken kam, und dafür war sie dankbar. Nun würden also Rosine und der aus Graz zusätzlich angeheuerte Meisterkoch noch ein wenig länger auf ihre Listen warten müssen. Vicky sprang auf und lief auf Strümpfen mit ungekämmten Haaren hinter dem Maître die Treppe hinunter.

In der Empfangshalle stand eine junge Frau mit Koffer, um deren Füße sich eine trübe Regenwasserpfütze gebildet hatte. Ihr mit einem grünlichen Federngebilde geschmückter Hut war völlig durchweicht. Der Herbst in Triest war mild, wie Vicky sich hatte sagen lassen, aber reich an Regen.

»Sie wollten mich sprechen?«

Die durchnässte junge Frau blickte auf. »Vicky.«

»Felice?« Ungläubig starrte Vicky hinunter in das Gesicht ihrer Cousine, das vom Regen so nass war, als hätte sie geweint. War das möglich? Von Felice hatte sie seit jenem Schreckenstag vor ihrem Gartentor, der in immer nebelhaftere Ferne entrückte, nichts mehr gehört. Vickys Mutter hatte ihr in einem vorwurfsvollen, sich in jammervollen Tiraden ergehenden Schreiben dargelegt, dass ihre Familie zwar den guten Ton wahren und ihr Fernbleiben mit einer Ausrede entschuldigen würde, dass ihr Vater auch darauf bestünde, ihre Aussteuer und eine nominelle Mitgift freizugeben, dass man sich hinter der Fassade jedoch von ihr lossage. Für ihre Eltern war das zweifellos die bequemste Lösung: Die unwürdige Tochter blieb von der Bildfläche verschwunden, sie brauchten sich mit ihr nicht länger zu befassen, und auf peinliche Fragen hatten sie eine passable Antwort parat.

Vicky war davon ausgegangen, dass in diese Deklaration ihre gesamte Familie einbezogen war. Damit, ihre Cousine noch einmal zu sehen, hatte sie ganz und gar nicht gerechnet, denn schließlich hatte ihre Mutter ihr ja bereits in Wien vorgeworfen, sie habe durch ihr unsägliches Verhalten auch Felices Heiratschancen erheblich geschmälert. Als Eduard ihr die Gästeliste vorgelegt und sie gebeten hatte hinzuzufügen, wen immer sie wollte, war ihr niemand eingefallen. Es war der Tag gewesen, an dem Adam Kinsky abgereist war, und auf einmal war es Vicky vorgekommen, als ginge ihr einziger Freund.

»Ich bitte Sie, bleiben Sie«, hatte sie den kleinen Mann mit den melancholischen Augen bestürmt. »Wenn Sie nichts Dringendes heimwärts zwingt – könnten Sie nicht noch den Herbst bei uns verbringen?«

»Heim nach Karlsbad?«, hatte Kinsky zurückgefragt. »Nein, dahin zwingt mich so wenig Dringendes wie an jeden anderen Ort. Man sagt ja, zu Hause seien wir dort, wo Menschen uns erwarten, und wenn das denn so ist, gehöre ich wohl zum Stamme der Heimatlosen. Aber noch länger bleiben und den

Herbst hier verbringen kann ich trotzdem nicht. Das tue ich nie. Ich bleibe immer nur so lange, wie der Sommer bleibt, und wenn im nächsten Jahr der Sommer zurückkommt, dann kommt auch der alte Adam Kinsky zurück.«

»Aber ich will Sie zu meiner Hochzeit einladen!«

»Zu Ihrer Hochzeit?« Die Augen des kleinen Mannes weiteten sich. »Mein liebes gnädiges Fräulein, nun sehen Sie mich aber so gerührt, dass ich mit den Tränen kämpfe. Ich danke Ihnen, ich danke Ihnen vielmals und von ganzem Herzen. Sie gute Seele wissen nicht, was Sie mir damit für ein Geschenk gemacht haben, auch wenn ich diese charmanteste aller Einladungen leider ablehnen muss.«

»Und warum müssen Sie?«, war Viktoria herausgeplatzt. »Ich habe niemanden als Sie, den ich einladen kann, Sie dürfen mich nicht auch noch abweisen.«

»Meine liebe kleine Freundin«, hatte er gesagt und einen Herzschlag lang ihre Wange berührt. »Sie sind noch so jung und Sie haben ein wunderbar gewinnendes Wesen. Sie werden noch unzählige Menschen haben, die sich um Ihre Einladungen reißen, sodass Sie einen alten Eigenbrötler, der sie einst ablehnen musste, bald vergessen haben. Dass Sie sich heute jedoch seiner erinnert haben, werde ich für immer in meinem Herzen bewahren.«

Er war abgereist, und in ihrer Not hatte Vicky Fabrizio Ascoli eingeladen. Sie hatte seinen Namen nicht auf die Liste gesetzt, sondern René nach der Adresse gefragt und ihm persönlich eine der gedruckten Karten geschickt, weil sie im Innersten wohl spürte, dass etwas an dieser Einladung nicht angemessen war. Der Italiener, der in jener Nacht einfach fortgerannt war und sie hatte stehen lassen, war jedoch der Einzige, von dem ihr einfiel, dass sie ihn gern hier gehabt hätte. Und wenn auch nur, um noch einmal mit ihm zu tanzen, um ihn noch einmal Liebeslieder über seinen Wein singen zu hören oder noch einmal zuzusehen, wie dieses von einer rätselhaften Last geprägte Gesicht sich sekundenlang mit einem amüsierten Lächeln überzog.

Dabei war es geblieben. Dass ihre künftige Schwägerin Agathe sowie deren Tochter sie schnitten und die künftige Schwiegermutter Eleonore in ihrer Gegenwart auffällig häufig über »Zutaten, die selbst den solidesten Kuchen verderben« und »die weibliche Form des Glücksritters« sprach, daran hatte sie sich so gut wie gewöhnt. Sie hatte sich fest vorgenommen, sofort nach der Hochzeit anzufangen, in ihrer neuen Heimat Menschen kennenzulernen und Freundschaften zu schließen. Ihre Hochzeitsreise wollte Eduard verschieben, um Vicky Gelegenheit zu geben, sich einzuleben, und diese Zeit würde sie nutzen. Sie war doch ihr Leben lang gesellig gewesen, war offen und voller Neugier auf Menschen zugegangen, sie hatte keinen Grund, sich derart mutterseelenallein zu fühlen.

Aber genau so hatte sie sich gefühlt: einsam und von aller Welt verlassen, wann immer Eduard nicht an ihrer Seite sein konnte. Selbst René und Rosine schienen sie zwar zuvorkommend und geradezu servil, aber längst nicht mehr so herzlich zu behandeln wie zuvor. Das alles verstörte sie. Sie hätte mit jemandem reden wollen, um ihren Kopf zu klären, doch es war niemand da, der dafür infrage kam. Und jetzt stand sie auf einmal auf der Treppe zum Empfang und fand sich Felice gegenüber, ihrer Lieblingscousine, von der sie sicher gewesen war, dass sie sie für alle Zeit verloren hatte.

Während Vicky noch um ihre Fassung kämpfte und nach Worten suchte, machte Felice aus ihrer Regenpfütze einen schüchternen Schritt auf sie zu. »Bitte, sei mir nicht bös'. Oder zumindest nicht mehr so sehr. Ich weiß, ich hätte mich viel früher melden sollen, hätte dem ganzen Haufen daheim den Marsch blasen und sagen sollen, dass ich dich nicht im Stich lasse, aber ich hab' mich benommen wie der allererbärmlichste

Feigling vor dem Herrn. Schau, gekommen bin ich aber trotzdem. Hab den Eltern gesagt, dass ich deine Brautjungfer bin und also bei deiner Hochzeit dabei sein muss, und wenn sie mich nicht fahren lassen, lauf' ich ihnen davon. Ja, und hier bin ich nun. Auch wenn ich versteh', mein Zuckerkringel, dass du mich als Brautjungfer nicht mehr haben willst.«

»Und ob ich dich haben will!«, rief Vicky, und für den Augenblick war vergessen, wie verletzt und verraten sie sich durch Felices Schweigen gefühlt hatte. »Jetzt komm erst einmal mit nach oben, raus aus dem nassen Zeug, und dann sehen wir, dass wir was Warmes zum Essen für dich kriegen.«

»Ist das dein Ernst, Vicky? Bist du mir wirklich nicht mehr bös'?«

Das weiß ich noch nicht, durchfuhr es Vicky. Um jemandem länger böse zu sein, war sie vermutlich nicht gemacht, doch so blind, wie sie Felice vertraut hatte, würde sie es gewiss nicht mehr tun können. Im Augenblick war ihr das jedoch von Herzen gleichgültig. Ihre Cousine war da, sie war zu ihr gekommen, und zumindest für diesen einen Tag sollte alles zwischen ihnen wie früher sein.

Keine Stunde später rekelten sie sich beide in Morgenröcken auf dem großen Bett in Vickys Suite und tranken aus hohen Tassen Mokka, in den Rosine einen guten Schuss Kirschwasser und eine üppige Haube aus Schlagobers gegeben hatte. Dazu hatte ihnen die Köchin eine ganze Schüssel ihrer mit Rosenöl gewürzten Mandelkekse bringen lassen, die Felice regelrecht verschlungen hatte.

»Himmel, nun weiß ich endlich, warum's dir hier so gefällt«, nuschelte sie mit dem Mund voller Gebäck. »Dieses Zimmer – schöner kann ja dem Rudolph sein Palais auch nicht sein …« Erschrocken hielt sie inne und schlug sich auf die krümeligen

Lippen. »O je, tut mir leid, Vicky. Ich bin wirklich so taktvoll wie ein alter Drahtbesen.«

»Rudolphs Namen brauchst du dir vor mir nicht zu verkneifen«, sagte Vicky. »Ich habe ihn geliebt und war himmelhochjauchzend, er hat mich sitzen lassen und ich war zu Tode betrübt. Inzwischen liegt beides hinter mir, und eine Geschichte, die so selten vorkommt, ist das ja wohl kaum, denn sonst würde nicht alle Welt darüber grässliche Romane schreiben.«

»Du bist also wirklich drüber hinweg?« Mit einer Art ungläubiger Bewunderung starrte Felice sie an. »Ganz und gar und für immer? Nun ja, wenn man sich anschaut, wie schön es hier ist, wie sie alle springen, um dir zu Diensten zu sein, und wie du deine eigene Frau sein und Kirschwasser trinken darfst, so viel du magst, ist das ja nicht weiter verwunderlich. Und dein Zukünftiger? Oh, Liebes, es kam ja alles so plötzlich, niemand hat damit gerechnet, und jetzt sterbe ich vor Neugier – wie ist er denn?«

Vicky hielt inne und trank von ihrem Kaffee. »Ich habe auch nicht damit gerechnet«, gestand sie dann. »Seine Gefühle für mich muss er mächtig fest in sich verborgen haben, denn ich habe nichts davon bemerkt. Aber wie auch immer – es tragen ja viele Männer ihr Herz nicht auf der Zunge, er hat sich letztendlich erklärt, und nun ist es, wie es ist. Was redet man denn in Wien über ihn? Deine Leute, meine Leute – die werden ja wohl etwas über ihn erzählt haben?«

»O nein, Vicky, das mag ich dir nicht weitersagen«, rief Felice. »Das ist gar zu hässlich, und ich bin doch so froh, dass du so lieb bist und zwischen uns nichts Hässliches mehr ist.«

»Nun sag schon«, erwiderte Vicky. »Meinst du, ich kann mir das nicht denken? Alt genug, um ihr Großvater zu sein, werden sie sagen – obwohl das höchstens sehr knapp hinkommen könnte. Ein Gastwirt, der vornehmer tut, als er ist – als ob das auf unsere Familie nicht genauso zuträfe.

Und wie bezeichnen sie ihn noch? Als einen Schuft, der die Notlage eines jungen Mädchens ausnutzt, als einen greisen Lüstling, der nach der unschuldigen Jugend giert? Ach nein, unschuldig bin ich ja nicht mehr. Aber ich fürchte, das wird die Horde der Moralapostel im schönen Wien dem armen Eduard nicht zugutehalten.«

»Du klingst, als hättest du jedes Wort von ihren Schimpfkanonaden gehört«, rief Felice verblüfft. »›Da glaubt man jahrelang, man verbringt mit seinem Kind die Ferien in einem anständigen Haus mit tadellosem Ruf‹, hat deine Mutter zu meiner gesagt, ›und dann entpuppt sich der Inhaber als Lustgreis, der junge Mädchen verdirbt …‹«

Sie wollte sich von Neuem die Hand vor den Mund schlagen, doch auf einmal kicherte sie, und es dauerte nicht lange, bis Vicky einfiel. »Lustgreis! Wer hätte gedacht, dass meine Mutter überhaupt so ein Wort kennt.«

»Oder dass meine weiß, was Lust ist.«

»Dass meine das weiß, bezweifle ich auch.«

Sie lachten laut heraus und ein paar Augenblicke lang war es wirklich wie früher. Als hätten sie auf der Welt keine Sorge und könnten sich nicht vorstellen, je eine zu haben. Plötzlich fiel Vicky ein, dass sie auch von Onkel Schränkchen geglaubt hatte, er wisse es nicht und habe an solchen Dingen kein Interesse, aber das war kein Thema, über das sie nachdenken mochte.

Dann griff Felice wieder nach ihrer Tasse, trank sie leer und fragte: »Aber du weißt es, nicht wahr? Ich mein', nicht nur weil's der Rudolph dir beigebracht hat, sondern auch mit deinem Bräutigam? Ist er fesch? So ein Mann braucht schließlich nicht jung zu sein, um fesch zu sein, es sehen ja nicht alle so fad aus wie unsere Väter. Und bist du in ihn verliebt? Bis über beide Ohren?«

Vickys Drang zu lachen verstummte. Sie nahm ihre eigene Tasse, stellte fest, dass sie ebenfalls leer war, und beschloss, nach zwei weiteren zu klingeln. Sich hier zu betragen wie eine Diva, die das ganze Haus zum Springen brachte, lag nicht in ihrer Absicht. Im Gegenteil. Sie wollte zeigen, dass sie dazu taugte, die Pension an Eduards Seite zu führen. Heute aber stand ihr der Sinn danach, zu gar nichts zu taugen, nur mit Felice hier herumzulümmeln und ein wenig mehr zu trinken, als ihr guttat.

»Er sieht aus wie ein kleiner Schrank auf Beinen«, antwortete sie. »Hast du etwa vergessen, wie ich dir immer von Onkel Schränkchen erzählt habe?«

»Jesus, Maria und Josef! Du heiratest doch keinen Onkel Schränkchen!«

Vicky nickte. »Doch. Das tue ich. Und nein, ich bin nicht in ihn verliebt, weder bis über die Ohren noch über irgendwas anderes. Ich habe ihn immer gern gemocht, wie man eben einen freundlichen, ein bisschen steifen Onkel gern mag, und er war außerdem noch der Onkel aus meiner liebsten Stadt Triest. Dass ich ihn jetzt noch ein bisschen lieber mag, lieb genug, um seine Frau zu werden, kommt wohl daher, dass er für mich da gewesen ist, als es sonst niemand war. Und dass er mich auf einmal wollte, während ich für den Rest der Welt ein Stück Dreck war, an dem man sich nicht die Hände schmutzig machte.«

»Ich weiß.« Beschämt senkte Felice den Kopf. »Ich kann dir nicht sagen, wie leid es mir tut, Vicky. Aber deswegen kannst du doch keinen alten Mann heiraten, den du gar nicht liebst!«

»Und was soll ich sonst bitte schön tun?«, fragte Vicky. »Bei meinen Eltern in der Mädchenkammer hausen und in jedem wachen Augenblick spüren, dass sie mich lieber heute als morgen los wären? Zu nichts gut sein? Das nämlich habe ich in diesen Wochen, seit Rudolph mich wie ein halb aufgegessenes Kipferl weggeworfen hat, gelernt: dass ich noch nie in meinem Leben zu etwas gut war, noch nie eine Aufgabe hatte, nie etwas Nützliches mit meinen Tagen angefangen habe. Eduard hat mir eine solche Aufgabe geboten – und noch dazu eine, die mir gefällt und von der ich fast glaube, dass ich sie mir zutraue. Ich werde mit ihm gemeinsam diese Pension führen, die mein Paradies für mich gewesen ist, so lange ich denken kann. Meine Aufgabe wird es sein, sie für noch möglichst viele Menschen zum Paradies zu machen, ihnen eine Art von vorübergehendem Zuhause zu geben, um die schönste Stadt, die ich kenne, zu erkunden. Und das soll nicht besser sein, als in Wien als alte Jungfer Taschentücher zu umhäkeln?«

Felice, die in ihre leere Tasse gestarrt hatte, blickte überrascht wieder auf. »Aber …«, begann sie ganz leise. »Aber mit der Pension oder mit der Stadt bist du doch nicht verheiratet. Leben musst du mit diesem Onkel Schränkchen, in den du kein bisschen verliebt bist. Meine Mutter trichtert mir ja auch immer ein, Geld und Stand wären solidere Werte als Liebe, und wo die beiden vorhanden seien, stelle sich die Liebe schon noch ein. Aber ein Großvater, für den du gar nichts empfindest? Mein Zuckerkringel, das ist doch nichts für dich, nicht ausgerechnet für die wilde Vicky, der immerfort das Herz überquillt.«

»Wer sagt denn, dass ich nichts für ihn empfinde?«, fragte Vicky ruhig und zog an der Klingelschnur, die unten in der Küche den Ruf auslöste. »Das Herz übergequollen ist mir bei Rudolph, und was hat es mir eingebracht? Du hast recht, Eduard wirkt wie der sprichwörtliche Hagestolz und ist für die Rolle des romantischen Liebhabers wenig geeignet, aber vielleicht habe ich auf einen Mann in dieser Rolle ja auch gar keine Lust mehr? Kannst du das nicht verstehen?«

»Doch, schon …«, fing Felice an, aber Vicky fiel ihr ins Wort.

»Eduard lässt mir Zeit und drängt mich zu nichts, was ich nicht möchte«, sagte sie. »Er hat mich gewollt, als sonst keiner mich wollte, hat sich mir als Freund angeboten, als ich ziemlich dringend einen brauchte. Weißt du was? Ich bin recht wild und überquellend entschlossen, ihm diese Freundschaft zu vergelten. Mit einem Freund durchs Leben zu gehen, der mir seine Achtung schenkt und in mir nicht das dumme, nutzlose Ding sieht, das ich bin, scheint mir keine so schlechte Wahl.«

»Aber du hattest doch einen ganz anderen Traum!«

»Der ist mir zerplatzt«, erwiderte Vicky trocken. »Statt eines Traums habe ich jetzt einen Platz, und darin, den auszufüllen, will ich gut sein. Ich will der Pension eine gute Leiterin und Eduard eine gute Frau sein. Und wenn du eine gute Cousine und eine noch bessere Brautjungfer sein willst, dann hilfst du mir, dieses Ziel zu erreichen.«

17

Melitta

Pension Hortis

Triest, Piazza Giuseppina

Oktober

Die Hochzeit war morgen. Sooft Melitta es auch versuchte, sie vermochte einfach nicht zu glauben, dass sie wahrhaftig schon morgen war und dass ihr ums Leben nichts einfiel, um sie zu verhindern.

Stattdessen faltete sie alberne Tischkarten aus dickem Büttenpapier, umwickelte Stängel getrockneten Jasmins mit Draht und heftete sie an die Karten. Für die pusselige Kleinarbeit waren ihre Finger nicht geschaffen, und ihre innere Erregung tat ein Übriges. Am liebsten hätte sie das ganze Zeug zusammengeknüllt und in das Feuer geschleudert, das im Kamin des Spiegelsaals loderte.

Ihre Wut war ein ebensolches Feuer, und seit Onkel Eduards Ankündigung kam es ihr vor, als würde sie innerlich verbrennen. All die Jahre hatte sie sich wie eine Magd in dieser Pension krumm und dumm geschuftet, hatte vor den Gästen gekatzbuckelt und ihrem Onkel Honig um den Bart geschmiert, hatte auf das Leben, das Mädchen ihres Alters führten, ebenso verzichtet wie zuvor auf eine Kindheit. Es gab nur eines, das sie hatte durchhalten lassen: die Aussicht darauf, die Pension nach dem Tod ihres Onkels zu erben, die Gewissheit, in diesen Räumen eines Tages nicht als Magd, sondern als Herrin zu stehen.

Der Onkel war beinahe dreimal so alt wie sie. Selbst wenn er die robuste Gesundheit seiner Mutter besaß und ein Alter von achtzig Jahren erreichte, würde ihr genug Zeit bleiben, um die Früchte ihrer Sklaverei zu genießen, hatte sie geglaubt. Dann aber war diese Heiratsschwindlerin aus Wien aufgetaucht, und binnen weniger Augenblicke war das gesamte Gebäude, für das Melitta sich aufgeopfert hatte, in sich zusammengestürzt.

Die Schrift auf den Karten verlief vor ihren Augen, sodass sie die Namen nicht entziffern konnte. Das musste sie aber, denn sie sollte ja gemäß der Liste, die der Onkel ihr in die Hand gedrückt hatte, jeden Gast an der Stelle platzieren, die für ihn vorgesehen war. Sie zog ihr Taschentuch aus dem Rockbund und wischte sich über die Augen. Es half nicht. Sofort schossen Tränen nach und steigerten das Gefühl der Demütigung.

Und warum mache ich das alles noch, herrschte sie sich innerlich an. *Warum werfe ich dem Onkel nicht seine verfluchten Tischkarten und das ganze restliche Zeug hin und sage ihm, er solle es seine Braut, den Gugelhupf, machen lassen?*

Weil ich sonst keinen Ort habe, an den ich gehen kann, gab sie sich selbst die verhasste Antwort. *Keine andere Heimat als die Piazza Giuseppina.* Als sie ein kleines Kind gewesen war, hatte sie einmal wie ein Schlosshund weinend ihre Mutter gefragt: »Warum müssen wir hierbleiben, warum gehen wir nicht wieder nach Hause, wo Onkel Eduard uns doch gar nicht mag?«

Ihre Mutter hatte ihr einen ihrer Blicke gesandt, die Melitta durch und durch gingen. »Weil wir kein Zuhause mehr haben und auch sonst keinen Ort, an den wir gehen können«, hatte sie gesagt. »Also sieh gefälligst zu, dass du dich besser benimmst, damit dein Onkel uns nicht auf die Straße setzt, weil er kein schlecht erzogenes Balg im Haus haben will.«

Melitta war nie eines jener Kinder gewesen, die in Rüschenkleidern wie Püppchen aussahen und denen sämtliche Herzen zuflogen. Kein Kind wie Vicky Liebenfels. Aber sie war ganz sicher, dass sie auch kein schlecht erzogenes Kind gewesen war. Im Gegenteil. Die Erziehung, die ihre Mutter ihr hatte angedeihen lassen, war streng gewesen. Für Widerworte hatte es Ohrfeigen gegeben, für unerlaubtes Handeln wurde sie zu den Weinflaschen, dem Staub und den Spinnen in den Keller gesperrt. Keine von diesen Bestrafungen wäre nötig gewesen, fand Melitta, denn sie hatte keinen anderen Wunsch gehegt, als ihrer Mutter und ihrem Onkel gefällig zu sein.

Und was hatte sie nun von alledem?

Leere Hände, einen Schmerz in der Brust und einen Bauch voller Zorn.

Sie strich sich noch einmal über die Augen und nahm die nächste Tischkarte vom Stapel, las den Namen, der darauf stand, und ihr Herz vollführte einen Satz. Es fühlte sich tatsächlich an, als mache es unter ihren Rippen den Freudensprung, für den ihre Beine zu müde und zu schwer waren.

Sig. Fabrizio Ascoli.

Täuschten sie ihre verheulten Augen? In übertrieben verschnörkelter Schrift, doch ohne jeden Zweifel stand sein Name auf dem Weiß der Karte. Er würde kommen. Sie würde ihn wiedersehen. Was immer in dieser furchtbaren Nacht Ende Juli geschehen war, hatte ihr nicht auch noch ihn geraubt.

Sie hatte ihn die Nacht hindurch gesucht und erst im Morgengrauen erfahren, dass er fluchtartig abgereist war. Sobald sich herausgestellt hatte, dass einer der Anarchisten, die für den Mord an König Umberto verhaftet worden waren, sein Bruder war, hatte Onkel Eduard ihr verboten, noch einmal Kontakt mit ihm aufzunehmen.

»Wir werden auch seinen Wein nicht länger an unsere Gäste ausschenken. Zwar sind wir hier außerhalb der italienischen Grenzen, aber es könnte durchaus ein übles Licht auf uns werfen, wenn wir uns von der Familie eines Königsmörders nicht scharf distanzieren.«

»Aber Fabrizio kann doch nichts dafür!«, hatte Melitta ausgerufen und dafür einen vernichtenden Blick ihres Onkels geerntet.

»Mir war nicht bekannt, dass du mit dem Herrn per Du bist«, hatte er sie verwiesen. »Und lass dir gesagt sein, dass es mir ganz und gar nicht gefällt.«

Am selben Abend hatte er seiner sogenannten Familie bekannt gegeben, dass er sich mit Viktoria Liebenfels verlobt hatte.

»Umso weniger die Blindschleiche sich als Köder für den Angler eignet, umso besser macht sich die Erbschleiche«, bemerkte Melittas Großmutter, während ihre Mutter ein hysterisches Geschrei anfing und Melitta fassungslos zusah, wie ihre Welt um sie herum in Trümmer brach.

Sie war nicht per Du mit Fabrizio Ascoli. Aber sie hatte ihm noch in derselben Nacht geschrieben, wie leid ihr die Entscheidung ihres Onkels tat, wie sehr sie bedauerte, was sein Bruder durch seine Tat angerichtet hatte und wie bis ins Tiefste überzeugt sie war, dass er damit nichts zu tun hatte.

Eine Antwort kam nicht.

Sie wusste ja: Er war ein lausiger Briefeschreiber.

Dennoch schrieb sie ihm einen weiteren Brief, in dem sie ihm ihr Herz ausschüttete, ihm berichtete, in welch infamer Weise sie um ihr rechtmäßiges Erbe betrogen worden war. Wem sonst hätte sie sich anvertrauen sollen, bei wem sonst hätte sie Verständnis gefunden? Fabrizio und sie waren verwandte Seelen. Das hatte sie spätestens gewusst, als sie in jener Nacht mit ihm getanzt hatte, als sie begriffen hatte, dass er ihretwegen zurück nach Triest gekommen war. Was hätte geschehen können, wären nicht ausgerechnet an jenem Tag die Schüsse auf den italienischen König abgefeuert worden?

Fabrizios Bruder hatte im Übrigen diese Schüsse nicht abgefeuert, sondern den Zeitungen zufolge Sprengstoff verwenden wollen. Streng genommen war er also unschuldig, doch natürlich ließ kein Gericht solche Argumentationen gelten. Melitta schrieb Fabrizio, dass sie verstünde, wenn er seinen Bruder trotz allem nicht im Stich ließe. Sie hatte sich selbst ihr Leben lang Verwandte gewünscht, die einander nicht im Stich ließen.

Ihr tat es weh um die Ungerechtigkeit, die Fabrizio angetan wurde, und im Gegenzug würde es ihm um die Ungerechtigkeit wehtun, die ihr angetan wurde. Weil er ein wohlerzogener Mann war, hatte er in jener Nacht mit Vicky getanzt und würde also wissen, aus welchem Holz die Heiratsschwindlerin geschnitzt war. Nachdem Melitta ihren zweiten Brief abgeschickt hatte, erschien ihr die Welt um eine winzige Spur heller und hoffnungsvoller, doch eine Antwort erhielt sie auch diesmal nicht.

An den besseren Tagen erinnerte sie sich daran, dass er eben das Briefeschreiben hasste, deshalb aber nicht weniger an sie dachte. An den schlechten Tagen war sie überzeugt, dass sie nie wieder von ihm hören würde, dass sie ihn verloren hatte, weil er ein Ehrenmann war und glaubte, einer wie er dürfe ihr seine Freundschaft nicht länger zumuten.

Sie hatte sich zwingen wollen, die Gedanken an ihn aufzugeben, wie sie ihre Zukunft als Inhaberin der Pension aufgeben musste. Nun aber hielt sie die Tischkarte in der Hand, die ihr versprach, dass sie ihn wiedersehen würde. Er würde morgen kommen, würde womöglich sogar heute schon eintreffen wie eine Reihe von weiteren Gästen. Er musste Onkel Eduard bestürmt haben, ihm den Besuch zu erlauben, und dass dieser ihm den Wunsch tatsächlich gewährt hatte, konnte nur einen einzigen Grund haben: Fabrizio Ascoli hatte vor, sich zu erklären. Er kam zurück, nicht um an der Hochzeit einer Erbschleicherin teilzunehmen, sondern um seine eigene vorzubereiten. Er würde Onkel Eduard um Melittas Hand bitten.

Ihr Herz schlug so hart gegen ihre Rippen, dass ihr das Atmen schwerfiel. Wenn sie ehrlich zu sich war, hatte sie nie zu hoffen gewagt, dass er so weit gehen würde. Dass er viel für sie empfand und dass er kein oberflächlicher Mann war, der sich von einem strahlenden Äußeren blenden ließ, hatte sie gewusst, doch dass er tatsächlich in Erwägung zog, die von allen verachtete graue Maus Melitta zur Frau an seiner Seite zu erheben, war mehr, als ihr enges Herz fassen konnte.

Es würde so kommen. Sie würde die Pension an der Piazza Giuseppina nicht mehr brauchen, auch wenn sich alles in ihr dagegen sträubte, sie Viktoria Liebenfels zu überlassen. *Andere Frauen haben Kinder, die sie umsorgen können*, hatte sie oft gedacht und den Frauen gewünscht, dass sie mit ihren Kindern selig wurden, denn sie umsorgte schließlich mit der gleichen Hingabe ihre Pension. Ein wenig war es tatsächlich, als hätte Viktoria ihr ihr geliebtes und gehätscheltes Kind entrissen, und dafür gab es keinen Trost. Zumindest würde sie ihren Schmerz jedoch nicht allein tragen müssen. Sie würde ihren Stolz bewahren und erhobenen Hauptes davonziehen können, würde nicht länger die herumgestoßene Dienstmagd sein, sondern Fabrizio Ascolis Frau.

Dass sie dafür nach Italien gehen und selbst italienische Bürgerin würde werden müssen, ließ sie flüchtig stocken. Ehe sie Fabrizio begegnet war, hätte sie ein solches Ansinnen vehement von sich gewiesen und wiederholt, was ihre Mutter ihr eingebläut hatte:

»Der Schuster bleibt bei seinem Leisten,
die deutsche Maid beim deutschen Mann.«

Jetzt aber horchte sie in sich hinein, und stellte fest, dass es ihr von Herzen gleichgültig war. Fabrizio war kein Italiener wie die anderen. Weder war er unzuverlässig noch nahm er sich Freiheiten heraus oder trieb mit Frauen ein Spiel. Er war ein besonderer Mann, und weil er sie als Gefährtin ausgewählt hatte, machte er sie zu einer besonderen Frau.

Wo das geschah, war egal. Es gab in Triest niemanden, der an ihr hing, weshalb also sollte sie an Triest hängen?

»Was trödelst du denn da herum? Bist du mit dem bisschen Dekorieren noch immer nicht fertig, Faulenzerin?«

Die Stimme ihrer Mutter hieb in die Stille wie ein Beil. Melitta fuhr herum und sah die Mutter in der Tür stehen, die Haare mit einem Tuch streng aus dem Gesicht gehalten, die Arme vor der Brust verschränkt.

Melitta duckte sich automatisch, doch noch in der Bewegung fing sie sich ab. »Es geht nun einmal nicht schneller«, sagte sie und widmete sich Fabrizios Tischkarte, die sie mit dem üppigsten Jasminzweig verzierte. Ihre eigene Karte würde sie nachher vom Tisch der Familie holen und gegen die der Frau austauschen, die ihm als Tischdame zugedacht gewesen war.

»Wie bitte?« Ihre Mutter kniff die Augen zusammen. »Meinst du, zu allem Elend, das ich dir zu verdanken habe, muss ich mir auch noch freche Antworten gefallen lassen?«

»Was für ein Elend hast du denn mir zu verdanken?«, fragte Melitta ehrlich verwundert.

»Das fragst du noch?«, fuhr die Mutter auf. »Solange ich denken kann, habe ich geschuftet, habe mich von meinem Bruder zur Dienstmagd machen lassen, damit du eines Tages etwas in die Hand bekommst und eine bessere Zukunft vor dir hast als ich. Und was machst du? Dass du über keine sonderliche Begabung verfügst, habe ich inzwischen ja begriffen, aber so viel Unfähigkeit schlägt dem Fass den Boden aus. Du bist nicht einmal in der Lage, das, was ich für dich erkämpft habe, festzuhalten, sondern lässt es dir von dieser Vicky abjagen!«

»Was hätte ich denn tun sollen?«, fragte Melitta. »Meinen Onkel selbst heiraten, um das Erbe zu sichern? Ist es allen Ernstes das, was du von mir erwartet hast?«

Das Gesicht ihrer Mutter verlor seine Festigkeit, und ihre Kinnlade klappte herunter. *Eine andere würde jetzt lachen*, durchfuhr es Melitta. Eine andere Mutter würde ihrer Tochter zustimmen und über ihre eigenen törichten Gedanken lachen, aber an eine Gelegenheit, zu der ihre Mutter mit ihr gelacht hatte, konnte sie sich nicht erinnern.

»Ich bin zwanzig Jahre lang eine Dienstmagd gewesen, obwohl mir vom Erbe meines Vaters ebenso ein Teil zugestanden hätte wie Eduard«, stieß die Mutter heraus. »Wer hat denn überhaupt festgelegt, dass nur Söhne erben, während Töchter ohne einen Groschen dastehen? Zumindest mit einer Mitgift hätte mein Vater mich ausstatten müssen, statt mich wie eine Hündin aus dem Haus zu jagen.«

Melitta horchte auf. Dass ihr Vater sie aus dem Haus gejagt hatte, hatte die Mutter nie zuvor erwähnt.

»Bei meinem Bruder habe ich mich zur Bettlerin machen müssen, um mein Kind durchzubringen«, jammerte sie weiter. »Und jetzt? Jetzt lässt dieses Kind zu, dass ich für immer eine Bettlerin bleibe. Dass mir ein unverschämtes junges Ding vor die Nase gesetzt wird, von dem ich mich womöglich auch noch herumkommandieren lassen muss.«

»Ich werde mich nicht von Viktoria Liebenfels herumkommandieren lassen«, hörte Melitta sich zu ihrer Verwunderung in ruhigem Tonfall erwidern. »Ich lasse mich von euch allen nicht länger herumkommandieren. Ich gehe fort. Nicht lange nach dieser Hochzeit.«

»Ach, tust du das?« Ihre Mutter schnaufte. »Und wohin willst du bitte schön gehen, wenn ich fragen darf? In den Dienst zu irgendwem anders, wo du mit denen in der Küche deine Suppe löffeln musst und nicht mehr zu melden hast als die Fanika? Sofern dich überhaupt jemand einstellt, denn die Schnellste bist du ja nicht, und äußerlich ist kein Staat mit dir zu machen.«

»Ich werde heiraten«, fuhr Melitta ihr scharf und wütend ins Wort, als ließe sich der Schmerz der Verletzung dadurch auslöschen.

Ihre Mutter stöhnte und lehnte sich mit der Schulter gegen die Wand. »Ach, Kind«, murmelte sie so weich, wie Melitta es nicht von ihr kannte. »Ach Gottchen, Kind. Glaubst du etwa, das hätte ich selbst nicht hundertmal in Erwägung gezogen? Selbst wenn es ein älterer Mann gewesen wäre, einer wie der Kinsky, der ja wohl kaum wirklich ein Baron sein wird, oder der Kommerzienrat Berner aus Salzburg – ich habe in Sant'Antonio eine Kerze nach der anderen gestiftet, damit der Herrgott uns einen halbwegs akzeptablen Kandidaten schickt, der sich deiner erbarmt. Aber es ist ja sinnlos. Du hast nichts vorzuweisen, keinen einzigen Trumpf im Ärmel. Bist nicht hübsch, nicht rundlich, machst das nicht durch Liebreiz wett, sondern bist kantig wie ein Kleiderständer, und obendrein hast du keinen Schilling, denn mein Bruder wird dir nichts geben, sondern alles diesem Weibsbild in den Rachen werfen.«

Von Neuem musste Melitta erleben, dass Tränen ihr die Sicht raubten. »Ich kann denken!«, rief sie ihrer Mutter entgegen. »Ich interessiere mich für das Weltgeschehen, lese und bilde mich. Es gibt übrigens auch Männer, die Wert darauf legen, dass sie mit ihrer Frau ein anregendes Gespräch führen können. Einen solchen werde ich heiraten – auch wenn du hundertmal über mich sprichst, als hättest du nie gewollt, dass ich geboren werde.«

»O je, Melitta.«

Ehe Melitta es sich versah, war ihre Mutter bei ihr und zog sie in die Arme. Melitta erstarrte. Die Geste war ihr dermaßen fremd, dass sie sie kaum als wirklich empfand. »Doch«, sagte ihre Mutter leise. »Doch, ich habe gewollt, dass du geboren wirst. Ich habe mir dich gewünscht, und als du in meinen Armen gelegen hast, war es das einzige Geschenk, das ich in meinem Leben bekommen habe. ›Mickrig und mausig‹, hat deine Großmutter vor sich hin geknurrt, aber ich habe davon nichts gesehen. Für mich warst du das schönste Kind, das je eine Mutter zur Welt gebracht hat. Ich hätte dich gegen kein anderes getauscht, und ich habe mir aus tiefstem Herzen geschworen, dass es dir einmal besser ergehen soll als mir.«

Nach wie vor stand Melitta in den Armen ihrer Mutter starr und vermochte nicht zu glauben, dass die Worte ihr galten.

»Aber es wird dir ja nicht besser gehen«, brach es aus der Mutter heraus. »Die Welt wird nun einmal von Männern regiert, und Männer werden nur schwach, wenn solche wie Vicky Liebenfels sie umgarnen. Mit Frauen wie uns sind sie erbarmungslos. Wir können sehen, wo wir bleiben, sehen, wie wir uns durchbeißen. Einen Mann, der etwas getaugt, der ordentlich für mich gesorgt hätte, habe ich nicht gefunden, und du wirst genauso wenig einen finden. Tu mir einen Gefallen und lass dir von keinem, der irgendein grausames Spiel mit dir treibt, etwas einreden. Das alles ist schon hart genug, auch ohne, dass irgendein Schuft dir das Herz bricht.«

Ich nehme sie mit, dachte Melitta, noch immer, ohne sich zu rühren. *Sie ist meine Mutter, ich bin für sie verantwortlich, und wenn ich mit meinem Mann von hier weggehe, nehme ich sie mit.* Endlich entspannten sich ihre verkrampften Glieder, und es gelang ihr, die Wange ihrer Mutter zu berühren. »Der Mann, den ich heirate, ist kein Schuft«, sagte sie, und ihre Stimme klang rau. »Er wird mir das Herz nicht brechen, wird ordentlich für mich sorgen und für dich wird auch gesorgt sein. Als Viktoria Liebenfels' Dienstmädchen enden weder meine Mutter noch ich, das verspreche ich dir.«

18

Vicky

Pension Hortis

Triest, Piazza Giuseppina

Oktober

»Willst du, Viktoria Malwine Liebenfels, den hier gegenwärtigen Eduard Amadeus Hortis zu deinem vertrauten Manne nehmen, ihn lieben und ehren und ihm Gehorsam erweisen, bis dass der Tod euch scheidet, so antworte mit: ›Ja, ich will.‹«

Vicky wagte nicht aufzublicken. Erst als sie am Arm von René, der in Frack und Zylinder fremd wirkte, das mächtige Kirchenschiff von Sant'Antonio betreten, als sie die Schwere der Schleppe gespürt hatte, die sie hinter sich herzog, und als rauschend die Orgel mit dem Hochzeitsmarsch eingesetzt hatte, war ihr vage bewusst geworden, wie ernst der Schritt war, den sie zu gehen im Begriff stand. Jetzt kniete sie in einer benebelnden Woge von Weihrauch neben Eduard vor dem Priester, der hundert Jahre alt sein mochte und eine solche Frage in seinem

Leben nie hatte beantworten müssen. Hinter ihr saßen in den drei vorderen Reihen die Gäste, die sich in der riesigen Kirche verloren ausnahmen. Die meisten von ihnen hatte sie nie zuvor gesehen. Sie hatte so wenige Menschen, die zu ihr gehörten.

Eduard trug ebenfalls einen Frack, der ihn noch eckiger und unbeholfener wirken ließ, als Vicky ihn ohnehin kannte. Mit einem Schlag wurde ihr klar, dass er ein Fremder war, ein Mann, mit dem sie kaum mehr als ein paar förmliche Sätze gewechselt hatte, dessen Vergangenheit sie nicht kannte und aus dessen Familie ihr Hass entgegenschlug.

Das Gefühl, das sie ansprang, war Angst.

Wie hatte sie sich auf diesen Wahnsinn einlassen können, was war in sie gefahren, dass sie ihr Leben auf derart unumstößliche Weise aus den Fugen riss?

Wenn sie gleich nachsprach, was der Priester ihr vorgesprochen hatte, war nichts mehr rückgängig zu machen. Vicky Liebenfels gab es dann nicht länger, und die Viktoria Hortis, die an ihre Stelle treten würde, war ihr so fremd wie ihr Bräutigam.

Vicky spürte mehr, als dass sie sah, wie Eduard den Kopf nach ihr drehte. Sie sollten beide geradeaus blicken, auf den Priester und den Altar unter der mächtigen Kuppel, aber Eduards furchtsamer Blick traf sie. Hatte er Sorge, sie würde im letzten Moment einen Rückzieher machen, aus der Kirche fliehen, ihn vor dem Priester, den Messdienern und seinen Gästen bis auf die Knochen blamieren?

Das durfte sie nicht. Er war nie anders als gut zu ihr gewesen, hatte sie aufgenommen und ihr ein Zuhause geboten. Sie mochte eine Menge nicht gerade erfreulicher Eigenschaften haben, war faul, verfressen und zu wenig zu gebrauchen, aber sie war kein Feigling. Wenn sie einem Menschen ihr Wort gegeben hatte, dann würde sie dazu stehen.

Sie gab sich einen Ruck. »Ja, ich will«, sagte sie so fest, wie sie konnte, und glaubte, Eduards erleichterten Seufzer zu hören, obwohl in Wahrheit außer dem Klirren der Weihrauchglocke alles still war. Gleich darauf stellte der Priester Eduard die gleiche Frage, und nach dessen euphorischer Antwort erklärte er sie mit dem Segen Gottes zu Mann und Frau.

Zum erneuten Brausen der Orgel führte Eduard sie aus der Kirche, unter das Säulendach und auf den schmalen Vorplatz mit seinem herrlichen Blick über den Canal Grande. Wind, der nicht länger zärtlich und warm war, zerrte an den Stofflagen ihres Kleides und des Schleiers. Als sie das letzte Mal hier gestanden hatte, war Frühling gewesen und sie hatte über ihre Hochzeit mit Rudolph nachgedacht. Schwäche überkam sie mit einer Wucht, dass sie fürchtete, in die Knie zu gehen. Eduard hielt sie wie ein stolzer Besitzer am Arm, doch sein Griff schien so leicht, viel zu leicht, um sie zu halten.

Gäste strömten aus der Kirche nach, packten Vicky bei der Hand wie eine leblose Puppe und überschütteten sie mit ihren formelhaften Glückwünschen. Agathe, deren zweiteiliges Kleid die Farbe eines zu lange gegarten Rehrückens aufwies, stand schräg hinter ihr und nahm überreichte Geschenke entgegen. Alle größeren Gaben waren bereits postalisch eingetroffen und auf einem Tisch im Spiegelsaal arrangiert worden. Unter ihnen befand sich die Wäschetruhe mit Vickys samt und sonders von »Wäsche Liebenfels« gefertigter Aussteuer, die aus Wien geschickt worden war.

Nur eine Wäschetruhe. Sonst nichts. Von ihrer Kindheit übrig geblieben waren Stapel von Bett- und Tafeltüchern, Miederhemden, Strumpfhalter und mit Spitze besetzte Unterhosen.

Vicky glaubte zu zittern, vom Wind gebeutelt zu werden wie das welke Laub, das die Böen im Lichthof der Pension von den Bäumen rissen. Eduard musste ihren Arm freigeben, um sich bei auf ihn zu strebenden Gratulanten zu bedanken. Dass sie schwankte, sich kaum länger auf den Füßen halten konnte, bemerkte er nicht.

Hinzu kam ein unbändiger Drang, wie ein Sturzbach loszuweinen, der sich nicht mehr lange am Ausbruch würde hindern lassen. *Aber warum denn*, herrschte sie sich innerlich an, derweil sie ihr Gesicht wie eine Maske zu einem freundlichen Grinsen zwang. *Es war doch das, was du wolltest, was du selbst gewählt hast, weshalb also jetzt so ein Theater?*

Es half nichts. Der Sturzbach brach los.

»Ach geh, sehts euch das an«, rief eine korpulente Dame in einem hellen, mit einem Muster aus Schwänen bestickten Seidenkleid, das in seinem bauschigen Umfang an ein Zelt denken ließ. »Unsere kleine Braut ist so gerührt, dass die Tränen fließen.«

Die Schwanendame tätschelte ihr die Wange, und Vicky hatte Angst, ihr an die wogende Brust zu fallen. Sie wünschte sich jemanden herbei, einen einzigen Menschen, der ihr vertraut war, mit dem sie weinen und lachen konnte, aber wer sollte das sein?

Ihre Eltern?

Rudolph?

Die gehörten zu einem anderen Leben und hatten sich nicht als die entpuppt, die Vicky in ihnen gesehen hatte.

Fabrizio Ascoli, rief geradezu flehend eine Stimme in ihr, aber er war nicht gekommen, hatte nicht einmal abgesagt.

Vicky weinte noch heftiger, gab dabei einen Laut von sich wie ein kleines Kind. Und dann war mit einem Mal Felice da, ihre Brautjungfer in fliederblauer Robe, schob die Schwanendame kurzerhand beiseite und packte Vicky mit einem wohltuend festen Griff bei den Schultern.

»Ich bitte um Entschuldigung. Ich glaub', unsere Braut muss sich rasch ein wenig frisch machen.«

Ehe Vicky begriff, wie ihr geschah, lief Felice mit ihr davon, an der Längsseite der Kirche hinunter. Wie als Schulmädchen rannten sie in ihren festlichen Kleidern die Straße entlang bis zu einer Seitentür, die Felice aufriss, um Vicky hineinzuschieben. Atemlos fanden sie sich in einem engen, dunklen Raum wieder, in dem es nach Kreide und Staub roch und Gebetbücher aufbewahrt wurden. Felice drückte Vicky auf den einzigen vorhandenen Schemel nieder und ordnete die voluminösen Röcke ihres Brautkleides.

»Lieber Himmel, mein Zuckerkringel«, rief sie, »was machen wir denn bloß? Du armes Ding bist am Boden zerstört, und ich hab' dir doch gleich gesagt, dass so was nicht funktionieren kann. Aber nun ist's ja zu spät, was der Herrgott zusammengefügt hat, soll kein Hundesohn auf Erden scheiden und so weiter.«

Felice ließ sich in ihrem zartseidenen Brautjungfernkleid auf den staubigen Fußboden plumpsen und sah aus, als würde sie selbst gleich in Tränen ausbrechen. Dieser Anblick war es, der Vicky half, die Fassung wiederzugewinnen. »Halb so schlimm«, rang sie sich ab. »Das ganze Brimborium da drinnen in der Kirche war ein bisschen bombastisch für mich. Ich brauchte dringend eine Atempause, aber die hast du mir ja verschafft. Mir geht's schon besser, ehrlich. Und Gott sei Dank sind ja heulende Bräute gang und gäbe. Vermutlich würden die Leute viel mehr ins Grübeln geraten, wenn ich nicht am Zerfließen wäre.«

Sie wollte aufstehen, spürte in ihren Beinen aber noch immer eine schwer zu überwindende Schwäche und blieb sitzen. Felice rührte sich ebenfalls nicht, legte nur den Kopf schräg und sah skeptisch zu ihr auf. »Und dessen bist du dir sicher?«

»Aber ja doch. Mach dir nicht solche Sorgen, das gibt frühzeitig Falten und mindert deinen Wert auf dem Heiratsmarkt.«

»Und wenn schon.« Felice zuckte mit den Achseln. »Wenn ich mir dich anschau', weiß ich gar nicht mehr, ob ich überhaupt so dringend heiraten möcht'. Vielleicht schaffe ich mir also lieber die Falten an und werde eine Jungfer Sauerbier.«

»Das meinst du nicht ernst.«

»Nein. Natürlich nicht. Aber du tust mir ganz fürchterlich leid.«

»Nicht nötig. Wirklich nicht.« Vicky zwang sich aufzustehen. »Ich freu mich darauf, morgen früh in die Hände zu spucken und zu lernen, wie man eine zauberhafte Pension in der schönsten Stadt Europas führt. Und du solltest dich jetzt darauf freuen, auf meiner Hochzeit zu tanzen. Wer weiß, vielleicht triffst du ja heute deinen Traumprinzen, obwohl die Auswahl leider nicht allzu berauschend ist.«

Noch immer skeptisch ließ sich Felice von ihr in die Höhe ziehen. »Deine Schwiegermutter ist ein Drachen«, schimpfte sie. »Weißt du, was die in ihren nicht vorhandenen Bart gemurmelt hat, als ihr vor den Altar getreten seid? ›Alter schützt vor Torheit nicht – da frisst in der Not der nicht mehr taufrische Teufel eben einen …‹« Verlegen brach sie ab.

»Einen was?« Vicky stieß ihr den Ellenbogen in die Seite. »Nun rede schon.«

»Einen Gugelhupf«, sagte Felice und senkte den Kopf.

Vicky schluckte. »Könnte schlimmer sein«, zwang sie sich ab, hakte sich bei Felice unter und marschierte betont forsch die Straße zurück.

Eleonore Hortis belegte alle und jeden mit gehässigen Spitznamen. Ihre eigene Tochter nannte sie »die saure Niere« und Melitta, ihre einzige Enkelin, das »Runkelröschen«. Mit »Gugelhupf« war sie selbst also vermutlich wirklich noch glimpflich davongekommen.

Eduards Mutter war zweiundachtzig Jahre alt, und ihre Bosheit schien ihr Jungbrunnen. Vicky hatte noch nie erlebt, dass sie über jemanden etwas Nettes oder gar Schmeichelhaftes verlautbaren ließ, sich über einen schönen Morgen freute oder eine Speise lobte.

Ein einziges Mal hatte sie vor Jahren Rosine fragen hören, ob ein exquisites, eigens zum Geburtstag der alten Dame kreiertes Dessert denn recht gewesen wäre, und hatte von Eleonore prompt zur Antwort erhalten: »Die Frage erübrigt sich. Wenn es nicht recht gewesen wäre, dann wüssten Sie es, das kann ich Ihnen versichern.«

Sie würde es mit Humor nehmen, beschwor sich Vicky. Ihren Humor hatte Rudolph schließlich in seinem schönsten leidenden Tonfall eine nicht auszurottende Krankheit genannt, und sowieso war ja wohl »Gugelhupf« keine Beleidigung, sondern kaum anders als Felices liebevoller »Zuckerkringel«. Also mitnichten ein Grund, noch einmal mit der Heulerei anzufangen.

»Vicky«, sagte Felice. »Du kommst wirklich zurecht, das versprichst du mir? Auch mit den zwei Giftspritzen? Deiner Schwägerin, die ihrem Zustand nach deine Oma sein könnte, und ihrer Tochter, die aussieht, als hätte sie die Hexe aus Hänsel und Gretel zum Frühstück verspeist? Dass die zwei herumtuscheln, du hättest dir ihr Erbe erschleichen wollen, und dass du mit denen unter einem Dach hausen musst, das macht dir nichts aus? Ansonsten könnte ich nämlich unmöglich zurück nach Wien fahren und dich hier zurücklassen, weißt du? Auch wenn ich dir so gar keine Hilfe bin und mir ums Leben nichts einfällt, was wir tun könnten.«

»Nein, keine Sorge, ich komme bestens zurecht«, sprach Vicky gegen den Klumpen in ihrer Kehle an. »So schlimm, wie du sie darstellst, sind Agathe und Melitta gar nicht. Sie haben nur angenommen, ihr Bruder und Onkel würde ewig Junggeselle bleiben, und müssen sich an die neuen Gegebenheiten erst einmal gewöhnen. Wenn sie aber erkennen, dass ich ihnen nichts wegnehmen, sondern ihnen unter die Arme greifen will, werden sich die Wogen schon glätten.«

»Du bist wirklich stark wie ein Ochse, mein Zuckerkringel«, sagte Felice.

Und was soll ich sonst sein?, fragte sich Vicky, während sie den Platz vor der Kirche erreichten und Eduard entdeckten, der aufgeregt auf sie zugeeilt kam. *Ich habe doch ein Versprechen gegeben, ich habe eine Entscheidung getroffen und mich in das Leben all dieser Leute, die dir so ein Graus sind, hineingedrängt. Ich bin jetzt erwachsen, kein Kind ohne Verantwortung mehr. Melitta und die anderen haben verdient, dass ich zumindest mein Bestes versuche.* Während sie jedoch diese hübsch geordneten, vernünftigen Gedanken hegte, fühlte sie sich abgrundtief einsam. An ihrer Seite ging ihre Lieblingscousine, auf dem Platz wartete ihre Hochzeitsgesellschaft, mit ausgebreiteten Armen kam ihr frisch angetrauter Gatte auf sie zu, aber sie war allein.

»Meine Liebe! Geht es dir wieder gut? Frau Direktor Teitelbaum hat mir erzählt, dass du unpässlich warst und das verehrte Fräulein Felice sich um dich gekümmert hat.«

»Es war halb so wild«, sagte Vicky. »Ich war nur ein bisschen überwältigt.«

Mit noch immer ausgebreiteten Armen blieb Eduard vor ihr stehen. »Tatsächlich? Dem Himmel sei Dank!« Er betrachtete sie, wartete offenbar auf eine Reaktion, und als keine erfolgte, ließ er die Arme wieder sinken. »Wenn du dich genug erholt fühlst – wollen wir dann einsteigen und zurück zur Pension fahren? Der Champagner für unseren Hochzeitsempfang soll schließlich nicht kalt werden. Oh, Verzeihung, warm werden meine ich selbstverständlich. Kalt ist er ja hoffentlich schon …«

Sein Lächeln war ungeübt, geradezu schüchtern, und es berührte sie. Sie reichte ihm ihren Arm und ließ sich von ihm zu ihrer schneeweißen Kutsche führen, an deren Blumenschmuck der Wind zerrte. Gleich darauf saßen sie bereits in den Polstern und fuhren in lustigem Trab durch die Straßen der Stadt, die sie so sehr liebte, gefolgt von einer Kolonne weiterer Wagen voller Gäste.

»Viktoria«, sagte Eduard und räusperte sich. »Ich hoffe, es gibt nichts, das dir am heutigen Tag Furcht bereitet, denn dazu gäbe es keinen Grund.«

»Aber nicht doch«, antwortete Vicky und tätschelte ihm das knochige Knie in den elegant gestreiften Hosen. »Was sollte mir denn ausgerechnet heute Furcht bereiten? Überhaupt bin ich kein sehr furchtsamer Mensch. Zerbrich dir darüber nicht den Kopf. Wir wollen doch gleich tanzen.«

Vor der Pension, auf der wundervollen, weiten Piazza mit ihrem offenen Blick zum Meer, stand das Personal zu ihrer Begrüßung aufgereiht. Ein Fotograf, den Eduard angeheuert hatte, duckte den Kopf unter das Tuch hinter seiner Kamera und schoss Bilder von Braut und Bräutigam, die aus der Kutsche stiegen. Sogar der Himmel riss auf, und wie um Vicky ihre Zuversicht zurückzugeben, zeigte sich mit ein paar Strahlen die Sonne.

Warum nur empfand sie diese Zuversicht trotzdem nicht, wohin war sie ihr entschwunden?

Maître René verbeugte sich vor einem Gast nach dem anderen und winkte alle in die Empfangshalle, wo die zusätzlich angeheuerten Piccolos ihre Tabletts mit Champagner und Canapés präsentierten. Vicky war eben dabei, unter eher lauem Beifall ihren Fuß über die Schwelle zu setzen, als wilder Hufschlag auf dem Pflaster sie herumfahren ließ.

Ein Mann auf einem prachtvollen Apfelschimmel ritt im Galopp auf den Platz. Er trug einen Reisemantel und einen Hut mit breiter Krempe, der ihm eine abenteuerliche Aura verlieh – wie einem Musketier oder Rebellen aus einem Roman von Alexandre Dumas. Einen Augenblick lang sah es aus, als wolle er direkt in die Festgesellschaft sprengen, dann aber zügelte er das Pferd ein paar Schritte zuvor und sprang ab, noch ehe es völlig stillstand.

»Zur Hölle!«, entfuhr es Eduard, den Vicky noch nie hatte fluchen hören. »Was macht der Mensch ausgerechnet heute hier?«

Vicky aber war herumgewirbelt und spürte, wie sich in ihrem Herzen, in ihrem ganzen Brustkorb etwas löste und entspannte. Er war da, er war doch noch gekommen! Sich darüber dermaßen zu freuen, war albern, aber das war ihr von Herzen gleichgültig.

»Herr Ascoli ist hier, weil ich ihn eingeladen habe«, rief sie fröhlich. »Hast du seinen Namen nicht auf der Liste gesehen? Geh du ruhig schon hinein, lass mich ihn nur rasch begrüßen.« Sie wünschte sich innig, eine kleine Weile mit Fabrizio Ascoli allein zu sein, war überzeugt, danach wäre das haltlose Gefühl der Einsamkeit verflogen.

»O nein, auf keinen Fall!«, rief Eduard. »Du bist es, die bitte schon vorausgeht, meine Liebe. Ich habe ein paar Worte mit dem Herrn allein zu wechseln.«

Vicky wollte widersprechen, wollte sich die Gelegenheit, auf die sie ihre Hoffnung gesetzt hatte, so leicht nicht entreißen lassen, doch weder sie noch Eduard erhielten ihren Willen. Jemand anders kam ihnen zuvor.

Mit einem kleinen Schrei, wie ihn im Frühling balzende Vögel ausstießen, löste sich Melitta aus dem Gemenge in der offenen Halle und rannte hinaus auf den Platz.

»Fabrizio!«, rief sie. »Sie sind da, Sie sind endlich da.«

Das Pferd, das der Mann am Zügel hielt, scheute, aber davon ließ Melitta sich nicht aufhalten. Sie rannte zu ihm, rief noch einmal über den Platz hinweg seinen Namen und warf sich ihm vor aller Augen an die Brust.

19

Fabrizio

Triest, Piazza Giuseppina

Oktober

Melitta Braun, die wackere, aufrechte Briefeschreiberin, hatte er vergessen.

Er hatte nur Augen für die andere gehabt, für Viktoria Liebenfels, die tatsächlich in einer Wolke von windzerzaustem Brautkleid auf der Schwelle des Hauses stand und strahlend lächelte, als hätte sie auf der Welt keine Sorge.

Vermutlich hatte sie keine. Und warum sollte sie auch? Die Wut, die sich in seiner Kehle ballte, richtete sich gegen die falsche Person.

Niederkämpfen ließ sie sich trotzdem nicht. Er hatte sie schon viel zu lange in sich aufgestaut und brannte darauf, sie hinauszuschreien. Ehe er aber dazu kam, tauchte von irgendwoher die braun gewandete Melitta auf und warf sich ihm an den Hals. Saturno, der Lammfromme, bockte, und Fabrizio benötigte all seine Konzentration, um sowohl das Pferd als auch das Mädchen zu halten.

Dennoch konnte er sich nicht dazu bewegen, die Augen von Viktoria Liebenfels abzuwenden. Sie wandte den Kopf. Ihr Blick traf den seinen, und das strahlende Lächeln erstarb. Es war, als wollte sie ihm über den Platz und all die Menschen hinweg eine Botschaft senden, und er sandte eine zurück.

Ich hasse dich, wollte er ihr sagen. *Ich will endlich hassen dürfen, nicht ständig der milde, verständnisvolle Vermittler sein müssen. Ich hasse dich, weil du nicht hast warten können, weil du den erstbesten Mann, der dir ein sorgenfreies Leben bieten konnte, genommen hast, der dreimal so alt ist wie du, aber ohne verbrecherische Verwandte, ohne verschuldetes Weingut, ohne Vergangenheit, die einem Friedhof gleicht. Dass dein Mann, dass ihr beide eure Hochzeitsfeier und den ganzen Wirbel hier auf meine Kosten begeht, spielt ja keine Rolle, und obendrein besitzt ihr noch die Frechheit, mir zu dieser Farce eine Einladung zu schicken.*

Er riss sich zusammen. War er jetzt endgültig dabei, den Verstand zu verlieren, hatten die schlaflosen Nächte, die zermürbenden Sorgen, der ewige Kampf es geschafft, seiner Vernunft den Garaus zu machen? Was ging es ihn an, was diese Frau, die er kaum kannte, mit ihrem Leben anfing? Er war doch nicht ihretwegen oder gar aufgrund ihrer Einladung hier, sondern weil er verzweifelt war, weil ihm kein anderer Weg blieb. Er musste Eduard Hortis sprechen, wenn er seinen Bruder retten, wenn er seine Schwester, den *Castellano*, Alfredo und Mariuccia nicht vor die Hunde gehen lassen wollte.

Und als wäre das alles nicht genug, blieb ihm noch das unmittelbare Problem mit Melitta Braun, die sich wie ein kleines Äffchen mit erstaunlicher Kraft an seine Schultern klammerte.

Von ihr musste er sich als Erstes befreien, musste richtigstellen, was immer sie offenbar missverstanden hatte.

»Fräulein Melitta …«

Weiter kam er nicht.

»Fabrizio«, rief sie aus, warf dramatisch den Kopf auf und begrub gleich darauf das Gesicht wieder an seiner Brust. »Ich habe gewusst, dass Sie kommen. Als auf meine Briefe keine Antwort eintraf, hat etwas in mir gespürt, dass Sie sich persönlich auf den Weg machen würden. Ich weiß, was Ihnen angetan wurde, und Sie wissen, was mir angetan wurde. Nichts löscht das aus, aber Sie werden mich an Ihrer Seite haben, und ich habe Sie. Uns beide gemeinsam wird man nicht in die Knie zwingen.«

War es wirklich er, der den Verstand verlor, oder war er unter Verrückte geraten? Und keine zwanzig Schritte von ihm entfernt stand noch immer Viktoria Liebenfels in ihrem Brautschmuck und sah ihn unverwandt an.

»Ich bedaure aufrichtig, Fräulein Melitta«, begann er. »Mir scheint hier eine Verwechslung oder ein Irrtum vorzuliegen. Ich weiß nicht, von was für Briefen Sie sprechen, ich habe keine erhalten.«

Oder hatte er doch? Er hatte sich so tief in den Berg seiner Probleme hineingegraben, dass er nach links und rechts nicht mehr hatte schauen können. Was der *Castellano* auf seinen Schreibtisch legte und was keinen dringenden Eindruck machte, schob er einfach beiseite. Die meiste Zeit über war er ohnehin nicht zu Hause, putzte Klinken, reiste als Bittsteller von Tür zu Tür. Um das Geld für den Zug zu sparen, hatte er sich angewöhnt zu reiten, auch wenn das keine Art war, mit Gepäck weite Strecken zurückzulegen, und er Saturno dergleichen nicht hätte abverlangen sollen.

»Keine Briefe?« Melitta Braun blickte aus großen Augen zu ihm auf und zwang ihn damit, sich endlich von Viktoria Liebenfels, die jetzt ja wohl Viktoria Hortis heißen würde, abzuwenden. »Sie haben meine Briefe nicht erhalten? Wie ist das nur möglich, hat sich denn alles gegen uns verschworen?

Ich habe sie eigenhändig aufs Postamt getragen, weil es hier niemanden mehr gibt, dem ich traue.«

Gleich darauf fasste sie sich, und ihr trauriges, spitzes Gesicht hellte sich auf. »Aber Sie sind dennoch gekommen«, rief sie aus. »Sie haben gewusst, dass ich nicht wie die anderen bin und über Sie ein Urteil fälle. Dabei hätten Sie das doch von mir annehmen müssen, wo Sie kein Wort von mir erhalten haben.«

»Fräulein Melitta …« Warum nur fiel ihm nichts anderes ein, als sinnlos ihren Namen zu stammeln? Er registrierte, wie Eduard Hortis Viktoria am Arm fasste und sie ins Innere des Gebäudes zog, wie er auch die anderen neugierigen Gäste nach drinnen lotste und sich selbst anschickte, aus Fabrizios Reichweite zu verschwinden. Er musste das Mädchen loswerden, musste Hortis hinterhereilen, brauchte jemanden, der sein Pferd für ihn hielt.

»Seien Sie versichert, dass ich Sie keinen Augenblick lang mit Ihrem Bruder über einen Kamm geschert habe«, redete Melitta Braun weiter ohne Punkt und Komma auf ihn ein. »Ich kenne Sie schließlich, auch wenn man uns bisher so wenig Gelegenheit ließ, miteinander zu sprechen. Ich weiß, dass Sie ein so infames Verbrechen niemals gutheißen würden, dass alles in Ihrem Herzen sich gegen die Tat und gegen den Täter wenden muss und dass Sie dennoch einen Blutsverwandten nicht gänzlich im Stich lassen können, weil Sie kein Mensch sind, der so etwas tut.«

»Fräulein Melitta«, versuchte er es zum dritten Mal und fiel ihr diesmal ins Wort. »Ich bin Ihnen für Ihre Freundlichkeit wirklich sehr dankbar, aber ich bin in Geschäften hier und muss dringend Ihren Onkel sprechen.«

»So leid es mir tut – mein Onkel wird keine Geschäfte mehr mit Ihnen machen.«

»Ich mit ihm auch nicht.« Fabrizios Ton wurde schroffer. Am liebsten hätte er sie einfach abgeschüttelt und wäre samt Saturno auf den Eingang der Pension zugeeilt. »Sprechen muss ich ihn dennoch – und zwar sofort.«

»Ich weiß, warum.« Sie verzog kurz die Lippen. »Meine Antwort kennen Sie bereits, dessen bin ich sicher. Mein Onkel, so fürchte ich, wird zurzeit nicht zu sprechen sein, aber ich sage ihm, dass Sie ihn dringend erwarten. Und in der Zwischenzeit müssen Sie mit mir ins Haus kommen und etwas essen und trinken. Ich sage Hugo, dass er sich um Ihr Pferd kümmern soll. Lassen Sie sich von scheelen Blicken oder gar Getuschel bitte nicht beirren. Das kann uns nichts anhaben. Weder Ihnen noch mir. Sie haben ein Recht, hier zu sein, nicht weniger als die sogenannte Dame, die mein Onkel gerade geehelicht hat.«

Fabrizio schwirrte der Kopf. Mit jedem Satz, den sie sprach, schien seine Verwirrung zu wachsen, aber immerhin wollte sie ihm jemanden besorgen, der sich um Saturno kümmerte. Der getreue Schimmel hatte das mehr als verdient. *Wenn ich du wäre, alter Freund, würde ich uns und unseren gesammelten Irrsinn einfach stehen lassen und davongaloppieren*, sandte er ihm einen liebevollen Gedanken und klopfte ihm den Hals.

Melitta sah es und lächelte. »Sie behandeln nicht nur Menschen, sondern auch Ihr Pferd gut. Wollen Sie hier warten, bis ich Ihnen Hugo schicke? Ich spreche derweil mit meinem Onkel und erwarte Sie dann in der Pension.«

Fabrizio konnte nur nicken. Er würde sich selbst Zugang zu Eduard Hortis verschaffen, doch als Erstes musste er Melitta Braun loswerden und Saturno versorgt wissen. Seine Hoffnung, sie würde nun sofort gehen, erfüllte sich nicht. Stattdessen reckte sie sich auf die Zehenspitzen und berührte zu seinem Entsetzen mit den Lippen seine Wange.

»Bis gleich, Fabrizio«, wisperte sie, fuhr herum und rannte davon.

Fabrizio stand da wie versteinert. Hatte er tatsächlich irgendetwas getan, das diesem bedauernswerten Geschöpf den Eindruck vermittelt hatte, er hege ein romantisches Interesse an ihr?

Nun ja. Die Einzige, die sich solche Schwachheiten einbildet, ist sie wohl kaum, verhöhnte er sich selbst. Wenn er daran dachte, dass er es noch vor wenigen Wochen ernsthaft für möglich gehalten hatte, für Viktoria Liebenfels so etwas wie ein Gefühl zu entwickeln und dieses von ihr erwidert zu sehen, wäre er gern in einer der Fugen zwischen den Pflastersteinen versunken.

Zu seiner Erleichterung kam binnen Kurzem ein auf freundliche Weise zerknautscht wirkender, o-beiniger Mann aus einer Seitentür des Gebäudes gehumpelt und nahm sich Saturnos an. »Was für ein hübscher Bursche«, lobte er. »Dem sieht man an, dass er Rasse hat.«

So wie man es in meinem Wein schmeckt, dachte er traurig. Beides – Wein pflegen und Pferde züchten – hatte und hätte ihm eine tiefe innere Freude bereitet, weil es Sorgfalt und Geduld erforderte und etwas hervorbrachte, was Schönheit und Lebensart ausmachte. Die Pferdezucht hatte er lange schon aufgeben müssen, und auch den Wein, der seit Jahrhunderten auf den Hängen um sein Haus wuchs, würde er wohl nicht halten können. Das Gefühl, auf ganzer Linie versagt zu haben, wurde in ihm immer häufiger zu stark, um es noch länger zu ersticken.

Der Mann namens Hugo bot ihm an, Saturno trocken zu führen und anschließend zu tränken, und Fabrizio nahm dankbar an. Sein Pferd schwang den Schweif wie ein Pendel, während es sich davonführen ließ, und der eben noch belebte Platz war nun so gut wie leer. Über dem Meer, das sich vor ihnen erstreckte, begann der Himmel, sich zu röten. Wenn er heute Abend noch weiterreisen und nicht gezwungen sein wollte, in Triest zu bleiben, musste er sich beeilen.

Er hatte nicht vor zu warten, bis Melitta Braun ihm ihren Onkel schickte, denn der Onkel würde sich vermutlich gar nicht schicken lassen. Er hatte nicht einmal vor, Melitta Braun noch einmal zu begegnen, denn wie er das peinliche Missverständnis aus der Welt räumen sollte, ohne die junge Frau zu kränken, fiel ihm nicht ein. Er ging auf die Tür der Pension zu, um den Mann aufzusuchen und zur Rede zu stellen. Ob dies dessen Hochzeitstag war, war ihm gleichgültig. Ihm konnte schließlich niemand vorwerfen, er habe keine Geduld bewiesen. Noch länger konnte er unmöglich warten.

Die Tür der Pension, die mittlerweile hinter dem letzten Gast geschlossen worden war, flog wieder auf und eine Gestalt in Weiß stürmte ins Freie.

»Herr Ascoli!?«

Die Braut. Inzwischen ohne ihren Schleier. Was für ein heilloses Durcheinander sie mit ihrem Haar anzurichten vermochte, das hatte ihn schon bei ihren letzten Begegnungen verblüfft, doch die heutige Verwüstung stellte alles in den Schatten. Ihr Haar war eine Offenbarung. Jedes struppige Bielleser Schaf, das auf den Hangweiden des Piemont herumstreunte, wäre vor Neid erblasst.

Sie blieb vor ihm stehen. So dicht, dass er sah, wie sich unter dem Spitzeneinsatz des Kleides ihre Brust mit ihren schnellen Atemzügen hob und senkte und wie in der Ader an ihrem Hals ihr Blut pochte.

»Was machen Sie denn hier?«, fragte sie. »Warum kommen Sie nicht ins Haus?«

»Ich war auf dem Weg dorthin«, versetzte er so schroff, dass es einer Unverschämtheit gleichkam. »Wenn Sie mich nicht aufgehalten hätten, wäre ich schon dort.«

»Lieber Himmel, was ist Ihnen denn über die Leber gelaufen?«

Du, dachte er und hätte die Hände auf sein Herz pressen wollen, damit es aufhörte, ohne Sinn und Verstand zu hämmern.

»Ich habe es eilig, das ist alles.«

»Sie haben es eilig?« Sie krauste die Nase. »Auf einer Hochzeitsfeier haben Sie es eilig?«

»Ich bin keiner Hochzeitsfeier wegen hier.«

»Nicht?« Jetzt schien sie ernsthaft aus dem Konzept gebracht. »Aber warum denn dann? Ich habe Sie doch eingeladen.«

»Und Sie sind es gewohnt, dass alle Welt Ihren Einladungen Folge leistet?« Er erschrak nun selbst. Es war nicht seine Art, so mit Menschen zu sprechen, aber vielleicht wusste er gar nicht länger, was seine Art war. Vielleicht hatte er den Mann, der er gewesen war, in diesem ewigen Ringen um den Boden unter seinen Füßen verloren.

Viktoria Liebenfels ließ sich jedoch nicht ins Bockshorn jagen. Sie straffte den Rücken. »Ich wüsste nicht, was ich Ihnen getan hätte, um eine solche Behandlung zu verdienen«, sagte sie nicht weniger schroff und arrogant als er zuvor. »Sollte es mir entfallen sein, fordere ich Sie auf, es mir ins Gedächtnis zu rufen. Andernfalls wäre ich dankbar, wenn Sie sich wieder in den umgänglichen Menschen verwandeln könnten, als den ich Sie in Erinnerung habe und den ich gern als Gast auf meiner Hochzeitsfeier begrüßen wollte.«

»Den Menschen gibt es nicht mehr«, entfuhr es ihm, ehe er nachdenken konnte.

Ihre Blicke trafen sich, der ihre so erschrocken wie ohne Zweifel der seine. Das Licht auf dem Platz verlor in frappierender Geschwindigkeit an Kraft. In der Dämmerung kamen ihre Augen ihm dunkler vor, als er sie zu kennen geglaubt hatte. Dunkler und größer, die Empfindungen, die darin lagen, vollkommen ungeschützt, geradezu nackt.

Angst las er darin. Verlorenheit und Einsamkeit.

Als blicke er in einen Spiegel und seinen eigenen Gefühlen auf den Grund. Sein Herz hämmerte noch heftiger, und er glaubte, das ihre wie ein Echo dazu zu vernehmen.

Er durfte sich in diesen Strudel nicht hineinfallen lassen! Probleme hatte er bereits mehr als genug, auch ohne dass er sich dieses, das sich hier vor ihm aufbaute, an den Hals holte. Aber hatte er es dort nicht längst? An seinem Hals, der sich so eng und trocken anfühlte, dass er kaum noch schlucken konnte, kaum noch atmen und nur noch krächzend sprechen.

»Fräulein Liebenfels … nein, Frau Hortis. Ich bin nicht auf Ihre Einladung hin gekommen, sondern weil ich in einer dringenden Angelegenheit Ihren Mann sprechen muss. Die Sache duldet keinen Aufschub. Ich muss noch heute Abend weiter nach Turin.«

»Meinen Mann«, murmelte sie, als wüsste sie nicht, von wem die Rede war. »Ja, ja, natürlich. Meinen Mann.«

»Würden Sie ihm Bescheid sagen, dass ich hier auf ihn warte?« Auf einmal sträubte sich alles in ihm dagegen, noch einen Fuß in Eduard Hortis' Haus zu setzen.

»Mein Mann feiert heute Hochzeit.«

»*Mannaggi' al diavolo*, das weiß ich. Aber es ist Ihr Mann, der mich in diese Lage gebracht hat, und für mich geht es buchstäblich um Leben und Tod.«

Fabrizio hasste übertriebene Dramatik, aber so fühlte es sich an. Und so mochte es sein. Nicht nur Valeria, sondern auch der *Castellano* hatte geweint und ihn beschworen, Crispino könne auch im Gefängnis Le Nuove nicht mehr lange überleben.

»Ich hol' ihn«, versprach Viktoria ganz leise, ganz verloren. »Ich sag' ihm, er müsse mit Ihnen sprechen.«

»Danke.«

Noch immer hielten sich ihre Blicke aneinander fest, als hätte jeder von ihnen Angst, in seine eigene Einsamkeit zurückzukehren. Und dann flogen ihm auf einmal ihre Arme entgegen, schlossen sich um seinen Nacken und zogen seinen Kopf zu sich. Ihre Lippen pressten sich auf seine. Nur einen einzigen Herzschlag lang verspürte er den Impuls zu fliehen, sich zu retten, solange noch irgendetwas zu retten war. Dann war es zu spät, und er küsste sie wie sie ihn. Küsste gegen die Einsamkeit, die Verzweiflung, den eisigen Wind und die Dunkelheit an, die sich um sie über den Platz senkte.

Wenn er Gigliola geküsst hatte, hatte er oft an seinen Wein denken müssen, an die samtige Fülle, die Nuancen des Nachgeschmacks und die leicht beschwingende Wirkung. Viktoria zu küssen war, als trinke man Wein, wie man nur Wasser hätte trinken sollen, als stünde man vor dem Verdursten und bekäme endlich Flüssigkeit. Er zog sie an sich, spürte ihren festen, vor Leben zitternden Leib an seinem und zitterte selbst, weil Wogen von Verlangen seinen Körper schüttelten.

Loslassen wollten sie beide nicht. Viel zu groß war die Angst, von diesem lebensrettenden, berauschenden Strom abgerissen und in die Wüste zurückgeworfen zu werden. Viel zu groß war die Angst, aus dem Traum zu erwachen und wieder allein zu sein.

Schritte, die von irgendwoher über das Pflaster hallten, Rufe oder irgendein anderes belangloses Geräusch ließen sie schließlich auseinanderfahren. An Viktorias Haar riss der Wind. Sie berührte mit zwei Fingern ihre Lippen und betrachtete sie, womöglich verwundert, weil sich daran keine Spuren fanden.

»Das hätten Sie nicht tun dürfen«, murmelte sie schließlich. »Mich küssen.«

»Ich habe es ja auch nicht getan«, sagte er.

»Nein.« Sie drehte den Kopf weg, wandte das Gesicht zum Haus. »Nein, das haben Sie nicht. Können Sie jetzt gehen, bitte? Abreisen und nicht mehr herkommen?«

»Ich muss Ihren Mann sprechen.«

»Ach ja. Ich gehe ihn holen.«

Noch ein einziges Mal sah sie ihn an, sandte ihm einen Blick, der seine Fänge in sein Herz schlug. Dann schwang sie herum und rannte zurück zur Pension, dass das wilde Haar und der Rock des weißen Kleides wie Lohen hinter ihr her wehten.

20

Fabrizio

Turin, Gefängnis Le Nuove

Oktober

In einer Epoche seines Lebens, die ihm nicht mehr wirklich erschien, hatte es Fabrizio gefallen, nach Turin zu kommen. Die einstige Hauptstadt Savoyens und schließlich ganz Italiens war so städtisch, so erfüllt von Kultur und Zivilisation. Ihre große Geschichte prägte das Bild ihrer Straßen, in denen sich ein Schloss, ein hochherrschaftliches Palais ans andere reihte; zugleich war sie ein Tummelplatz der Moderne. An allen Ecken und Enden schossen aufsehenerregend neue Gebäude aus dem Boden, auf den breiten Avenuen blitzten zwischen eleganten Kutschen frisch verlegte Schienen für die Straßenbahn und da und dort zeigte sich sogar ein Automobil. Um die Tische der Cafés drängten sich junge Leute, die Broschüren und Papierstapel schwenkten und mit leidenschaftlichem Eifer über eine Zukunft debattierten, die wie das Prickeln von Spumante die Luft zu erfüllen schien.

Einerlei, in welche Richtung man die Straßen dieser bemerkenswerten Stadt jedoch auch durchstreifte – auf das Alte, Vergangene zu oder dem Neuen, noch Unbekannten entgegen –, immer erhoben sich dort, wo eine Straße ihr Ende fand, unvermittelt jene Formationen, für die es keine Zeit und keine Vergänglichkeit gab: die Gipfel der Alpen.

Fabrizio hatte einst all das zusammen gemocht: das Abenteuerliche, Unvorhersehbare der Stadt und den Hintergrund der altehrwürdigen Bauwerke, die trotz all ihrer erhabenen Größe vor den Bergen zusammenschrumpften. Jetzt rauschten Turins Schönheit und ihre Faszination an ihm vorbei, ohne ihn zu berühren. Die einzige Stadt, in der seine Gedanken verweilten, hieß Triest, und das einzige Gebäude, das er hier zum Ziel hatte, war ein Gefängnis.

Er hatte am vergangenen Abend doch nicht mehr weiterreisen können, sondern hatte die Nacht in der Vorstadt in der billigsten Absteige verbracht. Zumindest Saturno hatte dort rasten können und war notdürftig versorgt worden. Im Morgengrauen war er aufgebrochen und hatte ohne die geplante Pause in Verona den zehnstündigen Ritt bis nach Turin hinter sich gebracht. Es war das letzte Mal, schwor er sich. Was immer aus alledem auch erwachsen und zu welchen Konsequenzen er gezwungen sein würde, er musste zur Ruhe kommen, diesen Wahnsinn zu einem Ende bringen.

Die Männer, die er zu sprechen hatte, waren verärgert über die Verspätung und noch mehr darüber, dass er ihre Vereinbarung nicht einhalten, die Bedingungen, die sie ihm gestellt hatten, nicht erfüllen konnte. Wieder einmal musste er reden wie ein Wanderprediger, sich verbiegen, betteln, Versprechungen machen, seine Seele verpfänden. Woher ihm die Worte kamen, die die harte Haltung der Herren aufweichte und sie dazu brachte, ihn seinen Bruder zumindest sehen zu lassen, wusste er nicht. Er hatte sich nie für einen Mann gehalten, der Geschick mit Worten besaß oder auf Menschen einen Zauber ausübte, wie es Crispino spielend gelang.

Aber ein Mensch vermochte offenbar so manches, das er nie für möglich gehalten hatte, wenn ihm schlicht keine andere Wahl blieb.

Das Stadtgefängnis Le Nuove glich einem Kraken mit unzähligen Armen, an denen statt der Saugnäpfe Zellen klebten. Keine dieser Zellen besaß ein Fenster, das hinaus in eine immerhin noch vorhandene und ersehnte Freiheit führte, nicht in einen der grauen, lichtlosen Höfe und schon gar nicht auf eine Straße, auf der Menschen ihren gewöhnlichen Geschäften nachgingen.

Gewöhnliche Menschen mit gewöhnlichen Geschäften verirrten sich nicht auf die Straßen um Le Nuove. Die Zellen des Gefängnisbaus führten einzig in eine Freiheit, die dem Leben fernlag. In den Himmel. Es war ein Symbol: Wer hier einsaß, kam lebend nicht mehr heraus.

Zumindest nicht aus den Abteilungen für Schwerverbrecher, die vor der Gründung des Königreiches Italien zum Tode verurteilt worden wären. Trotz alledem war Le Nuove Fabrizio als die um vieles bessere Wahl angepriesen worden. Dafür, dass Crispino aus Santo Stefano hierher verlegt worden war, hatte er neuerlich ein Vermögen bezahlt. Zumindest sei sein Bruder hier in der Zivilisation, hatte Donato Cerisi beteuert, er würde nicht in der Versenkung verschwinden, sondern habe eine Chance, dass sein Fall neu aufgerollt werde. Die Führung des Turiner Gefängnisses sei außerdem erstaunlich modern, es gebe keine Misshandlungen und dem mörderischen Klima des Südens sei Crispino mit seiner schwachen Konstitution nicht länger ausgesetzt.

Fabrizio hatte das alles schließlich so hingenommen, hatte das Geld aufgetrieben, auf Tische geblättert und sein Gewissen damit beruhigt, dass er für seinen Bruder tat, was möglich war.

Der nächste Schritt war, ihn freizubekommen. Zwar mutete es geradezu lächerlich an, Crispino als unschuldig zu bezeichnen, aber im streng gesetzlichen Sinn hatte er kein Verbrechen begangen. Dies jedoch Donato Cerisi und einer mittleren Heerschar von weiteren Rechtsanwälten darzulegen, war vergebliche Liebesmüh.

Letzten Endes hatte man Fabrizio durch die Blume zu verstehen gegeben, dass es auch diesmal nur ein einziges Mittel gab, um sein Ziel zu erreichen: Der Mörder, der König Umberto auf dem Gewissen hatte, saß in Santo Stefano ein, der Gerechtigkeit war Genüge getan, und Fabrizios Bruder war ein kleiner Fisch. Gewisse Beamte in gewissen Positionen waren unter gewissen Umständen durchaus nicht abgeneigt, den Schlawiner laufen zu lassen, vorausgesetzt, dass Fabrizio bereit war, sich dieses Entgegenkommen etwas kosten zu lassen.

»Ich komme mit dem Geld zurück und hole dich raus«, hatte er Crispino nach dessen Einlieferung in Le Nuove versprochen. Sein Bruder war so mager gewesen, dass sein schönes Gesicht wie ein mit Haut bespannter Totenschädel wirkte, über dessen hohle Wangen unaufhörlich Tränen strömten. »Wenn ich das nächste Mal komme, dann, um dich nach Hause zu bringen. Halte durch, Crispino. Es dauert nicht mehr lange.«

Und jetzt saß er zwischen den steinernen Wänden des Besuchsraums, der ebenfalls nur nach oben ein winziges, vergittertes Fenster aufwies, wartete, dass die Wärter Crispino zu ihm brachten, und würde ihm sagen müssen, dass er ihn nicht wie versprochen mitnehmen durfte.

Lange ließen sie ihn nicht warten. Auch stießen sie Crispino diesmal nicht in den Raum, sondern sein Bruder sprang selbst auf ihn zu, wirkte lebendiger, frischer, und auf dem Totenschädel-Gesicht zeigte sich ein Lächeln. »Fabrizio. Endlich. Können wir gleich gehen? Zu packen hab' ich nichts. Diese Folterknechte haben mir ja nichts gelassen.«

»Sie sind keine Folterknechte«, fühlte sich Fabrizio bemüßigt zu sagen. »Sie tun nur ihre Pflicht, nicht anders als wir alle.«

»Du verteidigst sie?« Er fuhr sich an die Wange, doch die Wunden der Schläge aus Santo Stefano waren verheilt. Die Hölle, die er hier durchlebte, mochte ebenfalls brutal sein, darüber machte Fabrizio sich nichts vor, doch zumindest schien er nicht körperlich misshandelt zu werden.

Erriet sein Bruder seine Gedanken?

Crispinos Augen wurden schmal. »Nicht alles, was einem Menschen angetan wird, ist äußerlich sichtbar«, sagte er.

»Ich weiß.« Da sein Bruder sich nicht setzte und die beiden Wärter ihn nicht dazu zwangen, stand Fabrizio ebenfalls auf. Es noch länger hinauszuschieben, machte nichts besser. »Ich kann dich heute noch nicht mitnehmen, Crispino«, sagte er. »Die Geldsumme, die ich erwarte, ist nicht eingetroffen, die Auszahlung verzögert sich.«

Er wartete, blickte in das Gesicht seines Bruders, aus dem die Reste von Farbe wichen, bis es knochenbleich war. »Es tut mir leid«, fügte er endlich hinzu.

»Das ist nicht dein Ernst.«

»Es handelt sich nur um ein paar Wochen, Crispino. Deine Freilassung verschiebt sich, aber sie findet ja statt.«

»Nur um ein paar Wochen?«, schrie Crispino so laut, dass selbst die Wärter, die reglos bei der Tür gestanden hatten, erschraken. »Nur um ein paar Wochen? Weißt du, was eine einzige Woche hier drinnen mit mir macht, weißt du, was ein einziger Tag, eine einzige Stunde in dieser Hölle in mir zerstört? Ich habe mich auf dich verlassen, habe dir vertraut, dir geglaubt. Du hast versprochen, du kommst wieder und holst mich hier raus, daran habe ich mich festgeklammert und durch diese Hoffnung allein habe ich überlebt. Ich habe keine Kraft mehr, ich werde Jahre brauchen, um auch nur den kleinsten Teil meiner Gesundheit wiederzuerlangen, und jetzt kommst du und erzählst mir, dein ganzes Gerede, dein heiliges Versprechen war für den Arsch?«

Diesmal war es Fabrizio, der zusammenzuckte. Sein Vater hatte ihm beigebracht, dass ein Junge mit ordentlicher Kinderstube keine dreckigen Wörter in den Mund nahm. Als der Vater es selbst getan hatte, hatte es ihn ebenso schockiert wie gerade bei Crispino.

»Wie gesagt, diese Sache liegt nicht in meiner Macht«, sagte er müde. »Die Zahlung hat sich verzögert, ich kann nichts anderes tun, als auf sie zu warten.«

»Und darum lässt du mich hier elendig zugrunde gehen«, brüllte Crispino. »Weil dein beschissenes Geld dir wichtiger ist – ewig und drei Tage dein beschissenes Geld.«

»So ist es doch nicht …«

»O doch, so ist es!«, höhnte Crispino. »Und dabei gehört das Geld nicht einmal dir. Es hat unserem gottverfluchten Vater gehört und hätte von Rechts wegen uns allen dreien gehören sollen. Solange unsere Mutter gelebt hat, hast du nicht gewagt, es dir unter den Nagel zu reißen, aber kaum war die arme *Mamma* unter der Erde, kanntest du keine Hemmungen mehr.«

Das entsprach nicht ganz der Wahrheit. Dem Testament zufolge, dessen Eröffnung Crispino beigewohnt hatte, war Fabrizio der Alleinerbe. Darauf, den Bruder daran zu erinnern, verzichtete er jedoch. Crispino hatte es ja nicht vergessen, wie er gleich darauf bewies.

»Ja, ich weiß, unser ehrenwerter Herr Vater hat alles seinem Liebling hinterlassen, während die zwei anderen, die ihm ohnehin zu viel waren, leer ausgingen. Am liebsten wäre er Valeria und mich ganz losgeworden, wie er Ernestino losgeworden ist …«

»Crispino!«

»Was ist denn?« Herausfordernd sah sein Bruder ihn an. »Wie lange willst du denn diese alberne Komödie noch aufrechterhalten und so tun, als wüssten wir nicht Bescheid? Wir haben es vom ersten Tag an gewusst, du nicht weniger als Vally und ich, und die arme *Mamma* wusste es auch. Was blieb ihr übrig, als stillzuhalten? Sie hat gehofft, dass du das Unrecht richten würdest, das ihr Mann hinterlassen hat, dass du zumindest so viel Respekt vor ihr und ihren Wünschen haben würdest. Aber eine solche Art von Anstand ist dir offenbar genauso fremd wie dem Mann, der dich gezeugt hat.«

»Dich hat er genauso gezeugt.«

»Hat er das? Manchmal frage ich mich, ob das tatsächlich möglich ist, dass Ernestino, Valeria und ich von demselben gewissenlosen Machtmenschen stammen wie du.«

Fabrizio ballte die Fäuste in den Manteltaschen. »Wie auch immer«, brachte er mühsam heraus. »Das Geld, das ich für deine Freilassung brauche, kann ich mir nun einmal nicht aus den Rippen schneiden. Du wirst dich gedulden müssen, bis ich es bekomme.«

»Und Gigliola?«, schrie Crispino, als hätte Fabrizio nichts gesagt. »Glaubst du, Gigliola hat gutgeheißen, wie du das Erbe, das uns allen dreien zugestanden hätte, an dich raffst?«

»Was hat Gigliola damit zu schaffen?«

Allein ihren Namen auszusprechen war jahrelang gewesen, als nähme er eine scharfkantige Scherbe in den Mund. Jetzt fühlte er nichts mehr. Nur eine vage Sehnsucht, und dabei glaubte er auf einmal, ein Mädchen in einem zerknitterten Brautkleid vor sich zu sehen, dessen abenteuerlich zerrauftes Haar sich im Wind bauschte.

»Sie hat dich einen Geizhals genannt«, warf Crispino ihm hin, als spucke er aus. »Sie hat dich für das, was du uns antust, verachtet. ›Wenn er glaubt, mit all dem Geld, das er dir und deiner Schwester vorenthält, könne er mich kaufen, hat er sich geschnitten‹, hat sie gesagt, und dann hat sie mir die Arme um den Hals geworfen und mich auf den Mund geküsst, dass ich glaubte, ich höre die Englein im Himmel singen.«

Fabrizio ließ jedes Wort auf sich einprallen und wartete auf die Wirkung. Aber die traf nicht ein. Wenn man ein Haus zerstört hatte, konnte man nicht annehmen, das Zertrümmern der Steine löse noch Schmerz aus.

Wir sind eine Familie von Kranken, dachte er. *Äußerlich mögen wir stark und gesund sein, aber im Innern ist jeder Einzelne von uns auf seine Art verrottet und krank. Nur Valeria nicht. Aber die werden wir mit unserem kranken Wahnsinn schon noch anstecken. Die ausgeglichene, zuversichtliche Gigliola und ihren liebenswerten Vater haben wir zerbrochen, und Viktoria Liebenfels ist selbst mit Eduard Hortis besser dran als mit einem von uns.*

»Ich werde jetzt gehen«, sagte er zu seinem Bruder. »Sollte ich das Geld aufbringen, komme ich wieder und nehme dich mit. Andernfalls komme ich nicht wieder, da ich Arbeit genug habe und mein Besuch dir offensichtlich keine Freude bereitet.«

Er nickte den Wärtern zu und wandte sich zum Ausgang, ohne auf das zu hören, was sein Bruder ihm hinterherschrie. Natürlich war das nicht möglich, aber zumindest konnte er so tun.

»Gigliola hatte dich satt!«, schrie Crispino. »So wie wir alle dich satthaben, wie irgendwann jeder Mensch dich satthat, der gezwungen ist, mit dir zu tun zu haben.«

Fabrizio verbot sich, stehen zu bleiben, doch er konnte seinen Ohren nicht verbieten, die Worte zu hören.

»Sie ist nicht umgekommen, sondern vor dir geflohen!«, rief sein Bruder. »Weil sie mit *mir* leben wollte, mit dem Mann, den sie liebte, und nicht länger mit dem, der meint, die ganze Welt wäre sein Besitz!«

21

Valeria

Turin, Redaktionshaus *La Stampa*

Oktober

Frangar non flectar stand in Stein gemauert über dem Tor des Redaktionsgebäudes.

Anders als ihre Brüder hatte Valeria keinen Unterricht im Lateinischen gehabt. Dass das Motto der auflagenstärksten Zeitung von Oberitalien »Sich biegen, aber nicht brechen« bedeutete, wusste sie dennoch. Gewiss kein unkluges Motto, wenn auch keines, das Valeria für sich hätte übernehmen können. Sich nicht brechen zu lassen, dazu war sie fest entschlossen, doch mit dem Biegen tat sie sich von jeher schwer.

Die Zeitung hingegen gehörte zu jenen, die ihr Mäntelchen geradezu virtuos in den jeweils stärksten Wind hängten, ohne den, der womöglich als Nächster der Stärkste sein würde, zu verprellen. Die Redakteure hielten es weder mit den Irredentisten noch mit den Liberalen, gaben sich höchstens vage einen gemäßigt konservativen Anstrich und gebrauchten einzig in ihrer

Ablehnung des Kommunismus deutliche Worte. Die perfekte Lektüre für Opportunisten. Hätte Valeria die Wahl gehabt, wäre *La Stampa* ganz sicher nicht das Blatt gewesen, bei dem sie sich als Erstes beworben hätte.

Die einzige Wahl, die sie bisher jedoch gehabt hatte, war die zwischen ein paar schlecht bezahlten Broschüren der Frauenorganisation und überhaupt keiner journalistischen Betätigung. Dass ein leitender Redakteur der *Stampa* einen ihrer Artikel gelesen und ihr daraufhin geschrieben hatte, kam einem Wunder gleich, einer einzigartigen Chance. Für *La Stampa* schrieben Berufsjournalisten, namhafte Autoren, die über ein geregeltes Einkommen verfügten, die Welt bereisten und Bücher veröffentlichten. Natürlich ausschließlich Männer. Nun aber hatte sich einer jener Männer an sie gewandt, um ihr mitzuteilen, man plane demnächst eine eigene Publikation für Frauen und sei unter Umständen daran interessiert, Valeria Ascoli für eine Mitarbeit zu gewinnen.

Vermutlich war es nicht die Qualität ihres Artikels, die den Redakteur zu seinem Schreiben bewegt hatte, da machte Valeria sich nichts vor. Dabei fehlte es ihr nicht an Selbstbewusstsein: Dass sie Talent hatte, dass ihre Texte etwas taugten, wusste sie, doch sie bezweifelte, dass die Snobs in der Redaktion von *La Stampa* wirklich etwas von ihr gelesen hatten. Was wohl eher zog, war ihr Name, die Tatsache, dass sie Crispino Ascolis Schwester war.

Was dem armen Fabrizio zum Fluch wird, ist mein Segen, dachte sie. Für den Verkauf von edlem Wein war ihre Verbindung mit einem anarchistischen Attentäter, der es auf das Königshaus abgesehen hatte, das reinste Gift. Der Absatz von Zeitungen ließ sich hingegen durch kaum etwas so reißend steigern wie durch saftige, unerhörte Skandale.

Die »Schwester des Königsmörders« würde im eigentlichen Blatt, das dem Haus Savoyen die Treue hielt, bestimmt nicht geduldet werden. In einer speziell für Frauen gedachten Publikation mochte dieser fragwürdige Ehrentitel jedoch genau das Richtige sein, um all die geifernde Neugier, die morbide Sensationslust, die sich am Grauen ergötzte, auf sich zu ziehen. Valeria hasste es, mit welch zynischer Arroganz ihr eigenes Geschlecht abgeurteilt wurde. Wer Frauen keine Bildung zugestand, konnte sich nun einmal nicht wundern, wenn sie keine intellektuellen Interessen entwickelten.

Durfte sie als Kämpferin für die Rechte der Frauen sich zu so etwas überhaupt hergeben?

Valeria umfasste ihre Aktenmappe fester und setzte einen Fuß auf die Stufe zum Portal. Wenn sie ehrlich war, hatte sie keinen Herzschlag lang mit ihrer Entscheidung gezögert, als der Brief von *La Stampa* eingetroffen war. Im Gegenteil. Sie war vor Stolz fast geplatzt, hatte in Ermangelung anderer Gesellschaft den *Castellano* umarmt und hätte ihm am liebsten ins Ohr gerufen, was sie so glücklich machte.

Natürlich durfte sie das nicht. Offiziell besuchte sie für mehrere Tage eine Freundin, die ihre Verlobung feierte. Dass der *Castellano* ihr das glaubte, bezweifelte sie, denn so einfältig konnte selbst er nicht sein. Immerhin gab sie ihm aber etwas an die Hand, auf das er sich vor Fabrizio herausreden konnte, wenn dieser mit Crispino nach Hause kam.

Crispinos wegen würden dann beide alle Hände voll zu tun haben, sodass hoffentlich auch Fabrizio auf die Abwesenheit seiner Schwester nicht allzu viele Gedanken verschwendete. Seit dem Attentat auf König Umberto schien Fabrizio ohnehin in seiner eigenen düsteren Welt versunken, in die er bereits seit den Unruhen von Mailand und dem Verlust von Gigliola allzu häufig abgetaucht war. Bis er darauf kam, dass Valeria betreffend etwas nicht mit rechten Dingen zuging, würde sie längst wieder zurück sein. Für den Fall, dass das Gespräch mit dem Redakteur erfolgreich verlaufen war, würde sie sich sodann etwas einfallen lassen müssen, um Fabrizio die Sache schmackhaft zu machen. Es würde ihr gelingen, daran hegte sie keinen Zweifel. Und wenn das Gespräch keinen Erfolg gezeitigt hatte, wäre ihr ohnehin alles gleichgültig, denn dann stand sie wieder am Anfang: mit leeren Händen und leeren Taschen, ohne einen Fuß in der Tür.

Wie viele Enttäuschungen dieser Art konnte ein Mensch verkraften, ehe er kapitulierte?

Valeria zuckte zusammen. War es wirklich sie, die sich soeben diesen jammervollen Gedanken gestattet hatte? Dabei hatte sie sich bei ihrer Ankunft in Turin doch regelrecht beflügelt gefühlt von dieser Stadt, die vor brandneuen Ideen brodelte und pulsierte wie in einem dieser Romane, die in der Zukunft spielten. Sie gab sich einen Ruck und blickte noch einmal hinauf zu der steinernen Inschrift.

Sich biegen, aber nicht brechen.

Und eine Valeria Ascoli bog sich so wenig, wie sie brach!

Forschen Schrittes marschierte sie in die Empfangshalle, die, abgesehen von hölzernen Bänken entlang der Wände, nicht möbliert war. Stattdessen befand sich in der Mitte des Raumes ein achteckiges Häuschen, hinter dessen Sichtfenster ein Pförtner saß. Noch immer forsch trat Valeria vor dieses Fenster hin.

»*Buon pomeriggio, compagno*«, grüßte sie den Mann. »Mein Name ist Valeria Ascoli, ich möchte zu Signor Stefano Severini. Er erwartet mich.«

Der Pförtner schlug das Hausbuch, das er vor sich liegen hatte, nicht einmal auf, sondern wies auf die Treppe am Ende der Halle. »Erster Stock, zweite Tür links.« Damit wandte der Pförtner sich wieder der Beschäftigung in seinem Schoß zu, von der Valeria nichts sah.

Sie stieg die Treppe hinauf, ließ ihren Blick nur flüchtig über die Wandmalereien streifen, die überlebensgroße, blutrünstige Szenen aus der römischen Mythologie zeigten. Dunkel erinnerte sie sich. Der Gott, der seine eigenen Kinder verzehrte – ihr Vater hatte solche grausigen Geschichten gemocht. Sie trat in den Korridor, fand die zweite Tür auf der Linken und klopfte an, ohne innezuhalten, damit sie gar nicht erst auf die Idee kam zurückzuschrecken.

»Herein«, rief eine schöne, metallische, erstaunlich helle Stimme. »Ich warte schon auf Sie.«

Valeria schob die Tür auf und trat in ein verblüffend geräumiges Büro, in dessen Zentrum ein großer Schreibtisch stand. Der Rest des Raumes war vollgestellt mit Regalen, Aktenschränken, Kisten und Schiebewagen voller Zeitungen, Ordnern und Papieren. *Das Paradies*, dachte Valeria. Selbst das Fenster war bis fast zur Hälfte von aufragenden Papierstapeln verdeckt.

Der Mann, der hinter dem ebenfalls vollgestellten Schreibtisch saß und in einer Broschüre blätterte, war schlank, saß kerzengerade und trug zum elegant geschnittenen schwarzen Straßenanzug eine lederne Kappe, wie Bäckerburschen und Zeitungsjungen sie auf den Köpfen hatten. Es war diese Kappe, die ihn Valeria auf Anhieb sympathisch machte.

Die Kappe und das offene, hübsche, sehr glatt rasierte Gesicht sowie der freundliche Blick, mit dem Stefano Severini ihr entgegensah. »Wie schön, dass Sie es einrichten konnten, Signorina. Setzen Sie sich doch.« Er wies auf den Lehnstuhl dem Schreibtisch gegenüber. »Möchten Sie Kaffee? Ich kann uns gern welchen kommen lassen.«

»Nein, danke.« Valeria nahm Platz. Noch vor ein paar Minuten hätte sie viel für einen Kaffee gegeben, jetzt aber raste ihr Herz so heftig, dass sie das Gefühl hatte, wenn sie obendrein Kaffee tränke, würde es sich überschlagen.

»Wie Sie möchten. Lassen Sie mich wissen, wenn Sie Ihre Meinung ändern.« Mit unverhohlener Neugier musterte der Redakteur sie. Seine Augen waren blau unter prächtig geschwungenen Wimpern, und ihr gefiel, dass er keinen Schnurrbart trug, um seine ebenfalls prächtig geschwungenen Lippen zu bedecken.

Du bist nicht hier, um ihn anzuhimmeln, sondern um ihn von deinen Fähigkeiten zu überzeugen, herrschte sie sich stumm an. Sie wartete darauf, dass er ihr eine Frage stellte, ihr ganzer Körper war wie eine Sehne gespannt. Aber die Frage kam nicht. Stattdessen verzog er den schönen Mund zu einem Lächeln.

»Nun erzählen Sie schon.«

»Was?«

»Mir egal. Mich interessiert alles, was Sie zu erzählen haben könnten.«

»Ich … ich komme auf Ihren Brief hin«, stammelte Valeria überrumpelt. »Wegen der Möglichkeit, an Ihrer neuen Publikation für Frauen mitzuwirken. Ich wüsste gern mehr darüber, und ich bin … unter Umständen interessiert.«

»Das weiß ich ja.« Er lachte laut heraus. »Erzählen sollen Sie mir das, was ich nicht weiß.« Unvermittelt sprang er auf. »Finden Sie nicht auch, dass man sich in Räumen wie diesem unmöglich frei von der Leber weg unterhalten kann? Ich habe dabei ständig das Gefühl, aus allen Winkeln schauen mir die Geister von altehrwürdigen Verblichenen zu und wiegen missbilligend ihre Köpfe.«

Valeria musste auch lachen. Vor allem, weil Stefano Severini so gar nicht sprach und daherkam, wie sie es von einem leitenden Redakteur von *La Stampa* erwartet hätte. Er war auch nicht so groß, wie er im Sitzen gewirkt hatte, sondern nur wenig größer als sie selbst, aber höchst elegant mit dem eng anliegenden, bis über die Hüften reichenden Jackett aus schwarz changierendem Seidenstoff. Elegant wirkten auch seine Bewegungen.

»Darf ich Sie einladen? Auf ein Glas in meiner Lieblingsosteria? Mit der ist im Grunde nicht viel Staat zu machen, aber der ganze Zunder dieser verrückten Stadt geht dort hoch, und man kann sich, wenn man es will, so alleine fühlen, wie es eben nur inmitten von Menschengewühl geht.«

Valeria stand ebenfalls auf. Sie war sicher, noch nie einen Mann getroffen zu haben, der so daherredete, kam sich vor wie eine Landpomeranze und war trotzdem glücklich. All ihre Anspannung fiel von ihr ab. Stattdessen erfüllten sie Erregung und Freude darauf, mit ihm Zeit zu verbringen.

Die Pinte, in die er sie führte, schien voll bis zum Rand. Überall saßen, standen, lungerten Männer, die rauchten, tranken und in ungedämpfter Lautstärke durcheinanderredeten. Wie es Stefano Severini gelang, unter ihnen allen hindurchzutauchen und dennoch einen winzigen freien Tisch im hintersten Winkel des Lokals zu ergattern, war Valeria ein Rätsel. Ohne Frage kannte man ihn hier.

»Was möchten Sie trinken?«, rief er zu ihr herüber. »Einen Martini?«

»Ich bin mir nicht sicher, dass ich weiß, was das ist.«

»Das macht nichts. Sie bekommen einen. Wenn er Ihnen nicht schmeckt, bestelle ich Ihnen ein Glas Zuckerwasser.«

Er ging zum Tresen, schwang beim Gehen mit den Hüften, streifte und begrüßte da und dort Bekannte. Zurück kam er mit zwei flachen, kelchartigen Gläsern in den Händen, gefüllt mit einer klaren, eisig wirkenden Flüssigkeit und garniert mit einer zur Locke geschnittenen Zitronenschale.

»Auf Ihr Wohl. Willkommen in Turin – und natürlich in seinem Herzen. *La Stampa.*« Er lachte.

Die Flüssigkeit schmeckte bitter und stark. Sie stieg Valeria augenblicklich zu Kopf, und sie liebte es.

»Und?« Stefano Severini klimperte mit den Wimpern.

»Fantastisch.«

»Sag ich's doch. Wenn Sie in unserem Saftladen arbeiten wollen, brauchen Sie einen Magen mit Stahlwänden.«

»Arbeiten Sie schon lange hier?«, fragte Valeria.

»Zwei Jahre«, antwortete er. »An mir kam man nicht vorbei.«

»Wie meinen Sie das?«

»Wie ich es sage.«

Über ihre Gläser hinweg sahen sie sich in die Augen.

»Und an Ihnen?«, fragte er. »Kommt man an Ihnen vorbei?«

»Ich bin entschlossen, das zu verhindern«, antwortete Valeria und wunderte sich darüber, wie leicht es ihr fiel.

»Gut«, erwiderte er. »Das gefällt mir.«

»Und an meinem Artikel?«, fragte sie. »Was hat Ihnen an dem gefallen?«

»Nichts«, kam es prompt von ihm zurück. »Zu tendenziös, zu belehrend, zu wenig mitreißend. Sie sind eine der vielen, die nicht schreiben können.«

Valeria, die nach ihrem Glas hatte greifen wollen, erstarrte. »Und weshalb haben Sie mich dann herbestellt?«, schnauzte sie ihn an, obwohl sie es wusste. Es war, wie sie gedacht hatte: Den Herren der Redaktion ging es einzig und allein um die Sensation, um den Namen Ascoli und den verkaufsfördernden Grusel, der daran hing. Auf einmal war sie sich sicher, dass sie sich dazu nicht hergeben würde.

»Weil Sie eine der wenigen sind, die es lernen könnten«, antwortete Severini, ohne mit der Wimper zu zucken. »Keine Sorge. Bei dieser Zeitung wimmelt es von Leuten, die vom Schreiben so viel Ahnung haben wie eine Herde Bergziegen von der Kammermusik. Sie fallen gar nicht auf. Aber eines Tages könnten Sie auffallen. Weil Sie es gelernt haben. Weil Sie besser sind als andere.«

Valeria starrte ihn an, unfähig, sich abzuwenden, und ebenso unfähig zu erkennen, was sie an seinem Gesicht irritierte, verstörte, aus der Fassung brachte.

»Diese Publikation für Frauen, über die in der Redaktion nachgedacht wird«, sagte er, »die ist erst in der frühesten

Planungsphase, in den Kinderschuhen sozusagen. Erst einmal wird eine auf den Weg gebracht, die sich ausschließlich mit Sport befasst. Unsere Leser lieben Sport. Für viele ist es das einzige, sagen wir, Laster, dem sie neben Börsenberichten und Wirtschaftspolitik ihre kostbare Zeit widmen. Ich habe mir gedacht: Bis die Sache mit den Frauen konkret wird, in zwei bis drei Jahren vielleicht, könnten Sie so weit sein, die Chefredaktion zu übernehmen.«

»Wie bitte?«

»Natürlich nur, wenn Sie den mühsamen Weg auf sich nehmen und sich hier bei uns Ihre Sporen verdienen«, sagte er. »Ist nicht immer ein Spaß, da mache ich Ihnen nichts vor. Aber manchmal durchaus.« Er hob sein Glas und nickte ihr zu.

»Augenblick mal«, sagte Valeria. »Bin ich von diesem komischen Gesöff schon betrunken, oder habe ich Sie richtig verstanden? Sie wollen, dass ich für Sie arbeite? Für *La Stampa*? Damit ich in zwei oder drei Jahren die Chefredaktion einer neuen Zeitung übernehmen kann?«

»So ungefähr habe ich mir die Sache gedacht«, erwiderte Severini unbekümmert. »Ich nehme Sie in mein Ressort. Natürlich nicht Politik und Wirtschaft, wie Sie sich denken können, solche Schwergewichte vertraut man mir nicht an. Die meinen sind die Gesellschaftsspalten, also Klatsch, Tratsch, Skandale und Skandälchen. Ab und an bekommen wir ein Bröckchen Mord und Totschlag ab, aber an den meisten Tagen berichten wir über das Prinzesschen, das beim Bankett für den Staatsbesuch den Rock gelüpft hat, und den Minister, der eine Affäre mit der Frau des Kanzlers unterhält. Rümpfen Sie jetzt die Nase? Tun Sie das nicht. Über die herrschende Moral lernen Sie nirgendwo anders so viel wie bei uns. Außerdem wissen Sie bei uns wenigstens, dass Sie gelesen und nicht nur auf dem Teetisch ausgebreitet werden, um einen intellektuellen Eindruck zu erwecken.«

»Ich rümpfe nicht die Nase.« Valeria hatte das Gefühl, ihr ganzes Inneres lache lauthals auf. »Ich kann nur nicht fassen, dass Sie mir so etwas tatsächlich anbieten.«

»Und? Nehmen Sie an?« Er ließ eine Braue zucken. »Oder möchten Sie doch lieber in die große Politik?«

»Mir ist egal, wo ich hinkomme«, erwiderte Valeria ehrlich. »Ich möchte eine Chance, ich möchte schreiben – worüber, ist mir fürs Erste einerlei.«

»Das ist gut«, lobte er. »Aus eigener Erfahrung muss ich Ihnen nämlich sagen, dass uns die Tür zur politischen Redaktion noch weit fester verschlossen ist als alle übrigen.«

»Uns?«, fragte Valeria.

»Der weiblichen Hälfte der Menschheit.«

Valeria stockte der Atem. »Ich bin nicht ganz sicher, dass ich verstehe …«

Einen Augenblick lang wirkte Stefano Severini beinahe so verwirrt wie sie. Dann lachte er laut heraus und zog sich die Kappe vom Kopf. »Ist das Ihr Ernst, Sie unschuldiger Engel? Haben Sie das tatsächlich nicht gewusst?«

Seidige Strähnen kastanienbraunen Haars lösten sich aus den Nadeln und quollen ihr über die Schultern. Auf einmal passte alles zusammen, an dem schönen Gesicht war nichts Irritierendes mehr. Die Person, die vor ihr saß, hätte unmöglich für etwas anderes gehalten werden können als für das, was sie war: eine Frau.

»Jeder hier weiß es«, erklärte sie. »Wir wahren nur offiziell den Schein, weil sich die brave, alteingesessene *Stampa* eine Frau als Ressortleiterin nun wirklich nicht leisten will. Sie selbst brauchen sich keiner derartigen Maskerade zu unterziehen. Ich habe die Genehmigung, Sie einzustellen, und wenn die Frauenzeitung erst einmal auf dem Weg ist, wird man einer weiblichen Leitung gegenüber womöglich sogar aufgeschlossen sein. Selbstverständlich werden Sie wie eine Frau, nicht wie ein

Mann bezahlt. Und ehe Sie fragen: Ja, das gilt auch für mich. Ich bekomme allerdings ein recht großzügiges Spesenkonto gestellt, und man bezahlt mir meine Kappen.«

Das Lachen löste sich aus Valerias Kehle. Es klang eher wie ein Husten, aber es befreite ihre Brust vom Druck. »Das ist kein Problem«, sagte sie. »Was immer Sie mir bezahlen, wird bedeutend mehr sein, als ich bisher mit meinem Schreiben verdient habe. Und der Rest liegt ja schließlich bei mir.«

»Allerdings. Das tut er.« Mit ihren schillernden Augen zwinkerte sie Valeria zu und reichte ihr die Hand. »Stefania Severini. Sehr erfreut, Ihre Bekanntschaft zu machen.«

»Die Freude ist ganz auf meiner Seite«, murmelte Valeria, ergriff die Hand der anderen und hielt sie in der ihren fest.

22

Vicky

Pension Hortis

Triest, Piazza Giuseppina

Oktober

Der Tanz würde vermutlich noch die halbe Nacht hindurch weitergehen, doch für sie, für die Braut, war er beendet. Wie es der Tradition entsprach, hatten die Frauen ihrer Familie – ihre Brautjungfer Felice, ihre Schwägerin Agathe samt Melitta und ihre Schwiegermutter Eleonore – sie nach oben in ihre Suite begleitet, deren Schlafzimmer als Brautgemach für sie hergerichtet worden war. Fanika und Annamaria hatten die mit Seide abgesteppte Überdecke aus ihrer Aussteuerkiste über das Bett gebreitet und waren noch beschäftigt, es mit blassen Rosen zu schmücken, als ihre kleine Abordnung hereinkam. Eilig ließen die Mädchen die Rosen, wo sie waren, und huschten aus dem Zimmer.

»Wie reizend«, flötete Eleonore in ihrem typischen Ton, der wie Ätzlauge auf Viktorias Nerven wirkte. »Die Flitterwochensuite für unsere Jungvermählten. Wie lange soll dieser Honigmond denn andauern, wenn die Frage gestattet ist? Ich frage nur, um zu wissen, ob diese Räumlichkeiten demnächst wieder an zahlende Gäste vermietet werden können, oder ob mein Herr Sohn gedenkt, sich dauerhaft im Lustschlösschen einzuquartieren.«

Viktoria fühlte Zorn in sich aufsteigen. Sie hatte die boshafte alte Eleonore seit Kindertagen gekannt und amüsant gefunden, aber die Lust am Lachen war ihr vergangen. »Müssen Sie so gehässig sprechen?«, fragte sie. »Über Ihren eigenen Sohn? Wenn Sie es genau wissen wollen – ich habe Eduard gebeten, heute Nacht noch hier oben bleiben zu dürfen, weil es mir eben vertraut ist und ich schließlich immer als Gast in der Pension war. Selbstverständlich ist mir klar, dass wir ab morgen im Quartier der Familie wohnen werden wie Sie alle und dass die schönste Suite des Hauses zahlenden Gästen zur Verfügung stehen muss. Ich fand es äußerst liebenswert von Eduard, dass er mir diesen Wunsch erfüllen wollte, und es tut mir weh, dass er deswegen nun Ärger mit Ihnen bekommt.«

»Ärger mit mir? Ach herrje.« Die alte Dame schnaufte durch ihre dünne Nase. »Um Ärger mit mir zu bekommen, braucht man sich nicht liebenswert krummzulegen und irgendwelche Wünsche zu erfüllen. Den gibt es umsonst.«

Felice neben ihr unterdrückte ein Prusten. »Entschuldige«, murmelte sie hastig.

»Du brauchst dich nicht zu entschuldigen«, sagte Vicky. »Ich habe es früher auch lustig gefunden und bin entschlossen, es irgendwann wieder lustig zu finden. Aber nicht heute. Heute ist mein Hochzeitstag, ich bin ziemlich erschöpft und wäre jetzt gerne allein, bis mein Bräutigam kommt.«

»Also werden wir nicht gebraucht, um die Rüschen zu richten?«, kam es von Eleonore. »Das kommt mir gelegen. Um ehrlich zu sein, verspüre auch ich nach diesem denkwürdigen Tag das dringende Bedürfnis, an einem vor meinen Artgenossen verschließbaren Ort allein zu sein. Gute Nacht, meine Damen. Ich bin sicher, man sieht sich in der Frühe. In diesem Haus bleibt einem in aller Regel nichts erspart.«

Damit rauschte sie von dannen, und Agathe und Melitta, die die ganze Zeit über geschwiegen hatten, schlossen sich ihr an.

»Soll ich auch gehen?«, fragte Felice. »Ich meine, als Brautjungfer wäre es ja wohl meine Aufgabe, dir zur Seite zu stehen, dir irgendwie zu helfen, mit deiner Ausstattung für die … für die Nacht und all das …«

Vicky musste grinsen, auch wenn ihre Stimmung ganz und gar nicht amüsiert war. »Das ist lieb von dir«, sagte sie. »Aber ich wäre wirklich gern eine Weile allein, ehe Eduard kommt. Und was das andere betrifft, weiß ich, glaube ich, recht gut Bescheid. Jedenfalls besser als die durchschnittliche Braut. Und auch als du.«

»Und dein Eduard?« Geradezu ängstlich suchte Felice ihren Blick. »Weiß … weiß der es auch?«

»Dass ich beschädigte Ware bin?«, gab Vicky zurück. »Ja, das weiß er. Ich habe ihm gesagt, ich hätte eine Dummheit begangen, und mehr hat er davon gar nicht hören wollen. Mach dir keine Sorgen, Felice. Genieß die Feier, das Tanzen. Bevor du abreist, sehen wir uns noch und finden ein bisschen Zeit für einen Schwatz.«

»Ganz im Ernst, Zuckerkringel? Soll ich dich wirklich allein lassen?«

Vicky zwang sich noch einmal zu einem Lächeln. »Mit mir ins Bett kriechen und auf Eduard warten kannst du ja schlecht, meinst du nicht auch?«

Auch Felices kleines Lachen klang gezwungen. Sie drückte Vicky noch einmal an sich, schwieg dabei, wie es nicht ihre Art war, schwang herum und eilte polternd die Treppe hinunter.

Vicky war allein. Zum ersten Mal an diesem Tag voller Menschen, Gefühle und Ereignisse, an dem sie sich dennoch so allein gefühlt hatte wie vielleicht nie zuvor. *Allein, bis auf einen Moment.* Sie wischte sich über den Mund, hatte es in den vergangenen Stunden schon so oft getan, dass ihre Lippen ihr wund vorkamen. Dass es nichts nützte, wusste sie längst. Der Geschmack blieb auf ihrer Zunge liegen.

Würde Eduard ihn auch schmecken? Würde er an dem Geschmack, der sich nicht beschreiben ließ, erkennen, was sie getan hatte?

Sie wünschte ihn sich fort. Und hätte zugleich alles tun wollen, um ihn zu konservieren, ihn in ein kleines Glas zu füllen wie ihre liebste Marillenmarmelade, um zu wissen: Wenn das, was ihr bevorstand, allzu hart werden würde, hatte sie dieses winzige Glas voll Süße ganz hinten im Schrank stehen und konnte, wann immer sie glaubte, es nicht mehr auszuhalten, eine Fingerspitze voll davon kosten.

Warum dachte sie so? Warum fürchtete sie auf einmal, das, was sie sich selbst für ihre Zukunft ausgesucht hatte, könne allzu hart werden?

»Ich wollte doch gar nicht, dass es leicht wird«, sprach sie trotzig in den leeren Raum. »Nur, dass es schön wird, und das wird es schon werden, wenn ich es richtig anpacke und nicht schon schlappmache, ehe ich überhaupt losgelegt habe.«

Also würde sie loslegen. Aus dem inzwischen völlig ruinierten Brautkleid steigen und ein duftendes Schaumbad nehmen, die halbe Stunde nutzen, die ihr der Tradition gemäß blieb, um sich herzurichten. Auf ihre Frisur brauchte sie keine Zeit zu verschwenden. An einem ihrer wilden Nachmittage mit Rudolph hatte ihr Haar nie länger als ein paar Minuten gebraucht, um sich in einen zerrauften Hexenbesen zu verwandeln.

Ihr Herz stockte, und auf einmal wurde ihr in dem überheizten Zimmer kalt. Ihre wilden Nachmittage mit Rudolph. War sie imstande, sich einen davon vorzustellen und in Gedanken Rudolph durch Onkel Schränkchen zu ersetzen?

Nicht durch Onkel Schränkchen!, rief sie sich zur Ordnung. *Durch meinen Mann Eduard.*

Aber das half nichts. Sie starrte auf das geschmückte Bett, schloss die Augen und sah sich selbst zwischen zerwühlten Laken, einen Mann in ihren Armen, der nicht der war, dem sie vor wenigen Stunden am Altar ihr Jawort gegeben hatte.

Ein vielleicht noch weit größeres und erschreckenderes Problem bestand darin, dass der Mann auch nicht Rudolph von Auersperg war.

Da die Grübeleien nichts nützten, sondern ihre Beklommenheit noch steigerten, machte Vicky sich an das, was sie sich vorgenommen hatte: Sie streifte das Kleid ab, das sie nie wieder anziehen würde, badete, rieb sich die Haut mit zart schmelzender Creme ein und schlüpfte in das spitzenbesetzte Nachthemd, das ihrer Aussteuer für diesen Tag hinzugefügt worden war, als sie gerade sieben Jahre alt gewesen war. Nicht verhindern konnte sie bei alledem, dass sie sich fühlte, als dekoriere sie eine Torte, überziehe sie mit Marzipan und platziere Zuckerrosen auf dem Rand, damit der Gast, der sie bestellt hatte, kommen und sie verspeisen konnte.

Jetzt geht mein Tortenfimmel schon so weit, dass ich mir einbilde, selbst eine Torte zu sein, versuchte sie, sich zu veräppeln, aber der Versuch misslang.

Sie kroch ins Bett. Sah die Champagnerflasche im Kübel auf dem Nachttisch und wünschte, sie hätte schon ein Glas trinken dürfen. Noch einmal sprang sie aus dem Bett und schaltete den Kronleuchter an der Decke aus, darauf hoffend, dass das schwache Licht der Nachttischlampe alle Konturen weich zeichnen würde. Kaum war sie wieder im Bett und hatte sich zugedeckt, knarrte leise die Tür und Eduard trat ein.

»Ah, meine Liebe. Komme ich zu früh?«

»Nein, gar nicht«, erwiderte Vicky, ohne ihn anzusehen.

»Nur einen Augenblick«, bat er. »Ich mache mich rasch ein wenig frisch, dann bin ich bei dir, meine Liebe.« In seinem Hochzeitsanzug, seinen altmodischen Handkoffer unter den Arm gepresst, verschwand er im Bad.

Die Stille im Raum ließ sich mit Händen greifen. Vicky setzte sich im Bett auf und spürte, wie ihr ganzer Körper sich anspannte. *Wie viele Bräute wohl in ihrer Hochzeitsnacht stocksteif in ihren Betten sitzen und sich wünschen, sie könnten ans andere Ende der Welt fliehen*, durchfuhr es sie. Aber so schlimm wie die meisten Bräute war sie wahrscheinlich gar nicht dran. Sie wusste, was sie erwartete. Zumindest, was den körperlichen Ablauf des – nun ja, des Aktes der Vereinigung betraf. Außerdem wollte sie überhaupt nicht ans Ende der Welt, sondern war in genau der Stadt, in die sie sich gewünscht hatte. Sie würde endlich ein Teil von ihr werden wie in ihren Träumen. Und sie mochte ihren Bräutigam. Mochte ihn von Herzen gern und war entschlossen, ihm eine gute Frau zu sein.

Eine Hand wusch die andere. Er hatte ihr einen Ausweg aus ihrem Dilemma geboten, und sie wollte ihm das Eheleben bieten, das er sich wünschte. Was sie dabei ganz und gar nicht gebrauchen konnte, waren Gedanken an einen Mann, der mit breitkrempigem Hut von einem Apfelschimmel sprang und quer über die gesamte Piazza Giuseppina gelaufen kam, damit sie ihn küssen konnte.

Eduard trat aus dem Bad. Unter seinem altmodischen Morgenrock aus schwerem, fast violettem Samt ragten die gestreiften Hosenbeine eines Pyjamas hervor, der in der Männermode als letzter Schrei galt.

Zumindest behauptete das Vickys Vater, der in den letzten Jahren mehr und mehr Wäsche für Männer in sein Sortiment aufgenommen hatte. Würde sie ihren Vater und ihre Mutter überhaupt jemals wiedersehen? Es war eine sinnlose Frage und zudem der vollkommen falsche Moment, um darüber nachzudenken.

»Wie ich sehe, hast du die Beleuchtung schon gedämpft«, sagte Eduard. »Sehr angenehm. Und wie wäre es mit einem Gläschen Champagner?«

»Gern.« Vicky zwang sich, zu ihm aufzublicken und zu lächeln.

Umständlich löste er die Drahtbefestigung des Champagnerkorkens. Rudolph hatte sich regelmäßig ein kindisches Vergnügen daraus gemacht, den Korken an die nächste Wand knallen zu lassen, einerlei, was dabei zu Bruch ging. Einmal war es ein goldgerahmter Spiegel gewesen.

»Sieben Jahre Unglück. Das müssen wir begießen«, hatte er gerufen und Vicky Champagner über den Bauch geschüttet, um ihn mit genüsslicher Trägheit von ihrer Haut zu schlürfen.

Eduard seinerseits schenkte das luxuriöse Getränk ordentlich in zwei Gläser, von denen er Vicky eines reichte. Sie zog die Beine an den Körper, damit er über ihre Betthälfte in seine steigen konnte. Er aber umrundete in langsamen Schritten das gesamte Bett, sammelte sorgsam die verstreuten Rosen ein und kroch endlich mit dem Glas in der Hand unter die Decke. Alsdann setzte er sich in der gleichen Haltung wie sie im Bett auf und blickte geradeaus an die Wand. Hätte jemand sie gesehen, wie sie so reglos nebeneinandersaßen, hätte er zweifellos schallend gelacht.

»Also dann – auf uns.« Vicky gab sich einen Ruck und ließ ihr Glas gegen seines klirren.

»O ja, meine Liebe. Auf uns, aber ganz besonders auf dich.«

Erleichtert, geradezu gierig trank Vicky einen mächtigen Schluck.

Eduard trank auch, aber mit gespitzten Lippen und in nippenden Schlückchen wie ein schüchternes Mädchen. Vicky leerte derweil ihr Glas. »Wenn du noch etwas möchtest, schenk dir nur ein. Es sei denn, du ziehst es vor, dass ich es für dich tue.«

Statt einer Antwort packte Vicky die Flasche beim Hals und füllte sich ihr Glas, bis es überschäumte. Sie trank, als wäre Champagner gut gegen Durst.

»Meine liebe Viktoria«, sagte er, sah aber weiterhin nicht sie, sondern die gegenüberliegende Wand an. »Falls du deinen Wein so schnell trinkst, weil du ein wenig nervös bist – dafür gibt es keinen Grund. Du brauchst keine Angst davor zu haben, dass ich von dir etwas verlange, wozu du dich noch nicht bereit fühlst. Ich lasse dir alle Zeit der Welt. Wir haben ja keine Eile, du kannst dich in aller Ruhe an mich gewöhnen.«

Etwas Ähnliches hatte er ihr schon nach ihrer plötzlichen Verlobung gesagt. Viktoria hatte abgewehrt. Sie war kein Feigling und keine Vertragsbrecherin. Wenn sie sich auf ein Geschäft einließ, dann erbrachte sie ihren Teil der Leistung. Und sie hatte sich eingelassen. Er hatte sie zur Frau genommen, und eine Frau mit allem Drum und Dran würde er bekommen.

»Ich bin nicht nervös«, behauptete sie und tastete nach seinem Arm, der in dem Pyjamaärmel und dem dicken Stoff des Morgenrocks steckte. »Höchstens ein ganz kleines bisschen, wie es bei einer Braut eben dazugehört. Ich freue mich darauf, diese Nacht mit dir zu verbringen.«

Sie stellte das Glas ab und wurde mutiger, beugte sich zu ihm hinüber, schlang ihre Arme um seinen Hals. Er roch nach Seife, Pfefferminze und etwas anderem, das sie nicht einordnen konnte. Ein wenig erinnerte es an den Geruch, der in alten Kleidern hing. Sie berührte seine Wange, wollte sein Gesicht zu ihr drehen, spürte die dünne, trockene Haut unter ihren Fingerkuppen.

Abrupt befreite er sich und schob sie weg. »Nicht doch, meine Liebe«, sagte er. »Das ist allzu forsch. Ich weiß, deine Eltern waren mit ihrem Unternehmen beschäftigt und haben zu wenig auf deine Erziehung geachtet, aber so etwas gehört sich nicht, weißt du?«

Vicky war zu perplex, um zu antworten. Stattdessen griff sie nach ihrem Glas und war froh, dass es noch nicht leer war.

»Ich habe dir versprochen, ich lasse dir Zeit, dich an mich zu gewöhnen, und dazu stehe ich«, fuhr er fort. »Vorrang hat nun erst einmal die Einrichtung unseres gemeinsamen Lebens. Morgen werden Agathe und Melitta dir bei der Übersiedlung in das Quartier der Familie behilflich sein, damit diese Suite schnellstmöglich wieder vermietet werden kann. Wir haben schließlich schon bald Saison. Deswegen brauchst du Liebe dir aber keine Sorgen zu machen, denn meine Mutter, Agathe und Melitta sind ja mit allem vertraut und kümmern sich darum. Von dir wird eigentlich nur erwartet, dass du hübsch aussiehst und herzig bist, und das ist für dich ja ein Kinderspiel.«

»Ich will aber nicht bloß hübsch aussehen und herzig sein«, protestierte Vicky. »Ich will mit dir zusammen die Pension leiten, ich habe mich darauf gefreut, und ich habe auch schon etliche Ideen.«

»Die Leitung einer Pension ist nun allerdings kein Kinderspiel«, sagte Eduard und sah sie endlich an. Er näselte ein wenig und klang auf einmal wie ein dozierender Schullehrer. »Diese Aufgaben überlässt du am besten denen, die sie bereits seit Jahren erfüllt und sich dabei, wie du ja selbst erlebt hast, nicht eben dumm angestellt haben: also mir und meiner Familie. Wenn du dich nützlich machen willst, werde ich meine Mutter gern fragen, ob sie dir ein paar kleinere Aufgaben zuweisen kann, aber wie schon gesagt: Notwendig ist es nicht.«

»Aber ich liebe diese Pension!«, rief Vicky. »Ich habe mich wirklich darauf gefreut, hier zu arbeiten und dazu beizutragen, dass Menschen bei Hortis so schöne, unvergessliche Ferien verbringen können, wie ich sie in all den Jahren hatte. Wenn du das nicht willst, wenn du mir nicht einmal eine Chance gibst …«

Sie brach ab.

Wozu habe ich dich dann geheiratet?, lautete das Ende des Satzes, und das konnte sie unmöglich aussprechen.

»Wie gesagt, ich habe nicht vor, an dem bewährten System, mit dem die Pension geführt wird, etwas zu ändern«, erwiderte Eduard. »Was sich mit der Zeit noch ergeben mag, wird man sehen, aber erst einmal möchte ich weder für die Gäste noch für das Personal eine Unruhe hineinbringen, die der Atmosphäre abträglich wäre. Ich denke, das verstehst du, meine Liebe. Und nun lass uns bitte nach diesem schönen Tag nicht streiten. Stattdessen habe ich an dich noch eine andere Frage.«

Vicky starrte ihn nur an, noch immer nicht in der Lage, das zu glauben, was sie gerade gehört hatte. Sie hatte diesem Mann ihr Leben überschrieben. Laut Gesetz durfte sie fortan keinen Vertrag unterzeichnen, keine Arbeit annehmen, nicht einmal ein eigenes Konto besitzen, ohne dass er kraft seiner Signatur seinen Segen dazu gab. Sie hatte es getan, weil sie gedacht hatte, sie würden miteinander die Pension leiten und ein sinnvolles, ausgefülltes Leben führen. Jetzt saß sie hier mit ihrem angetrauten Mann im Bett und ihr wurde mitgeteilt, dass sie dabei nicht erwünscht sei, dass sie die Aufgabe, die sie so sehr gewollt hatte, nicht bekommen würde, und dass ihre Tage sich in einer Leere vor ihr erstrecken würden, die ihr den Atem nahm.

»Zu meiner Frage«, sagte Eduard. »Willst du die nicht hören?«

Nein, dachte Vicky.

Eduard wartete nicht auf ihre Antwort. »All die freundlichen Gaben und Glückwunschkarten, die man uns zugedacht hat …«, begann er, »die meisten hast ja du ausgepackt, und dir war anzusehen, was für ein Vergnügen es dir gemacht hat. Hast ja schon als kleines Mädel so gern Geschenke bekommen, glaub nur nicht, dass ich das vergessen habe.«

Er lächelte sie in einer Weise an, die Vicky Übelkeit verursachte.

»Es sei dir gegönnt«, fuhr er noch immer lächelnd fort. »Aber sag mir – ist unter die Karten möglicherweise der Scheck geraten, den dein Vater über deine Mitgift ausgestellt hat? Ich habe ihn nämlich nicht wie erwartet erhalten und würde ihn gern gleich in der Frühe beim Graubener auf der Bank einzahlen, damit alles seine Ordnung hat.«

»Welcher Scheck?«, fragte Vicky. »Mir hat mein Vater geschrieben, er werde dir die Mitgift persönlich telegrafisch anweisen, mit mir habe das alles nichts zu tun. Er hat gesagt, er werde es an dem Tag tun, an dem er die Versendung der Aussteuer veranlasst. Das Geld müsste also längst da sein.«

»Ja, natürlich, Dummerl, natürlich ist es da.« Eduards Lachen klang künstlich. »Die Summe, die sozusagen als Beitrag zur Hochzeitsfeier und den Versorgungskosten zu verstehen war, ist pünktlich, wie ich es von deinem Vater kenne, eingetroffen, aber von der spreche ich nicht.«

»Von welcher denn dann?«

»Nun, bei einer Alleinerbin und einzigen Tochter ist es doch wohl nicht nur hier in Triest Sitte, dass ein substanzieller Teil des zu erwartenden Erbes an den Ehemann ausgezahlt wird. Schließlich sichert er künftig den Unterhalt der Tochter und nimmt damit dem Vater eine erhebliche Sorge und Last von den Schultern. Du kannst dir nicht vorstellen, wie erleichtert ich wäre, wenn mir jemand in ähnlicher Weise die Last Melitta, an der ich als Onkel ja Vaterstelle vertrete, von den Schultern nähme.«

Wieder erfolgte das künstliche Lachen, in das Vicky nicht einstimmte. Auch der Appetit auf Champagner war ihr vergangen. »Du hast geglaubt, mein Vater zahle einen Teil meines Erbes an dich aus?«

»Aber selbstverständlich hab' ich das geglaubt, Dummerl. Ich glaube es immer noch, denn so gehört es sich ja. Dass dein Vater und ebenso deine verehrte Frau Mutter an unserer Hochzeit nicht persönlich teilnehmen konnten, ist zwar bedauerlich, doch in Anbetracht der Umstände entschuldbar. Ich bin aber natürlich davon ausgegangen, dass dein Vater in den übrigen Belangen als der Ehrenmann, der er ist, seine Pflicht erfüllt.«

»Indem er dir einen Teil meines Erbes überschreibt?«, platzte Vicky heraus.

»Du brauchst das gar nicht so pikiert von dir zu geben«, sagte Eduard. »Solche Sitten und Traditionen haben durchaus ihre Gründe. Und falls du es als Dame ehrenrührig findest, über Geld zu sprechen – diese Ansicht teile ich, und ich müsste nicht davon sprechen, wenn der Scheck deines Vaters rechtzeitig eingetroffen wäre.«

»Es gibt keinen Scheck«, sagte Vicky. »Es gibt auch kein Erbe. Mein Vater und du, ihr habt euch wegen der Heirat doch Briefe geschrieben. Hat er dich dabei nicht wissen lassen, dass er mich enterbt hat?«

Eduards Gesicht wurde grau. »Er hat durchblicken lassen, dass es zu gewissen Unstimmigkeiten zwischen euch gekommen ist und er mit Teilen deines Verhaltens nicht einverstanden war«, presste er heraus. »Von einer Enterbung war jedoch nie die Rede. Im Gegenteil, er hat mir versichert, er gebe sowohl die Aussteuer als auch die Mitgift frei.«

»Diese Mitgift hast du bereits erhalten«, sagte Vicky so kalt, wie sie sich bis ins Innerste fühlte. »Mehr Geld gibt es nicht.

Wenn du mich meines Geldes wegen geheiratet hast, hast du dich leider verkalkuliert, mein Ärmster. Genauso wie ich.«

Gerade eben hatte sie sich noch geschämt, weil ihr klar geworden war, dass sie ihn ohne die Aussicht, in der Pension eine Aufgabe zu bekommen, nicht geheiratet hätte. Und jetzt, nur wenige Minuten später, wurde ihr klar, dass er sie ohne die Aussicht, an ihr Erbe zu gelangen, ebenfalls nicht geheiratet hätte. Es wäre komisch gewesen – zwei betrogene Betrüger als begossene Pudel –, wäre es dabei nicht um ihr Leben gegangen.

Was stimmte mit ihr nicht?

Sie hatte sich immer für ein rundum passables Mädchen gehalten, zwar für keine spektakuläre, männermordende Schönheit, aber doch für leidlich hübsch, leidlich charmant, leidlich gut zu haben. Nicht weniger liebenswert und heiratsfähig als andere, und doch hatte ein Mann sie eiskalt gegen eine andere getauscht, und der zweite, ein onkelhafter Pensionswirt, der ihr Großvater hätte sein können, hatte sie nur genommen, um an ihr Erbe zu kommen.

»So wie du es darstellst, entspricht es nicht meinen Absichten.« Eduard japste beim Sprechen nach Atem. »Ich habe dich natürlich nicht deines Geldes wegen geheiratet. Ich bin ein Mann von Charakter, und du weißt selbst, dass ich dir immer zugetan war, aber die Dinge müssen ja nun einmal ihre Richtigkeit haben. Eine Familie zu gründen, erfordert einige Mittel, und du bist deines Vaters einzige Tochter …«

»Ich möchte nicht länger darüber sprechen«, fiel ihm Vicky ins Wort. Eine bleierne Müdigkeit hatte sie befallen, als wäre sie nicht gerade erst zwanzig, sondern mindestens achtzig Jahre alt und hätte ihr Leben schon hinter sich. »Damit, dass du dich verrechnet hast, wirst du dich abfinden müssen, so wie auch ich mich mit einigem abfinden muss, und im Übrigen wäre ich dankbar, wenn wir jetzt schlafen könnten.«

»Aber mit deinem Vater wird sich doch wohl darüber reden lassen«, rief er.

Vicky wandte sich ihrem Nachttisch zu und löschte das Licht. »Rede mit ihm, wenn du willst«, sagte sie. »Meiner Erfahrung nach ist Reden mit ihm nur möglich, solange es ihm in den Kram passt, aber wer weiß, vielleicht hast du ja mehr Glück als ich?«

Sie legte sich hin, verkroch sich in Kissen und Decken wie als Kind. Ihre Fähigkeit, tief und fest zu schlafen und im Schlaf zumindest vorübergehend alles zu vergessen, musste ihr nun helfen. Sie wollte nicht mehr denken, wollte alles Weitere auf den Morgen verschieben. Wenn sie ganz leise war, hörte sie vielleicht trotz des geschlossenen Fensters das Plätschern des Meeres, das unentwegte Vor und Zurück, das sie einlullen und ihr versichern würde, dass es für alles eine Lösung gab.

»Ist das dein letztes Wort?«, fragte er verzagt.

»Für heute Nacht mein allerletztes«, antwortete Vicky nicht unfreundlich, weil sie letzten Endes ja im selben Boot saßen und sie nicht besser war als er. »Gute Nacht, Eduard.«

»Gute Nacht, Viktoria.«

Beinahe klang es, als würde er weinen, aber um genau hinzuhören, war sie schon zu müde, und mit dem nächsten Atemzug schlief sie ein.

Anderntags weckte sie das Prasseln des Regens, der an die Scheibe stürzte. Trotz des bedeckten Himmels und des schwachen Lichts, das ins Fenster fiel, hegte Vicky keinen Zweifel daran, dass die Sonne längst vollständig aufgegangen war.

Wie spät war es?

Die Standuhr neben ihrem Bett zeigte fast neun.

Vicky musste geschlafen haben wie ein Stein.

Nur einen Herzschlag lang fragte sie sich, ob jene Kette von Ereignissen des gestrigen Tages womöglich ein Traum gewesen war, ob sie in Wirklichkeit gar nicht Eduard Hortis geheiratet, Fabrizio Ascoli geküsst und sich schließlich als Opfer einer Art von Heiratsschwindel wiedergefunden hatte. Gleich darauf wusste sie jedoch, dass man so billig nicht davonkam. Es gab keinen Probelauf, in dem man sein Leben erst einmal träumen und hinterher wieder ausstreichen konnte, man brockte es sich ein und musste es auslöffeln, egal wie bitter es schmeckte.

Sie würde sich anziehen, nach unten gehen und nach Eduard suchen. Irgendwie würden sie einen Weg finden müssen, sich miteinander zu arrangieren. Dass sie fürs Erste beide nicht bekamen, was sie gewollt hatten, vereinte sie immerhin, und darüber hinaus hatten sie doch so viel, das ihnen blieb: Sie hatten Triest, sie hatten das Meer und die Berge, eine gut gehende Pension, für die sie kein väterliches Erbe brauchten. Sie hatten René, der sein letztes Hemd für sie gegeben hätte, Rosine, die die köstlichsten, tröstlichsten Dinge kochte, und mit ein bisschen gutem Willen würde sie auch mit Melitta, Agathe und dem komischen alten Drachen Eleonore eine Art von Freundschaft schließen.

Es würde schon alles so schlimm nicht kommen, es kam doch nie so schlimm, ansonsten würde nicht alle Welt mit solcher Vehemenz am Leben hängen.

Vicky sprang aus dem Bett und stieg in die Seidenpantoffeln, die irgendwer fürsorglich vor ihrem Bett bereitgestellt hatte. Sie wollte schnurstracks ins Bad stapfen, drehte sich aber aus unerfindlichem Grund noch einmal um und stellte fest, dass Eduard gar nicht wie angenommen aufgestanden war, sondern noch fest zugedeckt in seiner Hälfte des Bettes lag.

Wie konnte ein Mensch so lautlos schlafen?

Sie hatte kein Rascheln, kein Atmen und schon gar kein Schnarchen von ihm gehört.

»Eduard?«, rief sie ihn leise, wollte auf ihn zugehen, fühlte sich jedoch seltsam gehemmt. Dabei bestand dazu ja wohl kein Anlass. Trotz allem, was gestern Abend in diesem Zimmer geschehen war, war er ihr Mann. Je schneller sie sich aussprachen, eine Form des Umgangs miteinander fanden, desto besser für sie beide.

»Eduard?«, fragte sie noch einmal, nun ein wenig lauter, doch es kam keine Antwort.

Auf einmal musste sie rennen, war mit ein paar Sätzen bei ihm, packte ihn an der Schulter und rüttelte ihn. »Eduard, es ist schon neun Uhr durch, wir müssen nach unten.«

Etwas, das sich anfühlte wie sein Arm in ihren Händen, hatte sie nie zuvor gespürt. Es war kein menschliches Glied, es war starr und trotz des wärmenden Samtes kälter als Eis.

Vicky ließ seinen Arm los und sprang zurück. »Eduard!«

Sein Kopf sackte nach hinten. Voller Entsetzen starrte sie in sein Gesicht, die im Aufreißen erstarrten Augen. Es gab keinen Zweifel. Eduard Hortis, der Mann, den sie vor nicht ganz vierundzwanzig Stunden geheiratet hatte, war tot.

Dritter Teil

Triest

November 1900

»Trieste è una donna.«

»Triest ist eine Frau.«
Umberto Saba

23

Fabrizio

Montechiaro d'Acqui, Piemont

November

Er war nach Hause gekommen wie ein Ertrinkender, der sich mit letzten Kräften ans Ufer kämpfte. Noch dazu ein Ertrinkender, der wusste, dass ihm dieses Ufer in allernächster Zukunft unter den Fingern wegbröckeln und verschwinden würde. *Montechiaro d'Acqui.* Er hatte es nicht geschafft, seiner Familie das Gut zu erhalten, hatte es nicht geschafft, seinen Bruder nach Hause zu bringen, und der einzige Mensch, nach dem es ihn jetzt verlangte, war seine Schwester.

Aber seine Schwester war nicht da.

»Salve, *Piccinina*«, rief er hinauf in das Haus, in dem Stille und Einsamkeit von den Wänden hallten, und wusste im selben Augenblick, dass keine Antwort folgen würde.

Nach einer kleinen Ewigkeit kam Mariuccia aus der Küche getrottet. »Oh, Signore, Sie sind zurück«, sagte sie ohne die Freude in der Stimme, mit der sie die Kinder des Hauses Ascoli ihr Leben lang begrüßt hatte. »Und der junge Herr Crispino? Ist er denn nicht bei Ihnen?«

Fabrizio gab keine Antwort. »Ich suche meine Schwester«, sagte er.

»Signorina Valeria? Sie ist doch zu der Verlobung gefahren, bleibt dort wohl noch ein paar Tage, um ihrer Freundin zur Hand zu gehen.«

»Zu welcher Verlobung? Und welche Freundin?«

Mariuccia schwieg betreten. Alfredo, der kurz darauf vom Abreiteplatz kam, schwieg ebenfalls, und als Dritter im Bunde der Schweiger erwies sich der sonst so redselige *Castellano*, der sich erst abends blicken ließ.

»Ich komme aus Spigno«, sagte er schließlich, obwohl Fabrizio ihn danach nicht gefragt hatte. »*Direttore* Barocci hatte mich mittels eines Boten zu sich zitiert. Das heißt, eigentlich verlangte er natürlich, dich zu sprechen. Ich musste ihm versichern, dass du ihn sofort nach deiner Rückkehr aufsuchst und dafür sorgst, dass eine Begleichung der säumigen Zahlungen …«

»Das lass meine Sorge sein«, fiel Fabrizio ihm hart ins Wort. »Von dir will ich wissen, wo meine Schwester steckt.«

Aus seinen rot geränderten müden Augen sah der alte Mann ihn an. »Sie hat ihr Pferd anspannen und sich zum Bahnhof fahren lassen. Zu einer Freundin, die sich verlobt, wollte sie, ein paar Tage bleiben und helfen. Nein, Fabrizio, bring nicht den Boten um. Was hätte ich tun sollen? Sie eine Lügnerin schimpfen, sie einsperren? Ich bin nicht ihr Vater, ich bin niemandes Vater und als Ersatz für eine erziehende Aufsicht nicht gemacht. Alles, was ich euch Kindern habe geben können, war meine Anwesenheit. Und meine unbedingte Liebe.«

Wie es aussieht, ist das mehr, als mir je ein anderer Mensch gegeben hat, dachte Fabrizio und spürte, wie der Zorn in seinem Innern aufweichte. Der alte Mann, den er Onkel nannte, hatte recht. Mit seinen Schrullen, seiner Betulichkeit und seinem ständigen Redeschwall war er für sie da gewesen, und was hätte er sonst tun sollen? Valeria ließ sich nicht halten, sie war im Kopf längst über alle Berge. Außerdem konnte er Livio nicht vorwerfen, ein schlechter Hüter seiner Schwester gewesen zu sein, wo er selbst der schlechteste aller Hüter für seinen Bruder war.

Beschuldigungen halfen niemandem. Wichtig war allein herauszufinden, wo Valeria sich aufhielt und ob sie in Sicherheit war.

»Sie hat dir keinen Namen von dieser Freundin genannt, oder?«, fragte er.

»Vielleicht hat sie das sogar getan«, antwortete der *Castellano*. »Aber da mir klar war, dass er nicht echt sein würde, habe ich mir nicht die Mühe gemacht, ihn aufzuschreiben.«

Fabrizio nickte. »Gibt es sonst irgendeinen Anhaltspunkt, wo sie hingefahren sein könnte?«

»Alfredo sagt, sie hat eine Bahnfahrkarte nach Turin gelöst.«

Also waren sie praktisch aneinander vorbeigereist. Fabrizio hätte es sich denken können. Seine Schwester war überzeugt, in Turin warte die große weite Welt auf sie, das Sprungbrett in unbegrenzte Möglichkeiten, das Tor, durch das sie der Enge ihres Heimatdorfes und den Geistern ihres Elternhauses entfliehen konnte.

Livio trat zu ihm und legte ihm kaum spürbar die Hand auf den Arm. »Trotz allem, was ich zuvor gesagt habe – ich hätte sie nicht ziehen lassen, wenn ich in Sorge um ihre Sicherheit gewesen wäre. Sie wird kein Leben führen, wie wir es uns für sie gewünscht und ausgemalt haben, das weißt du ebenso wie ich. Aber sie wird darauf achten, dass ihr Leben ihr nicht aus der Bahn gerät. Sie ist anders als Crispino. Überschwänglich, impulsiv, das ja, darin sind sich die Zwillinge gleich. Aber Valeria ist reifer. Erwachsener und klüger. Sie kann mit Geld umgehen, weiß sich ihrer Haut zu wehren, aber auch, Menschen für sich einzunehmen und dafür zu sorgen, dass sie in keinen Strudel gerät. Sie mag fallen. Aber sie fällt auf die Füße, Fabrizio. Auch wenn es mir lieber wäre, möglichst bald von ihr zu hören – Valeria ist es nicht, um die ich mir Sorgen mache.«

Fabrizio hielt inne, überdachte das Gehörte und stellte fest, dass er dem Älteren zustimmte. Valeria tat, was sie wollte, und nahm keinen Rat an, aber sie hatte nichts Halsbrecherisches oder gar Selbstmörderisches in ihrer Natur, sondern würde überleben. »Du machst dir Sorgen um Crispino«, konstatierte er. »Ehe du fragst: Nein, ich habe ihn nicht wie vereinbart freibekommen, und wann und ob mir das überhaupt je gelingen wird, kann ich dir nicht sagen. Nach den Gründen darfst du mich zwar fragen, aber ich werde dir keine Antwort geben. Ich tue, was in meiner Macht steht, das ist alles, was ich zu sagen habe, und wenn du mir das nicht glaubst, kann ich dich nicht dazu zwingen. Nein, es geht Crispino nicht gut. Er sagt, er hält länger nicht durch. Er schreit mich an, dass er nicht mehr leben will und dass ich ihn auf dem Gewissen haben werde, aber selbst wenn ich nicht daran zweifle, dass er meint, was er von sich gibt, fällt mir nichts ein, das ich daran ändern könnte.«

»Du hast recht«, sagte sein Onkel. »Ich mache mir Sorgen um Crispino, und nach dem, was ich eben gehört habe, mache ich sie mir umso mehr. Aber ich mache mir auch Sorgen um dich.«

»Um mich?«

Hatte sich je ein Mensch um ihn Sorgen gemacht?

Gigliola, das hatte er damals angenommen. Jedes Mal, wenn sie sich hatten trennen müssen, hatte sie ihn aufs Ohr geküsst und »Pass auf dich auf« hineingeflüstert. Vielleicht hatte sie es eine Zeit lang sogar ernst gemeint, aber es war ebenso verflogen, wie das Leben verfliegen würde, das sie hier geführt hatten, sobald er in den nächsten Tagen nach Spigno auf die Bank ging.

»Ja, um dich«, bestätigte Livio. »Ich wünschte, du wärst ein bisschen weniger gnadenlos.«

»Wieso bin ich gnadenlos, wenn sie mir Crispino in Le Nuove nicht herausgeben?«, begehrte Fabrizio auf.

»Mit dir selbst«, sagte sein Onkel. »Mit Crispino und Valeria bist du nie gnadenlos gewesen – und schon gar nicht mit der älteren Generation der Familie, sondern immer nur mit dir.«

Ehe Fabrizio über die Worte nachdenken konnte, klirrte ein Schlüssel in dem uralten Schloss und die Tür wurde aufgeschoben.

»*Madonna mia.* Valeria!« Der *Castellano* schlug die Hände über dem Kopf zusammen. »Sant' Eusebio, San Francesco und der Allerheiligsten Jungfrau sei Dank.«

»Mach halblang, *Zio* Livio.« Valeria wirkte übernächtigt, auf attraktive Weise ein wenig zerrauft, aber unversehrt. »Der gesamte Kanon von Piemonts Schutzheiligen wird nicht nötig gewesen sein, um mich heil durch eine zweistündige Bahnfahrt zu bringen.«

»Wo bist du gewesen?«, fragte Fabrizio schärfer als beabsichtigt. »Wie mir berichtet wurde, bist du seit Neuestem in Sache Eheanbahnung unterwegs und hilfst in rührender Weise deiner Freundin auf ihrem Weg zum Altar. Bisher wusste ich nicht einmal, dass du Freundinnen hast. Und dass du die Ehe, die du in deinen Artikeln ›überkommene Institution des Patriarchats‹ nennst, unterstützt, ist mir auch neu.«

»Du hast meine Artikel gelesen?« Seine Schärfe beantwortete Valeria mit Bissigkeit. »Aber warum denn das? Ein gestandener Mann wie du hat doch wohl Besseres zu tun, als seine Zeit mit Damenlektüre zu verschwenden.«

»Lass diesen Unsinn«, fuhr er sie an. »Ich habe deine Artikel nie als Damenlektüre bezeichnet, und wenn ich nicht alle gelesen habe, dann deshalb, weil ich ganz allgemein nicht zum Lesen komme.«

Weil ich mich nicht konzentrieren kann, fügte er in Gedanken hinzu. *Weil mir bei jedem Versuch, mich abzulenken, die Sorgen einen Strich durch die Rechnung machen, weil sie mich einfordern wie ein Bankier einen überfälligen Kredit.*

»Nun, wenn mein Schreiben dich neuerdings so interessiert, wirst du bald in den Genuss von noch viel mehr kommen«, sagte Valeria, dann lächelte sie. Sarkasmus und Härte fielen von ihr ab. Einen Moment lang sah sie einfach nur glücklich aus, strahlte vor Glück, wie er es seit einer kleinen Ewigkeit nicht mehr an ihr gesehen hatte. Er wünschte, er hätte sie in die Arme nehmen und sich mit ihr freuen dürfen. »Ich habe vom nächsten Ersten an einen Posten bei *La Stampa*«, fuhr sie fort. »Eine Festanstellung. Nichts für ein paar *Centesimi* Zeilengeld. Ein Zimmer habe ich auch schon in Aussicht. Ich bin im Grunde nur hier, um meine Sachen zu holen.«

»*La Stampa*?«, stammelte Fabrizio. Das Turiner Blatt war eine bürgerliche Zeitung, konservativ, solide, eine der Publikationen, die sein Vater sich allmorgendlich neben seinen Frühstücksteller hatte legen lassen.

»Du hast richtig gehört.« Seine Schwester lachte laut heraus. »Deine kleine Schwester hat einen Text geschrieben, der einem Redakteur gefallen hat, und ab dem ersten Dezember hat sie einen Schreibtisch im Gesellschaftsressort von Turins auflagenstärkster Zeitung. Aber du musst den Kopf nicht hängen lassen, Herzensbrüderchen. Zu Weihnachten bin ich natürlich zu Hause, und überhaupt werde ich euch ganz oft besuchen kommen, und ihr müsst auch mich besuchen.«

»Aber du kannst ohne mich doch gar keinen Vertrag unterzeichnen«, sagte Fabrizio, der sich fühlte, als hätte ihn ein Zug überrollt.

»Unterzeichnen kann ich ihn schon«, erwiderte Valeria. »Und das habe ich auch getan. Du musst ihn lediglich gegenzeichnen, und eben deshalb habe ich ihn dir mitgebracht.« Sie langte in die abgewetzte Ledertasche, in der sie ihre Arbeiten mit sich herumschleppte, und zog triumphierend das Schriftstück heraus.

»Und wer sagt dir, dass ich das unterschreiben werde?«

»Du«, antwortete sie. »Du hast immer gesagt, du wirst mich in keine Höhle des Löwen hineinschicken, aber du wirst mir auch keine Steine in den Weg legen.«

»Was geht mich das dumme Zeug an, das ich irgendwann mal dahergeschwatzt habe?«

Tänzelnd trat sie auf ihn zu und hielt ihm ihren Vertrag hin. »Du wirst nicht verhindern, dass ich mit meinem Leben glücklich werde, Fabrì«, sagte sie. »Denn das hast du auch gesagt, weißt du es noch? Du wünschst dir, dass in dieser vermaledeiten Familie endlich ein Mensch mit seinem Leben glücklich wird, hast du gesagt, und genau das habe ich vor. Und jetzt lass uns feiern. Wo steckt Crispino? Seine Freilassung und mein Vertrag, das sind ja wohl Gründe zum Feiern genug.«

»Crispino wurde nicht freigelassen«, ließ sich unverhofft der *Castellano* vernehmen, der wohl bemerkt hatte, dass Fabrizio kaum ein Wort herausbekam. »Fabrizio hat aus Turin unverrichteter Dinge wieder abreisen müssen, weil man ihm euren Bruder nicht herausgegeben hat.«

»Nicht herausgegeben?« Valeria trat einen Schritt zurück. »Aber es war doch alles besprochen und vereinbart. Du holst das fällige Geld aus Triest, bringst es nach Turin, um die Beamten zu schmieren, und wir treten alle noch ein bisschen kürzer, haben aber unseren kleinen Sargnagel wieder, was immer auch in Zukunft mit ihm anzufangen sein wird. Dass ich jetzt selbst für meinen Unterhalt aufkomme, kann, was das Finanzielle betrifft, ja nur helfen.«

In all seiner Verzweiflung hätte Fabrizio am liebsten gelacht. Sie hatte keine Ahnung. Er hatte gewollt, dass seine Geschwister keine Ahnung hatten, dass sie sich nicht sorgten, sondern glaubten, das Weingut durchliefe nur eine vorübergehende Talsohle, wie es nach all den Umwälzungen der letzten Jahrzehnte nichts Ungewöhnliches war. Bei Crispino war ihm das gelungen, weil Crispino sich grundsätzlich vor allem für Crispino interessierte. Was aber Valeria betraf, so hatte er mit der Zeit angenommen, die Lage des Familienbesitzes sei so etwas wie ein offenes Geheimnis zwischen ihnen.

Stattdessen nahm sie an, die paar Lire, die ihr Unterhalt ihn kostete, könnten die Ausmaße der Katastrophe mildern. Nein, schlimmer noch: Sie konnte sich gar keine Katastrophe vorstellen, sondern würde aus allen Wolken fallen. Er würde ihr sagen müssen, dass ihr Weihnachtsbesuch der letzte auf Montechiaro sein würde, dass ihnen spätestens im Januar das Gut nicht mehr gehören würde und dass das obskure Zimmer, das sie in Turin in Aussicht hatte, künftig ihr einziges Zuhause war.

So wie er zuvor, als sie ihre Neuigkeit verkündet hatte, brauchte nun sie Zeit, um die seine zu erfassen. »Was ihr da sagt, ist euch ernst, richtig?«, fragte sie. »Crispino ist nicht hier, er hält sich nicht irgendwo versteckt, wie er es als kleiner Junge gemacht hat, um mich zu überraschen?«

»Er ist in Le Nuove«, antwortete Fabrizio tonlos. »Und da wird er vorerst auch bleiben, weil ich das Geld, das mich die Bestechung kostet, nicht habe. Ich habe auch noch für andere Dinge kein Geld, und um all diese Dinge zu regeln und Crispino doch noch nach Hause zu bekommen, wird mir nichts anderes übrig bleiben, als dieses Haus und alles Land, was dazugehört, zu verkaufen.«

Dem *Castellano* entfuhr ein Laut.

Valeria stand da wie gebannt.

»Dieses Haus?«, fragte sie endlich. »Das Weingut? Aber du hängst doch so daran, es ist dein Leben, und der Wein ernährt euch alle.«

»Der Wein ernährt *uns* alle«, verbesserte Fabrizio sinnlos. »Oder nein, das tut er eben nicht, oder zumindest nicht direkt. Ernährt haben uns schon seit vielen Jahren die Kredite, die wir auf den Wein und seinen wohlklingenden Namen aufgenommen haben. Zuerst unser Vater, der damit übertüncht hat, dass wir über unsere Verhältnisse lebten. Und danach ich, um zu übertünchen, dass diese Verhältnisse schon lange nicht mehr die unseren sind. Es war eine Spirale, die sich höher und höher geschraubt hat. Als ich geglaubt habe, ich hätte Wege gefunden, daraus auszubrechen, wurde Crispino verhaftet. Jetzt hilft kein Wehklagen mehr. Wenn wir Crispino nicht seinem Schicksal überlassen wollen, muss ich morgen anfangen, nach einem Käufer für das Gut zu suchen.«

»Aber das kannst du doch nicht machen!« Die Stimme des *Castellano* klang, als kämpfe er gegen Tränen. »Es ist unsere Heimat, es gehört seit dem hohen Mittelalter unserer Familie.«

»So ist es«, sagte Fabrizio müde. »Aber das hohe Mittelalter hilft mir in der niedrigen Gegenwart nicht weiter, und so werde eben ich als der Ascoli in die Geschichte eingehen, der den Sitz der Familie verloren hat. Ich hoffe, es so einrichten zu können, dass für euch alle gesorgt ist. Für dich, für Crispino, wenn er auf freiem Fuß ist, für Alfredo und Mariuccia und auch für Valeria, zumindest solange sie noch keine Reichtümer mit ihren schriftstellerischen Talenten scheffelt.«

»Du brauchst gar nicht zu spotten!«, rief Valeria, die sich keine Mühe gab, gegen die Tränen zu kämpfen. »Ich bin es zumindest nicht, die den Besitz der Familie verloren hat, die vor lauter Stolz und Eigensinn gewartet hat, bis nichts mehr zu retten war.«

»Nein, du bist es nicht«, sagte Fabrizio. »Ich bin es, und es ist nur recht und billig, dass ich dafür geradestehe. Dass es euch andere auch trifft, tut mir von Herzen leid, aber wie du richtig bemerkt hast, ist dabei nichts mehr zu retten. Und jetzt bin ich müde. Ich habe morgen einen langen Tag vor mir und denke, ich ziehe einen Strich unter diesen.«

24

Vicky

Triest

November

Der Friedhof der Heiligen Anna lag in einer Senke hinter dem gleichnamigen Hügel, in der sich die Nebel des Morgens wie Geister zu halten schienen. Das Gelände war riesig, mit seinen Gedenkstätten und Mausoleen kam es Vicky vor wie eine eigene Stadt. Wie ein in Stein erstarrtes Triest für die Verstorbenen. Der Weg, den ihr Trauerzug mit dem Sarg zwischen Gräbern zurückzulegen hatte, war endlos lang.

Der Trauerzug dagegen war kurz. Der Geistliche mit den Messdienern, dahinter Vicky selbst als trauernde Witwe und Eleonore als Mutter, gefolgt von Agathe und Melitta, den Angestellten und einem kleinen Kreis von Bürgern der Stadt. Die Graubeners waren nicht gekommen, weder Vater noch Sohn, was Agathe mit der zornigen Bemerkung quittiert hatte, man werde also künftig die Bank wechseln.

Ob die Bank gewechselt wird oder nicht, werde ich zu entscheiden haben, sprang es Vicky an. Sie hatte nicht vor, solche Karten auszuspielen, sondern würde den Rat der Älteren in solchen Fragen gern annehmen, doch an der Tatsache ließ sich nicht rütteln: Die Verantwortung für die Zukunft der Pension lag fortan in ihren Händen.

Felix Hüttenroth, der Notar der Familie Hortis, den Vicky bei der Aufsetzung ihres Ehevertrags flüchtig kennengelernt hatte, hatte sie vor Beginn der Aussegnungsfeier angesprochen. Das Testament würde noch heute, zwischen Beisetzung und Leichenschmaus, eröffnet werden, sämtliche Mitglieder der Familie würden anwesend sein. »Aber eigentlich ist das nicht notwendig«, hatte der kleine silberhaarige Mann mit dem Kneifer gesagt. »Dass Ihr Gatte keine Kinder hinterlässt und Sie die Alleinerbin sind, ist Ihnen ja sicher bekannt.«

So war sie also doch noch zur Alleinerbin geworden, wenngleich auf ganz andere Weise als einst gedacht. Agathe, Melitta und vermutlich auch Eleonore hassten sie dafür. Es würde alles andere als einfach werden, sie davon zu überzeugen, dass sich an ihrer Stellung nichts änderte. Sie sollten behalten, was immer sie wollten: ihre Wohnräume, ihre Befugnisse, jedes Andenken an Eduard, an dem ihnen etwas lag. Alles, was Vicky sich wünschte, war Teilhabe, ein Platz in der Familie, die auf so eigentümliche Weise die ihre geworden war. Sie sehnte sich danach, Frieden mit ihrer Schwiegermutter, ihrer Schwägerin und deren Tochter zu schließen, denn eine eigene Familie hatte sie, außer Felice, nicht mehr.

Ihre Eltern waren nicht gekommen.

Dass sie in ihrem Ärger die Teilnahme an ihrer Hochzeit abgesagt hatten, hatte Vicky verkraftet, hatte sich gesagt, sie müsse eben hinnehmen, dass die Eltern ihre Wahl ablehnten, und sich bemüht, nicht mehr daran zu denken. Dass sie aber nicht auf der Stelle anreisten, als sie erfuhren, dass der Mann ihrer Tochter noch in der Hochzeitsnacht verstorben war, traf sie viel tiefer, als sie erwartet hatte.

Selbst wenn man zornig aufeinander war, wenn man die Entscheidungen des andern nicht gutheißen konnte – wünschte man sich nicht, seinem Kind, seinem nächsten Verwandten beizustehen, wenn man ihn in solcher Not wusste?

»Ich hab dich lieb, Schatzerl«, hatte ihr Vater allmorgendlich an der Tür gesagt, ehe er zur Arbeit aufgebrochen war. Ihre Mutter war weder eine besonders herzliche noch eine besonders mütterliche Frau, aber es war ihr doch daran gelegen gewesen, dass ihre Tochter eine warme Mütze auf dem Kopf trug, wenn es kalt war, dass unter dem Weihnachtsbaum prächtige Geschenke für sie standen, und dass sie bei der kleinsten Krankheit mit Hühnerbrühe und gequirltem Zucker-Eigelb aufgepäppelt wurde.

Daran, dass sie ihrer Mutter etwas bedeutete, hatte Vicky nie gezweifelt. Vielleicht nicht ganz so viel wie das Wäscheunternehmen, die gesellschaftlichen Verpflichtungen, die es mit sich brachte, und der allgegenwärtige Kaiser, aber eben in einem Ausmaß, wie es sich für eine gestandene Wiener Bürgermutter schickte. Diese Bedeutung im Leben der eigenen Mutter war doch etwas, das zum Menschsein dazugehörte, eine Selbstverständlichkeit, auf die man sich verließ.

Und ihr Vater?

Natürlich hätte er lieber einen Sohn gehabt. Alle Väter wünschten sich ja Söhne, aber Vicky hatte doch das Gefühl gehabt, dass er sie auf seine Weise gern mochte, wenn er sich auch nicht die Mühe machte, sie wirklich kennenzulernen, dass er zuweilen Vergnügen daran hatte, mit ihr über dieselben Dinge zu lachen, und dass er ein bisschen stolz auf sie war.

Was hatte sie angenommen, als ihre Eltern sie nach dem Skandal um Rudolph regelrecht verstießen, ihr aus dem Weg gingen und mit ihr nur noch wie mit einer Fremden sprachen?

Dass sie sich wieder beruhigen würden, vielleicht.

Dass sie ihr Geld für sich behalten und noch eine ganze Weile schmollen würden, dass aber auf Dauer kein Groll zwischen ihnen sein und diese nicht eben überschwängliche Liebe auf irgendeine Weise fortbestehen würde.

Dies hier hingegen war ein anderes Kaliber.

Während sie fröstelnd in ihrem zu dünnen schwarzen Mantel hinter dem Sarg herging, fragte sich Vicky: *Wenn meine Mutter nicht herkommt, um mir beizustehen, weil mein Mann gestorben ist und ich in der Fremde allein bin – wann soll sie dann sonst zu mir kommen? Könnte es eine Situation geben, in der ich sie mehr brauche, mich mehr an sie hätte anlehnen wollen, wie es Kinder bei ihren Müttern tun?*

Die Stille, in der nur ihre schleppenden Schritte knirschten, war bedrückend, der hohe Grabstein, der aus den Nebeln ragte, unheimlich. Wie gut hätte es getan, einen vertrauten Menschen neben sich zu haben, nicht Eleonore, die stur geradeaus starrte, als wäre Vicky nicht vorhanden, sondern ihre eigene Mutter, die Frau, die Arm in Arm mit ihr bummeln, flanieren und ins Kaffeehaus gegangen war! Agathe und Melitta hatten auch alles andere als ein herzliches Verhältnis miteinander, aber sie gingen den ganzen Morgen schon untergehakt und steckten ab und an die Köpfe zusammen, um zu tuscheln.

Ein völlig unvernünftiges Neidgefühl packte Vicky. Sie kam sich vor wie der einzige Mensch auf der Welt, der niemanden an seiner Seite hatte.

Felice war nach Eduards Tod eine Woche geblieben, und Vicky war ihr dankbar dafür. »Diesmal bin ich nicht wieder feige und kneife«, hatte die Cousine verkündet. »Ich bin für dich da, wenn du mich brauchst. So lange du willst.« Nach einer Woche aber hatten die Federers einen Vetter geschickt, der Felice regelrecht einsammelte und zurück nach Wien verschleppte. »Ich denk' an dich, mein Zuckerkringel – ich schreib dir und komm' zurück, so schnell ich kann«, waren ihre letzten an Vicky gerichteten Worte gewesen, ehe sie aus dem Haus gezerrt worden war.

Vicky hatte das alles über sich ergehen lassen, noch zu erstarrt, zu fassungslos, um sich zur Wehr zu setzen und Dinge selbst zu entscheiden. Wie eine Puppe hatte sie stillgehalten, während eine Schneiderin der Familie den Sitz von Trauerkleidern an ihr ausprobierte. Da keine Zeit blieb, neue herzustellen, wurden vorhandene für sie abgeändert. Genauso kam sie sich vor: Als wäre sie in ein Leben geraten, das nicht das ihre, sondern höchstens notdürftig für sie abgeändert worden war.

Endlich erreichten sie das offene Grab, und der Sarg, in dem der arme, tote, stocksteife Onkel Schränkchen lag, wurde in die Erde versenkt, die ihr ebenfalls steif gefroren erschien. Dass es in Triest so kalt wurde, hatte Vicky nicht erwartet. Vielleicht war es ja auch gar nicht so kalt, jedenfalls nicht kälter als zur gleichen Jahreszeit in Wien, sondern die Kälte lauerte in ihrem Innern, seit jenem Morgen, an dem sie den Toten neben sich im Bett gefunden und ahnungslos berührt hatte.

Eine Handvoll Erde und eine Rose, die ein Angestellter des Bestatters ihr in die Hand drückte, musste sie hinunter in die Grube werfen. Wahrscheinlich gehörte es sich, dass sie dabei einen letzten Gruß an Eduard murmelte oder ihm diesen zumindest in Gedanken sandte. Aber ihr fiel nichts ein. Was hätte sie ihm sagen wollen, wenn er noch ein letztes Mal hier gewesen wäre und sie hätte hören können?

Dass sie ihm verzieh, auch wenn er sie nur ihres Erbes wegen geheiratet hatte? Und dass sie hoffte, er verziehe ihr auch, obwohl es ihr nicht um ihn, sondern um die Pension gegangen war?

Die wenigen Trauergäste paradierten einer nach dem andern an ihr vorbei, murmelten: »Mein tief empfundenes Beileid«, und zogen weiter. Agathe nahm ihre Hand, als wäre sie gezwungen, einen toten Fisch zu berühren, kniff die Augen schmal und drehte sich weg, als werde ihr übel von Vickys Anblick.

Spielte die ganze Welt verrückt? Es war doch noch kein Jahr her, dass sie ein ganz gewöhnliches Wiener Mädchen gewesen war, das niemandem etwas Übles wünschte und dem auch von niemandem Übles gewünscht wurde. Wie konnten diese Frauen, die sie doch immerhin ihr Leben lang kannten, sie behandeln, als wäre sie des Teufels Schwiegertochter?

Gleich darauf war die Reihe an Melitta. Anders als ihre Mutter sah diese ihr mitten ins Gesicht, nahm aber nicht ihre Hand. »Mörderin«, zischte sie leise und doch laut genug, damit Köpfe sich drehten. »Glaube nur nicht, dass du damit davonkommst.«

Abrupt fuhr sie herum und ging mit ihrer Mutter davon.

Vicky stand da wie versteinert. Maître René trat vor sie hin, murmelte seine Beileidswünsche und nahm ihre Hand, die ihr nicht zu gehören schien. Ohne Zweifel hatte er gehört, was Melitta gesagt hatte.

Glaubte er es?

Glaubten sie es alle?

Aber wie konnten sie denn, wie konnte irgendwer von ihr annehmen, sie wäre in der Lage, einem Menschen etwas Böses zu tun?

Eine Ewigkeit schien zu verstreichen, bis ein jeder ihr kondoliert hatte, und das kleine Häuflein Menschen sich wieder in Bewegung setzte. Nun, da jeder gehen konnte, wo und mit wem er wollte, spürte Vicky erst recht, wie isoliert und freundlos sie war. Zwar fragte Maître Rene sie mit der ihm eigenen vollendeten Höflichkeit, ob sie Hilfe benötige, doch nachdem Vicky verneint hatte, kehrte er sichtlich erleichtert an die Seite Rosines zurück. Diese beiden, der große, schlanke Mann und die kleine, runde Frau, die nebeneinandergingen, als hätten sie schon immer so zusammengehört, waren womöglich die Einzigen, die wirklich um Eduard trauerten. Rosines Gesicht war tränennass, und Maître René reichte ihr sein blütenweißes Taschentuch.

Es begann, dünn, aber stetig zu regnen. Vicky war ehrlich verwundert. Sie hatte allen Ernstes Schnee erwartet.

Vor dem Tor des Friedhofs warteten die Kutschen mit ihren schwarz gezäumten Rappen und ihren schwarz verhängten Fenstern, um die Trauergemeinde zurück in die Pension zu fahren. War diese Stadt, die sie im dichter werdenden Regen durchquerten, noch ihr Triest? Vicky kam sie wie eine Fremde vor, so wie all die Begleiter ihrer fröhlichen Ferientage zu Fremden geworden waren. Als sie ihr Ziel endlich erreichten und sie in die Empfangshalle taumelte, schlotterte sie vor Kälte am ganzen Körper.

»Ich habe im Arbeitszimmer das Feuer schüren lassen«, sagte Maître René, zumindest noch besorgt um ihr leibliches Wohl. »Herr Notar Hüttenroth erwartet Sie dort zur Testamentseröffnung. Aber wenn Sie es vorziehen, sich erst ein wenig auszuruhen, gnädige Frau …«

»Nein, das ziehe ich nicht vor«, erwiderte Vicky. »Bringen wir es hinter uns. Die Leute, die zum Leichenbegängnis gekommen sind, sollen ja auch nicht ewig warten müssen.«

Für das Begängnis hatte René das Morgenzimmer vorgeschlagen, aber Vicky hatte auf dem Spiegelsaal bestanden. Es war die einzige Entscheidung gewesen, die sie in diesem ganzen Ablauf getroffen hatte. Onkel Schränkchen war auf seinen Spiegelsaal immer so stolz gewesen. Er sollte ein letztes Mal in ihm gefeiert werden, auch wenn sich die Handvoll Menschen verloren darin ausnehmen würde. Zudem war dieser Saal der Raum, der sie und ihren verstorbenen Mann mehr als jeder andere verband.

Zunächst aber ließ sie sich von Maître René in Eduards Arbeitszimmer geleiten, wo der Notar hinter dem Schreibtisch bereits Platz genommen hatte. Auf den davor aufgereihten Stühlen warteten Eleonore, Agathe und Melitta. Aus den Blicken, die sich ihr zuwandten, schien ihr Gift entgegenzusprühen.

»Meine Damen, für Ihr promptes Erscheinen sei Ihnen gedankt.« Der Tonfall des Notars klang, als lese er alles von dem Dokument ab, das vor ihm aufgeschlagen lag. »Wie bereits besprochen ist es nicht nötig, Sie lange aufzuhalten, und ich habe dies auch nicht vor.«

Er blätterte das Dokument auf und schob sich den Kneifer fester auf die Nase. »Der Verstorbene, Herr Eduard Amadeus Hortis, seines Zeichens Gastwirt und Inhaber der Pension Hortis, situiert an der Ihnen ja bekannten Adresse, hat zu seiner alleinigen und ausschließlichen Erbin seine Ehefrau bestimmt, die hier anwesende Viktoria Malwine Hortis, geborene Liebenfels. Das Wohnrecht der hier ebenfalls anwesenden Eleonore Hortis, Mutter des Erblassers, Agathe Hortis-Braun, Schwester des Erblassers, und Melitta Braun, Nichte des Erblassers, ist diesen bis zu ihrem Ableben in den nachfolgend aufgeführten Quartieren der Pension zu gewähren, sofern dieses in wirtschaftlicher Hinsicht zu ermöglichen ist. Sämtliches Inventar geht in den Besitz der Begünstigten über und kann von dieser nach Bedarf veräußert werden.«

Notar Hüttenroth las noch eine ganze Reihe weiterer juristischer Formulierungen aus dem Testament vor, deren Sinn und Inhalt sich Viktoria entzogen. Die Worte rauschten an ihr vorüber, unterbrochen von dem zischenden Getuschel zwischen Agathe und Melitta. Kaum war der Notar am Ende der Verlesung angelangt und hatte das Dokument zur Seite geschoben, sprang Letztere auf.

»Herr Notar!«, rief sie herausfordernd und stemmte die Hände in die Hüften. »Diese von meinem Onkel bestimmten

Verfügungen, die Sie gerade verlesen haben, gelten die auch, wenn erwiesen ist, dass die Begünstigte des Testaments gegen den Erblasser ein Verbrechen verübt hat? Darf also ein Mensch auch erben, wenn er durch eine infame Tat selbst den Tod des Erblassers herbeigeführt hat?«

Notar Hüttenroth nahm seinen Kneifer ab und musterte Melitta aus müden, tränenden Augen. »Liebes Fräulein Melitta«, sagte er ernst. »Es ist durchaus nicht nur mir in den letzten Tagen zu Ohren gekommen, wessen Sie die Gattin Ihres Herrn Onkel beschuldigen, und ich möchte Sie bitten, die erwähnten Beschuldigungen nicht in diesem Raum zu wiederholen. Des Weiteren möchte ich Sie bitten, in sich zu gehen und zu überlegen, was die nämlichen Beschuldigungen für Sie alle für Konsequenzen haben könnten. Und ich rede nicht in erster Linie davon, dass Frau Hortis jedes Recht hätte, Sie wegen übler Nachrede bei der Polizei anzuzeigen.«

»Das soll Sie nur tun«, rief Melitta. »Auf das Eintreffen der Polizei warte ich nämlich bereits seit Tagen, damit das, was in jener Nacht unter diesem Dach geschehen ist, endlich einer genauen Untersuchung unterzogen wird. Bisher hat man mir jegliche Hilfe verweigert, und am Ende wird es so kommen, dass mein armer verblendeter Onkel exhumiert werden muss. Ich werde nun jedoch auch meinem Verlobten im Königreich Italien schreiben, damit er mir bei den rechtlichen Angelegenheiten, die es zu regeln gibt, behilflich ist.«

»Ihrem Verlobten, Fräulein Melitta?« Der Notar setzte den Kneifer wieder auf. »Darf man also gratulieren?«

»Unsere Verlobung ist aufgrund des Trauerfalls noch nicht offiziell«, erklärte Melitta und senkte den Blick. »Aber um dieses Thema geht es hier und jetzt auch nicht.«

»Sehr wohl«, sagte Felix Hüttenroth. »Bitte erlauben Sie mir, kurz auszuführen, um welches Thema es *mir* hier und jetzt geht. Wie bereits angedeutet, möchte ich Sie eindringlich vor den Konsequenzen warnen, die Ihre unhaltbaren Vorwürfe gegen Frau Hortis nach sich ziehen können. Nicht nur Frau Hortis, sondern auch Sie, Ihre Mutter und Ihre Großmutter sind ja, soweit es mir bekannt ist, auf den Fortbestand der Pension und deren Rentabilität angewiesen. Ebendiese gefährden Sie jedoch, wenn Sie fortfahren, in aller Öffentlichkeit zu verbreiten, in dieser Pension habe ein Mord stattgefunden. Wie Herr Guardianich mir heute Morgen darlegte, ist es bereits zu zahlreichen Stornierungen gekommen.«

»Wer ist denn Herr Guardianich?«, platzte Vicky heraus.

»Ihr Empfangschef«, antwortete Hüttenroth, ehe er sich wieder an Melitta wandte: »Fragen Sie sich einmal selbst, gnädiges Fräulein: Wer soll in einem Haus, das von mutmaßlichen Mördern geleitet wird, noch behagliche Ferien verbringen wollen? Wer lässt sich am Ort einer solchen Bluttat noch Rehrücken mit weißen Trüffeln schmecken?«

Er sah von einem zum andern. Agathe und Melitta schwiegen. »Persönlich ließe ich mir mein Wild lieber von Mörderinnen servieren als von Dummköpfen, die es obendrein mit irgendwelchen Pilzen ruinieren«, brummte Eleonore und fuhr fort, die Fransen ihres schwarzen Spitzenschals zu sortieren. »Menschen, die schwatzen, ohne zuvor den Gebrauch ihres Verstandes auch nur in Erwägung zu ziehen, verderben mir den Appetit.«

»Das ist nicht gerecht!«, rief Melitta, ihre Stimme vor Verletztheit bebend. »Ich scheine die Einzige zu sein, die den Tod des armen Onkels gesühnt sehen will. Dir ist es gleichgültig, dass er auf so grausame Weise hat sterben müssen, und dabei bist doch du seine Mutter und müsstest mir beistehen.«

»Augenblick«, zwang Vicky sich ab und war fast erstaunt, dass ihre Stimme funktionierte. »Es mag eine nebensächliche Information sein – aber ich habe deinen Onkel nicht umgebracht. Ich werde nicht behaupten, wir hätten als Nachfolger von Romeo und Julia getaugt, doch ich habe ihn sehr gemocht, und sein Tod hat mich genauso getroffen wie dich. Davon abgesehen schlage ich vor, dass wir diese Dinge unter uns regeln und Herrn Notar Hüttenroth nicht länger aufhalten. Schließlich haben wir zu allem Überfluss auch noch Gäste, die im Spiegelsaal auf ihren Leichenschmaus warten.«

»Ich bedanke mich, gnädige Frau.« Der Notar erhob sich, sammelte seine Papiere ein und kam um den Schreibtisch herum. »Sämtliche den Nachlass betreffenden Dokumente sind bei mir hinterlegt und können jederzeit eingesehen werden«, sagte er allein zu ihr. »Auch wenn Sie darüber hinaus Fragen haben – soweit es mir möglich ist, stehe ich Ihnen gern zur Verfügung. Ich betrachte dies als meine Pflicht Ihrem verstorbenen Gatten gegenüber. Des Weiteren wünscht Herr Direktor Graubener, der Bankier Ihres Gatten, morgen Vormittag um zehn Ihren Besuch in seinem Bankhaus. Herr Direktor Graubener lässt ausrichten, dass es dringend sei und der Termin keinen Aufschub dulde.«

25

Valeria

Triest

Dezember

Valeria war schon immer gern Zug gefahren. Ob als Kind auf den wenigen Reisen mit ihren Eltern in der ersten Klasse, oder später, auf der Jagd nach irgendeinem Auftrag, auf dem billigsten Platz, der erhältlich war. Schon beim Einsteigen duftete es im Innern eines Zuges nach Abenteuer, nach der Flucht aus Enge und Routine. Mit einer von *La Stampa* bezahlten und gestempelten Fahrkarte sowie dem frisch auf ihren neuen Namen ausgestellten Presseausweis in der zweiten Klasse zu sitzen war jedoch eine ganz andere Hausnummer. So sehr sie darauf brannte, ihr Ziel zu erreichen und sich in ihre erste Reportage zu stürzen, die Zugfahrt hätte gern endlos dauern dürfen.

Sie dauerte immerhin einen vollen Tag und führte durch Städte, von denen Valeria bisher höchstens hatte träumen können: das verfluchte Mailand, das besungene Verona, Venedig,

La Serenissima. Türme, die in einen blassen Dezemberhimmel ragten, kündeten von all dem Aufregenden, Einzigartigen, das ihr in ihrem neuen Leben offenstand und das ihre Gedanken hätte vereinnahmen müssen. Dazu trug sie in einer Mappe das Material für ihre Reportage bei sich, das sie bis zur Ankunft durchzulesen hatte, und auch ansonsten gab es reichlich Stoff, um ihr Hirn bis zum Bahnhof in Triest zu beschäftigen: die Eröffnung ihres älteren Bruders, der das Gut verkaufen musste, das Schicksal ihres jüngeren Bruders, der noch immer im Gefängnis saß, und alles, was für sie daran hing, die Vergangenheit und die Zukunft ihrer absonderlichen Familie.

Dem allen zum Trotz hatte sie Mühe, sich auch nur für eine Handvoll von Minuten zu konzentrieren und an etwas anderes zu denken als an Stefania Severini. Wenn sie die Lider senkte, sah sie sie vor sich, wie sie ihre Kappe vom Kopf zog, sobald sie beide allein waren, wie ihre Fluten von Haar ihr über die Schultern quollen und wie spitzbübisch sie dabei lachte.

»Da hätten wir also gleich etwas für dich«, hatte sie mit dem gleichen spitzbübischen Lachen gesagt und Valeria die Mappe mit dem Material über den Schreibtisch geschoben. »Deutsch sprichst du, richtig?«

Valeria hatte genickt. Ihr Vater hatte darauf bestanden, dass seine Kinder es lernten. In seinen Augen war es die Sprache der Zukunft und die Sprache der Sieger, obgleich das seinem Hass auf die Österreicher in Tirol keinen Abbruch tat.

»Vermutlich ist es nicht mehr als ein bisschen Gekeife unter zänkischen Verwandten«, hatte Stefania erklärt. »Aber immerhin garniert mit einem Mordverdacht und übler Nachrede und das Ganze in ausnehmend ansehnlicher Umgebung.«

»Wo denn?«, hatte Valeria gefragt, doch die Frage, die sie in Wahrheit hätte stellen wollen, lautete: *Kommst du mit?*

»Triest. Schon mal da gewesen?«

»Ich nicht. Mein Bruder aber ziemlich oft.«

»Wie es scheint, war dein Bruder überall und du nirgends.«

»War es bei dir daheim anders?«

»Ich habe keinen Bruder. Nur einen Vater, der so unsagbar gern einen Sohn gehabt hätte, dass er der Tochter erlaubte, dessen Schuhe anzuziehen.«

Stefania war in Turin zur Welt gekommen. In Turin, in der Großstadt, die noch dazu womöglich Italiens fortschrittlichste war, war so etwas möglich. Weitab jeglicher städtischen Gegend, in den Hügeln, wo Valeria geboren worden war, gab es keine Töchter, die sich die Schuhe von Söhnen anzogen. Eine Tochter, die keinen Bruder hatte, hatte die Aufgabe, einen tauglichen Schwiegersohn nach Hause zu bringen, für männliche Enkel zu sorgen und sonst nicht viel mehr. Stefania, deren Vater Musik verlegte und in deren Elternhaus Künstler, Bohemiens und Freigeister ein und aus gegangen waren, hatte keine Ahnung davon, wie Familien in Orten wie Montechiaro d'Acqui lebten. Schon gar nicht Familien wie die von Carlo Ascoli.

Wenn es nach Valeria ging, würde sie es auch nie erfahren, obwohl Stefania selbst regelrecht danach gierte, alles über Valeria zu erfahren, jeden winzigen Fetzen Information in sich aufzusaugen. Die Einzelheiten über Valerias eigene Familie waren jedoch nicht vorzeigbar. Sie hätten in Stefania Severinis Klatschspalte gepasst, die so saftig, frivol und unwiderstehlich war, dass die hohen Herren in der Chefredaktion unmöglich auf sie verzichten konnten, so sehr sie eine Frau als Ressortleiterin auch wurmen mochte.

»Das, was unseren Lesern am besten gefällt, ist das nicht ganz Saubere, nicht ganz Astreine, das, was hinter vorgehaltener Hand getuschelt wird und was sie zwischen den Spitzendeckchen und Nippesfigürchen ihrer Salons nicht geboten bekommen«, hatte sie Valeria erklärt. »Das, was sich unter der Bettdecke ereignet, hinter den Türen, in den Wäschekammern, Kellern und Dachböden. Bring mir das und schreib darüber so, dass die Seiten nicht nur beim Umblättern knistern. Dann brauchst du dir um deine Zukunft in unserer Zunft keine Sorgen zu machen.«

Valeria war entschlossen, es ihr zu bringen. Allerdings nicht gerade aus den Untiefen ihrer eigenen Familie, auch wenn diese selbst die zweite Bedingung, die Stefania nannte, noch erfüllte: »Und sieh zu, dass all deine Geschichten von schönen Menschen handeln, von denen, nach denen wir die Köpfe drehen. Das abgrundtief Hässliche übt ab und an eingestreut auch eine gewisse Faszination aus, aber vom Unscheinbaren, vom Farblosen und Gewöhnlichen will niemand lesen.«

Ihre Familie war alles andere als farblos und gewöhnlich. Und einerlei, wie viel Groll jemand gegen sie hegen mochte – dass die Ascolis schöne Menschen waren, hatte noch nie jemand abgestritten.

Was würde wohl Stefania denken, wenn sie Fabrizio oder Crispino über den Weg lief? Wenn es nach Valeria ging, würde eine solche Begegnung noch für lange, lange Zeit nicht stattfinden.

Ihr Zug fuhr nach Triest ein, als aus dem düsteren Nachmittag ein stockdunkler Abend geworden war. Nach wie vor verblüfften das Landkind Valeria all die Lichter, die ihr durch die Finsternis entgegenblinkten. Hier fand es statt, das zwanzigste Jahrhundert, obwohl die Stadt so beschaulich zwischen Meeresbucht, Karst und Bergen eingebettet lag. Triest war faszinierend. Ein seltsamer Schmelztiegel an der Schwelle verschiedenster Kulturen, eine von Italienern bewohnte österreichische Stadt, eine Hochburg der Irredentisten, deren Bevölkerung jedoch nicht Italien angehören wollte. Valeria blickte aus dem Fenster, während sie dem Bahnhof entgegenrollten, und fand sie blühend und beschaulich zugleich, alt und jung, auf den Plätzen und Avenuen hellwach und vor Leben sprühend und in den Winkeln ein wenig verschlafen, als strenge das Dasein hier nicht sonderlich an.

Jetzt wird es also ernst, dachte Valeria. Das Zugticket, das Telegramm, das ihre Buchung in der Pension bestätigte, und alle nötigen Ausweispapiere hatte Stefania ihr vorsorglich in die Mappe gelegt, aber von hier aus würde sie sich selbst durchschlagen müssen. Das Stimmengewirr, das ihr entgegenschlug, verursachte ihr ein Kribbeln im Bauch. Italienisch herrschte vor, Deutsch war unverkennbar, und sie glaubte, Französisch zu vernehmen, das sie ebenfalls gelernt hatte. Aber was war da noch? Eine slawische Sprache? Und Jiddisch? Ohne Zweifel befand sie sich an einem fremden Ort, auch wenn er von ihrer Heimat kaum eine Tagesreise entfernt lag.

Einen Gepäckträger brauchte sie nicht, den kleinen Handkoffer, den sie sich gepackt hatte, trug sie selbst.

»Was ist mit dem Rest von deinen Sachen?«, hatte Fabrizio sie gefragt. »Wenn das Haus verkauft ist, werde ich es ausräumen müssen.«

»So schnell?« Valeria war erschrocken. Sie war überzeugt gewesen, noch Zeit zu haben, hatte vorgehabt, nach Abschluss ihrer Reportage nach Montechiaro zurückzukehren und noch einmal mit dem bis dahin hoffentlich beruhigten Fabrizio zu reden, zuzusehen, dass sich eine Lösung fand. Nun aber kam sie nicht umhin zu begreifen, dass der Verlust ihres Elternhauses sich offenbar nicht aufhalten ließ.

»Wie schnell oder wie langsam es geht, entscheide nicht ich, sondern Bankier Barocci«, hatte ihr Bruder sie beschieden. »Ich bin wie gewöhnlich nur der Handlanger, der dafür geradezustehen hat, dass die Anordnungen der anderen ordnungsgemäß durchgeführt werden.«

»Es tut mir leid«, hatte sie gemurmelt.

»Was? Dass du mich mit dem ganzen Schlamassel hängen lässt oder dass das Gut verkauft wird?«, hatte er sie herausgefordert.

»Erzähl mir keine Geschichten, Valeria. Jahrelang habe ich mir eingeredet, ich müsse dir und Crispino dies hier erhalten, aber in Wahrheit habt ihr es beide nicht erwarten können, von hier wegzukommen. Na schön. Euren Willen habt ihr jetzt, und mich interessiert nur noch, was ich mit all dem Gelumpe anzufangen habe, das deine Zimmer füllt.«

»Verkauf alles, was dir von Nutzen ist«, hatte Valeria erwidert. »Ich brauche nichts.«

»So habe ich es mir gedacht«, hatte er bitter erwidert. »Du bist heilfroh, Montechiaro und alles, was daran hängt, hinter dir zu lassen, und willst nicht einmal eine Erinnerung.«

Valeria war gegangen. Zum einen war ihr klar, dass es keinen Sinn hatte, in dieser Stimmung noch weiter mit ihm darüber zu reden, zum andern konnte sie ihm nicht länger ins Gesicht sehen. Sie schämte sich, weil er recht hatte. *Sie* konnte tatsächlich nicht schnell genug von Montechiaro wegkommen und hinter sich lassen, was damit zusammenhing. Sie war erleichtert gewesen, als Stefania ihr vorgeschlagen hatte, ihr mit »Vally Ascan« ein schmissiges Pseudonym zu verpassen, denn alles, was an dem Namen Ascoli klebte, warf sie nur zu gern wie eine Schlangenhaut ab.

Alles bis auf den Castellano und meine Brüder, dachte sie. Calypso, ihr Pferd, war ein schmerzliches Opfer, das sie bringen musste, weil sie das Tier in Turin nicht unterhalten konnte, doch eine Loslösung von ihren Brüdern hatte sie nie gewollt. Fabrizio und Crispino waren die einzigen Menschen, die alles wussten, die die ganze Valeria kannten – und die Ernestino gekannt hatten. Eines Tages würde es sein, als hätte es Ernestino nie gegeben; im Grunde war es schon jetzt so, und nur sie und ihre Brüder erinnerten sich an ihn.

Sie durchquerte das Bahnhofsgebäude und trat hinaus auf die abendliche Straße. Der Wind schlug ihr entgegen, es war winterlich kalt, doch in den Städten, so kam es ihr vor, wurde es nie so kalt wie in der menschenleeren Weite, aus der sie stammte. Am Rinnstein wartete eine Reihe von Einspännern; beherzt setzte sie einen Fuß auf das Trittbrett des ersten.

»Zur Piazza Giuseppina möchte ich. Zur Pension Hortis.«

»Pension Hortis.« Der Kutscher wedelte mit der Hand. »Und dessen sind Sie sicher, Signorina? Ich könnte Sie in das Borgo Teresiano fahren, in eine sehr hübsche und gut geführte Pension, auch gar nicht teurer als bei Hortis.«

Oho! Wie es aussah, konnte sie mit der Arbeit an ihrer Reportage gleich auf der Kutschfahrt beginnen, was hoffentlich nicht nur den düsteren Grübeleien, sondern auch dem ständigen Denken an Stefania ein Ende bereiten würde. »Was stimmt denn nicht mit dem Hortis?«, fragte sie unschuldig. »Ich habe dort reserviert und möchte gern dorthin. Eine Bekannte hat mir die Pension sehr eindringlich empfohlen.«

»Und wann war das, dass Ihre Bekannte Ihnen diese Empfehlung ausgesprochen hat?« Das Italienisch des Mannes war geprägt von einem starken, harten Akzent, den Valeria nicht einordnen konnte. »Sicher schon vor einer ganzen Weile, denn in letzter Zeit logiert dort niemand mehr, der etwas anderes bekommen kann.«

»Und warum nicht?«

»Sie sind nicht hier aus der Gegend, was?«

»Nein.«

»Vom Land?«

Sie nickte.

Der Kutscher beugte sich zu ihr hinunter. »Der Hortis hat eine Dummheit begangen«, wisperte er Valeria zu. »Hat sich in seinem Alter ein junges Ding ins Haus geholt, was man ja einem Mann nicht verdenken kann. Aber wer ist denn so blöd und heiratet gleich?«

»Und das hat der Hortis getan?« Wie in Erstaunen hob Valeria die Brauen. »Das junge Ding geheiratet?«

»Das Leben hat's ihn gekostet«, erwiderte der Kutscher düster. »Kaum war die Sache besiegelt, die leibliche Familie aufs Abstellgleis geschoben und die Schwindlerin als Erbin eingesetzt, hat sie den armen alten Burschen kaltgemacht.«

Mord in der Hochzeitsnacht.

Die Schlagzeile war Valeria in den Sinn gekommen, sobald sie den ersten Blick in das Material geworfen hatte, das Stefania ihr übergeben hatte. Zwar würde man ein Fragezeichen dahintersetzen müssen, da nach allem, was sie wusste, ziemlich sicher feststand, dass das sogenannte »junge Ding« ihren alten Bräutigam *nicht* kaltgemacht hatte, aber der Wirkung würde das keinen Abbruch tun.

»Nun wissen Sie Bescheid.« Der Kutscher ließ seine Augen rollen. »Noch am Tag der Hochzeit hat man das Mädel schamlos mit einem jungen Galan poussieren sehen, und in der Nacht hat der arme alte Kerl dran glauben müssen. Wollen Sie jetzt etwa immer noch ins Hortis, oder soll ich Sie doch lieber ins Teresiano bringen?«

»Bitte bringen Sie mich ins Hortis«, beharrte Valeria, stieg ein und schloss hinter sich die Tür, ehe der Mann noch etwas vorbringen konnte.

Erregung erfasste sie. Natürlich waren es keine Räuberpistolen wie diese, über die sie in ihren Jungmädchenträumen hatte berichten wollen. In den wenigen Tagen, die sie mehr oder weniger von morgens bis abends mit Stefania verbracht hatte, hatte sie jedoch bereits gelernt, dass es vor allem auf eines ankam: Sie als Frau musste etwas schreiben, was gelesen wurde – und zwar derart begierig, dass die Herren in der Chefredaktion an ihr so wenig wie an Stefania vorbeikamen.

Ihren persönlichen Anliegen konnte sie sich widmen, wenn sie nicht nur einen Fuß, sondern den gesamten Rest in der Tür hatte. Auch dann würde sie jedoch mit sämtlichen Mitteln darum werben müssen, gelesen zu werden, und Stefania hatte recht: Auf gesellschaftliche Missstände konnte man auch in einer haarsträubenden Mordgeschichte aufmerksam machen.

Welche Vorverurteilungen waren beispielsweise am Werk, wenn ein junges Mädchen, dem in der Hochzeitsnacht der Mann starb, lauthals des Mordes bezichtigt wurde? Welche Möglichkeiten standen der Frau offen, um sich zur Wehr zu setzen? Musste sie in den Augen der Gesellschaft nicht schon allein deshalb etwas auf dem Kerbholz haben, weil sie weiblich und höchstwahrscheinlich hübsch war und sich erlaubt hatte, als Frau einen eigenen Willen zu haben?

Eine ganze Menge Leute würden noch immer gern Hexen verbrennen, dachte Valeria. *Mich selbst vermutlich ebenso wie diese Viktoria Liebenfels-Hortis, die noch dazu keine Einheimische ist.*

In gemäßigtem Trab fuhr der Wagen die geraden, wie abgezirkelten Straßen entlang, bis sie auf einen weiten, von prachtvollen Bauwerken umrundeten Platz gelangten. Valeria, die aus dem Fenster blickte, hielt den Atem an. Alle Gebäude waren beleuchtet, und dort, wo zwei von ihnen zwischen sich eine Lücke ließen, blitzte das Meer auf, in dessen Schwärze die Sterne sich spiegelten. Vielleicht waren es auch gar keine Reflexe von Sternen, sondern die Lichter der Schiffe, aber so oder so war es unglaublich schön.

Eines Tages werden wir in der Lage sein, dies zu fotografieren, dachte Valeria. Trotz der Dunkelheit und in den richtigen Farben. Sie würde aus dem Wagen springen, eine Kamera, die in einen Koffer passte, zücken und dieses herrliche Bild einfangen, um es ihrer Reportage voranzustellen, ihrem Bericht Atmosphäre zu verleihen.

Bluttat im nächtlichen Paradies.

Wie war es überhaupt denkbar, sich nicht in den Fortschritt zu verlieben, wenn er derart grandiose Möglichkeiten offerierte?

Solange sie auf diesen Fortschritt jedoch noch warten mussten, würde sie alles geben, was sie hatte, um in ihre Worte zu legen, was sie in Bildern ihren Lesern nicht vermitteln konnte.

Die Kutsche hielt vor einem dreistöckigen Haus mit weißen Sprossenfenstern, dessen Fassade in dem schwachen Licht rosa schimmerte, wie mit Zuckerguss überzogen. Efeu rankte sich zwischen den Fenstern hinauf wie ein Muster auf einem Kleid, und die steinernen Balustraden der Balkone schmückten glitzernde Zapfen aus Eis.

Der perfekte Ort, um seine Ferien zu verbringen, dachte Valeria. Einladend. Romantisch. Ein Haus wie aus einem Märchenbuch, das den Eindruck vermittelte, hinter seinen Spitzenvorhängen könne unmöglich etwas anderes herrschen als vollendete Harmonie.

Jäh fragte sie sich, ob wohl Menschen, die ihr Haus in Montechiaro im Schutz der Bäume und Berghänge zu sehen bekamen, etwas Ähnliches dachten. Vor ihren Augen mochte sich ein ländliches Idyll erstrecken, in dem Leid und Verzweiflung unmöglich existieren konnten.

Für die Nachbarn, deren Häuser meilenweit entfernt standen, hatten sie auch nie existiert. In der Einöde hörte hinter den dicken, zweihundert Jahre alten Wänden niemand die Schreie eines Kindes, das Weinen einer Mutter, das Flehen und Betteln in Todesangst, das noch immer zuweilen Valerias Träume füllte.

Sobald ihre Gedanken diese Erinnerungen auch nur streiften, überfiel sie von Neuem die Sehnsucht nach Stefania, nach deren heiterer Zuversicht, ihrer seidenglatten Stirn und ihren Bewegungen, die so beschwingt waren, als wäre sie entschlossen, durch ihr Leben zu tanzen.

Sie stieg aus der Kutsche und bezahlte den Fahrer, der ihr noch einen vielsagenden Blick zuwarf, ehe er sein Pferd wendete und viel zu schnell über das vereiste Pflaster davonfuhr. Aus dem rosafarbenen Haus trat ein hochgewachsener Mann in äußerst eleganter marineblauer Livree.

»Fräulein Vally Ascan?«

»Genau die.« Valeria zwang sich zu ihrem gewinnendsten Lächeln. »Wie reizend, dass Sie mich eigens hier draußen willkommen heißen.«

Der Mann verzog keine Miene. »Läge die Entscheidung bei mir, hätte ich es nicht getan«, sagte er eisig. »Unsere Direktorin wünscht jedoch, dass jeder Gast gebührend empfangen wird, einerlei mit was für Absichten er kommt.«

»Woher wollen Sie denn wissen, mit was für Absichten ich komme?«, fragte Valeria perplex.

Der Mann presste flüchtig die Lippen zusammen, und sein Gesicht nahm einen Ausdruck so tiefer Verachtung an, dass selbst Valeria, die sich für hartgesotten hielt, erschrak. »Presse«, warf er ihr hin. »Sensationslüsternes Pack, das sich am Kummer von anderen weidet und einer jungen Frau, die es hart genug getroffen hat, das Leben zur Hölle macht.«

»Aber ich bin …«, stammelte Valeria, brach dann jedoch ab und gab auf. *Wo es nötig ist, lüg', dass sich die Balken biegen*, hatte Stefania ihr eingeschärft, doch sie musste feststellen, dass sie dazu noch der Übung bedurfte.

»Versuchen Sie es gar nicht erst«, verwies sie der Mann. »Wenn eine einzelne Person, die noch nie hier war, urplötzlich eine Reservierung vornimmt, während selbst treueste Stammgäste stornieren, und wenn die Person obendrein den absurdesten Fantasienamen trägt, bemerkt selbst ein gutgläubiger Mensch wie ich, woher der Wind weht. Und wissen Sie, was mich daran am meisten anwidert? Dass diese Dreckschleudern vor nichts Halt machen, sondern, um sich zu tarnen, jetzt sogar schon Frauen benutzen.« Und mit einem angeekelten Blick auf Valeria fügte er hinzu: »Und dass es Frauen gibt, die sich zu so etwas benutzen lassen.«

26

Vicky

Ebendort,

ebendann

In den Wochen vor ihrer Hochzeit hatte sie sich mit einer Spur von Vorfreude vorgenommen, gemeinsam mit Eduard und der Familie jeden einzelnen Gast zu begrüßen. Sie selbst hatte sich immer so gefreut, wenn alle zu ihrer Ankunft bereitstanden, als hätten sie das ganze Jahr über auf sie gewartet.

So wie sie das ganze Jahr über auf die Ferien in Triest gewartet hatte.

Nun war kein Eduard mehr da, um die Gäste zu begrüßen, und die sogenannte Familie lehrte sie, dass man nirgendwo so allein war wie in einem Haus, in dem kein Mensch mit einem sprach. Gäste gab es auch keine mehr. Vicky starrte auf die Seite des großen, in Leder gebundenen Buches, sah die in Maître Renés ordentlicher Schrift eingetragenen Buchungen und die wilden Linien, mit denen Melitta oder Agathe jede einzelne ausgestrichen hatte.

Das Ehepaar Sterzig aus Graz, das den Eintragungen nach jedes Jahr zwei Wochen lang über Neujahr kam und den Silvesterball des Hauses Hortis mitfeierte.

Walther Wawerka, der Theaterdichter, der sein erfolgreichstes Stück hier geschrieben hatte.

Das junge Paar aus Linz, das die erste Station seiner Flitterwochen hier hatte verleben wollen und ebenfalls den Silvesterball samt Champagner gebucht hatte.

Die Liste war endlos. Bis tief in den Frühling hinein und somit bis zum Ende der Hauptsaison waren Buchungen storniert worden. Die Pension würde auf Wochen leer stehen, und auf dem Silvesterball würden höchstens Geister tanzen.

Ohnehin war der Ball den Aufzeichnungen nach eine etwas verstaubte Angelegenheit gewesen, bei der außer altmodischen Walzermelodien der ein wenig müden Kapelle und einem zwar köstlichen, aber hausbackenen Buffet nicht viel zu erwarten stand. Vicky hatte sich vorgenommen, sich allerlei dafür einfallen zu lassen – ein Motto für die Dekorationen, Kostüme, Scharaden, Rundtänze und einen Wettbewerb, bei dem maskierte Tanzpartner den Namen des anderen erraten mussten. Jetzt allerdings sah es ganz so aus, als würde sie all diesen Vergnügungen allein nachgehen müssen – nicht wie eine jung verheiratete, frischgebackene Pensionsinhaberin, sondern wie eine erschöpfte ältere Frau, die Erinnerungen nachhing und niemanden mehr hatte.

Und was noch viel schwerer wog: Sie würde überhaupt kein Geld haben, um die prächtig ausgestattete Feier, die sie sich erträumt hatte, durchzuführen. Sie würde am Ende des Monats nicht einmal Geld haben, um dem Personal, das weiter seine Arbeit tat, als gäbe es noch jemanden zu bedienen, zu bekochen oder zu empfangen, seinen Lohn auszuzahlen. Von dem Moment an, in dem ihr klar geworden war, dass Eduard sie ihres nicht vorhandenen Erbes wegen geheiratet hatte, war es ihr vorgekommen, als taumele sie von einem Schrecken in den nächsten.

Zuerst lag ihr gerade frisch angetrauter Mann tot neben ihr in seinem Bett.

Dann beschuldigten seine Verwandten wirklich und wahrhaftig sie, ihm etwas angetan zu haben, obwohl der Arzt der Familie, der kam, um den Totenschein auszustellen, ohne jeden Zweifel ein Herzversagen feststellte und auch betonte, Eduard habe bereits seit Längerem unter Herzbeschwerden gelitten.

Als wäre das alles nicht genug, schien sich das Gemunkel über einen Mord in der Pension Hortis zu verbreiten wie ein Lauffeuer. Es hagelte Telegramme mit Stornierungen, Absagen und sogar wüsten Beschimpfungen. Wenn Vicky in diesem Augenblick gedacht hatte, es könne schlimmer nicht mehr kommen, hatte sie sich arg getäuscht. Das Schicksal oder wer immer es war, der dieses hässliche Spiel zusammenmischte, hatte noch eine rabenschwarze Karte für sie im Ärmel und zögerte nicht, sie auszuspielen.

Am Tag nach der Beerdigung und der Eröffnung des Testaments musste sie im Bankhaus Graubener vorsprechen. Sie hatte gedacht, es ginge um die Überschreibung der Konten, Erteilung irgendwelcher Vollmachten oder Durchsicht von Postfächern. Was der alte Bankier, der so gerne piemontesischen Weißwein trank, ihr jedoch in kühlem, unbeteiligtem Ton zu sagen hatte, war etwas völlig anderes, und es drohte Vicky, die sich bisher mühsam aufrecht gehalten hatte, den Boden unter den Füßen zu entziehen.

Die Pension Hortis war pleite.

Und das war sogar noch untertrieben.

Die Pension Hortis steckte bis weit übers Dach in Schulden und gehörte im Grunde gar nicht mehr ihr, sondern dem Bankhaus und diversen Gläubigern.

»Das, was ich Ihnen hier vorlege, ist nur die Spitze des Eisbergs«, erklärte Graubener senior, während sein Sohn Schuldverschreibungen, ungedeckte Schecks und Auszüge mit tiefroten Zahlen vor Vicky ausbreitete. »Ihr verblichener Gatte hat bereits seit Jahren weit über seine Verhältnisse gelebt, wollte mit den großen, glamourösen Hotels mithalten und hatte von der wirtschaftlichen Führung einer Pension nicht die blasseste Ahnung.«

»Und was wird jetzt?«, war Vicky herausgeplatzt und war sich so dumm vorgekommen wie nicht einmal an dem Tag, an dem sie hatte herausfinden müssen, dass Rudolph sie zum Narren gehalten hatte.

»Das müssen Sie sich selbst fragen, nicht mich«, erwiderte Graubener wiederum ohne die geringste Spur von Mitgefühl. »Ich persönlich kann Ihnen aus purer Kulanz und Respekt vor Ihrem Trauerfall noch ein letztes Mal eine Zahlungsfrist von vier Wochen einräumen. Na – rechnen wir die Weihnachtsfeiertage ab und machen fünf Wochen daraus. Ihr verblichener Gatte versprach mir in die Hand, sobald Ihre Mitgift ausgezahlt sei, werde er sämtliche Verbindlichkeiten begleichen, und schon da habe ich mir gedacht: ›Mein Bester, du schlachtest wieder einmal einen Bären, den du noch gar nicht erlegt hast.‹ Wie mir nun zu Ohren kommt, ist diese üppige Mitgift tatsächlich auch gar nicht zu erwarten, aber das ist nicht meine Sorge, sondern Ihre. Ich verlange mein Geld also spätestens am vierzehnten Januar.«

Vicky hatte nach Luft geschnappt, hatte den Bankier anflehen wollen, nicht derart grausam zu sein, und hatte doch nicht einmal gewusst, worum sie ihn hätte bitten sollen. Um mehr Zeit für die Rückzahlung? Aber sie hatte doch keine Gäste, kein Einkommen, und die Kosten, die für den Betrieb der Pension anfielen, würden mit jedem Tag höher und höher wachsen wie der Berg ihrer Sorgen.

Bankier Graubener war jedoch noch nicht fertig. »Zu welchen Vereinbarungen Sie mit dem Rest Ihrer Gläubiger kommen, müssen Sie selbst regeln. Gott sei Dank geht mich zumindest das nichts an.«

»Welchem Rest meiner Gläubiger?«, hatte Vicky gestammelt und sich dabei gefragt, wann sie – im Palais Auersperg oder daheim in ihrem Mädchenzimmer – aus diesem Albtraum endlich erwachen würde.

»Ich nehme an, Ihr verblichener Gatte hat irgendwo Aufzeichnungen darüber hinterlassen«, antwortete Graubener. »Auch wenn mich bei dem Augiasstall, den der Mann seine Buchführung nannte, gar nichts mehr wundert. Jaja, ich weiß, *de mortuis nil nisi bene*, über die Toten nur Gutes, aber dass diese ganzen armen Teufel, denen unser spezieller Toter Geld schuldet, alles andere als Gutes über ihn zu sagen haben, kann ich ihnen wahrlich nicht verdenken.«

Wie in Trance hatte Vicky einen Dank gemurmelt und sich zum Gehen gewandt. Als sie bereits an der Tür stand, hatte Bankier Graubener sie noch einmal zurückgerufen. »Mir kann es gleichgültig sein, wie Sie über die Runden kommen, und ich habe bestimmt kein Interesse daran, mich als Menschenfreund zu betätigen«, sagte er. »Wenn Sie aber meine Meinung hören wollen: Je schneller Sie sich zum Verkauf entschließen, desto geringer dürften die Verluste ausfallen. Wenden lässt sich das Blatt ja nun nicht mehr, machen wir uns darüber nichts vor. Dafür, dass Sie zumindest einen ordentlichen Preis bekommen, könnte ich sorgen – falls Sie mir also eine Vollmacht erteilen, sehe ich mich nach einem Käufer um.«

Vicky hatte ihm keine Vollmacht erteilt, sondern war gegangen, um in der Pension, in Eduards Arbeitszimmer, das Unterste zuoberst zu kehren. Ehe sie es nicht schwarz auf weiß sah, ehe sie nicht das ganze Ausmaß dieser Schulden kannte, war sie nicht in der Lage zu glauben, dass sie nicht nur ihren

Mann, sondern auch die Pension und damit das gesamte neue Leben, das sie sich hatte aufbauen wollen, verloren hatte, noch ehe es überhaupt in ihrem Besitz gewesen war. Die wahllos in Schubladen gestopften Rechnungen, Mahnschreiben und Schuldscheine, die sie im Laufe jenes entsetzlichen Tages zum Vorschein brachte, lehrten sie jedoch, dass ihr genau das bevorstand. Die Wahrheit war noch bei Weitem ärger als ihre schlimmsten Vorstellungen.

Eduard hatte seit Jahren seinen Verpflichtungen nicht mehr nachkommen können. Statt sparsam zu wirtschaften, hatte er immer luxuriösere Anschaffungen getätigt, hatte die Zimmer neu ausgestattet, die Speisekammern von den teuersten Herstellern füllen lassen und dafür gesorgt, dass zu jeder erdenklichen Gelegenheit der Champagner in Strömen floss. Es gab so gut wie keinen Lieferanten, bei dem er keine himmelhohen Schulden hatte, und etliche weigerten sich bereits, ihn noch zu beliefern.

Nun ließ sich erklären, warum es bei Hortis keinen Vitovska und auch keinen Nachschub an österreichischen Weinen mehr gab. Aus Frankreich bezogen sie nur noch Champagner, dessen Quelle Eduard mehrmals geändert hatte, und was den übrigen Bestand des Kellers betraf, war er zu Fabrizio Ascolis Weinen aus Montechiaro d'Acqui gewechselt.

Wohl weil sie billiger waren oder der Italiener zu arglos war, um sich nach der Bonität seines neuen Kunden zu erkundigen. Als Vicky den zerknitterten Stapel von Rechnungen und höflichen Erinnerungen, die Ascoli geschickt hatte, in die Hände bekam, ließ sie sie erschöpft fallen und brach zu ihrem eigenen Entsetzen in Tränen aus.

Sie konnte nicht mehr. Das alles war wie eine Lawine, die über sie hinwegrollte, ohne ihr die kleinste Chance zu lassen. Sobald sie sich aufgerappelt hatte, kam schon die nächste Woge. Und dies hier, der Schuldenberg bei Fabrizio Ascoli, traf sie vielleicht am härtesten. Sie tat seit Tagen, seit Wochen ihr Bestes, um an den Mann nicht zu denken, denn sobald sie es tat, erfasste ihren ganzen Körper, innerlich wie äußerlich, eine Spannung, die sich kaum ertragen ließ.

Sie wusste, dass über den Kuss auf dem Platz getuschelt wurde, dass diejenigen, die sie für eine Mörderin hielten, diese Intimität als Beweis werteten, und was hätte sie ihnen entgegenhalten können? Sie wusste doch selbst nicht, was in sie gefahren war, und hatte sich gleich darauf in Grund und Boden geschämt.

Jetzt schämte sie sich noch viel mehr, denn sie hatte den Mann aus dem Piemont nicht nur aus heiterem Himmel geküsst, während sie noch in ihrem Brautkleid steckte, sondern war darüber hinaus bis über beide Ohren bei ihm verschuldet. Was hatte er von ihr gedacht? Dass sie sich ihm anbieten wollte, um ihr Konto anders als mit Geld, das sie nicht hatte, auszugleichen?

Vicky stöhnte auf. Es hatte überhaupt keinen Sinn, sich diese Gedanken zu verbieten, weil sofort neue aufflammten wie die Köpfe der Hydra. Was sollte sie tun? Wo konnte sie hin? Zurück zu ihren Eltern, die ihr nicht einmal ihr Beileid zum Tode ihres Mannes ausgesprochen hatten? Und noch viel schlimmer: Was wurde aus den Menschen, die in der Pension lebten und auf die Arbeit und das Einkommen angewiesen waren?

René und Rosine, die mehr oder minder ihr Leben hier verbracht hatten, Hugo und Matthis, die ebenfalls zum Urgestein gehörten, ganz zu schweigen von Fanika und Annamaria, die gewiss nicht genug verdienten, um auch nur die kleinste Rücklage zu besitzen. Annamaria, so hatte Vicky von Rosine gehört, hatte sieben jüngere Geschwister, und ihr Vater war auf und davon. Von Fanika wusste sie gar nichts, aber das Mädchen war so dünn und bleich, bestimmt bekam es nicht genug zu essen.

All diese Leute ließ sie im Stich, und Agathe, Melitta und Eleonore obendrein. Sie hätte sich um die drei, die sie eines Mordes für fähig hielten, nicht scheren sollen, aber Eleonore war über achtzig und Melitta schien die Pension zu lieben wie andere Mädchen ihren Bräutigam.

Augenblick.

Vicky hielt inne.

Hatte Melitta auf der Testamentseröffnung nicht etwas von einem Verlobten im Königreich Italien erzählt? Vicky hatte nur mit halbem Ohr hingehört, weil allzu viel auf sie eingeprasselt war, doch jetzt, im Nachhinein, musste sie zugeben, dass sie sich Melitta als verliebte Braut schwer vorstellen konnte.

Das war ungerecht und außerdem dumm. Sie kannte Melitta doch gar nicht und wusste nicht, was für Qualitäten sich hinter ihrem unscheinbaren Äußeren verbargen. Hochmut kam vor dem Fall. Womöglich war jener unbekannte italienische Bräutigam weit leidenschaftlicher in seine Braut verliebt, als es je ein Mann in sie, die hochnäsige Vicky Liebenfels, gewesen war. Außerdem ging das Verhältnis zwischen Melitta und ihrem Verlobten sie ja auch gar nichts an. Für sie von Bedeutung war lediglich die Frage, ob jener Mann in der Lage und bereit sein würde, Melitta in absehbarer Zeit ein Zuhause zu bieten.

Und nicht nur ihr, sondern am besten ihrer Mutter und Großmutter gleich mit.

Zumindest eine Last wäre ihr damit vom Gewissen genommen.

Und was sollte sie wegen all der verbleibenden Lasten tun?

Wie sie sich auch drehte und wendete, nirgendwo tat sich ein gangbarer Weg, eine zumindest nicht völlig undenkbare Lösung auf. Aber die Gäste begrüßen, wie sie es sich in einem anderen Leben vorgenommen hatte, konnte sie immerhin. Oder besser den Gast, denn es gab ja nur einen einzigen. Eine Frau aus Turin, die eine Woche bleiben wollte und die Wahl unter sämtlichen dreißig Zimmern haben würde. Um sie ein Gewese zu machen würde an Vickys Lage nichts ändern, aber auch diese eine Besucherin hatte das Recht, während ihres Aufenthalts in der Pension Hortis behandelt zu werden, wie Eduard Vicky immer behandelt hatte: wie eine Königin.

Mit einem Läuten der Klingel auf dem Rezeptionstisch hatte Maître René bekannt gegeben, dass die Dame eingetroffen war. Entschlossen stand Vicky vom Bett auf, strich sich den Rock glatt und fuhr sich ohne jede Wirkung mit den Fingern durchs Haar. Dann ging sie die Treppe hinunter zum Empfang, gab sich dabei Mühe, zumindest ansatzweise hoheitsvoll zu schreiten, wie ein Gast es von der Inhaberin der renommierten Pension Hortis erwarten durfte.

Der *einst* renommierten Pension.

Aber daran durfte sie in diesem Augenblick nicht denken.

27

Vicky

Ebendort,

ebendann

Die Frau, die mit René am Empfang stand, trug einen weiten Mantel, der an anderen Frauen nichts Besonderes gewesen wäre, an ihr jedoch aussah, als müsse jede Frau von Paris bis Budapest ihn in diesem Winter um jeden Preis tragen wollen. Sie hatte nur einen kleinen Koffer bei sich, doch sie gehörte zweifellos zu den Frauen, denen es kein Mensch anmerkte, wenn sie drei Tage lang im selben Kleid erschienen. Ihr Haar war dunkel, voll und lockig, und ihr schönes, markantes Gesicht erkannte Vicky auf den ersten Blick.

Oder besser: Sie war sicher, die Frau zu erkennen – sie hatte lediglich vergessen, wer sie war.

»Guten Abend, gnädige Frau«, rang Vicky sich ab und kam sich lächerlich vor. Sie hatte eine wesentlich ältere, distinguierte Dame erwartet, nicht jemanden, der höchstens ein paar Jahre älter sein konnte als sie selbst. »Ich hoffe, Sie hatten eine angenehme Anreise?«

»O ja, danke, alles bestens.« Die Fröhlichkeit, die sie ausstrahlte, erinnerte Vicky an sich selbst – an eine Version ihrer selbst, die es nicht mehr gab. »Und ich wurde ja auch so herzlich willkommen geheißen.«

Die Art, wie sie in Maître Renés Richtung nickte, ließ Vicky vermuten, dass dieser sie alles andere als herzlich willkommen geheißen hatte. Sie erkannte den Mann mit den formvollendeten Manieren, der hinter seiner perfekten Fassade verschwunden war, solange sie denken konnte, kaum wieder. Sein Gesicht drückte Zorn aus, Verbitterung. Er sah aus wie ein hübsch aufgeputztes Pulverfass, das jeden Augenblick explodieren konnte.

Das war nicht akzeptabel, so durfte er mit dem einen kostbaren Gast, den sie hatten, nicht umgehen. Sie würde mit ihm sprechen müssen, herausfinden, was an dieser Frau ihn so aufbrachte, und ihm deutlich machen, dass sie solches Verhalten nicht dulden würde.

Auf der anderen Seite war dies ganz und gar nicht die Art, in der sie mit ihm umgehen wollte. Er und Rosine schienen ihre einzigen Verbündeten. Beide hatten sofort, als die niederschmetternden Nachrichten sie erreichten, erklärt, dass sie bis auf Weiteres auf ihren Lohn verzichten würden und auch sonst zu allem bereit wären, um Vicky bei der Rettung der Pension zu unterstützen. Sie hätte ihnen sagen müssen, dass eine solche Rettung nicht möglich war, aber sie hatte es nicht über sich gebracht – weder vor René und Rosine noch auch nur vor sich selbst.

Außerdem wusste sie, dass René wie ein Ritter in marineblauer Rüstung für sie auf die Barrikaden ging und es mit jedem aufnahm, der auch nur den leisesten Verdacht gegen sie äußerte. »Ehe unsere Frau Viktoria zu einem Mord fähig ist, bin ich es selbst und Sie nicht minder!«, hatte sie ihn zu einem der Lieferanten sagen hören, der getönt hatte, Vicky mit ihrem Liebhaber gesehen zu haben, und daher sicher war, dass sie Eduard auf dem Gewissen hatte.

Sie würde sich später um René kümmern, mit ihm über seinen Zorn sprechen, aber sich auch bei ihm bedanken. Im Augenblick war ihr Gast wichtiger. Blitzschnell fasste Vicky einen Entschluss. »Es freut mich zu hören, dass Sie unterwegs keine Unannehmlichkeiten hatten«, sagte sie zu der jungen Frau. »Unser Herr René wird Ihnen sofort Ihr Zimmer zeigen. Ich habe mir erlaubt, Ihnen eine Suite mit Meerblick zu reservieren, da Sie zum ersten Mal hier sind und unser Triest von seiner schönsten Seite kennenlernen sollen. Wenn Sie sich ein wenig frisch gemacht und ausgeruht haben, würde ich mich sehr freuen, Sie heute, an Ihrem ersten Abend, als meinen Gast in unserem Spiegelsaal begrüßen zu dürfen. Für gewöhnlich wird das Abendessen unten im Speisezimmer eingenommen, aber wie schon gesagt, Ihr erster Abend bei uns soll etwas ganz Besonderes sein.«

Im Stillen beglückwünschte sie sich zu ihrem Einfall. Auf diese Weise würde sich die junge Frau nicht nur königlich behandelt fühlen, sondern ihr würde zumindest heute verborgen bleiben, dass sich außer ihr überhaupt keine Gäste im Hotel befanden. Zwar würde sich Vicky für morgen eine neue Lösung einfallen lassen müssen, aber mit diesem Problem würde sie sich beschäftigen, wenn es so weit war.

»Ist das Ihr Ernst?« Die junge Frau lachte dunkel und höchst anziehend auf. »In dem Fall bedanke ich mich und nehme Ihre reizende Einladung sehr gern an. Ich bin es gewohnt, alleine zu reisen – aber alleine zu Abend zu essen ist manchmal doch ein wenig trostlos. Außerdem gibt es nichts Besseres, um einen Ort kennenzulernen, als sich mit einem Einheimischen über ihn zu unterhalten.«

»Nun, eine echte Einheimische bin ich nicht«, gestand Vicky. »Zur Welt gekommen bin ich in Wien, aber ich kenne und liebe Triest bereits mein ganzes Leben lang und bin dankbar, es nun meine Heimatstadt nennen zu dürfen.«

»Ausgezeichnet.« Wieder lachte die Frau. »Vermutlich wissen Sie als Zugereiste die Vorzüge dieser Perle zwischen Karst und Meer sogar noch mehr zu schätzen als jemand, der sie von klein auf gewohnt ist.«

Sie verabredeten sich in einer halben Stunde im Spiegelsaal, und Vicky eilte, um alles so perfekt wie möglich vorzubereiten. Sie war zufrieden mit sich. Zu ihrer eigenen Überraschung hatte sie sich angehört, als hätte sie nie etwas anderes getan, als eine Pension zu führen. Erwachsen. Das war es. Sie hatte gesprochen und gehandelt wie eine Erwachsene, die von anderen Erwachsenen ernst genommen werden musste. Und dabei war sie Minuten zuvor noch ein Häuflein Elend gewesen, das am liebsten die Flinte ins Korn geworfen hätte.

Sie lief hinüber in die geräumige, immer mit Dämpfen und Düften gefüllte Küche, die sie so sehr liebte, und besprach mit Rosine die Speisefolge für das Abendessen. Die Palette verfügbarer Zutaten war begrenzt, doch aus dem Vorhandenen würden sie das Beste machen. Nichts Protziges, sondern etwas Elegantes, typisch Triestinisches, das von Geschmack und Lebensfreude kündete.

Eine Muschelsuppe sollte es zur Vorspeise geben, die war leicht und vertrug sich gut mit dem charaktervollen Arneis, von dem sie Gott sei Dank noch eine beträchtliche Anzahl Flaschen hatten. Alsdann sollte Geflügel auf den Tisch, zartes Hähnchenragout mit weißen Trüffeln, mit goldenem Olivenöl aus dem Karst zubereitet, Rosines deftige Eiernudeln und zum Dessert natürlich ein Presnitz mit so vielen in Likör eingelegten Marillen, wie sich in der Kammer finden ließen. Dazu einen

Kaffee, schwarz, voller Würde und Würze, wie man ihn nur in Triest bekam.

»Sie verstehen wirklich etwas von gutem Essen, Fräulein Vikto… ich mein' natürlich Frau Hortis«, sagte Rosine. »Ich werd' mein Möglichstes tun, damit Sie alles Gewünschte beizeiten auf dem Tisch haben.«

Vicky ging, um sich umzuziehen. Unter den Witwenkleidern war keines, in dem sie sich mochte. Das morbide Schwarz und die ganze Spitze, so fand sie, verliehen ihr im Zusammenspiel mit ihrer blonden Mähne tatsächlich ein wenig die Aura einer Gattenmörderin. Fast konnte sie sich das Bild, das ihr aus dem Spiegel entgegenblickte, auf der Titelseite einer Zeitung vorstellen. Der Schmuck, den sie angelegt hatte, ein goldenes Medaillon, das sie zur Taufe geschenkt bekommen hatte, verstärkte noch den Eindruck. Aber wie auch immer, es musste genügen, denn sie wollte ihren Gast nicht warten lassen.

Vally Ascan hieß die Frau. Ein eigentümlicher Name, weder richtig italienisch noch einer anderen Sprache, die Vicky kannte, zuzuordnen. Auf einmal erfasste sie Neugier. Warum eine allein reisende Dame ausgerechnet jetzt hier aufkreuzte, war ein Rätsel, und zudem blieb die Frage, warum sie ihr so bekannt vorkam.

Sie betrat den Saal, in dem Matthis auf ihr Geheiß einen intimen Fenstertisch mit Kerzen und aquamarinblauem Leinen eingedeckt hatte. Die Wirkung war wie beabsichtigt: In der Stille entfaltete sich der Zauber des Raums, und der sachte, versilberte Regen, der auf die Wasseroberfläche des Schwimmbeckens fiel, hatte etwas Märchenhaftes. In all der Aufregung hatte niemand daran gedacht, das Wasser abzulassen, und Vicky war froh darüber, auch wenn die Beleuchtung des Lichthofs ein Vermögen kostete, das sie nicht besaß.

Vally Ascan saß bereits am Tisch und hatte, wie von Vicky geordert, ein Glas Champagner als Aperitif vor sich stehen.

»Ich hoffe, ich habe Sie nicht zu lange warten lassen«, sagte sie entschuldigend. »Irgendetwas, das einen aufhält, geschieht immer in letzter Minute.«

»Aber nicht doch, keine Sorge«, erwiderte die Frau. »Ich habe mir wunderbar die Zeit vertrieben, habe mit Ihrem liebenswürdigen Kellner geplaudert und das einzigartige Ambiente genossen.«

»Das freut mich.«

Matthis erschien mit einem Glas für Vicky, und sie stießen an.

»Auf Ihren Aufenthalt in Triest. Darf ich fragen, was Sie in unsere Stadt führt?«

»Tja, was führt Menschen an einen Ort wie Triest? Ich nehme an, das Zusammenspiel der Kulturen? Dichter und Schriftsteller versammeln sich hier, um ihre Werke zu schreiben, aus dem Hafen reisen Schiffe bis ins ferne Alexandria, und die Architektur, die so viele Stile und Epochen vereint, ist in ganz Europa berühmt. Die Frage könnte also eher lauten: Weshalb hat es mich nicht schon viel früher hierhergezogen?«

Es klang nicht länger echt. Es klang, als hätte sie es eben auf ihrem Zimmer aus einem Baedeker auswendig gelernt. Vickys Neugier steigerte sich. »Und unser Haus?«, fragte sie. »Weshalb ist Ihre Wahl auf die Pension Hortis gefallen?«

»Oh, das!« Nervös griff Vally Ascan nach ihrem Glas. »Ihre Pension ist mir empfohlen worden. Und sehr zu Recht, wie ich feststelle.«

»Wie schön, das zu hören.« Vicky sandte ihr ein Lächeln. »Darf ich fragen, von wem? Wenn es ein Stammgast war, der uns so warmherzig weiterempfiehlt, möchten wir natürlich sichergehen, dass wir uns dafür bedanken.«

»Von … von einer Bekannten«, murmelte Vally Ascan hastig.

»Und der Name der Bekannten? Ist der ein Geheimnis, oder darf ich ihn erfahren?«

»Severini«, entfuhr es der anderen. »Signora Severini hat mir Ihr Haus empfohlen.«

»Severini. Severini.« Vicky tat so, als überlege sie, während aus ihrer Neugier längst Argwohn geworden war. »Nein, ich fürchte, der Name sagt mir nichts. War Ihre Bekannte denn überhaupt bei uns zu Gast?«

»Danach habe ich sie nicht gefragt«, gestand die andere. »Ich war froh, von einer geeigneten Unterkunft für meinen Aufenthalt zu erfahren, und habe mich sonst um nichts gekümmert.«

Vicky wollte sofort nachhaken, doch in diesem Moment kam Matthis zurück, um die Suppe zu servieren und die leeren Champagnerkelche abzuräumen. Stattdessen brachte er die Flasche mit dem blassgoldenen Weißwein, aus der er einer jeden von ihnen ein Glas einschenkte. Vally Ascan schien fasziniert von dem Strahl, der dem Hals der Flasche entströmte. Kaum war Matthis gegangen, griff sie nach ihrem Glas und trank.

»Dieser Wein ist außerordentlich.«

»O ja, auf unsere Weinkarte sind wir stolz«, stimmte Vicky zu, sosehr sie sich über den Themenwechsel ärgerte.

»Das ist kein einheimischer Wein, oder? Kein Vitovska oder Serprina? Dazu hat er zu viele Gewürznoten.«

»Sie verstehen etwas von Weinen?«

»Ein wenig.«

»Der Wein stammt aus Oberitalien.«

»Das dachte ich mir. Ich könnte sogar darauf wetten, dass es ein Piemonteser ist.«

»Die Wette gewinnen Sie. Mehr dürfen Sie mich aber nicht fragen, denn die Weinauswahl trifft unser Sommelier.«

Einen Sommelier hatte es in der Pension Hortis nie gegeben, aber das heikle Thema war damit geschickt vom Tisch gebracht. Vicky wollte zumindest den Wein noch genießen, ohne daran erinnert zu werden, dass er ihr streng genommen gar nicht gehörte. Eine Weile löffelten sie schweigend die in der Eile nicht recht sämig geratene Suppe, wobei Vally Ascan regelrecht andächtig trank. *Wir scheinen uns zu umschleichen wie zwei Tiere*, dachte Vicky. Die Fragen, die jede von ihnen der anderen brennend gern gestellt hätte, schwebten geradezu greifbar über dem Tisch.

Stattdessen tauschten sie ein paar halbherzige Nettigkeiten über das Essen und die Einrichtung aus, bis wiederum Matthis erschien und zum Geflügelragout die dunkle Flasche mit dem Rotwein auftrug.

Vally Ascan sog den Duft des Weines ein, noch während der Kellner ihr einschenkte. Kaum war er fertig und noch ehe er Vicky bedient hatte, probierte sie – und hielt ihn zurück, als er sich zum Gehen wandte.

»Entschuldigen Sie – nur einen Augenblick.«

»Gnädige Frau?« Matthis verbeugte sich.

»Wären Sie so freundlich, mir zu sagen, wie der Name dieses Weins lautet?«

»Stimmt etwas damit nicht?«, fragte Matthis.

»Im Gegenteil. Er ist göttlich.«

»Vielen Dank, meine Dame. Es ist ein Dolcetto d'Acqui von 1897. Das Weingut hatte einen sehr bekannten Namen und ist unverschuldet in Verruf geraten, aber wir erhalten für die Qualität der von dort bezogenen Weine zahlreiche Komplimente.«

»Montechiaro«, sagte Vally Ascan tonlos. »Familie Ascoli.«

»Das ist richtig, gnädige Frau. Bedauerlicherweise war ein Sohn der Familie in das empörende Attentat auf den italienischen König verwickelt ...«

»Schon gut.« Sie hob die Hand. »Ich weiß Bescheid. Dass Sie die Weine weiterhin führen, statt ihren Schöpfer für etwas zu verurteilen, was er nicht getan hat, zeugt nicht nur von Ihrer menschlichen Größe, sondern auch von Ihrem guten Geschmack.«

Im Licht der Kerzen war es nicht genau zu erkennen, aber Matthis sah aus, als erröte er. Er bedankte sich, zog mit einer Verbeugung seines Wegs, und die Blicke der beiden Frauen trafen sich. Einen Augenblick zuvor hatte Vicky auf einen Schlag erkannt, wer sie war.

»Sie sind die Schwester«, platzte Vicky heraus. »Sind Sie deshalb hier?«

»Auch wenn ich annehme, dass Sie richtig liegen«, entgegnete die andere, »wüsste ich doch gern, von welcher Schwester Sie sprechen.«

»Von der, die darüber wütend ist, dass Männer uns Frauen wie Puppen ins Regal stellen«, rief Vicky. »Die mir erklären würde, dass ich mich nicht wie eine Puppe behandeln lassen sollte, dass ich mir ein eigenes Leben aufbauen und zum Beispiel Journalistin werden kann.« Sie stockte. Als schmelze in ihrem Nacken ein Stück Eis, lief ihr ein kaltes Rinnsal den Rücken hinunter. »Sind Sie die Journalistin? Sind Sie hier, weil Sie die Sensationsgeschichte, die sich in unserer Pension ereignet hat, für Ihre Zeitung zerfleddern und ausbeuten wollen? Den angeblichen Mord an meinem Mann, mein schändliches Verhalten an meinem Hochzeitstag, das mich zur Täterin abstempelt?«

Sie starrte der anderen in die Augen, die viel dunkler und weniger warm waren als die ihres Bruders, dem sie ansonsten wie aus dem Gesicht geschnitten war. »Wissen Sie, was solche Leute wie Sie anrichten? In dieser Pension leben Menschen, die ihr Auskommen verlieren, wenn Sie uns mit Ihrer Mordgeschichte die Gäste vertreiben. Es kommt ja schon niemand mehr her. Als Sie angekündigt wurden, habe ich gehofft, in Italien hätte unsere Geschichte noch keine Verbreitung gefunden. Aber selbst wenn dies so wäre – Sie werden dafür sorgen, dass es so nicht bleibt, habe ich recht?«

Mit einer Ruhe, die Vicky eiskalt schien, hielt die andere ihrem Blick stand. »Ja, Sie haben recht«, gab sie zu. »Ich bin hier, um für meine Zeitung *La Stampa* von den Ereignissen in Ihrer Pension zu berichten. Dazu soll ich Nachforschungen anstellen, soll herausfinden, was wirklich geschehen ist. Mit Ihrer anderen Vermutung haben Sie ebenfalls recht: Ja, ich bin Fabrizio Ascolis Schwester. Sehr interessant, was er Ihnen über mich erzählt hat. Ich fühle mich regelrecht geschmeichelt. Jetzt allerdings sind Sie mir die Antwort auf eine Frage schuldig, finden Sie nicht auch?«

»Wofür?«, gab Vicky ebenso kalt zurück. »Dafür, dass Sie sich unter Vorspiegelung falscher Tatsachen in mein Haus einschleichen? Dafür, dass Sie darauf erpicht sind, den Tod meines Mannes und das Unglück meiner Leute für Ihre verlogenen Schmierereien auszuschlachten?«

Vally Ascan oder Vally Ascoli, wie sie in Wahrheit hieß, sprang auf. Sie führte ihr Weinglas an den Mund, trank es in einem Zug leer und ließ den Stiel einfach los, sodass es auf die Tischplatte fiel und in Scherben zersprang. »Meine Arbeit ist keine verlogene Schmiererei«, sagte sie. »Ich bin eine ernsthafte Journalistin, und im Gegensatz zu Ihnen habe ich mich in der Tat entschlossen, mich nicht von einem Mann aus dem Regal holen zu lassen, sondern mein Leben selbst in die Hand zu nehmen. Dafür lasse ich mich nicht von Ihnen beleidigen. Und wenn Sie mir hier tränenreich Ihr Leid klagen und Ihre Leute bejammern, die ihr Heim verlieren, dann lassen Sie sich gesagt sein: Sie sind nicht die Einzige. Mein Bruder muss unser Weingut verkaufen und alle, die dort leben, auf die Straße setzen. Nicht nur, weil es meinem anderen Bruder gefiel, mit einem Satz Sprengstoff herumzuspielen und sich dabei erwischen zu lassen. Sondern vor allem, weil ihm ein gewisser Pensionswirt in der malerischen Stadt Triest eine Riesenmenge Wein abgeluchst hat, ohne dafür zu bezahlen.«

28

Vicky

Zug nach Turin

Dezember

Sie hatten nicht viel mehr als einen Atemzug gebraucht, um zu begreifen, dass sie einander als zwei betrogene Betrügerinnen gegenüberstanden. Etwas länger hatte es gedauert zu erkennen, dass streng genommen keine von ihnen die Betrügerin war, sondern dass sie die meiste Zeit über von Männern wie die Puppen aus dem Regal benutzt worden waren.

Valeria Ascoli stand vor einem Berg Schulden, den ihr Vater hinterlassen hatte, Viktoria Hortis dagegen vor einem, der von ihrem Mann stammte. Valerias Brüder hatten sich zerstritten. Der eine saß im Gefängnis und würde darin zugrunde gehen, der andere ließ nicht mehr mit sich reden, und ihr blieb es überlassen, die Stränge dieses gordischen Knotens wieder zu entwirren. Viktoria war in ihrer alten Heimat dafür geächtet worden, dass ein Mann ihr ein Heiratsversprechen gegeben und sie geprellt hatte, und jetzt wurde sie in der neuen Heimat ebenfalls geächtet, weil sie sich von einem zweiten Mann im Grunde ebenso hatte prellen lassen.

»Wir sitzen im selben Boot«, stellte Vicky irgendwann fest.

»Vielleicht sollten wir dann versuchen, in dieselbe Richtung zu rudern«, hatte Valeria vorgeschlagen.

Daraufhin hatten sie die Scherben auf dem Tisch zusammengekehrt, sich wieder hingesetzt und von Matthis noch eine Flasche Dolcetto bringen lassen. Das gute Geflügelragout blieb an diesem Abend in der Küche und schmeckte hoffentlich dem Personal. Dem Presnitz aber wurde der Garaus gemacht, wobei Vicky den entschieden größeren Teil verspeiste, während Valeria wenig überzeugt darin herumpickte. Zum Ausgleich sprach sie dem Wein zu. Dem Wein sprachen beide zu. So sehr, dass sie sich am Ende um den Rest in der Flasche stritten.

Dabei redeten sie. Feuerten sich Wortkanonaden um die Ohren, wie Männer es mit Geschützen machten.

»Die haben ja doch recht«, hatte Vicky mit schwerer Zunge herausgebracht, nachdem sie Matthis noch um den Rest des Weißweins gebeten hatten. Ihr war zum Heulen und zum Lachen gleichermaßen zumute. Sich endlich nicht mehr beherrschen, sich nicht mehr zusammenreißen und verstellen zu müssen, sondern sich vor einem Menschen einfach gehen zu lassen war eine unendliche Erleichterung.

»Wer hat doch recht?«, fragte Valeria, deren Zunge auch nicht mehr so schnell und spitz zu sein schien.

»Die, die mich als Mörderin und Betrügerin beschimpfen. Ich hab' Eduard ja wirklich geheiratet, weil ich die Pension haben wollte. Ich wollte eine Aufgabe, etwas mit meinem Leben anfangen, und ich wollte hierbleiben dürfen. Hier hab' ich mich … ich weiß nicht, wie ich es ausdrücken soll, hier hab' ich mich immer richtig gefühlt.«

»Und das ist ein Verbrechen?« Sie war so schön, diese Valeria Ascoli, und es verwirrte Viktoria mehr als der Wein, dass sie, wann immer sie ihr ins Gesicht blickte, die klar geschnittenen Züge und die hellen Augen ihres Bruders sah.

»Ich hätte ihn nicht heiraten dürfen«, murmelte sie. »Nicht Melitta und Agathe ihr Erbe wegnehmen, für das sie ihr Leben lang gearbeitet haben. Und das ist ja noch nicht einmal alles.«

»Was für eine infame Untat haben Sie denn noch begangen?«

»Ihren Bruder geküsst«, sagte Vicky, ohne sich abzuwenden. »In meinem Hochzeitskleid, nur ein paar Stunden nach der Trauung. Und mitten auf dem Platz, vor aller Augen. Ich hab' zu ihm gesagt: Sie hätten mich nicht küssen dürfen. Aber er hat's ja gar nicht getan. Sondern ich. So, nun wissen Sie, was ich für eine bin, und können es in Ihrer gottverdammten Zeitung schreiben.«

Was sie erwartet hatte, wusste sie nicht. Dass Valeria noch ein Glas zerschlug, dass sie angewidert aus dem Saal lief, dass sie Block und Füllfeder zückte und wie eine Wilde zu schreiben begann? Vielleicht war sie zu betrunken und zu erschöpft, um irgendetwas zu erwarten. Valeria blieb ihr gegenüber sitzen und schaute sie weiter unverwandt an.

»Tut gut, oder?«

»Was?«

»›Gottverdammt‹ sagen. Sich endlich einmal alles von der Seele fluchen, wie es sich für ein braves Mädchen nicht gehört.«

Verblüfft nickte Vicky. Ja, es hatte gutgetan. Auch wenn ihre Mutter vor Entsetzen einer Ohnmacht nahe gewesen wäre. Oder eben deshalb.

»Was Sie für eine sind, weiß ich leider immer noch nicht«, fuhr Valeria fort. »Was mein Bruder für einer ist, weiß ich aber. Zumindest ein bisschen. Er ist ein ziemlich schöner, ziemlich anziehender Mann, den eine ganze Menge Frauen gern küssen würden, sofern sie den Mut dazu fänden. Wenn die alle deswegen gleich Mörderinnen wären, gäbe es in unserem wie in eurem Land keine Überlebenden.«

Von Neuem trafen sich ihre Blicke, und sie mussten lachen. Dabei war das alles gar nicht komisch, aber eben das war das Komischste daran.

»Sie finden es nicht so schlimm, was ich gemacht habe?«, fragte Vicky.

»Schlimm finde ich, dass mein Bruder sein Geld nicht bekommt«, antwortete Valeria. »Dass es so gekommen ist, ist zwar nicht Ihre Schuld, und ich finde es auch nicht schlimm, dass Sie sich diese Pension unter den Nagel reißen wollten, denn etliche Männer verfahren mit weiblichen Erbinnen kein bisschen anders. Da Sie sie nun aber einmal haben, finde ich, dass es in Ihrer Verantwortung liegt, diese Sache mit meinem Bruder in Ordnung zu bringen. Wie auch immer Sie das anstellen.«

Obwohl der Saal mit seinen unzähligen Spiegeln sich inzwischen um sie drehte, hatte Vicky ihr Bestes getan, um nachzudenken. »Stimmt«, sagte sie schließlich. »Ich kann das mit dieser vertrackten Heirat nicht mehr rückgängig machen, ich kann Eduard nicht wieder zum Leben erwecken, und ich kann den Kuss nicht zurücknehmen. Aber das mit den Schulden bei Ihrem Bruder kann ich regeln. Wenn Sie mir die Adresse geben, setze ich mich morgen in den Zug und fahre zu ihm.«

»Und wie wollen Sie das mit den Schulden regeln? Geld, um sie zu begleichen, haben Sie doch nicht.«

»Ich tue das, was sich gehört«, antwortete Vicky, ohne zu überlegen. »Ich überschreibe ihm alles, was ich habe. Das sollte den Wert des erworbenen Weines mehr als decken. Die Pension kann er bei seiner Bank als Sicherheit angeben, um seinen Kredit zu verlängern und sein Gut zu retten. Bis herauskommt, dass sie ebenfalls bis dorthinaus verschuldet ist, hat er zumindest erst einmal Zeit gewonnen, und verkaufen kann er sie zur Not dann immer noch.«

Valerias Gesicht tanzte ihr nur noch verschwommen vor den Augen, aber zum ersten Mal sah die Journalistin ehrlich beeindruckt aus. »Und was wird dann aus Ihnen?«, fragte sie. »Und aus Ihren Leuten?«

Auch über diese Frage hatte Vicky nicht nachgedacht, doch ohne Zögern gab sie der anderen Antwort: »Ich werde versuchen, Ihren Bruder zu überreden, dass er mich als seine Direktorin einsetzt und mich das Personal behalten lässt«, erklärte sie. »Um ehrlich zu sein, ich glaube, in mir steckt eine ziemlich gute Pensionswirtin. Deshalb habe ich den ganzen Zirkus ja veranstaltet. Ich habe mir den Kopf darüber zerbrochen, was ich tun kann, und bin immer nur auf Dinge gekommen, die ich nicht kann. Aber als Eduard mich gefragt hat, ob ich ihn heiraten will, habe ich auf der Stelle gedacht: Diese Pension führen, mich um Gäste kümmern, ihnen Triest zeigen, wie ich es liebe – ich glaube, das kann ich.«

»*Brava*«, entfuhr es Valeria Ascoli. »Verkaufen können Sie sich jedenfalls auch, und falls mein Bruder mich wegen der Direktorenstelle um Rat fragen sollte, empfehle ich Sie. Aber was ist mit der Sippe, die Sie geheiratet haben? Werden die Sie nicht hassen?«

»Die hassen mich sowieso«, antwortete Vicky. »Dass sie mittellos auf der Straße sitzen, kann ich nicht erlauben, darüber werde ich mich mit Ihrem Bruder verständigen müssen. Melitta ist allerdings verlobt, und ich hoffe im Stillen, dass der Verlobte sich bereitfindet, die Verwandten seiner Frau in sein Haus aufzunehmen. Dann wären wir die Sorge zumindest los.«

»Melitta ist die graue Maus, die mir auf der Treppe begegnet ist?«

»Zwar war ich bei der Begegnung auf der Treppe nicht dabei, aber der Beschreibung nach kann es sich nur um Melitta handeln«, bestätigte Vicky.

In Valerias Blick erkannte Vicky, dass sie das Gleiche dachte wie sie selbst: Sich Melitta mit einem Verlobten vorzustellen, fiel schwer. Sie sah aus, als wäre sie schon als alte Jungfer geboren worden.

Wir sind schlimmer als Männer, dachte Vicky. *Bilden uns auf das bisschen Hübschheit, das nicht unser Verdienst ist, etwas ein und betragen uns, als hätte ein Mädchen nur ein Recht auf Glück, wenn sie ansprechend aussieht.*

»So oder so werde ich sicherstellen, dass die drei Frauen versorgt sind«, sagte sie. »Fragen Sie mich nicht, wie ich das anstellen werde, denn das weiß ich nicht. Nur dass es meine Pflicht ist, mir etwas einfallen zu lassen.«

»Das genügt völlig«, sagte Valeria. »Meine Erfahrung ist: Wenn wir als Frauen über das, was wir tun wollen, zu viel grübeln, finden sich hundert Gründe, es bleiben zu lassen. Ich sage mir immer: Es wird schon irgendwie gehen. Und was ich anfange, wenn es nicht geht, werde ich sehen, wenn es so weit ist.«

Vicky war voller Bewunderung. So wie diese Valeria hätte sie ihr Leben anpacken müssen, statt sich wie ein Püppchen von einem Regalbrett aufs andere schieben zu lassen. Sie würde es lernen. Was auch immer aus ihr wurde und wie schwierig sich ihre Zukunft auch gestalten mochte, es würde ihre eigene Zukunft sein.

Valeria gähnte und erhob sich. »Danke für das Essen. Es war äußerst bemerkenswert und der Wein exzellent. Wenn ich aber jetzt nicht ins Bett gehe, bin ich morgen nicht in der Lage zu reisen.«

»Sie reisen auch?«, fuhr Vicky auf. »Sie meinen, Sie bleiben nicht hier, um Ihren Artikel zu schreiben?«

»Mein Artikel handelt von Ihnen«, erwiderte Valeria, die im Stehen ein wenig schwankte, aber sicher sprach. »Also werde ich Sie ja wohl nach Montechiaro begleiten müssen. Keine Sorge, meine Redaktion bezahlt das Zimmer für die gesamte

Zeit der Reservierung, und voraussichtlich werden wir ja wiederkommen.«

»Im Zug unterwegs mit der Mörderin?«, fragte Vicky, der auf einmal wieder bewusst war, weshalb die Journalistin gekommen war. »Gibt das eine saftige Geschichte für Ihre Leser?«

»Das wird sich zeigen«, antwortete Valeria. »Fürs Erste genügt, denke ich, ein minderjähriges Mädchen, das aus eigenem Antrieb durch die Weltgeschichte gondelt, um den Scherbenhaufen aufzukehren, den zwei gedankenlose Männer hinterlassen haben. Ob meine Leser das lesen wollen, weiß ich nicht. Meine Leser*innen* interessiert es aber ganz bestimmt.«

Sie waren zu Bett gegangen, und der letzte Gedanke, der Vicky gestreift hatte, ehe sie in einen ohnmachtsähnlichen Schlaf fiel, lautete: *Ich bin nicht mehr allein.* Die Angst vor der Konfrontation mit Fabrizio Ascoli, die Sorge um ihre Zukunft und die Trauer um den Verlust der Pension, das alles versickerte in einem Nebel von Alkohol sowie Müdigkeit, und übrig blieb nur dieses eine: *Ich bin nicht mehr allein.*

Anderntags erwachte sie erstaunlich frisch und mit nicht mehr als den sanftesten Folgeerscheinungen des gestrigen Alkoholmissbrauchs. Nach dem Frühstück ging sie zu Fuß zum Bahnhof und löste zwei Fahrkarten dritter Klasse für den Abendzug, der am folgenden Morgen in Turin sein würde. Alsdann warf sie mehr oder minder wahllos ein paar Dinge in ihren Koffer. Es würde kalt sein in Montechiaro, hatte Valeria gesagt, doch ihre Witwenkleider waren alle dünn. Also packte sie die warme Unterwäsche aus ihrer Aussteuerkiste mit ein. Vermutlich würden die Spitzenkleidchen aus allen Nähten platzen, wenn sie die dick gefütterten Hemden darunter trug, doch zumindest würde sie nicht frieren.

Den Mitgliedern des Haushalts ging sie den ganzen Tag über aus dem Weg. Sie wollte sich von niemandem ein Gespräch aufzwingen lassen, denn noch fühlte sie sich in ihrem Entschluss nicht gefestigt genug, um jedem möglichen Protest standzuhalten. Lediglich mit Maître René sprach sie und bat ihn, den Rest der Truppe zu informieren.

»Ich reise nach Piemont, um unsere Schulden bei Signor Ascoli zu begleichen«, erklärte sie ihm. »Wann ich zurück bin, kann ich noch nicht sagen, aber ich bin sicher, das Hortis ist bei Ihnen in den besten Händen.«

»Aber wie wollen Sie diese Summe denn begleichen?«, entfuhr es René, ehe er, der ewig Formvollendete, sich erinnerte, dass eine solche Frage ihm nicht zustand. Wie immer, wenn ihm sonst nichts zu tun blieb, verbeugte er sich. »Geben Sie auf sich acht«, murmelte er leise, ehe er sich hinter seinen Rezeptionstisch zurückzog.

Auf mich, auf Sie und auf all die anderen, versprach Vicky ihm stumm. Wenige Stunden später saß sie Valeria im Zug auf einem Fensterplatz gegenüber und befand sich bereits auf dem Weg nach Turin.

In Italien war sie nie zuvor gewesen, und ein Gefühl von Abenteuerlust keimte in ihr auf. Nur schade, dass es im Nu stockdunkel war, sodass sie außer ihrem eigenen Spiegelbild und ab und an einem aufblitzenden Licht durch die Scheibe nichts zu sehen bekam. Das Abteil mit seinen hölzernen Bänken war für acht Personen gedacht und hätte eng werden können, doch um diese Jahreszeit schien kaum jemand zu reisen. Sie blieben für sich und konnten sich ungestört unterhalten.

Vicky war noch nie zuvor so gereist. Kein Kellner kam, um ihre Reservierung für den Speisewagen vorzunehmen, kein Bett wurde ihnen aufgeklappt, und niemand brachte Getränke. Valeria aber war findig und hatte sichtlich Erfahrung: Aus der Pension hatte sie zwei Wolldecken, Kissen, einen Laib Brot, Wurst, Käse und eine Flasche vom Rotwein ihres Bruders mitgebracht. Ein Taschenmesser, mit dem sich auch der Korken aus dem Flaschenhals entfernen ließ, und zwei Becher aus Blech trug sie ebenfalls bei sich.

In Ermangelung eines Tisches breiteten sie ihr Picknick zwischen sich auf dem Sitz aus, und Vicky konnte sich nicht erinnern, wann ihr je eine Mahlzeit derart köstlich geschmeckt hatte. Eine kleine Weile lang waren sie nichts als zwei Verbündete auf dem Weg in ein wundervolles Abenteuer, stibitzten sich gegenseitig die besten Bissen und lachten, dass Vicky um ein Haar ihren Wein umstieß.

»Ich hätte nie gedacht, dass man so etwas darf«, bekundete sie. »So als Tochter aus sogenanntem guten Hause, meine ich – alleine herumreisen, ohne Teller und Serviette Dauerwurst vertilgen und nicht einmal genau wissen, wo man morgen ankommt.«

»Man darf es ja auch nicht«, erwiderte Valeria vergnügt. »Man muss es einfach tun.« Sie grinste und entwand Vicky einen Brocken deftig gepfefferten Frischkäse aus dem Karst aus den Fingern. Dann wurde sie ernst. »Das heißt, Sie dürfen es eigentlich schon«, sagte sie. »Sie sind ja keine Tochter mehr, der ihr Vater jeden Handgriff vorschreibt, und auch keine Ehefrau, bei der es der Gatte tut. Sie sind eine Witwe, für die niemand zuständig ist, und im Grunde ist das die beste Stellung, die eine Frau erringen kann.«

»Sie meinen also, ich hatte doch ein Motiv, Eduard umzubringen?«

Vicky grinste jetzt auch, doch Valerias Miene blieb unverändert. »Wenn Sie es aus diesem Motiv heraus getan hätten, würde ich in der Tat darüber schreiben und einen ganz großen Aufhänger daraus machen: *Muss eine Frau erst Witwe werden, ehe man ihr das Recht zubilligt, ein Mensch zu sein?*«

Sie hatte mit dem gleichen Feuer und der gleichen Überzeugungskraft über diesen Missstand gesprochen wie ihr Bruder über seinen Wein. Wiederum wurde Vicky von

Bewunderung für die fast Gleichaltrige übermannt und hatte das Gefühl, neben ihr zu schrumpfen. »Sie sind eine von diesen Frauenrechtlerinnen, nicht wahr?«, fragte sie geradezu ehrfürchtig.

Schweigend sah Valeria sie eine Weile lang an. Dann stieß sie ein verlegenes Gelächter aus, wischte sich über die Stirn und erschien ihrerseits ein wenig geschrumpft. »Ach was.« Sie winkte ab. »Ich bin nur eine von diesen Angeberinnen, die mehr große Träume hat, als in ihren winzigen Schädel passen. Es macht mich wütend, dass eine Frau jedes Mal barfuß einen Berg überqueren muss, um nicht einmal die Hälfte von dem zu erreichen, was einem Mann in den Schoß geworfen wird. Küsst ein Mann an seinem Hochzeitstag eine andere, nennen wir ihn Filou, Schlawiner, Casanova – Ausdrücke, die wir im Grunde schmeichelhaft meinen. Tut eine Frau das Gleiche, nennen wir sie im besten Fall Flittchen. Im schlimmsten schimpfen wir sie eine Mörderin.«

Wieder wischte sie sich über die Stirn und trank ein wenig Wein aus ihrem Becher. »Das alles sind zweifellos gute Gründe, um wütend zu sein, aber von meiner Wut kann sich niemand etwas kaufen, und erreicht habe ich damit bisher weniger als nichts. Und damit Sie gleich Bescheid wissen: Dieser Bericht über Ihre Pension und den mysteriösen Tod Ihres Mannes ist mein erster richtiger Auftrag als Journalistin. Bekommen habe ich den nur, weil das Resort von einer Frau geleitet wird, und diese Frau auf etwas in mir hofft, was sonst niemand sieht. Vermutlich werde ich sie phänomenal enttäuschen, und das, was ich als Anfängerin zusammenschmiere, wird kein Mensch lesen.«

Im ersten Moment konnte Vicky nicht glauben, was sie gehört hatte, sondern nahm an, Valeria mache sich lustig über sie. Dann aber sah sie ihr ins Gesicht, erkannte, dass sie im Ernst gesprochen hatte, und ihr Herz flog der anderen zu. Sie hatte sie bereits in der vergangenen Nacht gemocht, hatte sie bewundert und sich gewünscht, sich von ihrer Courage, ihrer Entschlossenheit und ihrer inneren Stärke eine dicke Scheibe abzuschneiden. Jetzt mochte sie sie umso mehr, weil sie den Mut besaß, ihre Unsicherheit einzugestehen und sich nicht besser zu machen, als sie war.

»Ich bin sicher, der Artikel, den Sie schreiben, wird fantastisch«, sagte sie und berührte flüchtig Valerias Hand.

»Sind Sie das? Sie haben doch noch nie eine Zeile von mir gelesen.«

»Das nicht«, gab Vicky zu. »Aber die Ressortleiterin, die Sie beauftragt hat, hätte das wohl kaum getan, wenn Sie nicht schreiben könnten. Die hat schließlich auch einen Ruf zu verlieren, und die Herren in der Redaktion verfahren sicher nicht gnädig mit ihr.«

»Damit könnten Sie recht haben.« Valeria rang sich zu einem halben Lächeln durch. »Ist es nicht verrückt? Praktisch mein ganzes Leben lang war ich davon überzeugt, schreiben zu können. Ich habe darum gekämpft wie eine Wildsau, habe alles aufgegeben, mein Zuhause, mein wundervolles Pferd, habe mich mit meinem Bruder zerstritten. Und jetzt, wo ich endlich die Gelegenheit bekomme, meine grandiosen Fähigkeiten zu beweisen, überfallen mich plötzlich Zweifel.«

»Ich helfe Ihnen, sie in Schach zu halten«, versprach Vicky.

»Aber warum denn? Sie wollen doch gar nicht, dass der Artikel geschrieben wird.«

»Vielleicht weil Sie mir geholfen haben«, antwortete Vicky. »Ich war wie gelähmt, war das sprichwörtliche Karnickel im Angesicht der Schlange. Dank Ihnen habe ich mich zumindest wieder in Bewegung gesetzt, was immer auch dabei herauskommt. Außerdem bin ich Ihrer Familie ja wohl etwas schuldig.«

»Nicht Sie«, sagte Valeria. »Ihr Verblichener.« Der Blick, mit dem sie Vicky musterte, wirkte auf einmal schamlos neugierig. »Darf ich Sie etwas fragen?«

»Das ist doch Ihr Beruf, oder nicht?«

»Warum haben Sie an Ihrem Hochzeitstag meinen Bruder geküsst?«

Vicky zuckte zusammen. Es war die Frage, die sie sich selbst nicht zu stellen gewagt hatte, vor der sie zurückschreckte, wann immer sie wie ein Springteufel in ihr Bewusstsein schnellte.

»Ich weiß es nicht«, murmelte sie endlich. »Ich habe ihn mit seinem Pferd dort auf dem Platz stehen sehen, und auf einmal erschien er mir wie der einzige Mensch auf der Welt, den ich sehen wollte. Alle anderen kamen mir fremd vor. Dabei war er der Fremde. Wir kennen uns eigentlich gar nicht, haben nur einmal gemeinsam unter einem Tisch gesessen, in einer Schweinerei, die ich verursacht hatte. Und ein anderes Mal haben wir kurz miteinander getanzt. Das war an dem Abend, nachdem der italienische König erschossen worden war …«

Sie schlug sich die Hand vor den Mund. »Entschuldigen Sie. Das hätte ich wohl nicht anschneiden sollen.«

»Das geht schon in Ordnung.« Wieder winkte Valeria ab. »Mit sonderlich viel Taktgefühl sind wir offenbar beide nicht gesegnet, und was soll das Gerede um den heißen Brei auch bringen? Ja, mein jüngerer Bruder nennt sich einen Anarchisten und hatte ebenfalls ein Attentat auf König Umberto geplant. Vermutlich hatte er nicht mehr als seine übliche Wichtigtuerei im Sinn, aber wie der Teufel es will, hat er sich damit erwischen lassen und sitzt dafür in einem Gefängnis, in dem er langsam stirbt. Sonderlich zäh ist er nämlich nicht, mein anarchistischer Attentäter von Bruder. Und mitbestraft wird Fabrizio, der sich seit Jahren krummlegt, um das Weingut zu retten, und dem jetzt die Kunden davonlaufen wie Ihnen die Gäste. Obwohl Sie beide überhaupt nichts verbrochen haben.«

Ja, Fabrizio Ascoli und ich sitzen auch im selben Boot, stellte Vicky verwundert fest. Unverhofft sprang sie wieder der drängende Wunsch an, ihn zu sehen, ihm gegenüberzustehen, mit ihm zu sprechen und sich auf seltsame Weise verstanden zu fühlen.

Oder nicht zu sprechen.

Auf ihren Lippen schien noch der Geschmack von seinen zu liegen, und der Wein, den sie trank, spülte ihn nicht weg, sondern machte ihn noch ein bisschen unwiderstehlicher.

Seine Schwester, Valeria, betrachtete sie weiterhin voller Neugier. »Warum auch immer Sie ihn geküsst haben«, sagte sie, »er ist ein Mann, der es wert ist, und er kann einen Kuss gebrauchen. Außerdem ist er ein echtes Prachtexemplar. Wenn er nicht mein Bruder wäre und wenn ich mir aus Männern etwas machen würde, ich glaube, ich würde ihn auch küssen.«

»Wie meinen Sie das – wenn Sie sich etwas aus Männern machen würden?«, fragte Vicky, um sich nicht länger mit der Tatsache, dass Fabrizio Ascoli ein Prachtexemplar war, beschäftigen zu müssen.

Valeria wirkte jetzt wirklich erschrocken. »*Mannaggi' al diavolo*«, platzte sie heraus. »Ich habe keine Ahnung, wie ich das meine. Oder wenn ich doch eine habe, dann hätte ich lieber keine. Das ergibt keinen Sinn, nicht wahr? Ich schwafle dummes Zeug vor mich hin.«

»Irgendeinen Sinn ergibt es schon«, widersprach Vicky. »Oder ich weiß nicht – vielleicht habe ich auch nur genauso dummes Zeug in meinem Kopf.«

»Darüber, dass Sie sich nichts aus Männern machen?«

»Nein. Darüber, dass ich mir aus einem Mann etwas mache und das lieber nicht wissen will.«

Sie prusteten beide los und waren doch noch immer beide eher erschrocken als amüsiert.

»Vielleicht sollten wir dann Du zueinander sagen«, schlug Valeria schließlich vor und hob ihren Blechbecher, in dem sich höchstens noch ein Tropfen Wein befinden konnte. »Wo wir womöglich so etwas wie Schwägerinnen werden.«

»Wie können wir denn Schwägerinnen werden?«, rief Vicky. »Ihr, nein: Dein Bruder muss mich ja wohl hassen wie die Sünde, und außerdem bin ich ver…«

»…witwet«, beendete Valeria das Wort. »Und was meinen Bruder betrifft: Ich glaube, der kann gar nicht hassen, *il poveretto*. Auch wenn es für ihn fraglos besser wäre, er könnte es.«

»Aber er ist doch sicher mit irgendeiner makellos schönen Nachbarstochter, die er schon von Kindesbeinen an geliebt hat, verlobt.« Vicky glaubte, sie vor sich zu sehen. Sie sah die Tür eines verwunschenen Landhauses aufschwingen und die schöne junge Frau im weißen Kleid hinauseilen, über eine grüne Wiese und Fabrizio Ascoli in die Arme.

»War er«, bestätigte Valeria. »Mit Gigliola Tapari, dem perfektesten Geschöpf, das je in den Weinbergen von Montechiaro herumgelaufen ist. Die beiden waren der Inbegriff blütenreiner Romantik, Romeo und Julia sind trocken wie zwei Knochen dagegen. Aber von einem Tag zum andern hat sie ihn verlassen. Warum, weiß kein Mensch. Höchstens Fabrizio selbst. Sie hat auch ihren Vater verlassen, der seitdem mit gebrochenem Herzen dahinsiecht und mit keinem außer Fabrizio mehr spricht. Niemand, den ich kenne, hat sie je wiedergesehen. Ginge es um jemanden anderen als Gigliola, würde ich annehmen, sie hatte die ganze Lieblichkeit satt und ist mit einem finsteren Straßenräuber durchgebrannt. Aber von Gigliola kann ich mir so etwas nicht vorstellen. Sie war so rein wie ein frisch geputztes Kirchenfenster.«

»Sind die sehr rein?«, fragte Vicky.

Valeria zuckte mit den Achseln. »Keine Ahnung. Ich gebe zu, seit mich niemand mehr hintreibt, bin ich nicht mehr allzu oft in der Kirche gewesen. Es klang nur gut. So sind wir eben, wir Schmierfinken von der Zeitung …«

Vicky gab keine Antwort. *Wir sitzen auch dabei im selben Boot,* dachte sie stattdessen. *Beide verlassen von dem Menschen, den wir als unsere Zukunft betrachtet haben. Beide ohne ein Wort, ohne eine Erklärung. Beide allein.*

»Sag Fabrizio nicht, dass ich dir das erzählt habe, versprichst du mir das?« Valeria stopfte das geleerte Geschirr und die Abfälle in ihren Koffer und wickelte sich in ihre Wolldecke. »Er ist ein Geheimniskrämer. Singt Hymnen auf seine Weine, schwärmt von Pferden und Bergen und irgendwelchen Gebäuden, aber das Herz, das da irgendwo in ihm ja wohl schlagen muss, ist die reinste Mördergrube.«

Vicky lachte auf. »Nicht gerade der einfühlsamste Ausdruck.«

»Nein. Ich fürchte nicht.«

Sie bemerkte, wie müde sie war, und Valeria bemerkte es auch. »Sehen wir zu, dass wir ein bisschen Schlaf bekommen«, sagte sie und breitete die zweite Decke über Vicky. »So bequem wie eure Himmelbetten ist es zwar nicht, aber man gewöhnt sich an fast alles.«

Sie legten sich die Kissen in den Nacken, schmiegten sich aneinander und fielen zum gleichmäßigen Rattern des Zuges tatsächlich in Schlaf. Das Rufen, Klappern und Klirren, das sie am folgenden Morgen weckte, war bereits der Lärm der Stadt Turin.

29

Melitta

Turin, Stazione Porta Nuova

Dezember

Sie hatte sich in einem der Gästezimmer aus dem Fenster gebeugt, vor dem sie gerade die frisch gewaschenen Vorhänge befestigt hatte, und hatte die beiden erblickt, wie sie quer über den Platz zu einer Kutsche gingen. Sie trugen Koffer bei sich und wirkten vertraut wie zwei Schwestern.

Melitta hätte glauben können, es handele sich bei der zweiten Frau um irgendeine weitere von Viktorias Verwandten, die ihr wie die nervtötende Cousine hörig war. Aber sie wusste, dass es so nicht war, dass die Frau Vally Ascan hieß und Gast der Pension war. Melitta wusste alles, was die Pension betraf. So war es immer gewesen und so würde es immer sein.

Nein, nicht immer, dachte sie bitter. Dass sie Schulden gemacht hatten, dass ihr ehrlicher Name, den sie so geliebt hatte, beschmutzt war, hatte sie nicht gewusst. *Hätte ich es gewusst, hätte ich es verhindert,* dachte sie. *Egal wie – und wenn ich Onkel Eduard hätte entmündigen lassen.*

In ihren Augen hätte er tatsächlich entmündigt gehört. Wie konnte ein Mann, dem etwas so Schönes und Wertvolles einfach zugefallen war, es derart vor die Hunde gehen lassen? Ein solcher Mann konnte unmöglich bei klarem Verstand gewesen sein. Und obendrein hatte er die Trümmer, die er von der Pension Hortis übrig gelassen hatte, auch noch Vicky Liebenfels in den Rachen geworfen, die ihr vollends den Garaus machen würde.

Dass er dafür mit seinem Leben bezahlt hatte, war Melitta kein Trost. Im Gegenteil. Irgendein törichtes Etwas in ihr konnte nicht aufhören zu wünschen, sie hätte ihm eines Tages beweisen dürfen, was in ihr steckte und dass sie eine würdige Erbin für das Haus an der Piazza Giuseppina war.

Das törichte Etwas wollte ebendas noch immer beweisen, und wenn es einzig möglich war, indem sie der mörderischen Erbschleicherin den Besitz wieder abjagte. Als sie Viktoria mit der mysteriösen Besucherin und den zwei Koffern über den Platz gehen sah, wusste sie auf der Stelle, dass etwas nicht stimmte. Dass sie handeln musste. Ohne auch nur das Fenster zu schließen, war sie die Treppe hinuntergerannt und hatte am Empfang den unvermeidlichen René vorgefunden.

»Fräulein Melitta …«

Sie ließ ihn gar nicht erst in seine ewige Aneinanderreihung von Floskeln ausbrechen. »Wohin fährt Viktoria Liebenfels mit unserem Gast?«

»Frau Hortis und Fräulein Ascan fahren zum Bahnhof«, antwortete René mit einer Stimme wie ein Automat. »Ich bin beauftragt, Sie und die anderen Damen zu informieren. Frau Hortis wird nach Piemont reisen, um die Außenstände, die beim Weingut Ascoli aufgelaufen sind, zu begleichen.«

»Außenstände? Wollen Sie damit sagen, mein Onkel habe auch bei Herrn Ascoli Schulden gemacht?« Melitta hätte sich ohrfeigen wollen. Weshalb war sie nicht selbst darauf gekommen? Hatte Fabrizio sie in seiner behutsamen, taktvollen Art nicht gebeten, ihren Onkel an die ausstehende Rechnung zu erinnern?

»Ich würde Ihnen gern etwas anderes sagen«, erwiderte René wie ein trauriger Hund. »Aber ich fürchte, das kann ich nicht.«

»Herr Ascoli ist mein Verlobter«, herrschte Melitta ihn an. »Ehe diese Person sich erdreistet, ihn aufzusuchen, hätte man mich über die Umstände in Kenntnis setzen müssen.«

»Sie haben sich verlobt, Fräulein Melitta?« Renés betrübte Miene hellte sich auf und er wollte zweifellos einen Schwall von Glückwünschen von sich geben.

Melitta aber hatte keine Sekunde zu verlieren. »Ich halte sie auf und reise selbst«, gab sie bekannt und war schon unterwegs, um in höchster Eile das Nötigste zu packen.

Sie erreichte das Portal des Hauptbahnhofs fünf Minuten, bevor der Zug nach Turin gemäß Fahrplan abfahren sollte. Zeit, eine Fahrkarte zu lösen, blieb ihr nicht mehr, geschweige denn, nach Viktoria zu suchen und sie aufzuhalten. Im letzten Augenblick schaffte sie es, mit ihrer Reisetasche ans Gleis zu hasten und in den Zug zu springen, als das Pfeifsignal bereits die Abfahrt verkündete. Atemlos blickte sie aus dem Fenster und sah das Bahnhofsgebäude von Triest bereits verschwinden.

Sobald sie sich halbwegs gefasst hatte, war sie durch die Gänge der Waggons gelaufen, um einen Schaffner ausfindig zu machen, bei dem sie eine Fahrkarte erwerben konnte. Bei Nennung des Preises wäre sie um ein Haar vor Schreck in die Knie gegangen. Rasch bat sie den Mann, ihr statt der verlangten ersten ein Billett für die zweite Klasse auszustellen, obwohl sie sicher war, dass die versnobte Viktoria den Schulden zum Trotz auf ihren Luxus nicht verzichten würde. Auch so kostete die Karte sie beinahe ihre gesamte Barschaft, all die bescheidenen Beträge, die sie zu Geburts- und Namenstagen erhalten und eisern gespart hatte.

Die Hoffnung, Viktoria noch in der Nacht zu finden, konnte sie begraben, denn zur ersten Klasse hatte sie keinen Zutritt. Also beschloss sie, sich so gut wie möglich für die Nacht einzurichten und ihre Feindin in der Frühe auf dem Bahnhof zu stellen. Es war ihre erste Zugfahrt. Das Abteil, das sie sich mit einem Ehepaar und der Mutter des Mannes teilte, hatte gepolsterte Sitze, die erstaunlich bequem waren. Für die Nacht wurden Decken und Kissen und zudem Menükarten für den Speisewagen verteilt. Melitta wagte nicht, dafür Geld auszugeben, auch wenn ihr leerer Magen schmerzte.

Verkrampft in ihrem Sitz kauernd verbrachte sie die Nacht, ohne ein Auge zuzutun, während ihre Mitreisenden um sie herum schnarchten. Dabei dachte sie abwechselnd an Viktoria, die satt und zufrieden in ihrem Erste-Klasse-Bett schlafen würde, und an Fabrizio, den sie am folgenden Tag endlich wiedersehen würde. Es würde kein unbelastetes Wiedersehen werden, denn sie musste sich für ihre Familie bei ihm entschuldigen und ihm anbieten, die angelaufenen Schulden aus eigener Tasche zu begleichen. Natürlich war das nicht möglich, denn ihre eigene Tasche war leer wie ihr Magen. Fabrizio würde es selbstredend auch nicht verlangen. Allein das Angebot auszusprechen, zu bekennen, was ihr Onkel getan hatte, bedeutete jedoch eine Demütigung, vor der ihr graute.

Erst in der Frühe, als Kälte und Müdigkeit ihr in sämtliche Knochen gefahren waren und auf den Bahnhöfen, an denen sie hielten, wieder Menschen ein- und ausstiegen, begann ihr zu dämmern, dass sie eine noch weit größere Sorge hatte: Sie hatte keine Ahnung, wie sie aus Turin weiterreisen, wie sie in das entlegene Weinbaugebiet gelangen sollte, in dem Fabrizio lebte. Seine Adresse hatte sie auswendig gelernt, doch das würde ihr wenig nützen. Viktoria um Auskunft zu bitten, kam nicht infrage. Alles, was sie von der Feindin wollte, war, dass sie samt ihrer Bekannten umgehend die Rückreise antrat. Um die Schuldenbegleichung würde sie sich kümmern – und eben einen Angestellten der Bahn nach einer Wegbeschreibung fragen.

Im Abteil roch es unangenehm nach schlafenden ungewaschenen Menschen. Vor dem Fenster aber, in dem verhaltenen Blassrot der Morgensonne, wurden die Umrisse von Bergen sichtbar, die in ihrer geisterhaften Zartheit und zugleich ihrer gewaltigen Größe so schön waren, dass Melitta sich für einen Augenblick überwältigt fühlte. Wann hätte sie je Zeit gehabt, die Schönheit einer Landschaft zu bestaunen? Auch jetzt rauschte der Zauber der morgendlichen Berge im Nu vorbei, und der Zug tauchte ins wüste Grau eines Stadtgebiets ein. Das flüchtige Bild aber hatte sich ihr eingeprägt. Sie hatte von klein auf in einer Ferienpension für Reisende gesorgt und war doch selbst nie gereist. Würde sie mit Fabrizio reisen können, zumindest ein einziges Mal in den Flitterwochen?

Mit plötzlicher Heftigkeit sehnte sie sich danach, sah ihn und sich als ein kultiviertes, gebildetes Paar vor sich, das in ein Gespräch vertieft in einem Zugabteil saß, ein Museum besuchte und im Kerzenschein eines Restaurants eine Mahlzeit einnahm. Wann hatte sie je solche bildreichen, lebhaften Träume gehegt? Ihre Träume hatten immer einzig der Pension gegolten und waren alles andere als romantisch gewesen.

Der Himmel hellte sich auf, auch wenn sich die Sonne nicht zeigte, und die grauen Vorstadtstraßen wichen breiten Avenuen und barocken Prachtbauten. Inzwischen war ihr klar, dass sie Turin, die einstige Hauptstadt, erreicht hatten und jeden Augenblick in den Bahnhof einfahren würden. Ihr Herz schlug in einem neuen Rhythmus, in einem Dreivierteltakt, als wolle es tanzen: *Fabrizio, Fabrizio …*

Vollkommen unvernünftig redete sie sich ein, dass er ihr Kommen ahnte, dass er alles stehen und liegen ließ und nach Turin eilte, um sie am Gleis zu empfangen. Sie in die Arme zu nehmen, wie sie es auf dem Bahnhof von Triest gesehen hatte, sooft sie Hugo beim Abholen von Gästen begleitet hatte. *Das ist nicht für mich*, hatte sie sich dann jedes Mal beschworen, wenn vor ihren Augen Paare voller Wiedersehensfreude einander in die Arme fielen. *Das ist nicht für mich, ich habe das Zeug nicht, das es dazu braucht.*

Würde sich das nun tatsächlich ändern? Würde sie nicht länger am Rand stehen, sondern das Glück, das immer nur anderen gehört hatte, am eigenen Leib spüren?

Sie würde es festhalten. Es sich von niemandem entreißen lassen.

Der Bahnhof war riesig, über den Gleisen wölbte sich eine gewaltige gläserne Kuppel. Mit einem schrillen Quietschen, das in Ohren und Zähnen wehtat, kamen die Räder des Zuges zum Stillstand. Sofort brach das gleiche Durcheinander aus, das Melitta von Triest kannte: Die Türen öffneten sich und Menschen strömten ins Freie, während andere wie von Magneten gezogen auf den Zug zusteuerten, um ihre Liebsten zu empfangen oder wichtige Geschäftspartner gebührend zu begrüßen. Einen Herzschlag lang erfasste sie das alte Gefühl der zu kurz Gekommenen: *Ich bin die Einzige, auf die niemand wartet, die niemanden kennt.* Sogleich aber fiel ihr wieder ein, dass in gewisser Weise ja Fabrizio auf sie wartete, und im nächsten Moment entdeckte sie auch jemanden, den sie kannte.

Viktoria Liebenfels und ihre geheimnisvolle Freundin.

Die beiden mussten von Melitta unbemerkt den Zug verlassen haben und fanden sich auf der Stelle umringt von Gepäckträgern, die ihnen lautstark und gestenreich ihre Dienste anboten. Vermutlich verlangten sie nicht einmal eine Entlohnung dafür. Zwei so hübsch anzusehende Frauen kamen auch ohne Geld und Mühe durchs Leben. Sie brauchten nur mit dem Finger zu schnippen, um zu bekommen, was sie wollten.

Melitta hingegen musste ihre Reisetasche selbst aus dem Gepäcknetz wuchten und sich in aller Eile aus dem Zug drängeln, damit sich die beiden nicht aus dem Staub machten.

»Viktoria!«, rief sie so laut, dass ihre Stimme durch die weitläufige Bahnhofshalle hallte. »Warte gefälligst!«

Unzählige Köpfe drehten sich nach ihr um. Von irgendwoher drang ein Lachen herüber. Viktoria schwatzte weiter auf ihre Freundin ein und schien nichts zu hören.

Die Freundin aber hatte bessere Ohren. Sie stieß Viktoria den Ellenbogen in die Seite und drehte sich nach Melitta um. Viktoria tat es ihr gleich, und die Entgeisterung auf ihrem Gesicht sprach Bände.

»Melitta.«

Melitta las ihr ihren Namen mehr von den Lippen, als ihn zu hören. Sie fiel wieder in Laufschritt, schloss schwer atmend zu den beiden auf. Die Gepäckträger stoben auseinander und wandten sich anderen Reisenden zu, als würde bei Ankunft einer unansehnlichen Frau selbst ihr geschäftliches Interesse erlahmen.

»Wie kommst *du* denn hierher?«, stammelte Viktoria und machte einen alles andere als intelligenten Eindruck.

Ihre Freundin lachte auf jene dunkle, sinnliche Weise, die Frauen sich vermutlich antrainierten, um damit Männer kirre zu machen. »Ich würde sagen: genauso wie wir. Mit dem Transportmittel der Zukunft – der Eisenbahn.«

Viktoria lachte mit. Ihr Lachen war hell und perlend, doch gewiss nicht weniger antrainiert. »Damit hast du zweifellos ins Schwarze getroffen. Mein Denkapparat scheint noch zu schlafen.« Sie wandte sich an Melitta. »Wissen wollte ich natürlich, warum du hier bist. Ich hoffe, zu Hause ist nichts passiert?«

»Was in deinem Zuhause passiert ist, weiß ich nicht und kann auch nicht behaupten, es würde mich interessieren«, erwiderte Melitta hoheitsvoll. »Was dagegen in meinem Zuhause passiert ist, weißt du besser als ich. Noch mehr passieren kann wohl kaum, denn du hast mit deinem Zerstörungswerk ja schon ganze Arbeit geleistet. Und zu deiner eigentlichen Frage: Ich bin hier, weil es nicht dein, sondern mein Recht ist, mich um diese Angelegenheit zu kümmern. Du bist hier nicht länger vonnöten und kannst samt Fräulein Ascan wieder abreisen. Ich sorge dafür, dass die Probleme mit Signor Ascoli beigelegt werden.«

In diesem Augenblick war sie sich sicher, dass alles in Ordnung kommen würde, sobald sie mit Fabrizio sprach, sich ihm anvertraute. Während der Fahrt hatten noch ab und an Zweifel sie angesprungen, weil alles so in der Schwebe war, sie keine Gelegenheit gehabt hatten, sich unumstößlich abzusprechen, aber jetzt gab es nur noch Gewissheit. Fabrizio würde zu ihr halten, würde ihr helfen, würde mit ihr zusammen für sämtliche Probleme Lösungen finden.

»Interessant«, hörte Melitta die fremde Frau murmeln, die ihre schwarze Haarpracht auf provozierend unzulängliche Weise zu einem Knoten geschlungen hatte.

»Darf ich fragen, wie du zu dieser Überzeugung kommst?«, wandte sich Vicky an sie. »Ich weiß, es erscheint dir nicht gerecht, und natürlich ist es das im Grunde auch nicht, aber die Inhaberin der Pension bin offiziell ich, also habe auch ich mich darum zu kümmern, dass ihre Schulden beglichen werden. Es ist sehr nett, dass du dabei in die Bresche springen willst, doch ich denke, das werde ich allein tun müssen.«

»Du verstehst nicht«, sagte Melitta. »Wenn du dich um die Angelegenheit kümmern würdest, könntest du überhaupt nichts erreichen, denn warum sollte Signor Ascoli dir in irgendeiner Weise entgegenkommen?«

»Und warum sollte er dir entgegenkommen?«, gab Viktoria zurück.

Melitta kostete den Augenblick aus. Es war der eine, auf den sie gewartet hatte, vielleicht schon, seit die kleine Vicky mit den honigfarbenen Locken zum ersten Mal in der Pension Hortis aufgetaucht war. Sie ließ einen Augenblick des angespannten Schweigens verstreichen und tat so, als müsse sie einen Riemen an ihrer Reisetasche richten, ehe sie sich wieder an Viktoria wandte.

»Weil ich mit ihm verlobt bin«, sagte sie.

30

Fabrizio

Montechiaro d'Acqui, Piemont

Dezember

Ein Weinberg im Winter hatte etwas von einem Friedhof, die langen Reihen nackter, zur Hälfte im Schnee steckender Reben wirkten wie Gräber, auf denen unmöglich je wieder etwas wachsen konnte. Wer aber annahm, dass Weinberge im Winter nicht der Zuwendung und Pflege bedurften, der täuschte sich.

Die an ihren Pfählen hochgebundenen Reben waren nämlich keineswegs tot, sondern schliefen nur, ruhten sich nach den hektischen Wochen der Lese, in denen sie alles hatten geben müssen, aus und sammelten Kraft. Damit diese jedoch genügen würde und sie von dem neuen Austrieb im Frühling nicht überfordert waren, schritt Fabrizio Pflanze für Pflanze ab und beschnitt sie mit äußerster Sorgfalt. Bei jeder Fruchtrute entschied er aufs Neue, wie viele Augen, aus denen die frischen Triebe sprießen würden, verbleiben durften, und entfernte die übrigen mit raschen, sauberen Schnitten. Seit er als junger

Mann gelernt hatte, diesen Beschnitt im Winter vorzunehmen, bildete er sich wider besseres Wissen ein, er würde auf diese Weise den Reben, denen er doch seine Existenz und so viele Geschenke verdankte, weniger Schmerz zufügen.

Er ließ ihnen nur wenige Augen, gestattete ihnen lediglich eine geringe Anzahl junger Triebe. An diesen Trieben würden nach der Blüte die Trauben wachsen, und je mehr Trauben eine Rebe ausbildete, desto mehr Kraft brauchte sie, um sie zu versorgen. Ließ man ihr reichlich Triebe, wie es die meisten seiner Nachbarn taten, und entging man der Reblaus sowie dem falschen Mehltau, so durfte man in aller Regel mit einer beträchtlichen Ernte rechnen. Die hohe Qualität und Kraft, auf die er selbst bei der Weinerzeugung jedoch setzte, verlangte Reben, die ihren wenigen Früchten alles geben konnten, was sie hatten.

Es hatte ihm Freude gemacht, damit zu experimentieren, und schon im Winter, während er mit der Astschere durch den hohen Schnee stapfte, zu entscheiden, wie sein neuer Jahrgang ausfallen würde. Ein Teil von ihm empfand noch immer jene Freude und die Liebe zu den Pflanzen, die an diesen Hängen wuchsen, solange er denken konnte. Wie in jedem Winter strich er geradezu zärtlich den Schnee von den dünnen Zweigen, ehe er die Anzahl der Augen prüfte. Er hatte ein wenig das Gefühl, sich bei den Reben für die reichen Erträge des eingebrachten Jahrgangs zu bedanken.

Jener Jahrgang lagerte in seinen Kellern und bedurfte ebenfalls seiner Sorgfalt und Pflege. Die Gärung der einzelnen Lagen war abgeschlossen, und es begann nun das, was die Winzer den Ausbau nannten. Fabrizio musste Lage um Lage probieren, um zu entscheiden, ob der junge Wein noch eine Zeit lang auf seinem Hefelager ruhen sollte, um Säure abzubauen, oder ob er reif für seinen Umzug ins Holzfass war. Auch diese Arbeit hatte er Jahr für Jahr mit Freude getan. Ein wenig kam er sich dabei vor wie ein Künstler, ein Bildhauer, und der junge Wein war sein Ton, sein Gestein, das Material, das er gemäß seiner Vorstellung zu etwas Einzigartigem formte.

Sein Vater war kein Mann gewesen, der andere Menschen lobte, am allerwenigsten seine Söhne. Während er Fabrizio jedoch in die Kunst des Weinaufbaus eingewiesen hatte, hatte er manchmal innegehalten und ihn mit Blicken bedacht, in denen Verwunderung und beinahe so etwas wie Anerkennung standen.

Einmal hatte einer ihrer großen Kunden aus Mailand ihnen einen winterlichen Besuch abgestattet, und der Vater hatte ihm erlaubt, während des Aufbaus die Keller zu inspizieren. Der Weinhändler hatte mit viel Aufmerksamkeit zugesehen, wie Fabrizio bei der Prüfung der Jungweine vorging, und am Ende hatte er zu seinem Vater gesagt: »Ihr Sohn bringt ein Gespür und Talent mit, wie man es nur selten findet. Und da er zudem über Hänge in dieser gottbegnadeten Lage verfügt, kann er zu einem der ganz großen Namen im Weinbau werden.«

Dies alles waren Erinnerungen, die ihm etwas wert waren, doch am meisten hatte es ihm Jahr für Jahr bedeutet, mit seinem schlafenden Winterwein allein zu sein.

Wenn aber im kommenden Jahr aus den verbleibenden Augen die jungen Triebe sprießen würden, wenn die Reben blühen, die Knospen aufspringen und die Trauben sich formen würden, wenn der Wein eingebracht wurde und schließlich die kahlen, eingeschneiten Pflanzen auf ihren Beschnitt warteten, würde er nicht mehr hier sein.

Der Gedanke war ein Messer, dessen Klinge nicht aufhörte, in seinem Innern zu wühlen. Er hatte sich gefragt, warum er es überhaupt tat, warum es ihn noch scherte, wie der Wein, der dann einem anderen gehörte, im Frühling gedeihen würde, warum er sich nicht in sein warmes Haus zurückzog, solange er noch ein warmes Haus sein eigen nannte, und seinen Wein trank, bis er seinen eigenen Namen vergaß. Ein Fabrikant, der seine Fabrik verlor, würde wohl kaum herumwandern und sämtliche Maschinen ölen, ehe sein Nachfolger sie übernahm. Aber Weinreben waren keine Maschinen. Sie waren lebendige Geschöpfe, die seiner Familie gedient hatten wie Alfredo und Mariuccia, und die meisten, die an diesem Hang wuchsen, waren älter als er selbst.

Sie hatten ein Recht auf seine Pflege, nicht anders als Saturno und Calypso, die beiden Pferde, die ihnen von dem großen Bestand geblieben waren, und die er umsorgen würde, bis sie seinen Stall verließen.

Ein Geräusch ließ ihn herumfahren. Eine Menschenstimme, so schien es, doch der Wind und die Schreie der Kolkraben klangen oft täuschend ähnlich. Durch Nebel und Schneeverwehungen glaubte er, eine Gestalt den Hang hinauf auf sich zulaufen zu sehen. Schnee wirbelte in die Höhe, und sein Herz setzte einen Schlag lang aus.

Es war Gigliola.

Es musste ja Gigliola sein, denn genauso war sie immer zu ihm heraufgelaufen, hatte voll Glück seinen Namen in den Wind gerufen und mit beiden Armen gewinkt.

Fabrizio! Vita mia, Fabrizio!

Seit sie dreizehn oder vierzehn Jahre alt gewesen waren, hatten sie sich hier oben getroffen, an Wintertagen, an denen sonst niemand herkam. Gigliola hatte ihren dicken Schal viele Male um ihren zierlichen Hals gewickelt und eine wollene Mütze auf ihrem langen Haar getragen, und wenn sie bei ihm ankam, hatte sie sich ihm in die Arme geworfen und ihre geröteten Wangen hatten mit ihren Augen um die Wette geleuchtet.

Gigliola.

Fabrizio sah die Frau durch den Schnee laufen und erlaubte der Erinnerung, sich in ihm auszubreiten, bis er sicher war, sogar den Duft von Gigliolas Haut und von der nassen Wolle wahrzunehmen. All die Jahre hatte er jeden kleinsten Anflug eines Gedankens an sein Glück mit Gigliola unterdrückt, aber jetzt ließ er alles zu. Es tat weh. An diesem Morgen hatte er wie jeden Monat Emidio Tapari, Gigliolas alten Vater, besucht, der allein und vor Kummer wie erloschen in seinem leeren Haus lebte, und die Zerstörung von Leben, die ihm dabei vor Augen stand, würde für immer weh tun.

Aber er hielt den Schmerz jetzt aus. Er hatte den Rest seiner Familie verloren, war dabei, sein Haus und seinen Wein zu verlieren, würde alles verlieren, was ihm nach Gigliolas Verschwinden geblieben war. Und doch war er noch immer am Leben und auf unerklärliche Weise darüber froh. In hochstiebendem Schnee kam die junge Frau näher, und er erkannte, was er ohnehin wusste: dass es nicht Gigliola war.

Auch wenn er ihrem Vater Monat für Monat versicherte, dass er noch immer nach ihr suchte, hatte er seit Langem begriffen, dass er sie nicht finden und dass sie nicht wiederkommen würde.

»Fabrizio! Dem Himmel sei Dank!« Ehe Fabrizio sich fassen und von dem Schrecken, der dem Erkennen folgte, erholen konnte, warf das Mädchen sich schweratmend an seine Brust. »Ihr Onkel hat mir gesagt, wo ich Sie finde. Wo ich dich finde. Ich bin so froh, dass ich bei dir bin, dass ich trotz allem, was sich uns in den Weg stellt, endlich, endlich bei dir bin.«

Der Schrecken war heftig. Während er zögernd Melitta festhielt, damit sie nicht stürzte, wurde Fabrizio klar, wie sehr er sich getäuscht hatte: Einen Augenblick lang hatte er sich tatsächlich gestattet zu hoffen, es wäre *Vittoria.*

Viktoria.

Viktoria Hortis, die frisch verheiratet und vermutlich noch mit dem Mann, dem er zum Teil den Verlust seines Gutes verdankte, in den Flitterwochen weilte.

Stattdessen war Melitta Braun hier, aus welchen Gründen auch immer. Die arme, blasse, grundanständige Melitta Braun, deren bloße Anwesenheit ihm ein schlechtes Gewissen bereitete, seit er sie kannte. Sie schrieb ihm Briefe, die zu lesen er keine Zeit fand, obwohl ein so feiner Mensch wie sie es verdiente, dass man ihre Briefe las. Sie überschlug sich vor Freundlichkeit, wann immer er ihr begegnete. Dennoch dachte er, sobald er mit ihr zusammen war, schon an den schnellsten Weg, ihr zu entkommen. Zu Menschen wie Melitta Braun war das Leben niemals gerecht. Wäre es anders gewesen, hätte er sie von sich geschoben, sie brüsk gefragt, was dieser Überfall bezwecke.

Da die Dinge aber nun einmal standen, wie sie es taten, brachte er es nicht über sich, so grausam zu sein. »Fräulein Melitta«, rang er sich mühsam ab und versuchte behutsam, sich aus ihrem klammernden Griff zu lösen. »Fräulein Melitta, darf ich fragen, was Sie hierherführt? Sind Ihre Verwandten auch da? Kann ich Ihnen irgendwie helfen?«

»Ich weiß, dass du mir helfen wirst«, stieß sie in einer Wolke weißen Atems aus und blickte zu ihm auf. »Ich habe es die ganze Zeit gewusst, und du hilfst mir ja schon jetzt, weil du da bist und ich endlich nicht mehr alleine bin.«

In seinen Armen spürte er ihren verspannten Körper in Kleidern, die für den piemontesischen Winter viel zu dünn waren. Sie tat ihm unendlich leid, doch zugleich hatte er das Gefühl, sich mit jedem Wort, das er an sie richtete, auf dünneres Eis zu begeben. »Was kann ich denn für Sie tun?«, fragte er schließlich. »Ich habe hier draußen noch eine Weile zu arbeiten, aber wenn Sie schon einmal hinunter in mein Haus gehen wollen, wird unsere Haushälterin Sie sicher gern mit einer warmen Suppe versorgen. Ich komme nach, so schnell ich kann, und dann überlegen wir gemeinsam, wie wir Sie zurück nach Hause bekommen, einverstanden?«

Verstohlen atmete er auf. Das klang vernünftig, Mariuccia würde sich in ihrer fürsorglichen Weise um sie kümmern, und er würde sie zumindest nicht länger halten müssen, als wären sie ein Paar.

Statt zu reagieren, wie er es sich erhoffte, klammerte sie sich noch heftiger an ihm fest. »Mir ist nicht kalt«, sagte sie. »Nicht wenn ich bei dir bin. So warm wie gerade jetzt war mir in meinem ganzen Leben noch nie. Das kommt, weil ich noch nie einem Menschen wichtig war. Doch, meiner Mutter, aber sie hat es mir nie gezeigt. Bei dir ist es anders. Bei dir spüre ich es, und du brauchst gar nichts zu zeigen, Fabrizio. *Amore mio.* Ich habe mir ein Wörterbuch gekauft und es nachgeschlagen. Zuerst dachte ich: Ich bin zu feige, ich kann das unmöglich zu dir sagen. Aber auf Italienisch geht es viel leichter als auf Deutsch. *Amore mio,* Fabrizio. Es klingt so schön.«

Fabrizio fühlte Übelkeit in sich aufsteigen. Er musste etwas tun, durfte diesen absurden Albtraum nicht einfach weiterlaufen, die junge Frau in ihrer Verblendung gefangen bleiben lassen. Irgendein falsches Signal musste er ihr gegeben haben, um diese haltlosen Illusionen in ihr zu wecken. In seiner Verantwortung lag es, sie davon zu befreien, ohne ihr zu schaden. Hatte er nicht schon viel zu vielen Menschen geschadet, war sein Weg nicht gesäumt von Menschen, die er enttäuscht, verletzt und aus der Ruhe gebracht hatte? Den alten Emidio Tapari im Grunde auch, und am Ende noch Livio, Alfredo, Mariuccia und seine Schwester, der er doch eine Basis hatte geben wollen, ein Portal in ein glückliches Leben.

Aber solche wie er brachten offenbar kein Glück, wenn sie es versuchten, sondern das genaue Gegenteil. Und nun hatte sich in seinem unheilvollen Labyrinth dieses tapfere, aufrechte, anständige Mädchen verstrickt, das mit ihnen allen im Grunde nichts zu tun hatte. Während er fieberhaft nach Worten suchte, begann sie, seine Brust und dann seine Schulter zu streicheln. Durch den dicken Stoff seines Mantels spürte er so gut wie nichts, und doch kam ihm die Berührung unerträglich vor.

So feige das war, reckte er sich und spähte über sie hinweg. Am Fuße des Hangs manifestierten sich aus dem Nebel zwei weitere Gestalten, die wie zuvor Melitta auf ihn zustrebten.

»Ich habe deine Schwester und die Witwe meines Onkels in Turin auf dem Bahnhof getroffen«, sagte Melitta, als habe sie Augen im Hinterkopf. »Du kannst mir glauben, dass ich alles versucht habe, um Viktoria zur Rückreise zu bewegen, aber sie bestand darauf, sie müsse mit hierherkommen. Sie macht sich unglaublich wichtig, seit der Testamentsvollstrecker sie zur Erbin erklärt hat, obwohl ihr doch klar sein muss, dass ich das nicht zulassen werde. Einerlei, was mein Onkel uns angetan hat, dass er auf solche Weise sein Leben verliert und seine Mörderin auf seinem Grab tanzt, hat er nicht verdient.«

»Witwe?«, sprudelte Fabrizio heraus. »Mörderin? Sie sprechen doch wohl nicht allen Ernstes von Vittoria!«

Melitta sah auf. Ehe sie jedoch zu einer Antwort kam, war seine Schwester samt ihrer Begleiterin nahe genug herangekommen, um zu winken.

»Salve, mein Herzensbrüderchen«, rief sie so scharf, dass ihre Stimme durch die eisigen Nebel zu schneiden schien. »Von der neuen romantischen Verwicklung in deinem Leben hättest du mir eigentlich zumindest ein kleines Wörtchen flüstern können, findest du nicht auch?« Sie blieb vor ihm stehen, stemmte die Hände in die Hüften.

Fabrizio glaubte, durch ihre Augen zu sehen, was er mit Melitta in den Armen für ein Bild bot.

»Zumal ihr beide euch ja bereits einig geworden seid und den Knoten festgezurrt habt, wie man hört.«

Er musste das aufklären. Er musste Melitta Braun von sich schieben und seiner Schwester erklären, dass an den Gerüchten vom festgezurrten Knoten und einer irgendwie gearteten Liebesbeziehung zwischen ihm und dem Mädchen aus Triest kein Funken Wahrheit war.

Aber wie konnte er?

Wie konnte er dieses arme Geschöpf, das jeder nur herumzustoßen schien, vor seiner Schwester und Viktoria Liebenfels, die Melitta ja offenbar als ihre Feindin betrachtete, bloßstellen? Diese beiden jungen Frauen waren der dritten, die er in den Armen hielt, so offensichtlich überlegen, dass ihm das Herz darum wehtat.

Er sagte kein Wort.

Außerdem war er sowieso zu nichts anderem imstande, als Viktoria Liebenfels, die ja wohl noch immer Hortis hieß, anzustarren. Sie trug Schwarz. Von Kopf bis Fuß. Eine Farbe, die Gigliola höchstens zum Kirchgang an den hohen Feiertagen widerstrebend angelegt hätte. Viktoria aber stand sie. Sie brachte ihr honigfarbenes Haar, an dem der Wind riss, regelrecht zum Leuchten. Mehr als je zuvor spürte er mit jeder Faser seines Körpers, dass er in diese Frau verliebt war, dass er sie wollte, auf ganz andere, wildere und erwachsenere Weise, als er Gigliola gewollt hatte.

Was er ebenfalls begriff, was langsam wie tauender Schnee zu ihm durchsickerte, war die Tatsache, dass sie nicht länger verheiratet war. Ihr Mann war gestorben. Sie war wieder frei.

Und hier stand er, hielt Melitta Braun, die sie eine Mörderin nannte, in den Armen und stritt nicht ab, dass sie seine Verlobte war.

31

Vicky

Montechiaro d'Acqui, Piemont

Dezember

Eine Weile lang war sie zu nichts imstande, als dazustehen und Fabrizio Ascoli anzustarren. Er trug einen dick gefütterten Mantel, der ihm die Ausmaße eines Bären verlieh, und an seinem schwarzen Haar riss der Wind. Urplötzlich und mit jeder Faser ihres Körpers spürte sie, dass sie in diesen Mann verliebt war, dass sie ihn wollte, auf ganz andere, wildere und erwachsenere Weise, als sie Rudolph von Auersperg gewollt hatte.

Und dort stand er, hielt Melitta, die sie eine Mörderin nannte, in den Armen und räumte damit die letzten Zweifel daran aus, dass sie seine Verlobte war.

Die Erkenntnis lähmte sie, ließ ihre inneren Kräfte erschlaffen wie an dem Tag, an dem Felice ihr erklärt hatte, dass Rudolph mit einer anderen verlobt sei. Sie stand da wie angewurzelt und spürte nichts als die Kälte, den pfeifenden Wind, der die nackten, wie toten Weinreben krümmte, und den Schmerz.

Wie arrogant war sie gewesen? Weil Melitta kein landläufig hübsches Mädchen war, hatte sie sich ihr überlegen gefühlt, hatte geglaubt, ein Mann wie Fabrizio Ascoli könne sich sehr wohl für sie, aber nie im Leben für Melitta interessieren. Dabei war Melitta im Gegensatz zu ihr eine junge Frau, die schon seit Jahren in einem Beruf ihren Mann stand, von früh bis spät Arbeit verrichtete und Dinge tat, die Menschen von Nutzen waren, während sie, die überhebliche Vicky, in den Tag hinein trödelte. Melitta hatte weder ein Verhältnis mit einem nutzlosen Angehörigen des Hochadels begonnen noch einen dreimal so alten Mann geheiratet, um an dessen Besitz zu gelangen.

Was also machte Vicky besser als sie?

Ganz genau: gar nichts. Und Fabrizio Ascoli hatte eine kluge Wahl getroffen.

Ihre Gedanken, die einander schneller als der Wind jagten, rissen Vicky aus ihrer Trance. *Nein*, rief sie sich selbst zur Ordnung. Sie würde nicht wieder in Handlungsunfähigkeit verfallen, weil ein Mann, den sie wollte, sich für eine andere entschieden hatte. Sie war nicht eines Mannes wegen hergekommen, sondern weil sie ein wichtiges Anliegen hatte. Sie musste die Schulden ihres verstorbenen Gatten begleichen und die Pension retten. Es ging um das neue Leben, das sie sich hatte schaffen wollen – aber es ging vor allem um das Leben etlicher anderer Menschen, hier in Montechiaro ebenso wie in Triest.

»Ich bedaure es, Sie zu stören, Herr Ascoli«, hatte sie fest und mit erstaunlicher Ruhe gesagt. »Ich komme jedoch in einer geschäftlichen Angelegenheit, die leider keinen Aufschub duldet. Ich wäre Ihnen dankbar, wenn ich Sie dazu unter vier Augen sprechen könnte.«

Natürlich hatte Melitta protestiert, aber Valeria hatte sich um sie gekümmert, und am Ende war Fabrizio Ascoli mit ihr in sein Arbeitszimmer gegangen, in dem es nach Holz und Leder duftete und das edle, schwere Mobiliar aus einer versunkenen

Zeit zu stammen schien. Auf eine Weise, die Vicky berührte, passte er hierher. Er hatte etwas – Gediegenes. Auch wenn sein kraftvoll gebauter Körper in dem Schreibtischstuhl wirkte, als wäre er eingesperrt und sehne sich nach der Weite seiner Weinberge.

Sie ließ die Gefühle, die sie schon wieder zu übermannen drohten, nicht zu, redete auch nicht um den heißen Brei herum, sondern kam sofort auf den Punkt. Er allerdings brauchte eine Weile, um zu begreifen, was sie ihm da anbot.

»Sie wollen mir Ihre Pension überschreiben?«, fragte er endlich ungläubig. »Das Erbe Ihres verstorbenen Mannes und vermutlich zumindest bis zur nächsten Heirat ja wohl die Grundlage Ihres künftigen Lebens?«

»Ganz so verhält es sich nicht«, erwiderte Vicky. »Genau genommen habe ich gar nichts zu überschreiben, da die Pension bereits Ihnen und meinen anderen Gläubigern gehört. Indem ich sie Ihnen sozusagen in Zahlung gebe, rette ich sie vor dem Zugriff der anderen. Die Schulden gehen dann natürlich ebenfalls auf Sie über. Aber ich denke, ehe Ihre Bank hier draußen im Nirgendwo davon etwas merkt, haben Sie genug Zeit gewonnen, um Ihr Weingut zu retten. Und dann vertrösten Sie die anderen: Sie werden eine gut gehende Pension in Bestlage vorzuweisen haben und Wein, der sich blendend verkauft. Einem Mann wie Ihnen wird man bei entsprechendem Zinssatz gern ein paar Monate länger Kredit einräumen.«

Verblüffung breitete sich auf Ascolis Gesicht aus, erfasste die hellbraunen Augen, und auf einmal lachte er frei heraus. So wie in Triest, damals, unter dem Tisch. Lag das wirklich noch nicht einmal ein Jahr zurück?

Es steckte an. Vicky war alles andere als zum Lachen zumute, aber etwas war erleichternd daran, löste einen Teil der Spannung, die seit ihrer Ankunft zwischen ihnen bestand.

»Sind Sie der Meinung, das ist rechtlich hieb- und stichfest?«, fragte er und klang nicht mehr so fremd und abweisend wie zuvor.

»Das nicht«, räumte Vicky ein. »Aber mein Vater hat immer gesagt: ›Wenn einem was nicht passt, braucht's einen Anwalt, um es passend zu machen.‹«

»Das ist sicher nicht von der Hand zu weisen«, sagte Ascoli. »Aber ich gehe davon aus, dass Ihr Vater mehr Geld besitzt als wir beide zusammen, um jeden Anwalt, den er gern hätte, für seine Maßarbeit zu bezahlen.«

»Haben Sie einen guten an der Hand?«, fragte Vicky. »Dann lassen Sie uns hinfahren. Wie wir ihn bezahlen, überlegen wir uns später. Ich wette, wenn er hört, was wir zu bieten haben, stellt er uns über sein Honorar einen Schuldschein aus.«

»Wir?« Ascoli hob die Brauen. »Dass Sie so eilfertig Schuldscheine sammeln, ohne sich zu überlegen, wo Sie damit enden, ist das eine – aber sind Sie sich darüber im Klaren, mit wem Sie hier in ein Boot steigen? Wenn ich das ganze Durcheinander, das mir in der letzten Stunde um den Kopf gesurrt ist, richtig verstehe, gibt es beileibe nicht nur in Triest Elemente, die Sie des Mordes an Ihrem Mann verdächtigen. Ich meinerseits habe einen Bruder vorzuweisen, der wegen versuchten Mordes im Gefängnis sitzt. Glauben Sie wirklich, Sie tun Ihrer Reputation einen Gefallen, wenn Sie sich ausgerechnet mit mir zusammentun?«

»Es geht nicht darum, mir einen Gefallen zu tun«, gab Vicky kämpferisch zurück, um nicht nur ihn, sondern auch sich selbst zu überzeugen. »Es geht darum, so gut, wie es eben möglich ist, ein Unrecht wettzumachen. Sie haben nichts getan und sollen Ihr Weingut verlieren. Daran möchte ich keine Schuld tragen, und auf meinem verstorbenen Mann lasse ich das auch nicht sitzen, selbst wenn er es vermutlich verdient hat. Ich will, dass niemand von all den gutgläubigen unschuldigen Leuten, die in diesen Schlamassel mit hineingezogen worden sind, etwas verlieren muss. Und diese ganzen Mordgeschichten sind nun einmal in der Welt. Anfangs habe ich gedacht, wir müssten sie um jeden Preis daraus fortwischen, aber jetzt, wo mir klar ist, dass das nicht möglich ist, finde ich: Wir müssen sie uns zunutze machen.«

»Aha«, war alles, was er von sich gab, während sein Blick nicht im Mindesten zustimmend wirkte.

»Ihre Schwester schreibt für die Klatschspalte von Italiens auflagenstärkster Zeitung«, trug Vicky vor, was Valeria ihr erklärt hatte. »Das ist unser Trumpf-Ass, das wir ausspielen müssen. Wenn wir die Leute nicht von unserer Unbescholtenheit überzeugen können, müssen wir eben dafür sorgen, dass sie vor Neugier auf unsere Verruchtheit brennen.«

Fabrizio Ascoli überlegte, und Vicky erfasste eine Spur von Stolz. Tatsächlich hatte sie ihn mit einem Haufen aus dem Ärmel geschüttelten Unsinn dazu gebracht, darüber nachzudenken. Sie musste selbst zugeben, dass der Unsinn so schlecht nicht klang. Gewagt schon. Aber nicht schlecht. Schlecht klang nur das ewige »Ich kann nicht«, »Ich weiß nicht« und »Das ist nicht möglich«. Dieses war wenigstens einen Versuch wert, und gewinnen konnte nun einmal nur der, der etwas wagte.

»Frau Hortis.« Er stützte den Kopf in eine Hand, rieb sich mit der anderen über die gefurchte Stirn und wirkte auf einmal unendlich müde. »Der Anwalt meiner Familie ist an die siebzig Jahre alt, er ist mein Taufpate, denkt ganz in den Bahnen der alten Schule und trägt seinen Anstand vor sich her wie ein Banner. Dass er mir in der Sache meines Bruders geholfen und dazu weniger lautere Methoden akzeptiert hat, liegt nur daran, dass er meinen Vater kannte und ein weiches Herz hat. Glauben Sie wirklich, dieser Mann wäre geeignet, für den Höllenritt, den Sie mir da vorschlagen, in den Sattel zu steigen? Und ein anderer, einer der namhaften Advokaten in Turin oder Mailand, nimmt sich unserer Angelegenheit nicht einmal an, solange wir nicht gehörig in Vorleistung gehen. Glauben Sie mir, ich weiß, wovon ich spreche. Wenn ich in den letzten Monaten eines gründlich studiert habe, dann das Geschäftsgebaren von Anwälten.«

Vicky überlegte blitzschnell. »In Ordnung«, sagte sie dann. »Wenn wir uns keinen anderen Anwalt als diesen Taufpaten leisten können, dann wird eben der uns helfen müssen. Kommen Sie, fahren wir zu ihm, vielleicht ist er sogar das Beste, was uns passieren kann: Sie erklären ihm, wie er die Dokumente, die wir brauchen, für uns aufzusetzen hat, und er – aus alter Treue zu Ihrem Vater und so weiter – wird es tun.«

Er war nach wie vor skeptisch, oder vielmehr: Er war die Skepsis in Person. Vicky redete mit Menschen- und mit Engelszungen auf ihn ein, auch wenn sie nie recht begriffen hatte, was das bedeutete. Als er noch immer schwankte, fuhr sie ihr stärkstes Geschütz auf: »Wenn Sie es nicht für sich selbst oder für mich tun, tun Sie es für Melitta«, sagte sie. »Sie hat lange genug ein hartes Leben führen müssen und hat eine helle Zukunft verdient.«

Damit stand sie auf und musste einen Laut des Triumphs unterdrücken, als sie sah, dass er sich ihr nach kurzem Zögern anschloss.

Sie fuhren nach Spigno, einer Stadt, die so winzig war, dass Vicky sie ein Dorf genannt hätte, rutschten in einem engen Wagen, den sein herrliches grau-weißes Pferd zog, über verschneite Straßen, während um sie herum schon die Sonne unterging. Fabrizio Ascoli lenkte das Tier ebenso umsichtig, wie er sein ganzes Leben zu führen schien, auch wenn es ihm bisher nicht viel genützt hatte. Auch jetzt nützte es ihm wenig. Der Wagen geriet immer wieder ins Schlingern und Vicky wurde gegen ihn geschleudert.

Jedes Mal zuckte eine Vielzahl kleiner Blitze durch ihren Körper und machte sie schwindlig im Kopf. Ein wenig so, als wenn man guten Wein trank, der schwer und dunkel war und doch die Gedanken leicht und hell machte. Nur stärker. »Ihren Wein brauchen wir«, murmelte sie. »Und Sie auch. Das ist viel besser als der eingestaubte Silvesterball.«

»Wie bitte?«

»Ach nichts. Das erkläre ich Ihnen später.« Sie hatte es ja selbst noch nicht fertig durchdacht – wie im Grunde gar nichts, was sie in diesen denkwürdigen zwei Tagen von sich gegeben hatte. Für den Moment wünschte sie sich nur, dass die Fahrt so schnell nicht endete. Es war schneidend kalt, hatte wieder zu schneien begonnen, und der Schnee trieb ihnen entgegen. Alle paar Augenblicke zurrte Fabrizio Ascoli die Wagendecke um Vicky fester, breitete dabei den Arm um sie, wie um sie zu halten und zu wärmen. Sie hätte sich ermahnen, sich ins Gedächtnis rufen sollen, dass er Melittas Verlobter war. Aber Melitta war ja nicht hier, ihr würde das Ergebnis dieser Fahrt zugutekommen. Sie würde von der Decke und dem Schnee und alledem nichts erfahren.

Der Anwalt, der seine Kanzlei in einem Haus am Marktplatz der kleinen Stadt hatte, war so, wie Fabrizio ihn beschrieben hatte: betulich, altväterlich, beständig an Anstand gemahnend. Um alle Feinheiten des Gesprächs zu verstehen, war ihr das Italienische noch nicht geläufig genug. Auch sprach sie selbst Deutsch und ließ Fabrizio übersetzen, um sicherzugehen, dass sie keine falsche Nuance setzte.

Es dauerte eine nicht eben kleine Ewigkeit, ehe der Anwalt verstand, was Vicky vorhatte: Fabrizio sollte als neuer Inhaber der Pension Hortis in Triest eingetragen werden und im Gegenzug die Schulden, die die Familie Hortis bei ihm hatte, annullieren. Mit den frisch ausgestellten Dokumenten sollte er bei seinem Bankier vorsprechen, mit der Pension als Sicherheit einen weiteren Kredit aufnehmen und sich damit seine eigenen Gläubiger vom Hals schaffen. Wie es alsdann weiterging, lag bei ihnen, damit hatte der Anwalt nichts zu schaffen. Für sich selbst verlangte Vicky die Zusicherung, dass sie für ein Minimum von einem Jahr als Direktorin der Pension eingesetzt würde, und dass Eduards Mutter und seine Schwester dort ihr Wohnrecht behielten.

»Auch wenn Eleonore und Agathe es nach Ihrer Hochzeit vermutlich vorziehen werden, zu Ihnen überzusiedeln«, sagte sie zu Fabrizio. »Ganz sicher sein kann man sich nicht, schon gar nicht bei Agathe. Ich glaube, sie ist auf Italien und Italiener nicht gut zu sprechen.«

Der Anwalt blickte auf. Ein wenig von ihrem wienerisch gefärbten Deutsch schien er zu verstehen. »Du heiratest, Fabrizio?«, fragte er auf Italienisch. »Weshalb erfahre ich das erst jetzt? Du kannst gar nicht wissen, wie innig ich mich für dich freue.«

»Lass uns darüber bitte ein andermal sprechen«, wehrte Fabrizio unwirsch ab. »Es ist noch nichts spruchreif, und im Augenblick wollen wir von dir nur wissen, ob du bereit bist, uns in dieser Sache zu helfen. Du weißt, es geht noch immer um Crispino. Und um Valeria. Auch wenn sie in Montechiaro nicht mehr leben will, vielleicht schon seit vielen Jahren dort nicht mehr leben wollte, hätte sie doch einen Ort, ein Dach, unter das sie zurückkehren könnte, sollte sie es jemals für nötig erachten.«

»Sie hat vieles durchmachen müssen«, sinnierte der Anwalt, der Donato Cerisi hieß, vor sich hin. »Aber auch du hast vieles durchmachen müssen, und an Crispino solltest du dieses eine Mal nicht denken, finde ich, sondern an dich, an die Zukunft, die sich dir auftut. Als den Kindern deines Vaters wünsche ich euch allen dreien von Herzen, dass ihr endlich in Frieden leben dürft, das weißt du. Aber im Gegensatz zu Valeria und dir hat sich Crispino sein Schicksal selbst zuzuschreiben …«

»*Mannaggi' al diavolo*«, platzte Fabrizio heraus und sprang auf. »Ich werde meinen Bruder nicht im Gefängnis zugrunde gehen lassen, weil er mir mein Mädchen weggenommen hat, falls es das ist, was du von mir verlangst.«

Vicky stockte der Atem. Reglos saß sie da und wartete auf das, was Donato Cerisi auf diesen Ausbruch erwidern würde.

»Dein Bruder ist aber nicht im Gefängnis, weil er dir dein Mädchen weggenommen hat«, gab der Anwalt zu bedenken. »Er ist im Gefängnis, weil er einen Menschen töten wollte, und wenn meine Meinung für dich von Belang ist, ist er dort auch keineswegs schlecht aufgehoben. Aber ich halte mich heraus. Wie ich auch zu deinem Vater ein ums andere Mal gesagt habe: Wenn ich sehe, dass es für mich nichts auszurichten gibt, halte ich mich heraus.«

Durch Fabrizios Körper rann ein Zittern. Er ballte die Fäuste und gewann die Kontrolle über sich zurück. »Danke«, sagte er.

»Nichts zu danken.«

»Kannst du in der Sache, die wir dir dargelegt haben, tätig werden?«

»Ich kann es versuchen, auch wenn das Ganze mir irrsinnig scheint, als baue man sich auf einem Fundament aus Zahnstochern ein Haus. Wir werden morgen bei Notar Albanone vorsprechen und um Ausstellung der Dokumente bitten müssen. Wenn du partout davon nicht abzubringen bist, bemühe ich mich um den allerfrühesten Termin. Anschließend führt nichts daran vorbei, dass du bei Bankier Barocci vorsprichst.«

»Nein. Natürlich nicht.«

»Wenn er deinem Antrag zustimmt und den neuen Kredit gewährt, bin ich dir bei den Verhandlungen mit den Gläubigern gern behilflich«, fuhr Cerisi fort. »Das habe ich schließlich in der Vergangenheit oft genug getan.«

»Die Vergangenheit ist vorbei«, sagte Fabrizio. »Um die Gläubiger kümmere ich mich selbst. Nur was Crispinos Freilassung angeht, würde ich dich noch einmal um deine Hilfe bitten müssen.«

»Wenn es dein Wunsch ist. Selbstverständlich.« Der Anwalt nickte müde, und mit einem plötzlichen Satz, den ihr Herz vollführte, begriff Vicky, dass ein Plan auch aufgehen konnte, wenn man gar keinen gemacht hatte.

Als sie schließlich eine Unzahl von Vollmachten unterschrieben hatten und nach dem Abschied von Donato Cerisi wieder draußen in der eisigen Kälte auf der Straße standen, sahen sie sich mit einem Problem ganz anderer Art konfrontiert: Das Schneetreiben war allzu dicht, das Pferd, das in einem Mietstall untergestellt war, konnte den Weg in der Dunkelheit nicht noch einmal meistern, und morgen in der Frühe mussten sie ja auch von Neuem hier im Ort zur Stelle sein.

»Es ist mir nicht angenehm, aber ich fürchte, es gibt keine andere Möglichkeit«, sagte Fabrizio. »Wir werden in der Stadt übernachten müssen.«

Vicky fror bis auf die Knochen, ihre Zähne schlugen aufeinander, und der Gedanke, sich in irgendeinem warmen Haus in ein noch wärmeres Bett zu verkriechen, kam ihr derart paradiesisch vor, dass sie an nichts anderes denken konnte. »Ich glaube, vorn am Markt habe ich ein Gasthaus gesehen«, sagte sie zitternd. »Vielleicht haben wir Glück, und sie haben noch etwas frei.«

»Auf das Glück hoffe ich auch, denn das Leone blu ist die einzige Pension in Spigno«, bekundete Fabrizio düster, riss sich unvermittelt den prachtvollen Mantel herunter und legte ihn Vicky über, ehe er sich in brüsken Schritten mit ihr auf den Weg machte. »Vor allem hoffe ich, dass sie nicht nur ein einziges Zimmer frei haben, denn ansonsten weiß ich mir beim besten Willen keinen Rat.«

32

Vicky

Spigno, Piemont

Dezember

Sie hatten nur ein einziges Zimmer. Eines für Eheleute, aber wer den geforderten Preis hinblätterte, brauchte keine Heiratsurkunde vorzulegen.

Der arme Fabrizio wusste sich wirklich keinen Rat. Hilflos stand er vor dem Tresen und gab sich Mühe, nicht zu zittern, während auf seinen Anzugschultern und in seinem schwarzen Haar die Schneeflocken schmolzen. Die Entscheidung trafen Vickys Erschöpfung, Vickys trotz Mantel steif gefrorene Glieder, Vickys Hunger und ihr Durst. In dem winzigen Empfangsraum der Pension brannte ein loderndes, himmlisch wärmendes Kaminfeuer und es duftete köstlich nach geröstetem Knoblauch und all den wundervollen Kräutern, die Italiener an Schnüren in ihren Küchen trockneten. Sie hatte für heute genug geleistet, fand Vicky. Keine zehn Pferde würden sie in dieser Nacht noch einmal nach draußen in das Wüten des Schneesturms bringen.

»Wir nehmen es«, sagte sie auf Deutsch zu Fabrizio. »Ich werde Sie nicht beißen, denn dazu klappern meine armen Zähne viel zu sehr, Sie beißen ganz bestimmt auch nicht, und Melitta wird kein Sterbenswort davon erfahren.«

»*Dio mio*, können Sie nicht endlich mit Melitta aufhören?« Einen weiteren Fluch unterdrückend bezahlte er für das Zimmer und verhandelte über die Möglichkeit, ein Abendessen zu bekommen. Die Küche hatte bereits geschlossen, doch der Herr am Empfang erklärte sich bereit, ihnen ein wenig kaltes Fleisch, Käse und eingelegtes Gemüse nach oben bringen zu lassen.

»*Dio mio*«, entfuhr es Fabrizio noch einmal, als er die Tür des im Dach gelegenen Zimmers aufschloss. Der Raum war winzig und fast zur Gänze ausgefüllt von dem mächtigen Bett. Darauf ausgebreitet lag die dickste Bettdecke, die Vicky je gesehen hatte. Sie sah so warm und behaglich aus, dass sie sich am liebsten unverzüglich darunter verkrochen hätte.

Der arme Fabrizio hingegen blieb derart verdattert in der Tür stehen, dass sie nicht anders konnte, als seine Hände zu ergreifen und ihn in den Raum zu ziehen. Das Zimmer war offenbar den Tag über großzügig geheizt worden, denn obwohl erst ein Mädchen kommen musste, um das Feuer frisch zu schüren, war das kleine Fenster, das auf den nun stillen Platz hinausging, beschlagen.

»Haben Sie doch bitte keine Angst«, sagte sie, weil sie sich auf einmal trotz allem auf den Abend mit ihm freute und wollte, dass er ihre Freude teilte. »Ich habe versprochen, Sie nicht zu beißen, und ich werde auch nicht versuchen, Melitta wegzunehmen, was ohne jedes Wenn und Aber ihr gehört. Ich habe ihr schon viel zu viel weggenommen, obwohl ich …«

Sie brach ab. In der Stille ihres Schweigens knisterten die Scheite. Von Fabrizios Hosenbeinen tropfte der geschmolzene Schnee.

»Obwohl Sie?«, fragte er rau.

»Obwohl ich es schrecklich gern versuchen würde.« Vickys Stimme war nur noch ein Wispern. »Obwohl die Vicky, die ich noch vor einem Dreivierteljahr war, es vermutlich ohne viel Federlesens versucht hätte …«

Sie kam nicht weiter. Wie von der Sehne geschnellt, fuhr er zu ihr herum, und in seinen Augen blitzten Reflexe der züngelnden Kaminflammen. Sie wusste nicht, wer von ihnen als Erster die Arme ausstreckte, als Erster den anderen umschlang und an sich zog, als hätten sie in all den Tagen, Wochen und Monaten seit ihrer ersten Begegnung nichts anderes gewollt. Der Kuss, in den sie sich stürzten, war wie jener auf der Piazza Giuseppina, an dem die Welt so viel Anstoß nahm, und doch ganz anders. Er war voller Gier, voller Hunger und Verlangen, aber zugleich war er ein Siegel, die Bestätigung von etwas, das längst unübersehbar zwischen ihnen gestanden hatte und weder wegzudenken noch zu unterdrücken war.

Er streifte ihr seinen Mantel von den Schultern, und sie befreite ihn aus dem tropfend nassen Jackett. Sein Hemd war ebenfalls nass, durch den dünnen Stoff ertastete sie seine Haut, das schnelle Heben und Senken der Brust, das Pulsieren des Blutes und sein Herz, das mit ihrem um die Wette pochte. Wie sie all das andere Störende loswurden, die Schuhe, ihren dünnen Mantel, die Schals, wie sie das Übrige aufrissen, um sich endlich ohne jedes Hindernis zu spüren, ließ sich so genau nicht sagen. Ineinander verschlungen fielen sie auf das Bett. Vicky war zu keinem Gedanken mehr fähig, sondern zerrte am Bund seiner Hose wie eine Besessene. Nie hatte sie etwas Ähnliches empfunden. Das neugierige, ein wenig amüsierte Liebesspiel mit Rudolph, bei dem sie sich stets als Herrin der Lage gefühlt hatte, ließ sich nicht im Mindesten damit vergleichen.

Im buchstäblich letzten Augenblick, ehe alles zu spät war, riss das Klopfen an der Tür sie aus dem Taumel. Vicky erschrak bis ins Mark. Was tat sie hier? Was für ein Monster war sie, der armen Melitta einen solchen Schmerz zuzufügen? Melitta liebte diesen Mann doch, das konnte kein Mensch übersehen. Sie kannte ihn gewiss seit Jahren und wünschte sich, in allen Lebenslagen seine Gefährtin zu sein.

Und was war mit ihr selbst?

War sie zur Liebe überhaupt in der Lage, besaß sie das Herz dazu, wusste sie, was daran hing und was es erforderte?

Einen Moment lang kniff sie die Augen zu, weil die Woge ihrer Empfindungen sie zu übermannen drohte. Als sie sie wieder öffnete, hatte Fabrizio sich aufgerappelt, seine Kleidung halbwegs gerichtet und dem Kellner, der mit einem Servierwagen auf dem Treppenabsatz stand, die Tür geöffnet. Er bedankte sich stammelnd, fingerte ein Trinkgeld aus irgendeiner Tasche, schob den Wagen in den Raum und schloss die Tür.

Dann kam er zu Vicky zurück.

Das Bild von ihm, wie er hoch aufgerichtet in seinem weißen halb offenen Hemd und mit wild zerrauftem Haar vor dem Bett stand, brannte sich ihr ein und würde, da war sie sich sicher, aus ihrem Gedächtnis nie mehr zu löschen sein. Diesen einen Atemzug lang zweifelte sie nicht, dass sie alles andere hergegeben hätte, um ihn haben zu können, um ihn in ihren Armen zu halten und mit ihm eins zu sein.

Mit dem nächsten Atemzug besann sie sich.

»Wir dürfen das nicht«, rief sie gegen sämtliche Impulse, sämtliche Kräfte, die in ihrem Körper gegen ihr Gewissen kämpften, an und fühlte, wie ihre gesamte Willenskraft erlahmt in sich zusammensackte.

Der Atemzug, den er tat, war ein tiefes Stöhnen, und in der Geste, die sie bereits lieb gewonnen hatte, wischte er sich mit dem Handrücken über die Stirn. »Was wir dürfen, entscheidest du«, brachte er heraus. »Und ohne Zweifel hast du recht. Nur eines, Vittoria: Ich bin nicht mit Melitta verlobt, ich weiß nicht, was ich getan habe, dass sie es glaubt. Ich werde ihr erklären müssen, dass mir jeder Gedanke daran fernliegt. Ich habe es nur nicht in deiner und Valerias Gegenwart tun wollen. Ihr beide habt so vieles, das Melitta nie haben wird, und sie tut mir von Herzen leid.«

Mehr gesprochen wurde nicht. Vickys eben noch erloschene Lebensgeister erwachten mit einem Schlag aufs Neue, und unversehens hatte sie ihn zu sich hinuntergezogen. Dieses Mal verrichtete sie ganze Arbeit, befreite ihn im Handumdrehen aus sämtlichen Kleidern und half ihm, sie aus den ihren zu schälen. *Warum nur bestehen Frauengewänder aus all diesen endlosen Haken und Ösen?*, war vielleicht der letzte klare Gedanke, den sie fasste. *Vielleicht, damit ein Mann erst einmal seine Fingerfertigkeit beweisen muss, ehe er in die zarten Regionen der Weiblichkeit vordringt?*

Was danach zwischen ihnen geschah, hatte nichts Zartes und auch nichts Fingerfertiges, sondern war wild und hemmungslos und toll vor Lust. Sie packten, hielten, küssten und bissen sich, klammerten sich aneinander und nahmen sich vom anderen, wonach sie gehungert hatten, ohne es zu wissen. Auf dem Höhepunkt, als er sich mit einem kleinen Laut des Glücks aus ihr zurückzog und sie ihn doch in sich behalten wollte, derweil ihr Körper dem seinen mit dem gleichen Glück Antwort gab, hatte sie eine Sekunde lang das Gefühl, als wäre dies das Ende all ihrer Einsamkeit.

Und das Bemerkenswerteste daran war, dass die Einsamkeit erst in diesem Augenblick in ihrer ganzen Wucht spürbar wurde, noch einmal aufloderte wie die Flammen des Kamins, um dann zu erlöschen und zu Asche zu zerfallen.

Sie hatte nicht gewusst, dass sie einsam gewesen war, selbst in den Jahren, in denen sie von Freundinnen umringt gewesen war, und während ihrer langen Liaison mit Rudolph. In den süßen Nebeln zwischen ihrem ersten Liebesakt und einem zweiten, der weicher, behutsamer und zärtlicher war, glaubte sie, mehr zu begreifen als je zuvor, glaubte, das ganze Leben und die Welt zu erfassen und in ihr zu Hause zu sein. Vielleicht gab es gar keine andere Möglichkeit, als einsam zu sein, solange man sich selbst nicht gefunden hatte, dämmerte es ihr. Weil man nur, wenn man sich selbst kannte, auch erkennen konnte, wer zu einem gehörte und bei wem man geborgen war.

Und noch etwas glaubte sie zu erkennen, während sie sich in Fabrizios Armen sachte, geradezu tänzerisch auf und ab bewegte: Sie hatte kein Recht gehabt, Melitta die Pension wegzunehmen. Sie würde einen Weg finden müssen, die Leitung der Pension mit Melitta zu teilen, der sowohl gut für Melitta als auch für sie selbst und die Pension war. Sie war entschlossen, Melitta begreiflich zu machen, dass sie ihren Anspruch anerkannte. Aber sie hatte jedes Recht gehabt, ihr diesen Mann wegzunehmen, denn er gehörte nicht zu Melitta, sondern zu ihr. Selbst wenn alles, was in Zukunft aus ihnen werden sollte, in den Sternen stand und vielleicht unmöglich war.

Noch einmal zog er sich im Moment des höchsten Glücks und der größten Nähe aus ihr zurück, dann blieben sie erschöpft einer im Arm des andern liegen. Das Feuer knisterte leise, gegen die Scheibe des kleinen Fensters prasselte der Schnee, und vor dem Hintergrund dieser friedvollen Geräusche mischten sich ihrer beider Atemzüge.

Es war Vicky, die als Erste die Sprache wiederfand. »War das schön für dich?«, fragte sie und streichelte ihm über die Stirn, die er ausnahmsweise einmal nicht gefurcht hatte und die nass von Schweiß war.

»*Dio mio*«, stieß er atemlos hervor. »Das ist nicht dein Ernst, oder doch?«

»Natürlich ist es mein Ernst.« Sie lächelte ihn an. »War es etwa nicht schön für dich?«

»*Mannaggia*, Vittoria – es war so schön, dass mir die Sprache und die Spucke wegbleiben, und so viel geflucht, weil mir sonst nichts einfällt, habe ich in meinem ganzen Leben nicht.«

»Dann ist es ja gut«, sagte sie kokett und küsste ihn in den Winkel seines betörend hübschen Mundes. »Ich denke, dann ist jetzt der günstigste Moment, dich mit meinen schlechtesten Eigenschaften vertraut zu machen, richtig?«

Kurz schien er verwirrt. Gleich darauf aber legte sich über sein Gesicht ein Lächeln, das Vickys Herz zum Hüpfen brachte. »Falls du mir nach dieser Vorrede gestehen willst, dass du deinen Mann doch in eurer Hochzeitsnacht ermordet hast, glaube ich kaum, dass mich das sonderlich schrecken kann. Und falls du hinterherschickst, dass du mir als Nächstem den Garaus machst, auch nicht.«

Weich zog er sie an sich und sie schmiegte sich in die Liebkosung. »Dich lasse ich noch ein bisschen leben«, sagte sie, während sie genoss, wie seine glatte Haut sich an ihrer rieb. »Das hier ist schließlich nicht unsere Hochzeitsnacht.«

»Womit du recht hast. Ich danke für die Erinnerung.«

»Was ich dir zu sagen habe, ist viel schlimmer.«

»Nur heraus damit.« Seine Augen glänzten. »Jetzt ist sowieso nichts mehr zu retten.«

»Ich bin die Zerstörerin jeder Romantik«, bekannte Vicky. »Immer wenn es so richtig lauschig wird, bekomme ich Hunger.«

Diesmal lachte er laut heraus. Geschmeidig löste er sich aus ihrer Umarmung, schwang sich so nackt und vollkommen, wie Gott ihn geschaffen hatte, aus dem Bett und spazierte zum Serviertisch, wo er ihr mit schwungvollen Gesten einen Teller füllte.

»Durst auch, *principessa*?« Er drehte den Kopf nach ihr.

»Durst immer.« Vicky hatte Mühe, ihren Blick von seinem Hinterteil loszureißen.

»Das lobe ich mir. Von irgendwas müssen wir Weinbauern schließlich leben.«

Er trug den Teller, auf den er würzig duftenden Käse, rosigen, hauchdünn geschnittenen Schinken, frisches Brot und eingelegte Streifen von Zwiebeln, Paprikaschoten und Pilzen gehäuft hatte, zu ihr herüber, wartete, bis sie sich aufgesetzt hatte, und stellte ihn ihr auf die Knie. Dann ging er zum Wagen zurück und schenkte aus der Flasche, die der Kellner bereits geöffnet hatte, zwei Gläser voll bis zum Rand. Obwohl Vicky bereits das Wasser im Munde zusammenlief, sah sie gebannt zu, wie er die Gläser zum Bett balancierte, ohne einen Tropfen zu verschütten. Ein wenig blutroter Wein fiel erst auf das Weiß des Bettlakens, als sie mit zitternden Fingern das Glas übernahm.

»Ich glaub', ich trink' besser erst, ehe ich mit dir anstoße«, sagte sie.

»Ich denke, ich schließe mich an. Ehe ein Wiener Vulkan eine Sturmflut in meinem Glas auslöst.« Sie tranken beide, lachten sich dabei in die Augen. *Ich liebe dich*, wollte Vicky sagen, war auf einmal sicher, dass es genau so war, dass ihr Gefühl, das sich von allen, die sie je gehegt hatte, unterschied, diesen Namen verdiente. Doch gleich darauf stieg auf einmal ein Zweifel in ihr auf und zerstörte die Seligkeit.

Wie konnte sie ihn denn lieben – sie kannte ihn doch gar nicht.

Sie wusste weit weniger über ihn, als sie über Rudolph und über Eduard gewusst hatte, und in diesen beiden hatte sie sich von Grund auf getäuscht.

Sie schob sich ein Stück Käse in den Mund, weil Essen ihre Nerven beruhigte, und spülte ihn mit Wein herunter. »Erzähl mir auch etwas von dir«, sagte sie. »Deine schlechteste Eigenschaft. Das, was du vor allen anderen verschweigst.«

»Meine schlechteste Eigenschaft?« Mit seinem Glas saß er ihr gegenüber, und plötzlich war da ein Abstand zwischen ihnen, der ihr eben noch unmöglich erschienen war. »Die vor anderen zu verschweigen ist nicht möglich, und du erfährst sie auch, ohne dass ich sie dir nenne.«

»Ich will sie von dir erfahren«, sagte Vicky.

Fabrizio nickte und blickte über das Glas hinweg an die Wand. »Sich in meinen Dunstkreis zu begeben, ist nicht ratsam«, sagte er. »An mir klebt Unglück. In aller Regel der Tod.«

»Was soll das heißen?«, rief Vicky. »Willst du mich auf den Arm nehmen?«

»Wollen würde ich schon, aber ich habe dazu kein Talent«, antwortete er. »Mein Vater hat als junger Mann auf dem Bahnhof von Neapel einer Zigeunerin, die ihn um Geld anbettelte, eine Ohrfeige verpasst, und sie hat ihn verflucht. Nicht ihn allein, sondern seine Kinder, Kindeskinder und alle, die sich mit ihnen einlassen.«

»Bist du närrisch?«, rief sie und wünschte sich mit jäher Heftigkeit, er möge sie wieder ansehen. »Willst du mir etwa erzählen, du bist abergläubisch, hältst dich im brandneuen zwanzigsten Jahrhundert noch an solchem mittelalterlichen Unsinn fest?«

»Vergiss nicht, ich bin Bauer«, sagte er. »Dein brandneues zwanzigstes Jahrhundert mag noch einmal hundert Jahre brauchen, um bei uns hinter unseren Bergen anzukommen. Hier vertrauen die Leute in der Tat noch immer auf die alten Bräuche und Überlieferungen und achten beim Gehen darauf, nicht einen Tatzelwurm aus dem Schlaf zu schrecken und ihn gegen sich aufzubringen. Aber nein, natürlich hast du recht. Ich glaube nicht daran, dass die arme Zigeunerin etwas mit dem zu tun hat, was danach mit meiner Familie geschah. Eher mein Vater, der die Neigung besaß, durch die Welt zu stampfen wie ihr Besitzer, und Menschen, die ihm im Weg standen, mit Schlägen zu vertreiben.«

»Aber der Anwalt«, entfuhr es Vicky, »Cerisi – er hat doch mit so viel Respekt von deinem Vater gesprochen …«

»Mit Angst vielleicht, aber nicht mit Respekt«, erwiderte Fabrizio. »Wenn er sagt, er habe Respekt vor uns als Kinder unseres Vaters, dann tut er das, weil wir ihn überlebt haben.«

Vicky wurde so kalt, dass sie ihren Teller voller Köstlichkeiten auf den Nachttisch stellte und sich die dicke Bettdecke bis ans Kinn zog. Eine Sekunde lang wollte sie ihn in die Arme ziehen und den Drachen, den sie aufgeschreckt hatte, wieder davonjagen. Gleich darauf begriff sie jedoch, dass sie das, was noch ungesagt auf sie lauerte, hören musste, wenn sie darüber entscheiden wollte, ob es für sie beide eine Zukunft gab.

»Was ist mit deiner Familie passiert?«, fragte sie. »Damals, nachdem dein Vater in Neapel die Zigeunerin geohrfeigt hat?«

»Er hat seine Abschlüsse gefeiert und ist zurück nach Hause gefahren«, antwortete Fabrizio tonlos. »Zu seinen drei Kindern und seiner schwangeren Frau. Drei Tage später kam seine Frau mit einem dritten Sohn nieder, wie er es sich gewünscht oder besser: wie er es bei ihr bestellt hatte. Aber der Sohn war nicht so, wie er ihn bestellt hatte, Carlo Ascoli, der gewohnt war, zu bekommen, was er wollte. Den kleinen Ernesto, Ernestino, wie er getauft werden sollte, hatte er nicht gewollt, denn dem kleinen Ernestino hing die Zunge aus dem Mund, und er hatte Augen wie Schlitze, dass die Leute sogar in der Kirche mit dem Finger auf ihn zeigten.«

Vicky bemerkte, wie es ihm mit jedem Wort schwerer fiel zu sprechen, wie ihm die Worte, die Laute erstickten, und wie er gegen den Wunsch zu verstummen kämpfte. Sie hätte ihn erlösen, ihm sagen wollen, er solle aufhören, oder zumindest die Arme um ihn legen und ihn trösten. Aber sie vermochte sich selbst nicht zu rühren und nicht einmal von ihrem Wein zu trinken.

»Mongolismus«, fuhr er ohne jeden Ausdruck fort. »So haben die unzähligen Ärzte, zu denen mein Vater ihn schleppte und denen er erst glaubte, als ihm nichts anderes mehr übrig blieb, seinen Zustand genannt. Angeboren. Unheilbar. ›Ein Idiotenkind‹, sagten die Leute im Ort. ›Der Schwachsinnige ist nicht von mir‹, behauptete mein Vater und ließ seine Wut an denen aus, die er zu fassen bekam. Am wütendsten machte es ihn, dass unsere Mutter ihren Jüngsten, der nicht lesen und schreiben und kaum richtig sprechen lernte, trotz allem liebte und ihn ihren *angelino*, ihren kleinen Engel, nannte, ja, dass sie ihn mehr zu lieben schien als jeden von uns.«

Zögerlich schob Vicky ihre Hand über das Bettlaken der seinen entgegen, hielt aber inne, ehe ihre Finger einander berührten. Zu groß schien der Schmerz, den er in sich vergraben hatte, zu gewaltig für ihren kleinen, schäbigen Trost.

»Er hat euch – geschlagen?«

Dass Väter ihre Kinder schlugen, war nichts Ungewöhnliches. Vicky war jedoch klar, dass das, was in seiner Familie geschehen war, auf einem anderen Blatt stand und weit über das, was üblich und geduldet war, hinausging.

»Valeria kaum, sie interessierte ihn nicht weiter«, sagte Fabrizio. »Ich bin ebenfalls glimpflich davongekommen, weil ich meistens tat, was er von mir wollte. Meine Mutter versuchte auch, das zu tun, was er wollte, doch in seinen Augen war sie die Schuldige und musste bestraft werden. Und Crispino musste ebenfalls bestraft werden, weil er ihm nichts recht machen konnte und sich weigerte, ihn für den schwachsinnigen Sohn, den er hatte, zu entschädigen. Crispino war linkisch, zärtlich und verspielt, und mein Vater wollte ihn mannhaft und hart. Meine Mutter hat mich unter Tränen angefleht, ihn zu beschützen, die Schläge auf mich zu nehmen, weil ich der Ältere und der Stärkere war. Aber ich habe ihn nicht beschützt. Ich habe sie beide enttäuscht, meine Mutter und Crispino, ich war einfach nicht in der Lage dazu.«

»Du warst ein Kind!«, rief Vicky empört. Allein bei dem Versuch, sich vorzustellen, was er durchgemacht hatte, drehte sich ihr der Magen um.

»Ich war der Ältere«, wiederholte er monoton. »Ich hätte meiner Brüder Hüter sein sollen, aber ich bin es nicht gewesen. Mein Vater hat sein Pferd Saturno genannt, weil das der Titanengott war, der seine eigenen Kinder verschlang, und hat sich darüber totgelacht. Mein Bruder Ernesto lag eines Morgens mit eingeschlagenem Schädel am Fuß der Treppe. Vielleicht war er nachts aufgestanden, um Wasser zu trinken, und ist dabei gestürzt – er war nicht besonders geschickt auf den Beinen. Vielleicht hat mein Vater ihn gestoßen. Wir wissen es nicht und werden es nie erfahren. Meine Mutter ist daran zerbrochen. In den Augen meines Vaters war es eine Erleichterung, dass er den *imbecille* nicht länger ernähren musste, aber für meine Mutter war Ernesto ihr Sonnenschein, ihr kleines Bündel Liebe gewesen, das lachte, tanzte, mit allem zufrieden und zu jedem freundlich war.«

Aus dem Augenwinkel betrachtete sie sein Gesicht und sah, dass er um seinen kleinen Bruder weinte, auch wenn keine Träne floss. Stumm wartete sie ab, bis er sich gesammelt hatte und weitersprach.

»Meine Mutter bekam irgendeine Krankheit, die kein Mensch finden konnte, und starb jeden Tag ein Stück. Ehe sie ganz tot war, flehte sie mich noch einmal an, die beiden Kleinen zu beschützen. Vor allem Crispino, aus dem ein rechtes Rabenaas geworden war, aber wen verwunderte das und wer war daran schuld? Mein Vater starb fast zeitgleich bei einem absurden Unfall: Nach einer geschäftlichen Besprechung, bei der der Alkohol in Strömen floss, stürzte er aus einem Fenster. Wie sich herausstellte, war ich sein alleiniger Erbe. Wie sich ebenfalls herausstellte, hatte er das Familienvermögen und das finanzielle Fundament des Gutes versoffen, verhurt und verspielt. Dafür, dass mir ein Imperium in den Schoß gefallen war, hasste mich mein Bruder noch mehr, als er es ohnehin tat. Dass das Imperium aus nichts als unbezahlten Rechnungen bestand, habe ich ihm aus irgendeinem abstrusen, völlig haltlosen Ehrgefühl heraus nie gesagt.«

»Du hattest das Gefühl, deinen Vater schützen zu müssen«, sagte Vicky. »Wir wünschen uns das wohl alle – dass unsere Eltern nette, gewöhnliche Leute sind, die ihre Kinder lieben und ordentlich für sie sorgen.«

Dass sie ihren eigenen Eltern vollkommen gleichgültig war, seit sie nicht mehr wie gewünscht funktionierte, hatte sie sich über Monate nicht eingestehen können. Die beiden hatten sie im Stich gelassen, als sie von einem Mann betrogen und von allen, die ihr nahestanden, geächtet worden war, und selbst als sie in ihrer Hochzeitsnacht zur Witwe geworden war, hatten sie keinen Finger gerührt, um ihr beizustehen.

Eine Weile lang saßen sie stumm beieinander, trauerten jeder für sich und doch gemeinsam, und Vicky war sicher: Sie hatte sich nie einem Menschen so nah, so verbunden gefühlt.

»Jetzt weißt du beinahe alles«, sagte er endlich. »Denn dass mein Goldstück von Bruder sich schließlich aufmachte, Italiens König zu ermorden, hast du ja schon vorher gewusst. Wollen wir es dabei belassen? Hast du genug von meinen schlechten Eigenschaften? Ich kann mich für die Nacht dort in den Sessel setzen oder auch in den Straßen auf und ab gehen. Es macht mir nichts aus, und es wäre nicht das erste Mal.«

»Bleib hier«, sagte Vicky. »In diesem Bett, wo es warm ist. Trink noch ein bisschen Wein und erzähl mir den Rest.«

Verwundert wandte er endlich den Kopf. »Woher weißt du, dass es noch einen Rest gibt?«

»Weil du gesagt hast, ich wüsste jetzt *beinahe* alles«, antwortete Vicky. »Und weil dein Bruder, das Goldstück von Königsmörder, dir dein Mädchen weggenommen hat.«

»Das willst du auch wissen?«

»Ja«, erwiderte Vicky, obwohl sie nicht sicher war, ob sie es wollte.

»Viel weiß ich selbst nicht«, sagte er und wandte den Blick erneut zur Wand. »Wir wollten heiraten. Oder zumindest dachte ich, dass wir heiraten wollten, dass ich mich noch eine kleine Weile lang krummlegen würde, um das Gut wieder in die schwarzen Zahlen zu bringen und dass wir dann einen Termin festlegen würden, um die in diesen Dörfern übliche drei Tage währende Hochzeit mit sämtlichen Nachbarn zu feiern. Ich habe an diese heitere Hochzeit und an meine strahlende Braut, die ich in mein Haus bringen würde, gedacht, wenn ich glaubte, die Düsternis und Trauer, die dieses Haus erfüllten, nicht länger zu ertragen. Meine Schwester war widerspenstig wie eine Leitstute, aber sie schien aus dem Holz gemacht, das jede Witterung aushält, und die Sorgen, die mir mein Bruder bereitete, habe ich an den meisten Tagen verdrängt. Bis er loszog, um in Mailand gegen steigende Weizenpreise zu protestieren, und ein königlicher General in die Menge feuern ließ. Er kam nicht zurück, wir hatten Angst, und es hat mich einen ganzen Tag gekostet, um festzustellen, dass das Mädchen, das ich heiraten wollte, ebenfalls verschwunden war.«

»Sie ist mit ihm gegangen?«

Fabrizio nickte. »Wenn ich zurückdenke, hat sie in den Tagen zuvor mehrmals versucht, mit mir über Crispino zu sprechen, aber ich war mit meinem Wein beschäftigt, der im Frühling viel Arbeit macht, und bekam vor Stolz auf ein paar gelungene Abschlüsse kaum etwas mit. Im Nachhinein war es vermutlich kein Wunder, dass Gigliola anderswo auf jemanden hoffte, der ein offenes Ohr für sie hatte.«

Es war eine völlig andere Geschichte, und doch spürte Vicky auch diesmal seine Verletzung am eigenen Leib. Sie waren beide von den Menschen, die sie für ihre Liebsten gehalten und denen sie vertraut hatten, zurückgestoßen, durch einen anderen ersetzt worden, saßen mit leeren Händen da und fragten sich, was sie falsch gemacht hatten.

Zwischen Rudolph und ihr hatte es eine so innige Liebe wie zwischen Fabrizio und dem Mädchen Gigliola nie gegeben, und sie wünschte sich Rudolph nicht zurück. Das Gefühl, ungewollt zu sein und nicht genügt zu haben, blieb jedoch an ihr kleben. Es würde lange dauern, bis sie es sich in Gänze von der Haut gespült hatte. Die Woge von Glück, die sie gerade in Fabrizios Armen erlebt hatte, hatte ein Gutteil davon bewirkt, und gegen den Wunsch, es möge diese Gigliola gar nicht geben, kam sie auf einmal nicht an.

Sie liebte Rudolph nicht mehr, hatte ihn im Grunde wohl nie richtig geliebt, sondern ein Abenteuer erleben und zugleich in dem Wettbewerb um einen adligen Bräutigam gewinnen wollen, zu dem sie von klein auf erzogen worden war.

Wie es aber um Fabrizio und seine einstige Verlobte stand, war eine völlig andere Frage.

»Wo ist sie jetzt?«, wagte sie schließlich, ihn wieder anzusprechen. »Wartet sie auf deinen Bruder, hält sie zu ihm, obwohl er im Gefängnis sitzt?«

»Wir wissen es nicht«, antwortete er dumpf. »Manchmal glaube ich, dass sie in der Tat irgendwo auf Crispino wartet, aber wenn es so ist, dann behält er es für sich. Ich bin nach Mailand gefahren und habe unter all den zerschossenen Leichen nach meinem Bruder und meinem Mädchen gesucht, ich habe Crispino lebend gefunden und nach Hause gebracht, aber von Gigliola fand ich keine Spur. Ihr alter Vater steht jeden Tag stundenlang vor seiner Haustür, weil er noch immer hofft, dass sie zurückkommt. Ich verspreche ihm wieder und wieder, dass ich sie finden werde, aber ich stehe Monat für Monat mit leeren Händen vor ihm.«

»Wie grausam das ist«, entfuhr es Vicky.

»Ja, das ist es«, murmelte Fabrizio mit dem Gesicht zur Wand. »Es hält uns in einer endlosen Spirale fest, aus der wir nicht ausbrechen können; es macht das Vergangene nicht vergangen, und eine Zukunft, die ich dir gern bieten würde, steht mir nicht zu.«

»Die du mir gern bieten würdest?«

Eine Sekunde lang war alles still bis auf das Knistern der Scheite, sie wandten sich einander wieder zu und schienen gleichzeitig zu erkennen, dass sie noch immer nackt waren, dass ihre Haut im Feuerschein golden schimmerte, dass in ihrer beider Augen ungestilltes Verlangen brannte. Im nächsten Moment lagen sie sich in den Armen, schoben alles Trennende beiseite und ließen ihre Körper sagen, was in Worten noch allzu groß und unaussprechlich für sie war.

33

Vicky

Ebendort,

ebendann

Sie liebten sich lange und ausgiebig, noch immer heftig und voller Neugier, doch auch schon auf eine neue Weise vertraut. Das Feuer brannte herunter, und als sie schließlich eng umschlungen liegen blieben, zog Fabrizio die dicke Bettdecke bis hinauf an Vickys Kinn, damit sie nicht fror. Er küsste sie auf beide Augen, die sie träumend geschlossen hielt. Dann schlug sie sie wieder auf und lächelte ihm entgegen.

»Diese Zukunft, die du mir gern bieten würdest, die du dir aber noch nicht zugestehen kannst – die nähme ich gern an«, sagte sie. »Und es macht mir auch überhaupt nichts aus, wenn du damit nicht holterdiepolter um die Ecke kommen kannst, sondern noch eine ganze Weile brauchst, denn genauso geht es mir auch. Bisher bin ich sozusagen nur aus meinem Puppenregal und von einem Mann zum nächsten gepurzelt, und das soll so nicht weitergehen. Auch wenn ich zugeben muss, dass der dritte Mann das fescheste Hinterteil von allen hat.«

Er starrte sie an, seine Augen wurden weit und seine Wangen überzog tatsächlich eine Spur Röte. Vicky musste lachen, auch wenn all das Dunkle, Traurige, von dem er ihr erzählt hatte, weiterhin im Raum stand, und er lachte mit.

»Diese Partie von mir bekomme ich ja nicht zu sehen«, sagte er so verlegen, dass es Vicky entzückte. »Wenn sie aber fesch genug wäre, um dich zu bewegen, diesen ganzen Berg alten Unrats auf dich zu nehmen, sollte mich das freuen.«

»Dein alter Unrat schreckt mich nicht«, sagte Vicky nur eine Spur kühner, als sie sich fühlte. »Aber meinen eigenen habe ich eben auch abzutragen. Ich habe zum ersten Mal in meinem Leben das Gefühl, nichts von anderen Aufgedrängtes genommen, sondern etwas selbst ausgesucht zu haben: Triest, die Pension Hortis und dich. Und da Triest und die Pension vor dir da waren, muss ich mich jetzt eben erst einmal um diese zwei kümmern, ehe ich mir überlegen kann, was aus uns beiden wird. Verstehst du das? Ich möchte mir beweisen, dass ich als Pensionschefin etwas tauge und dieses Schiff wieder flottbekommen kann. Zusammen mit Melitta. Melitta müssen wir in den Vertrag miteinfügen. Das hat sie verdient, sie wird mit ganzem Einsatz dabei sein und sich gut dabei machen.«

»Wenn du es sagst.« Das Lächeln stand nicht auf seinem Gesicht, doch es lag in seiner Stimme und war voller Anerkennung. »Meinem ersten Eindruck nach habe ich mit meiner neuen Direktorin einen guten Griff getan. Ich hoffe, du weißt, dass ich dir helfen will, wo ich kann, und dass ich mich niemals als Besitzer dieser Pension fühlen werde. Ich will ebenso wie du den Kampf noch einmal aufnehmen und das Weingut meiner Familie retten. Wenn dieses Husarenstück, das du aus dem Hut gezaubert hast, aufgeht und Barocci mir die Kredite gewährt, werde ich versuchen, den prachtvollen Wein, der in meinen Kellern liegt, zu verkaufen, koste es, was es wolle. Und wenn wir über den Berg sind und du und ich dann noch schnaufen können, überschreibe ich dir deine Pension zurück.«

»Mir und Melitta.« Sie küsste leicht seine Lippen. »Und es macht dir nichts aus, dass all das lange dauern wird und wir uns in der Zeit nicht oft sehen können?«

»Dass es mir nichts ausmacht, kann ich dir nicht versprechen«, antwortete er. »Aber ich habe ja selbst genug dunkle Ecken in meinem Keller, in die ich während dieser Zeit Ordnung bringen sollte. Ich habe eben, als ich dir von Gigliola erzählt habe, begriffen, dass ich diesen Teil meines Lebens zu einem Abschluss bringen muss, ehe ich einen neuen anfangen kann. Ich schulde es ihrem Vater, dass ich herausfinde, wo seine einzige Tochter ist, wie sie lebt und warum sie fortgegangen ist. Bisher bin ich zu zaghaft vorgegangen, weil ich vor den Antworten selbst zu viel Angst hatte. Jetzt aber brauche ich sie, und ich werde den danach fragen, der sie mir geben kann.«

»Deinen Bruder?«

Fabrizio nickte. »Falls Barocci tatsächlich die Summe bereitstellt, die ich brauche, um ihn freizubekommen, werde ich noch einmal in dieses Gefängnis gehen und ihm die Pistole auf die Brust setzen: Wenn er mir sagt, wo Gigliola steckt, sorge ich dafür, dass er freikommt und ein neues Leben anfangen kann, wie und wo auch immer. Wenn nicht, soll er in dieser Zelle sitzen, bis er schwarz wird, und auf meine Hilfe nicht länger rechnen. Findest du das unmenschlich?«

»Meinst du die Frage ernst?«, fragte Vicky zurück. »Wenn du meine ehrliche Meinung hören willst: Ich verstehe nicht, warum du diesem unappetitlichen Knilch ein solches Ultimatum nicht schon viel früher gestellt hast. Weil euer Vater ihn verprügelt hat? Das ist ein höchst bedauerliches Schicksal, aber es ist alles andere als deine Schuld. Es berechtigt ihn nicht, das Leben von Menschen zu zerstören, die ihm nie etwas Böses getan haben.«

Etwas in Fabrizios angespannten Zügen löste sich, und mit sachten Fingern strich er ihr das Haar aus dem Gesicht. »Als ich eben an den alten Emidio Tapari gedacht habe, ist mir das auch durch den Kopf gegangen«, sagte er. »Der Mann hat überhaupt nie jemandem etwas Böses getan, und er hätte Crispino als Schwiegersohn in sein Haus aufgenommen, wie er mich aufgenommen hatte. Danke, Vittoria. Es kommt mir vor, als wäre ich in diesen paar Stunden mit dir weitergekommen als in den ganzen letzten beiden Jahren.«

»Der Dank geht postwendend zurück«, erwiderte Vicky, die den Namen Vittoria ausnehmend hübsch fand. »Mir kommt es vor, als wäre ich in diesen paar Stunden mit dir weitergekommen als in meinem ganzen Leben.«

Sie lachten beide, er zog sie wieder an sich und küsste ihren Hals.

»Lass mich dir helfen, ja?«, bat er sie. »Ich weiß von meiner Schwester, dass ihr modernen Frauen ganz wunderbar ohne uns zurechtkommt und jedes Hilfsangebot als Bevormundung empfindet, aber bitte glaub mir, so ist es nicht. Vielleicht sind es ja wir Männer, die nicht ohne euch zurechtkommen. Zumindest nicht ohne das Gefühl, doch noch ein bisschen von euch gebraucht zu werden.«

Sie küsste ihn in die Grube zwischen Hals und Schulter und ließ ihre Lippen sein Schlüsselbein entlangwandern. »Keine Sorge, mein Süßer«, sagte sie. »Ich werde dich noch weit mehr als ein bisschen brauchen, darauf kannst du dich gefasst machen. Und nein, ich rede nicht einmal in erster Linie von deinem unwiderstehlichen Hinterteil, sondern von deinem nicht minder unwiderstehlichen Wein. Und deiner Art, Geschichten über ihn zu erzählen, dass man ihn am liebsten nicht nur trinken, sondern umarmen und mit ihm Walzer tanzen möchte. Beides brauche ich am Neujahrsabend, wenn ich nämlich den todlangweiligen Silvesterball im Hortis, zu dem es keine einzige Anmeldung gibt, in eine Weinprobe umwandle. Komm, sag ehrlich: Wer hat schon so etwas? Eine Weinprobe mit dem feschesten Weinhändler von Wien bis Neapel – und noch dazu einem, über den ein paar unheimliche Gerüchte kursieren, bei denen der Wein noch besser schmeckt.«

»Falls du die Gerüchte über meinen Bruder meinst – bisher habe ich immer nur erlebt, dass mein Wein deswegen auf einmal nicht mehr zu schmecken schien.«

»Wart's ab.« Vicky zog ein geheimnisvolles Gerücht. »Wozu hast du schließlich eine angehende Journalistin zur Schwester? Valeria hat mir fest zugesagt, meine Geschichte so herauszubringen, dass die Leute sich vor Neugier nicht retten können. Warum also nicht auch deine, und wenn obendrein noch gemunkelt wird, dass zwischen uns die Funken sprühen, werden die Tische bei unserer Weinprobe schneller ausgebucht sein, als ich ein Glas von deinem Dolcetto leeren kann.«

Verstört, jedoch zugleich fasziniert musterte er ihr Gesicht. »Ich weiß nicht, ob ich glaube, dass das funktionieren kann«, sagte er schließlich. »Ich weiß nicht einmal, ob ich das gutheißen sollte oder besser versuchen, dich davon abzubringen …«

»Solange du weißt, dass das sinnlos wäre, genügt es«, fiel sie ihm ins Wort und verschloss ihm den Mund mit einem Kuss.

»Versprechen kann ich es dir leider trotzdem nicht«, sagte er noch immer skeptisch, wenn auch mit einem Funkeln in den Augenwinkeln. »Ich bin mir nicht sicher, dass ich für etwas so Zukunftsträchtiges wie eine Neujahrsfeier schon die Kraft aufbringe.«

»Aber ich bin mir sicher. Du bist ja kein Schwächling, du schaffst das.« Sie küsste ihn wieder. »Weißt du, was so unglaublich aufregend ist? Dass wir überhaupt nichts zu verlieren haben. Geld besitzen wir nicht, unser Ruf ist ruiniert, und mit den Damen und Herren der *Jeunesse dorée* haben wir es uns ohnehin verdorben. Wir können also nur gewinnen – sind das nicht herrliche Aussichten?«

»Glaubst du das wirklich?« Er schlang seinen Arm fester um sie. »Ich habe mir schon so oft gesagt, dass ich nichts mehr zu verlieren habe, aber seit heute Nacht, hier mit dir in diesem Bett, kommt es mir auf einmal wieder so vor, als dürfe ich keinen falschen Schritt machen, weil ich verlieren könnte, was mir das Wertvollste ist.«

Sie schmiegte sich in seinen festen, sehnigen Arm, spürte, wie allmählich Müdigkeit sie überrollte, und bettete den Kopf auf seine Schulter. »Vielleicht haben wir nur die Chance, es zu behalten, wenn wir das Risiko eingehen«, sagte sie.

34

Fabrizio

Turin, Gefängnis Le Nuove

Drei Tage vor Heiligabend

Als er auf dem Bahnhof Porta Nuova aus dem Zug gestiegen war, hatte sie auf einmal vor ihm gestanden. Das lockige Haar ungewohnt frisiert und die Kostümjacke unter dem offenen Mantel geschnitten wie für einen Mann.

»Nimm mich mit.« Das war alles.

»Das kommt nicht infrage. Das hier muss ich allein erledigen.«

»Und mit welcher Berechtigung? Crispino ist mein Bruder ebenso wie deiner.«

»Aha«, brachte Fabrizio heraus. »Und weil er dein Bruder ebenso wie meiner ist, hast du dich bisher so intensiv darum bemüht, ihn aus dem Gefängnis herauszubekommen, ja?«

»Das ist unfair, Fabrì, und du weißt es«, sagte sie.

Es war unfair, und er wusste es. Ihr als junger, mittelloser Frau waren noch mehr Türen verschlossen als ihm, der zumindest gewisse Möglichkeiten hatte, Geld aus dem Nichts zu stampfen. Hätte sie je einen Weg gesehen, Crispino zu helfen, so wäre sie ihn furchtlos und ohne Wimpernzucken gegangen.

Dass er sie nicht mitnehmen wollte, hatte andere Gründe. Was er seinem Bruder zu sagen hatte, die Bedingung, die er ihm stellen wollte, war eine Sache zwischen ihnen beiden. Ihm war bewusst, dass Valeria seinen Plan nicht gutheißen, sondern darauf bestehen würde, dass Crispino um jeden Preis freikam. Fabrizio verstand ihre Haltung. Er fühlte sich selbst nicht wohl dabei, die von Bankier Barocci als Hypothek auf die Pension bereitgestellte Summe zurückzuhalten und sich Crispinos Notlage zunutze zu machen, um ihn zu erpressen. Zugleich aber betrachtete er es als seine letzte Chance, noch etwas über Gigliola in Erfahrung zu bringen. War sein Bruder erst frei, mochte er im Handumdrehen mit ihr über alle Berge sein. Scharen von jungen Italienern wanderten dieser Tage nach Amerika aus. Er erinnerte sich vage, dass auch Gigliola ein paarmal davon geschwärmt hatte.

Bodenständig, an seiner Scholle hängend, wie er gemacht war, hatte er der Idee keinen zweiten Gedanken geschenkt. Ihr Zuhause war in Montechiaro, hatte er geglaubt, dort, wo sie zusammen als kleine Kinder frisch gekelterten Wein in seinen Fässern gestampft hatten, doch vielleicht hatte Gigliola das anders gesehen. Vielleicht hatte Abenteuerlust, die ihm fehlte, sie zu seinem Abenteurer von Bruder gezogen, und vielleicht war sie längst drüben, auf der anderen Seite des Meeres, und wartete dort auf Crispino.

Wenn es so war, dann sollte sein Bruder es ihm sagen, damit er es Gigliolas Vater weitersagen konnte. Der alte Mann hatte ein Recht darauf. Er würde nicht in Frieden sterben können, solange er nicht wusste, was aus seinem einzigen Kind geworden war.

Und er selbst?

Hatte er nicht auch ein Recht darauf, endlich einen Abschluss zu finden und zu wagen weiterzugehen, die Vergangenheit hinter sich zu lassen, wenngleich nie zu vergessen?

Er würde Geld nehmen, das er dringend für andere Zwecke benötigt hätte, um Crispino aus seinem Gefängnis zu befreien. Konnte er nicht von seinem Bruder erwarten, dass dieser ihm im Gegenzug die Wahrheit schenkte, damit auch er sich aus seinem Gefängnis befreien konnte?

»Fabrì?« Seine Schwester stieß ihm den Ellenbogen in die Seite. »Jetzt komm schon. Um auf der Straße herumzustehen, ist es zu kalt, und wir haben keine Zeit.«

»Ich will nicht, dass du mitkommst, Valeria.«

»Und ich habe dich nicht gefragt, was du willst. Ich habe gesagt, ich komme mit.«

Auf einmal regte sich Zorn in ihm. »Und was tust du dann?«, herrschte er sie an. »Schreibst du darüber in deiner Zeitung, machst du dir einen Namen, indem du das elende Schicksal deiner missratenen Brüder ausweidest?«

Valeria setzte sich in Gang, sodass er gezwungen war, ihr zu folgen. »Ja, es ist durchaus möglich, dass ich darüber schreibe«, erklärte sie ruhig. »Wenn ich den Stoff für brauchbar halte, wenn mein Redakteur, Signor Severini, ihn für brauchbar hält, und wenn ich der Meinung bin, dass ich unserer Familie – also uns allen – damit nicht schade, sondern nütze. Glaubst du wirklich etwas anderes von mir? Kennst du mich so wenig? Das bedaure ich. Ich würde von dir auf keinen Fall annehmen, dass du mir oder Crispino schaden willst.«

»Das würdest du nicht?«, fragte er. »Und dessen bist du dir sicher?«

»Todsicher«, erwiderte Valeria. »Du magst Entscheidungen treffen und Schritte für nötig halten, die uns nicht gefallen, aber du würdest uns keinen Schaden zufügen, solange es vermeidbar ist.«

Auf einmal packte ihn der Wunsch, die Probe aufs Exempel zu machen, dies alles zwischen ihnen zu einem offenen Abschluss zu bringen. Er hatte sich an die Reste seiner Familie geklammert, hatte geschont, vertuscht, beschönigt und verschwiegen, um sie um jeden Preis zusammenzuhalten, doch er wollte auf dieses sinnlose Unterfangen nicht noch mehr Kraft verwenden. Seinen Weg in die Zukunft konnte er nur mit Menschen gehen, die ihn selbst und seine Vergangenheit akzeptierten, wie sie eben war.

»Also gut«, sagte er. »Wenn sie dich hereinlassen, nehme ich dich mit. Deinen Presseausweis solltest du allerdings in der Tasche lassen. Du bist meine Schwester, du bist dabei, um dich um unseren Bruder zu kümmern.«

»Einverstanden.« Sie strahlte, und ihm fiel wieder einmal auf, was für eine gut aussehende Frau sie war. In diesen wenigen Tagen, seit sie allein in der Großstadt lebte, schien sie ihm bereits entwachsen, aber das stand ihr alles andere als schlecht. »Weißt du eigentlich, dass ich dich für einen ziemlich famosen Kerl halte, Brüderchen?«

»Nein, weiß ich nicht«, brummte er. »Und du brauchst es mir auch nicht ausgerechnet zu erzählen, wenn du etwas von mir haben willst, was du mir sowieso schon abgeschwatzt hast.«

Sie lachte und hakte sich bei ihm ein. Der beschwingte Gang, den sie einschlug, schien ihm in Anbetracht ihres Zieles ein wenig unangemessen, aber wenigstens würden sie noch pünktlich kommen.

Natürlich gab es an den Toren von Le Nuove Gezeter wegen der unangemeldeten zweiten Person, und einer der Aufseher glaubte sogar, Valeria zu erkennen. »Sie sind doch eine von diesen weiblichen Reportern, die neuerdings herumlaufen, weil sie harmloser wirken als Männer, habe ich recht? Ich bin sicher, ich habe Sie neulich vor der Mole Antonelliana gesehen, wo diese

Frauenrechtlerinnen mit Eiern auf friedliche Bürger geworfen haben.«

Fabrizio befürchtete Ärger, doch er hatte das eine Phänomen vergessen, das so gut wie nie sein Ziel verfehlte: die Wirkung einer schönen Frau auf einen italienischen Mann. Valeria ließ sich lachend über die Qualität der geworfenen Eier aus, flirtete ein bisschen, und unversehens hatte der Aufseher sie beide durchgewunken und sie wurden in den engen Besuchsraum mit dem Fenster unter der Decke geführt.

Augenblicklich fiel die heitere, geradezu aufgekratzte Stimmung von ihnen ab. Fabrizio entging nicht, dass die Umgebung selbst seine Schwester, die die ewig Unerschrockene spielte, einschüchterte. Valeria zog die Schultern hoch und stand da wie ein Tier, das zum Sprung bereit war. Gleich darauf erschien ein weiterer Wärter und brachte Crispino.

»*Nanerottolo!*«, schrie Valeria auf, war keine abgebrühte junge Journalistin mehr, sondern nur noch eine Schwester, die einen Wärter aus dem Weg stieß und ihren Bruder in die Arme schloss. »Mein Winzling, mein kleines Frettchen, was ist dir denn nur geschehen, was machen die mit dir, du siehst ja aus, als wärst du gar nicht mehr da!«

Fabrizio blieb stehen und verspürte den vertrauten Stich. So nahe, wie die beiden sich waren, so nahe, wie die zwei *gemelli belli* ihrer Mutter gewesen waren, war ihm kein Mitglied seiner Familie je gewesen. Er war der Ältere, der Vernünftige, der, den man brauchen konnte, aber dafür nicht lieben musste.

Keinen Atemzug später schüttelte er die Gefühle ab. Er war erwachsen, nicht länger ein gekränkter Fünfzehnjähriger, der nach der Liebe von Eltern und Geschwistern hungerte. Valeria und Crispino hatten ihr Leben schon geteilt, ehe dieses Leben richtig begonnen hatte. Kein Wunder also, dass zwischen ihnen ein Band existierte, das keinen anderen Menschen einschloss. Crispino war abgemagert bis auf die Knochen, schlotterte in seiner Kleidung aus grobem Leinen. Die Haut seines Gesichts war entzündet, übersät von Pusteln, die schönen Augen lagen in tiefen Höhlen.

Nein, sagte sich Fabrizio, es gab keinen Grund, seinen jüngeren Bruder zu beneiden. Und *nein*, unter keinen Umständen konnte er Crispino noch länger in diesem Gefängnis lassen. Er musste noch einmal an ihn appellieren, ihn bitten, ihm die Wahrheit über Gigliola zu sagen, doch wenn sein Bruder sich weigerte, musste er den Kampf aufgeben. Er brauchte Crispino danach nicht wiederzusehen, nichts mehr mit ihm zu tun zu haben, aber er konnte ihn an diesem Ort, der die Hölle für ihn war, nicht lassen.

»Auseinander«, befahl der Wachmann lahm.

Valeria reagierte nicht, und Crispino, der die Hände in Fesseln trug, hing leblos in ihren Armen. »Meine süße Valeria, meine süße kleine Schwester«, murmelte er ganz leise und rieb sein wundes Gesicht an ihrem. »Hast du ihn endlich bewegt, hast du ihn dazu gebracht, über seinen Schatten zu springen und mich hier herauszuholen?«

»Das war nicht nötig«, antwortete Valeria. »Fabrizio hat dafür gesorgt, dass du hier herauskommst. Ich habe nichts damit zu tun.«

»Das glaube ich dir nicht. Er hasst mich. Er will nichts lieber, als mich tot zu sehen.«

»Das ist Unsinn.«

»Auseinander«, befahl der Wachmann noch einmal und setzte einen Schritt auf sie zu.

Valeria löste sich von Crispino, zog ihn jedoch am Arm zu einem der beiden einzigen Schemel im Raum und drückte ihn behutsam darauf nieder.

»Crispino«, hörte Fabrizio sich sagen, jede Silbe hallend, obwohl der Raum so winzig war. »Ich habe eine Bitte an dich, einen Wunsch, von dem ich will, dass du ihn mir erfüllst.

Danach brauchen wir einander nie wieder zu begegnen. Für deine Freilassung ist alles in die Wege geleitet, und ich reise unverzüglich ab. Das Eine aber muss ich von dir wissen, Emidio Tapari und ich brauchen es, um weiterzuleben: Wo ist Gigliola? Warum ist sie verschwunden, und wie steht es um sie?«

Augenblicklich kam Leben in Crispinos ausgelaugten Körper. Sein Kopf fuhr in die Höhe wie der einer Schlange. »Das geht dich nichts an«, fauchte er. »Es geht niemanden an, auch den alten Tapari nicht, nur Gigliola und mich.«

Fabrizio ballte die Fäuste, dass es schmerzte, und kämpfte mit allem, was er aufbringen konnte, um Ruhe. »Ich bitte dich, lass es mich wissen«, sagte er. »Ich weiß, sie wollte nicht länger mit mir zusammen sein, sondern hat sich dir zugewandt. Sie ist mit dir nach Mailand gegangen, weil sie dich geliebt hat, weil ihr beide ein Paar wart, aber was ist dann geschehen, wohin ist sie gegangen …«

»Das glaubst du?«, fuhr ihm eine Stimme messerscharf mitten ins Wort. Eine Stimme, die nicht seinem Bruder Crispino, sondern seiner Schwester Valeria gehörte. »Du glaubst, Gigliola hat dich verlassen, weil sie Crispino geliebt hat? *Mannaggia alla Madonna*, wie kommst du denn auf so einen himmelschreienden Unsinn?«

Sie holte Luft, warf sich in die Brust und zwang ihn, sie anzusehen. »Gigliola konnte Crispino nicht ausstehen. Er ist ihr entsetzlich auf die Nerven gegangen, und sie hat mehr als nur einmal gesagt, sie wünschte, du würdest dich von ihm nicht derart ausnutzen lassen. Um ihn gekümmert hat sie sich nur um deinetwillen, und um ihn gesorgt hat sie sich, weil du es getan hast. Ich habe immer gedacht, sie muss von diesen Mailand-Plänen Wind bekommen haben und ihm hinterhergereist sein, um ihn zurückzuhalten. Weil sie wusste, wie viel er dir bedeutet hat und wie dringend du ihn beschützen wolltest. Sie hat dich geliebt, Fabrizio. Keinen anderen als dich. Darum ist es ja so unerklärlich, dass sie mir nichts, dir nichts verschwunden ist. Aber wie auch immer ihre Gründe aussahen – sie hat es bestimmt nicht getan, weil sie dich nicht mehr geliebt hat, und noch weniger, weil sie irgendeine Schwäche für Crispino hatte.«

Auf einen Schlag waren sie alle still. So still, dass Fabrizio sein Herz hörte, das schlug, als würde es von Jägern gehetzt.

Valeria fand als Erste die Sprache wieder. Von Neuem blickte sie Fabrizio geradewegs ins Gesicht. »Warum hast du mich denn nicht danach gefragt?«, forderte sie ihn heraus. »Wie kann man nur ein derart sturer, stolzer Holzkopf sein, dass man sich lieber in seinen Irrglauben verrennt, als mit seiner eigenen Schwester zu reden? Gigliola und ich waren schließlich so etwas wie Freundinnen, auch wenn sie ein bisschen zu brav für mich war und deine Vicky eher mein Typ ist. Ich hätte dir sagen können, dass du für sie heller warst als die Sterne am Himmel, und vielleicht hätte dir das geholfen, ihren Verlust zu verkraften und unter uns lebende Menschen zurückzukehren. Aber du hast es ja vorgezogen, dich in dein Leid wie in einen Sarg zurückzuziehen, und ich kann Vicky nur bewundern, dass sie es auf sich nimmt, dich auszugraben.«

Fabrizios Herz hämmerte noch immer so heftig, dass er vage Angst bekam, es könnte ihm zerreißen. »Ich habe mir nicht erklären können, warum sie verschwunden ist«, presste er heraus. »Warum sie uns alle verlassen hat – mich, dich, ihren Vater, ihre ganze Welt …«

»Das kann ich mir auch nicht erklären«, sagte Valeria und klang jetzt nicht länger zornig. »Das Einzige, was mir denkbar erscheint, ist, dass sie in Mailand etwas Unsägliches erlebt und darüber den Verstand verloren hat. Aber nicht, dass sie aufgehört hat, dich zu lieben, Fabrizio.«

Der Klang ihrer Stimme blieb einen Moment lang im Raum stehen, und die Bedeutung der Worte erreichten sein Herz. Der rasende Schlag beruhigte sich, und etwas fiel von ihm ab. Eine

Kette, die das Herz wie in irgendeinem alten Märchen gefesselt hatte und die es jetzt nicht länger brauchte.

»Sie ist tot.«

Crispinos Stimme ließ sowohl ihn als auch Valeria erschauern. Er saß zusammengesunken auf seinem Schemel und blickte nicht auf. Alle übrigen, selbst die Wärter, wandten sich ihm zu.

»Du hast immer alles bekommen und ich nichts«, sagte er. »Was ist daran gerecht? Der Vater hat dich geliebt, nicht mich. Dir hat er sein Pferd gelassen, du hast alles geerbt, und du hattest Gigliola. Es hat mir gefallen, ein einziges Mal zu erleben, wie du dich fühltest, wenn du etwas nicht bekommen konntest, das gebe ich zu. Es hat mir gefallen, denn so habe ich mich mein ganzes Leben lang gefühlt. Ich wollte, dass du denkst, sie lebt irgendwo in einem hübschen Haus, schaut aus dem Fenster und wartet auf mich. Aber so ist es nicht. Sie wartet auf niemanden. Sie ist tot.«

Sie ließen ihm Zeit. Niemand drängte oder stellte eine Frage, bis er weitersprach. »Sie ist nach Mailand gekommen, um mich zurückzuholen. Sie hat gesagt, ich solle Vernunft annehmen, denn du würdest dich um mich sorgen und hättest das nicht verdient. Ich habe ihr zur Antwort gegeben, dass ich es satthätte, mein Leben ständig nach deinen Befindlichkeiten auszurichten, und dass das, was ich täte, weder dich noch sie etwas anginge. Sie war so schön. Sie hätte die Welt von mir haben können, Abenteuer, Aufregung, was immer sie wollte. Aber alles, was sie von sich gab, war dieses Gewäsch über dich.«

Er vergrub das Gesicht in den Händen und schluchzte trocken auf. Sein Rücken zuckte. Nach einer Weile trat Fabrizio zu ihm und legte ihm die Hand zwischen die Schulterblätter. Es war das, was man auch für einen Fremden getan hätte, das, was Menschen füreinander taten, damit sie in der Unfassbarkeit der Welt nicht ganz so allein und verloren waren.

»Ich habe sie weggeschickt, ich dachte, sie sei zurück nach Hause gefahren«, sagte Crispino, ohne die Hände von seinem Gesicht zu lösen. »Aber dann, auf dem Platz, als die Schießerei losging, war sie auf einmal wieder da. Sie wollte mich schützen. Ich habe gehört, wie sie über die Menge hinweg meinen Namen geschrien hat, und gesehen, wie sie versuchte, sich zu mir durchzudrängen. Dann sauste dieses Geschoss direkt auf uns zu, mein Kamerad warf sich mit mir auf den Boden und ich habe nichts mehr gesehen. Erst später. Als alles vorbei war. All unsere Leute tot …«

Seine Stimme geriet ins Stocken und er hob endlich den Kopf. »Du hättest sie nicht mehr erkannt, Fabrì, das musst du mir glauben. Sie war nicht mehr Gigliola. Diese Monster haben sie in Stücke geschossen, als wäre sie kein Mensch. Ich hab nicht gewollt, dass du sie so sehen musst. Ich wollte dich schonen. Auf die Idee, dir zu verschweigen, was passiert ist, bin ich erst später verfallen. Als du nach Mailand gekommen bist und mich so … so verdammt gönnerhaft und selbstherrlich zur Schnecke gemacht hast.«

»Was habt ihr mit ihr getan?«, fragte Fabrizio, ohne sich zu rühren. »Mit ihrem Leichnam? Wo habt ihr sie hingeschafft?«

»Ich wollte sie begraben, Fabrì.« Crispinos Stimme klang wie die eines Kindes. »Ich wollte sie begraben und ein Kreuz aufstellen, damit du und ihr Vater einen Ort habt, wo ihr sie in christlicher Erde wisst. Aber es sind doch überall die Schergen von diesem Schlächter-General herumgelaufen, und ich war ja auch verwundet und völlig entkräftet. Ich hätte sie allein gar nicht wegtragen können.«

»Was hast du mit ihr getan?« Fabrizio rührte sich noch immer nicht und ließ seine Hand auf Crispinos Rücken liegen.

»Nicht ich.« Crispino stöhnte auf. »Roberto und Gianni haben's getan, ich war ja viel zu schwach, ich konnte nicht mal protestieren. Sie haben gesagt, sie schaffen sie weg, damit Bava

Beccaris' Leute sie nicht in die Finger kriegen, und dann haben sie sie in den Kanal geworfen. In den Naviglio Grande.«

Schrill schrie Valeria auf. »Ihr habt Gigliolas Leiche wie eine tote Katze ins Wasser geschmissen? In das stinkende Wasser von einem Kanal?«

»Es ist ganz sauber da in Mailand. Im Grunde ist es nicht anders, als wenn sie da begraben läge. Ich habe für sie gebetet. Ich bete noch immer für sie.«

»Du dreckiger Feigling kannst dir deine heuchlerischen Gebete sparen!«, schrie Valeria. »Die arme Gigliola, der arme Fabrizio, und was glaubst du wohl, was mit ihrem armen, armen Vater geschieht, wenn wir ihm das erzählen?«

»Wir erzählen es ihm nicht«, sagte Fabrizio ruhig, zog seine Hand weg und richtete sich auf. »Ich gehe zu ihm und sage ihm, dass sie Crispino gerettet hat und dabei gestorben ist, dass sie vor Mailand begraben liegt und dass wir hinfahren können und die Stelle besuchen. Er ist krank und schwach. Er wird gar nicht mehr in der Lage sein, so eine Reise zu machen.«

»Und wenn doch?«, fragte Valeria.

»Dann suche ich einen schönen Platz aus und ernenne ihn zu ihrem Grab. Mach dir keine Sorgen. Er wird erleichtert sein, weil er endlich weiß, was seinem liebsten Mädchen zugestoßen ist.« Er strich Valeria über den Arm und wandte sich an Crispino. »Die nötigen Vorkehrungen für deine Freilassung habe ich getroffen und werde noch heute das Geld an die entsprechenden Stellen weiterleiten lassen. Ich gehe davon aus, dass du spätestens in ein, zwei Tagen auf freiem Fuß bist. Kleidung und eine bescheidene Summe, um dich fürs Erste durchzuschlagen, werden dir ausgehändigt. Was du damit anfängst, ist deine Sache. Ich werde dir nicht verbieten, in deinem Elternhaus Zuflucht zu suchen, aber ich wäre dir dankbar, wenn du darauf verzichten könntest.«

Er warf Valeria noch einen beruhigenden Blick zu und reichte den Wachleuten zum Abschied die Hand. Er wusste, er würde sie nicht wiedersehen, und wünschte ihnen frohe Weihnachten. Dann ging er und verließ, ohne innezuhalten, das Gefängnis.

Draußen hatte es zu schneien begonnen. Das Gewirbel der Flocken war derart dicht, dass er kaum bis zur nächsten Laterne sehen konnte, aber er hätte den Weg zurück zum Bahnhof auch blind gefunden. Unvermittelt dachte er an Vicky. An seine Vittoria. Auf dem Postamt, das dem Bahnhof gegenüberlag, würde er ein Telegramm aufgeben und ihr sein Kommen für die Neujahrsfeier zusagen. Er war schließlich kein Schwächling. Und er war bereit, noch einmal alles zu riskieren, denn die Zukunft, um die das Spiel ging, gewann er bereits in diesem Augenblick.

35

Vicky

Pension Hortis

Triest, Piazza Giuseppina

Silvesterabend

»Und du hast dir allen Ernstes eingebildet, dieses Prachtexemplar von einem männlichen Menschen würde ausgerechnet mit dir eine Verlobung eingehen?« Eleonore Hortis blickte von dem Mann, der soeben in die Tiefen des Spiegelsaales eingetaucht war, zu ihrer Enkelin Melitta, die im braunen Taftkleid vor ihr stand, und sah aus, als benötige sie Riechsalz. »Grundgütiger! Man klatscht doch auch keine Kelle Kartoffelmus neben einen *Fasan à l'Orange*.«

»Ach, in der modernen Küche ist man von diesen harten Regeln längst abgekommen«, rief Vicky, nahm die letzte Stufe im Sprung und landete praktisch zwischen den beiden. »Und hier in Triest sollten wir schließlich am besten wissen, dass unsere Stärke nicht in strikter Einhaltung von Traditionen, sondern in unserer Vielfalt liegt. Das *Carne cruda* beispielsweise, das wir heute Abend servieren, ist zwar ein piemontesisches Gericht, aber wir haben es mit unseren Trüffeln, unserem Käse, unseren Kräutern und dem würzigen Schinken aus dem slowenischen Karst um all die Einflüsse erweitert, die Triest so besonders machen.«

»Slowenisch?« Agathe, die hinter ihrer Tochter stand, hob den Kopf und sprach das Wort so zögerlich aus, als wäre es ihr bisher verboten gewesen, es in den Mund zu nehmen.

Vicky nickte. »Wenn ich es recht bedenke, hätte Kartoffelmus auch nicht schlecht dazu gepasst. Umso mehr, wenn es auf slowenische Art ordentlich gepfeffert ist.«

»Sieh mal einer an.« Eleonore hob ihr Lorgnon an die Augen, als müsse sie sich überzeugen, dass ihr wirklich Vicky gegenüberstand. »Mir scheint, in diesem Haus kommt neuerdings sogar Pfeffer an den Gugelhupf.«

»Scharf ist eben schick.« Vicky grinste, berührte Melitta flüchtig an der Schulter und zwinkerte ihr zu, ehe sie an den drei Frauen vorbei in den Saal trat, um sich in das quirlige Gewimmel der Gäste zu mischen und sich ein paar süße Augenblicke mit Fabrizio zu stehlen.

Nein, sie und Melitta würden vermutlich nie beste Freundinnen werden, aber sie waren auf einem guten Weg, einen praktischen, respektvollen Umgang miteinander zu finden. Einen großen Schritt weiter waren sie gekommen, sobald Melitta begriffen hatte, dass Vicky ihr die Pension wirklich nicht wegnehmen wollte und dass sie ihr genauso am Herzen lag wie Melitta selbst.

Des Weiteren half ihr ohne Zweifel, dass auf einmal ihre Mutter ihr zur Seite stand. Gerade eben hatte Vicky beobachtet, wie Agathe verstohlen, beinahe schüchtern ihren Arm um Melitta gelegt hatte, wie um mit ihr gegen Eleonores Bosheiten eine Front zu bilden. Warum auch immer sie diese Mauer zwischen sich aufgebaut hatten – es würde ein Segen für beide sein, sie zu überwinden.

Ob sich solche Risse zwischen Eltern und Kindern je ganz kitten ließen, wusste Vicky nicht. Sie selbst hatte zu ihrer

Überraschung vor zwei Tagen eine verspätete Weihnachtskarte von ihrem Vater auf dem Poststapel vorgefunden. Sie war in seinem üblichen knappen, nichtssagenden Ton abgefasst.

> Solltest Du Dich Deiner unerwarteten Lage wegen in Bedrängnis befinden, wende Dich bitte diskret an meine Geschäftsadresse. Du bist immer noch eine Liebenfels.

Vor ein paar Wochen hätte Vicky dies womöglich als Rettungsanker aus jeglicher Not gefeiert. Jetzt aber legte sie die Karte zu den anderen. Sie wollte es allein schaffen. Und ob und was sie ihrem Vater als Antwort schrieb, würde sie zu einem späteren Zeitpunkt entscheiden.

Was jedoch Agathe und Melitta betraf, so ging der Riss hoffentlich nicht so tief, denn beide teilten ja dasselbe Schicksal. Zufällig, bei der Durchsicht jahrzehntealter Papiere, hatte Vicky entdeckt, dass Mutter und Tochter keinesfalls offiziell den Namen Braun trugen, sondern ihren Dokumenten nach Bronski hießen. Nach allem, was sie sich zusammenreimen konnte, musste die jetzt so stocksteife Agathe als junges Mädchen mit einem slowenischen Mann durchgebrannt und deswegen vom Erbe ausgeschlossen worden sein. Wie hart musste es diese stolze Frau angekommen sein, nach dem Tod des Mannes zurückgekrochen zu kommen und im Haus ihres Bruders mehr geduldet als geliebt ihr Leben zu fristen.

Vicky hatte mit Valeria darüber gesprochen, hatte Agathes heftige Abneigung gegen alles, was nicht österreichisch oder deutsch war, erwähnt. »Wer sich fremd fühlt, muss vermutlich auf das Fremde mit dem Finger zeigen«, hatte die Journalistin erwidert »Als gehöre man dazu, sobald man nur jemanden findet, der noch weniger dazugehört als man selbst. Womöglich sind es aber auch einfach dunkle Erinnerungen, die sie so handeln lassen. Was sie erlebt hat, wissen wir ja nicht.«

Vielleicht würde Vicky im Laufe der Jahre mehr darüber herausfinden, vielleicht würden die beiden Frauen ihr Geheimnis bewahren. So oder so half ihr das, was sie wusste, Melittas abweisende Art zu verstehen. *Wir sind beide einsam und von unseren Familien verstoßen*, dachte sie. *Und wenn uns das auch nicht zu Freundinnen macht, so doch vielleicht zu Verbündeten.* Natürlich würde immer Fabrizio zwischen ihnen stehen, doch im Grunde hatte Melitta wohl selbst gewusst, dass sie sich einer Illusion hingab. Zumindest hatte sie Fabrizios behutsame Erklärung hingenommen, ohne aufzubegehren.

»Ich kann Ihnen nichts anderes sein, aber ich wäre gern Ihr Freund«, hatte er gesagt.

Für Melitta kam dies zu früh, doch Vicky hoffte, sie würde mit der Zeit erkennen, dass sie einen Freund gut brauchen konnte.

Und dass Fabrizio sich als Freund wunderbar eignete, auch wenn Vicky seine anderen Eigenschaften durchaus noch ein wenig mehr zu schätzen wusste.

Der Saal war voller Menschen. Das Stimmengewirr und Gelächter verrieten ebenso wie das schon halb abgeräumte Buffet, mit dem Rosine neue Wege beschritten und sich selbst übertroffen hatte, dass sich alle glänzend amüsierten. Unentwegt klirrten Gläser zu den schmelzenden Rhythmen von Geige und Bass. Weil die Kapelle, die Onkel Schränkchen zu engagieren pflegte, zu teuer und auch ein wenig zu verstaubt gewesen war, hatte Vicky ein Ensemble junger Italiener engagiert, die schmissige Salonmusik zu bieten hatten und später auch zum Tanz aufspielen würden.

Nicht nur den guten alten Walzer, sondern auch einen ihm verwandten italienischen Tanz namens *Liscio*, der enger getanzt wurde und den Paaren mehr als nur ein bisschen Schmachten erlaubte. »Er ist so herrlich verrucht«, hatte Valeria gesagt, die diesen Tanz vorgeschlagen hatte.

Apropos Valeria. Vom Ende der Tischreihe am Fenster winkte sie Vicky übermütig zu. Sie hatte ihr Versprechen gehalten und war nicht nur persönlich angereist, um von der Neujahrsveranstaltung im Hause Hortis zu berichten, sondern hatte auch einen Fotografen mitgebracht. Dieser hatte sein Stativ hinter den Tischen aufgebaut und schoss Bilder, was das Zeug hielt. »Stefano ist kein professioneller Fotograf, aber er macht gute Bilder und weiß, was die Leute mögen«, hatte sie erklärt. Vicky fand diesen Stefano auf eine zarte, beinahe feminine Weise umwerfend hübsch. Hätte Valeria ihr nicht auf ihrer gemeinsamen Zugreise jenes Geständnis gemacht, hätte Vicky ihn für ihren Liebhaber gehalten.

Ihr Plan war aufgegangen. Die Ankündigung der Weinprobe hatte im Verbund mit Valerias Artikeln eine wahre Bombenwirkung erzielt, und im Handumdrehen waren sämtliche Tische reserviert gewesen. Natürlich war dies erst der Anfang, die Schlacht war noch lange nicht gewonnen. Noch standen allzu viele Zimmer leer, gab es bis auf die Presseleute und eine Gruppe junger Männer aus San Remo kaum zahlende Gäste, aber die Berichte und Bilder vom heutigen Abend würden sich hoffentlich als unwiderstehliche Werbung erweisen.

In jedem Fall zeigte sich Bankier Graubener schon viel verbindlicher, hatte sich bereit erklärt, dem neuen Besitzer der Pension eine weitere Stundung zu gewähren, und saß an seinem Stammtisch am Fenster vor seiner geliebten Flasche Arneis. Den Sohn konnte Vicky nirgends entdecken. Vielleicht hatte der Vater ihn einfach zu Hause gelassen, weil er eine Pause von dem ewigen Besserwisser nötig hatte. Für den Fall, dass er noch auftauchen sollte, hatte Valeria jedoch versprochen oder eher angedroht, ihn mit Melitta zu verkuppeln.

Einen anderen entdeckte sie dafür ohne jedes Suchen. Schließlich ruhten ihre Blicke die ganze Zeit schon auf ihm, selbst wenn sie scheinbar mit anderem beschäftigt war. Fabrizio stand am Rand des Buffets und war von einem Kreis von Damen umgeben, die an seinen Lippen hingen. Nicht nur an den Lippen, stellte Vicky fest. In seinem auf Figur geschnittenen Frack und dem Hemd, dessen hoher Kragen wie eine Verheißung seinen Hals umschloss, sah er aus wie die personifizierte Verführung, sodass niemand den Damen einen Vorwurf machen konnte.

Vicky sollte es recht sein. All jene Damen hatten betuchte Ehemänner oder Väter, und wenn diese demnächst Ferien in der Pension Hortis buchten, weil ihre Gattinnen oder Töchter ihnen in den Ohren lagen, hatte sie ganz und gar nichts dagegen.

Zudem war Fabrizio weder ihr Besitz noch sie der seine, und was immer sie einander zu bieten hatten, würden sie einander freiwillig geben. Bedingt durch ihre Lebenssituation würden sie gezwungen sein, viel Zeit voneinander getrennt zu verbringen. Wenn sie nicht fähig waren, einander zu vertrauen, war ihre Beziehung zum Scheitern verurteilt. Sie hatte Rudolph vertraut und war betrogen worden, sie hatte mit dem gleichen Ergebnis Eduard vertraut, doch sie war nicht gewillt, deswegen bei diesem dritten Mal mit ihrem Vertrauen zu geizen.

»Aller guten Dinge sind drei«, hatte sie Fabrizio ins Ohr geraunt, als er in der Frühe angekommen war und sie ihn vom Bahnhof abgeholt hatte.

Er hatte gelacht, sie ein wenig in die Höhe gehoben und sachte um sich gewirbelt, dass der Rock ihres Witwenkleides flog. »Für mich sind es nur zwei«, hatte er zurückgeraunt. »Eine Erste und eine Letzte.«

Bei der Erinnerung daran war ihr zumute, als würde sie innerlich grinsen, und bei dem Blick, den er ihr über die Köpfe der schmachtenden Damen hinweg sandte, wurde aus dem Grinsen ein glucksendes, kribbelndes Lachen. Sie gönnte den Damen ihre seligen Minuten in seiner Nähe. Jetzt aber war sie an der Reihe. Sie würde ein wenig Glück und ein wenig Kraft tanken, ehe sie sich ganz ihren Gästen und dem Kampf für ihre Zukunft widmete, und er konnte ohne Zweifel ebenfalls eine Dosis gebrauchen.

»Ich bitte vielmals um Entschuldigung, meine Damen«, sagte sie und fand, dass sie ein bisschen wie Onkel Schränkchen klang. »Leider muss ich Ihnen unseren Herrn Ascoli für einen Augenblick entführen. Unsere Weinprobe soll ja gleich beginnen, und ich habe noch rasch ein paar unaufschiebbare Dinge mit ihm zu besprechen.«

»Aha«, sagte er, nachdem die Turteltauben davongeflattert waren und er sich mit ihr in den Winkel unter dem letzten Spiegel zurückgezogen hatte. »Was für unaufschiebbare Dinge hast du denn mit mir noch zu besprechen?«

»Deine Krawatte sitzt schief«, behauptete sie und rückte an der seidenen Frackschleife.

»Ach, tatsächlich? Dein Schal liegt auch nicht eben perfekt.« Mit seinen eleganten, geschickten Händen ordnete er das schwarze Spitzentuch um ihren Hals und ihre Schultern neu. Die winzigen Momente, in denen seine Fingerspitzen ihre Haut streiften, schenkten ihr einen köstlichen Vorgeschmack auf später, wenn die Gäste gegangen und sie endlich in ihrem Zimmer allein sein würden. Das denkwürdige Jahr 1900 würde dann bereits vorbei sein und ein brandneues begonnen haben, das sie gebührend begrüßen würden.

Etwas aber wollte sie ihm noch im alten Jahr sagen, und da die Weinprobe mit seinen Geschichten und Anekdoten wirklich gleich begann, wusste sie nicht, wann sie noch einmal Gelegenheit dazu erhalten würde. Es waren so wenige Worte; sie hätte keinen Herzschlag lang gebraucht, um sie auszusprechen, und es war ihr unendlich wichtig, dass er das, was sie enthielten, wusste. Zugleich aber war es unendlich schwierig, sie herauszubringen.

»Danke, dass du gekommen bist«, begann sie. »Du bist das reinste Werbeplakat für meine Pension.«

»Danke, dass ich kommen durfte«, parierte er galant. »Du bist das reinste Werbeplakat für meinen Wein.«

Seine Augen blitzten, sie musste lachen und wurde beim Anblick seiner Lippen von der Lust überwältigt, ihn beim Lachen auf den Mund zu küssen. Aber sie hatte ihm doch etwas zu sagen, sie durfte ihre Chance nicht verpassen! *Ich mache die Augen zu und sage es einfach*, beschloss sie und tastete nach seiner Hand.

»Fabrizio, da ist noch eines, ehe wir mit der Weinprobe anfangen.«

Er nahm ihre andere Hand. »Ja, in der Tat. Ich hätte auch noch etwas, von dem ich gern will, dass du es vorher weißt.«

»Ich zuerst oder du?«

»Du bist die Dame. Ich lasse dir den Vortritt.«

»Das ist feige.«

»Aber gewiss doch. Warum wohl hätten Männer beschlossen, Frauen den Vortritt zu lassen, wenn nicht, weil sie Feiglinge sind?«

»Also schön«, sagte Vicky und beschloss, ihren Mut zu beweisen. »Ich …«

Sie hatte gerade erst ein einziges der drei erforderlichen Worte ausgesprochen, als Maître René in den Saal gestürmt kam. »Frau Direktorin Hortis!«, rief er und schaffte es tatsächlich, sich im Laufen zu verbeugen. »Ich bitte vielmals um Verzeihung für die Störung, aber Sie werden unten am Empfang benötigt. Wir haben einen unerwarteten Gast.«

»Einen Gast?«, rief Vicky. »Aber es sind doch sämtliche Tische ausgebucht.« Wegschicken wollte sie dennoch niemanden. Blitzschnell ließ sie ihre Blicke durch den Raum schweifen und überschlug im Kopf, an welchen Tisch sie den Neuankömmling eventuell dazusetzen konnte, ohne die bereits anwesenden Gäste zu verärgern.

»Es ist ein Gast, der ein Zimmer wünscht«, verkündete René geradezu triumphierend. »Und zwar nicht irgendeiner.«

Ein Gast, der ein Zimmer wünschte! Geschah das Wunder etwa bereits heute Abend?

Sie würde nach unten gehen und diesen so sehr ersehnten neuen Gast persönlich willkommen heißen müssen, wie Onkel Schränkchen es immer getan hatte. Sehnsüchtig und bedauernd blickte sie zu Fabrizio, aber der winkte lächelnd ab. »Geh nur nach deinem Gast sehen, meine bezaubernde Direktorin«, sagte er leise. »Triest und die Pension waren schließlich vor mir da, und in diesem Ausnahmefall werde eben ich meine Feigheit überwinden müssen und als Erster sprechen: Ich liebe dich, Vittoria. Wir sehen uns später. Viel Glück.«

Damit drehte er sich um und entschwand in Richtung des Tisches, auf dem die Flaschen und Gläser für die Weinprobe aufgebaut standen.

Mit klopfendem Herzen und zweifellos hochroten Wangen folgte Vicky Maître René hinunter an den Empfang. Beim Anblick des Mannes, den sie zwischen zwei großen Reisekoffern am Tresen stehen sah, blieb sie allerdings auf der untersten Stufe wie angewurzelt stehen.

»Aber Herr Kinsky!«, rief sie fassungslos. »Sie bleiben doch immer nur so lange, wie der Sommer bleibt, und zu anderen Jahreszeiten kommen Sie nie!«

»Da bist du ja wieder, mein kleines Stücklein Österreich am Meer«, sagte Adam Kinsky und lächelte versonnen. »Guten Abend, meine Liebe. Sie haben ganz recht und sind eine aufmerksame Gastgeberin, die selbst einem sentimentalen alten Schwätzer zuhört. Ich habe hier einmal das größte Glück meines Lebens genossen. Das Glück blieb nur, solange der Sommer blieb, und also beschloss auch ich, als ich Jahrzehnte später als graubärtiger Zausel zurückkam, dass ich nur bis zum Ende des Sommers bleiben würde. Aber nun habe ich in der Zeitung gelesen, was Ihnen widerfahren ist, und da musste ich doch kommen. Ich dachte mir: Die Pension Hortis hat dem alten Kinsky das schönste Geschenk gemacht, das ich in meinem Leben bekommen habe, und wenn jetzt einmal die Pension Hortis den alten Kinsky braucht, dann ist der alte Kinsky zur Stelle. Sie haben doch wohl noch ein freies Zimmer für mich, meine Liebe?«

»Und ob wir eines haben!«, rief Vicky und hätte den alten Mann am liebsten umarmt. »Sie bekommen das beste Zimmer, das unser Haus zu bieten hat.«

»Mein gewohntes mit Blick auf das Schwimmbecken wäre mir das liebste«, erwiderte er. »Und die Dame von der Zeitung, die ja vermutlich persönlich mit Ihnen bekannt ist, soll davon berichten. Ich bin nämlich sozusagen kein Niemand, müssen Sie wissen.«

»Natürlich sind Sie kein Niemand!«

Er verneigte sich. »Baron Adam Kinsky zu Chlumetz«, stellte er sich vor. »Meine Familie gehört zu den berühmt-berüchtigten Baronen von der Grenze.«

»Sind Sie mir sehr böse, wenn ich nicht weiß, was das bedeutet?«, fragte Vicky überrumpelt.

»Aber nicht doch.« Kinsky winkte ab. »Ich bin sicher, wenn die neue Zeit erst einmal von der Welt Besitz ergriffen hat, wird es überhaupt nichts mehr bedeuten. Derzeit sollte es aber durchaus noch von Nutzen sein, wenn Ihre Zeitungsfreundin an prominenter Stelle berichtet, dass Baron Kinsky am Fest des Heiligen Silvester in der Pension Hortis eingetroffen ist, um einen verlängerten winterlichen Urlaub hier zu verbringen. Ich denke, das sollte die unsäglichen Beschuldigungen zum Schweigen bringen und weiteren Schaden von diesem wundervollen Ort abwenden.«

»Sie sind ein Schatz!«, rief Vicky. »Egal, ob Baron oder von der Grenze, Sie sind schlicht und ergreifend ein Schatz!«

Der kleine Mann verzog den Mund zu einem Lächeln, und in seine Wangen trat eine Spur von Röte. »Ich glaube, das ist der höchste Ehrentitel, der mir bisher verliehen worden ist«, sagte er. »Und den lasse ich mir auch von der neuen Zeit nicht rauben.«

»Ich sage Hugo, er soll sich um das Gepäck kümmern«, meldete sich René zu Wort, der ebenfalls lächelte.

»Nicht nötig«, rief Vicky. »Ich helfe dem Herrn Baron selbst in sein Zimmer. Und Sie sind bitte so nett und sorgen dafür, dass an meinem Tisch ein Gedeck für ihn aufgelegt wird und dass Herr Ascoli mit der Weinprobe noch wartet.«

»Wie schön, dass Herr Ascoli kommen konnte«, sagte der Baron, als René verschwunden war und er neben Vicky hinauf zu seinem vertrauten Zimmer stieg. Sie trugen jeder einen der Koffer, in denen sich Wackersteine zu befinden schienen. »Für einen Menschen meines Alters gebührt es sich wirklich nicht, jungen Damen neugierige Fragen zu stellen, aber ich wüsste doch zu gerne, wie sich das alles letztendlich zusammenfand.«

»Ich erzähle es Ihnen«, versprach Vicky eifrig, stellte den Koffer ab und steckte den Schlüssel in die Tür des Zimmers. »Erzählen Sie mir dafür von Ihrem Glück, das nur solange wie der Sommer blieb?«

»Vielleicht ein anderes Mal«, antwortete der Baron, schob die Tür auf und blickte in das Zimmer, das bis auf den aquamarinblauen Schimmer vom Lichthof dunkel war. »Wie es aussieht, kommen wir beide ja nicht zum letzten Mal in dieser Zauberstadt zwischen den Welten zusammen und werden dazu noch ein paar Sommer lang Zeit haben, oder?«

»Ohne jeden Zweifel«, versicherte ihm Vicky. »Nur ob ich noch ein paar Sommer lang Geduld habe, kann ich Ihnen nicht versprechen.«

»Oh, ich bitt' Sie, meine liebe Frau Direktorin!« Mit gespielter Dramatik warf er die Arme in die Luft. »Ein solches Melodrama von Liebeslust und Liebesleid kann doch ein alter Schwätzer einer jungen Dame nicht erzählen, solange er bei klarem Verstand und stocknüchtern ist.«

»Ach, das ist kein Problem«, verwies ihn Vicky lächelnd, versetzte dem Koffer einen Stoß, dass er in den Raum schlitterte, und nahm den Baron beim Arm. »Wozu gehen wir schließlich auf eine Weinprobe?«

Glossar

Arneis. Weißwein, der ausschließlich im Piemont angebaut wird. Im piemontesischen Dialekt bedeutet der Name »die Schwierige«, was auf die Anfälligkeit der spät reifenden, fruchtigen und heutzutage wieder beliebten Traube hinweist.

Associazione per la donna. Bündnis für Frauen. 1896 von Elisa Agnini gegründete Organisation für die Rechte der Frauen und damit eine der ersten italienischen Frauenrechtsorganisationen überhaupt. Die Gruppe veröffentlichte zahlreiche Papiere und Pamphlete.

Avanti! Italienisch für »Vorwärts«. Presseorgan der *Partito Socialista Italiano*, gegründet 1896.

Baedeker. Ab 1832 im Koblenzer Verlag Carl Baedeker herausgegebene Reiseführer, die sich über die Jahrzehnte einer solchen Beliebtheit erfreuten, dass der Name bis heute als Synonym für »Reiseführer« verwendet wird.

Barolo. Piemonteser Rotwein von internationalem Renommee, der spätestens seit Mitte des achtzehnten Jahrhunderts in größeren Mengen hergestellt wird und lange der Lieblingswein des Hauses Savoyen war.

Biellese. Schafrasse aus den Piemonteser Alpen.

Brauner. Mokka mit Kaffeesahne (im Gegensatz zum Schwarzen, der keine Sahne enthält). Ein kleiner Brauner ist ein einfacher, ein großer Brauner ein doppelter Mokka in einer Schale.

Bräune. Veralteter Ausdruck für Diphtherie.

Breitenfeld. Ehemalige Vorstadt von Wien, die seit 1850 zum Gemeindebezirk Josefstadt gehört.

Canal Grande. 1754 erbauter schiffbarer Kanal im Borgo Teresiano, dem Herzen Triests.

Carabinieri. Gendarmerie, Militärpolizei Italiens. Wurde 1814 zunächst als Teil des piemontesischen Heeres begründet.

Carne cruda. Traditionelles piemontesisches Gericht aus fein gehacktem Rinderfilet, mariniert in Zitronensaft, Olivenöl und schwarzem Pfeffer, angereichert mit Trüffeln oder anderen Speisepilzen, Kräutern und *Parmigiano.*

Centesimo. Kleinste Einheit der Währung im italienischen Königreich und weiter gültig bis zur Einführung des Euro.

Circus Knie. Österreichischer Zirkus, der in Anfängen bereits 1806 bestand.

Cisleithanien. »Land diesseits der Leitha«. Seit der Gründung der Doppelmonarchie 1867 gebräuchlicher Name für den nördlichen und westlichen Teil Österreich-Ungarns, im Allgemeinen »Österreich« genannt, obwohl auch die slawischen Kronländer dazugehörten.

Demel. Der k. u. k. Hofzuckerbäcker Demel betreibt seit 1768 im 1. Gemeindebezirk eine der bekanntesten Konditoreien von Wien und tut dies bis heute.

Dolcetto d'Acqui. Rubinroter italienischer Wein, der in der Provinz Alessandria der Region Piemont angebaut und ausschließlich aus der Rebsorte Dolcetto hergestellt wird.

Duchi d'Aosta, Hotel. Das prachtvolle, berühmte Hotel an Triests Piazza Grande, in dem 1768 der Archäologe Winckelmann ermordet wurde, hat im Laufe seiner Geschichte seinen Namen häufig gewechselt. *Duchi d'Aosta* heißt es erst seit 1976. Um Verwirrungen zu vermeiden, nenne ich es jedoch durchgehend beim heute gebräuchlichen Namen.

Enzianbrand. Aus dem Alpenraum stammender, häufig als Digestif getrunkener Schnaps, der entgegen der landläufigen Meinung nicht aus der Blüte, sondern aus der Wurzel des Enzians hergestellt wird.

Erzherzog-Johann-Bahn. Siehe *Südbahn.*

Fedora. Filzhut mit der Länge nach geknickter Krone, zunächst von Frauen getragen, jedoch ab etwa 1900 auch für Männer in Mode.

Grappa. Italienischer Tresterbrand, der vermutlich bereits seit den Kreuzzügen von Weinbauern in Italien destilliert wurde.

Nach der Gründung des Königreichs Italien entwickelte sich der Grappa rasch zum Nationalgetränk.

Hottentotten. Zum Schimpfwort gewandelter, inzwischen keinesfalls mehr zu verwendender Begriff, den die Buren der Kolonialzeit für die Khoikhoi – die Bewohner des heutigen Südafrika und Namibia – prägten und der von deutschen Kolonialisten übernommen wurde.

Imbecille. Italienisch für »Idiot«. Hartes Schimpfwort.

Irredentismus. Ideologie, die danach strebt, alle Angehörigen einer Ethnie in einem Nationalstaat zu vereinen. Dazu verlangen Irredentisten, gegebenenfalls Teile anderer Staaten oder diese Staaten im Ganzen ihrem eigenen Staatsgebiet einzuverleiben. Der Pangermanismus ist ein bekanntes Beispiel, das namensgebende Beispiel ist jedoch der Panitalianismus, der nach der Gründung des Nationalstaates 1861 aufkam und unter anderem Triest und das Trentino dem neuen Staat einverleiben wollte. Der Begriff leitet sich vom italienischen »Terra irredenta« – »unbefreites, unerlöstes Gebiet« – ab. Die Vereinigung Italia Irredenta wurde von Matteo Imbriani begründet.

Jeunesse dorée. Französisch für »Vergoldete Jugend«. Ursprünglich bezeichnete der Begriff die reaktionäre, aristokratische, männliche Jugend nach der französischen Revolution. Im Laufe der Zeit entwickelte er sich jedoch zu einem Synonym für eine urbane Oberschichtsjugend, die ein sorgloses, einzig auf Vergnügungen ausgerichtetes Leben führt.

Josefstadt. 8. Gemeindebezirk von Wien, den inneren Bezirken zugehörig und der kleinste Bezirk der Stadt. Nach intensiver

Bautätigkeit in der Gründerzeit entwickelte er sich rasch zu einem Sitz des Bürgertums.

Jota. In Triest beliebte nahrhafte Suppe aus Bohnen, Kartoffeln, Selchfleisch, Knoblauch, Sauerkraut, Lorbeer und Pfeffer.

Julische Alpen. Schroffe Gebirgsgruppe in Italien und Slowenien, Teil der Südlichen Kalkalpen. Höchster Berg ist der Triglav mit 2.864 Metern.

Kaiserfleisch. Geselchtes oder gepökeltes Fleisch vom Rumpf des Schweins.

Kaisermelange. Siehe *Melange.*

Kosakenkaffee. Im Glas servierter Kaffee mit Wodka, Rotwein und gelöstem Zucker.

Lega promotrice degli interessi femminili. Die »Liga für die Förderung der Rechte von Frauen« wurde 1880 in Mailand von Anna Maria Mozzoni in Mailand gegründet und war die erste feministische Organisation Italiens.

Liptauer. Österreichisch-ungarische Käsecremespezialität, typisch für Triest. Angemacht mit Zwiebeln, Kümmel und Senf, auch mit Anchovis, Kapern oder Kräutern.

Le Nuove. 1869 fertiggestelltes Hauptgefängnis von Turin, das unter Mussolini zur Inhaftierung politischer Gegner verwendet wurde.

Leopoldstadt. Seit 1850 der 2. Gemeindebezirk von Wien. Hier befindet sich der berühmte Vergnügungspark Prater.

Liscio. Italienisch für »glatt«. Ursprünglich aus der Romagna stammender italienischer Tanz, der gegen Ende des neunzehnten Jahrhunderts aufkam, eine Art volkstümliche Mischung zwischen Mazurka, Polka und Walzer darstellte und sich als etwas langsamerer Liscio Piemontese auch in Piemont großer Beliebtheit erfreute. Er wurde eng getanzt und vor allem von der Jugend geliebt.

Liwanzen. Aus Böhmen stammende Mehlspeise, die wie ein Krapfen in einer speziellen Pfanne gebacken und mit Marmelade verzehrt wird.

Mannaggi' al diavolo. Gebräuchlicher italienischer Fluch. Deutsche Entsprechung etwa: »Zum Teufel noch mal!«

Mehltau, falscher. Pflanzenkrankheit, die besonders unter Weinbauern gefürchtet ist und ganze Ernten vernichten kann.

Melange. Seit 1830 in Wien servierte Mischung aus Kaffee und aufgeschäumter Milch. Der sogenannten *Kaisermelange* wird außerdem Eidotter und ein Schuss Cognac hinzugefügt.

Mole Antonelliana. Das Wahrzeichen Turins, ein 167 Meter hoher Kuppelbau, bis 1889 von dem italienischen Architekten Alessandro Antonelli erbaut. Ursprünglich hätte die Mole (italienisch für »großes Gebäude«) eine Synagoge werden sollen, doch die jüdische Gemeinde konnte das Geld für die Fertigstellung des Prachtbaus am Ende nicht aufbringen, und das Bauwerk wurde an die Stadt verkauft.

Mongolismus. Aus dem Begriff »Mongolian idiocy« abgeleitete Bezeichnung für das Downsyndrom. John Langdon Down, der das Syndrom 1866 erstmalig beschrieb, wählte diese Bezeichnung, da er annahm, es handle sich um eine Rückentwicklung zu einem mongolischen Volksstamm. Der Begriff ist heute nicht mehr in Gebrauch.

Muskateller. Heute (Grüner) Veltliner genannt. Eine der wichtigsten Weinsorten Österreichs.

Nanerottolo. Italienisch für »Winzling«.

Navigli. Naviglio Grande und Naviglio Pavese heißen die beiden Kanäle durch Mailand.

Obermayer. Wiener Kaffeespezialität. Doppelter Mokka mit kalter Schlagsahne.

Osteria. Kleines italienisches Gasthaus.

Parmigiano. Italienischer Hartkäse aus Kuhmilch, der aus der Region um Parma stammt und bereits seit gut achthundert Jahren nach dem gleichen Rezept nachweisbar ist. Er eignet sich besonders zum Reiben und Würzen.

Partito di Lavoratori Italiani. Partei der italienischen Arbeiter. 1892 gegründete sozialistische, in den Anfangsjahren an den deutschen Sozialdemokraten orientierte Partei Italiens, die sich später in »Partito Socialista Italiano« umbenannte. Mit dem *Avanti!* (Vorwärts) bekam die Partei 1896 ein Presseorgan, für das bis 1914 Benito Mussolini schrieb.

Pelerine. Schulterumhang.

Persano. Das Gestüt Persano wurde im achtzehnten Jahrhundert von König Karl III. im Königreich Neapel gegründet.

Piazza Giuseppina. Berühmter Platz in Triests Borgo Giuseppino, südöstlich der Altstadt gelegen. Eine Bronzestatue von Kaiser Maximilian I. von Mexiko stand im Mittelpunkt. Diese wurde nach dem Ersten Weltkrieg entfernt und der Platz wurde in Piazza Venezia umbenannt.

Piazza Grande. Großer Platz. Häufige Bezeichnung für die größten Plätze einer Ortschaft. In Triest hat sich der Name für die heutige Piazza dell' Unità d'Italia eingebürgert, an der das Rathaus, die Börse und das Opernhaus liegen.

Piccinina. Piemontesischer Dialektausdruck für »die sehr Kleine«, liebevoll verwendet.

Piccolo. Wörtlich: »klein«. Um die Wende zum zwanzigsten Jahrhundert und etwa bis zum Zweiten Weltkrieg gebräuchlicher Begriff für einen Kellnerlehrling.

Pinze. Gebäck aus Hefeteig, das ursprünglich aus dem Veneto stammt und in Oberitalien, Südösterreich sowie Slowenien verbreitet ist. Die Triester Pinze ist im Gegensatz zu anderen süß und wird nur in der Zeit um Ostern zubereitet.

Piola. Piemonteser Ausdruck für Bar, Kneipe.

Porta Nuova. 1864 in Betrieb genommener Bahnhof von Turin, der bis 2013 Hauptbahnhof der Stadt war.

Poveretto. Italienisch, wörtlich: »armer Kleiner«, benutzt wie »du/Sie Ärmster«.

Pranzo. Mittagsmahlzeit, in Italien für gewöhnlich zwischen 13 und 15 Uhr eingenommen.

Presnitz. Gefüllte Blätterteigrolle mit Walnüssen, Feigen, Zwetschgen und Marillen sowie zahlreichen Gewürzen und Rum. Triestiner Dessertspezialität.

Reblaus. Pflanzenlaus, Schädling des Weinbaus. Im neunzehnten Jahrhundert aus Nordamerika nach Europa eingeschleppt. Rebläuse, die an die Wurzeln der Pflanzen gehen, sind weit schädlicher als jene, die nur die Blätter befallen.

Sacher, Hotel. 1876 eröffnetes, weltberühmtes Hotel im 1. Wiener Gemeindebezirk. Das bis heute bestehende Etablissement verkauft die bekannte Sachertorte.

Sachertorte. Von Eduard Sacher ursprünglich beim Hofzuckerbäcker Demel entwickelte Torte mit Schokoladenüberzug und einer Füllung aus Marillenmarmelade, die seit Gründung des *Hotel Sacher* 1876 vornehmlich dort angeboten wurde.

Salernitaner. Alte Pferderasse aus dem Süden Italiens, die vielseitige, durch viel Vollbluteinkreuzung veredelte Reitpferde hervorbringt.

Saltimpalo. Italienisch für »Schwarzkehlchen«. Kleiner, stark gefährdeter Singvogel mit völlig schwarzem Kopf.

Sans-Ventre-Korsett. Französisch für »ohne Bauch«. Steifes Korsett, welches Frauen der Mode etwa ab 1900 entsprechend tatsächlich erscheinen ließ, als wären sie ohne Bauch geboren worden. In diesen Gestängen aus – vorwiegend – Fischbein war es nur möglich zu gehen, wenn die Trägerin den Oberkörper vornüberbeugte. Zugleich wölbte das Korsett den Hintern fast wie bei einer Tournüre auf. Die erstarkende Frauenbewegung und Veränderungen der Mode, die damit einhergingen, setzte diesem Foltergerät glücklicherweise in den Jahren von 1910 bis zum Ersten Weltkrieg ein Ende.

Sant' Anna. 1825 eröffneter, bis heute in Benutzung befindlicher großer Stadtfriedhof von Triest, der hinter dem gleichnamigen Hügel gelegen ist.

Santo Stefano. Felseninsel im Golf von Gaeta. Die Insel ist unbewohnt, doch befindet sich seit 1795 ein berüchtigtes Gefängnis dort, das erst 1965 geschlossen wurde. Gaetano Bresci, der anarchistische Attentäter, der Umberto I. erschoss, saß dort ein und kam an diesem Ort ums Leben.

Scopa. Einfaches italienisches Kartenspiel.

Serprina. Edler Weißwein aus der um Triest angebauten Rebsorte Glera, aus der sonst zumeist Schaumweine hergestellt werden.

Stampa, La. In Turin ansässige Tageszeitung, die zu den ältesten noch publizierten Tageszeitungen Italiens gehört. Das gemäßigt liberal-konservative Blatt wurde 1867 unter dem Namen »Gazzetta Piemontese« begründet und unter Mussolini zwangsverkauft, nachdem es den Mord an Giacomo Matteotti kritisiert hatte.

Striezel. Süßes Hefegebäck, das wie ein Zopf geflochten wird.

Südbahn. Die österreichische Südbahn verkehrt bis heute und stellt mit dem Teilabschnitt über den Semmering die erste Gebirgsbahn Europas dar. Sie verband ab 1857 Wien direkt mit Triest und führte durch Niederösterreich, die Steiermark, das heutige Slowenien sowie Marburg und Laibach. Sie wurde im Volksmund »Erzherzog-Johann-Bahn« genannt.

Südbahnhof. Der zweite Wiener Südbahnhof wurde 1874 als Kopfbahnhof im 10. Bezirk anstelle des ersten Südbahnhofs (auch: Gloggnitzer Bahnhof) eröffnet und war der größte Bahnhof Österreichs. Bis 2012 wurde er benutzt.

Tartufo. Trüffel. Die vollständig unter der Erde wachsenden kostbarsten Speisepilze der Welt, für die auch die Küche Piemonts berühmt ist, sind sicherlich allgemein bekannt. Erwähnt sei daher nur, dass das sich hartnäckig haltende Ammenmärchen, das weibliche Wildschwein erliege dem Duft des Trüffels, weil er dem des männlichen Wildschweins gleiche, inzwischen vollständig widerlegt ist, auch wenn es zur Zeit der Handlung dieses Romans noch als erwiesen galt.

Terrone. Femininum: *terrona.* Stark verächtlich machendes italienisches Schimpfwort für die Bewohner des Südens (von Neapel abwärts), von denen der Norden seit der Einigung fürchtete, sie wären faul, untauglich zur Arbeit und würden der Wirtschaft schaden. Diese Kluft – samt dem Schimpfwort – zwischen Nord und Süd existiert bis heute.

Theater an der Wien. Volkstümliches Traditionstheater im Wiener Gemeindebezirk Mariahilf. 1801 eröffnet.

Theresienvorstadt. Altertümlicher österreichischer Name des Borgo Teresiano, eines Viertels im Zentrum von Triest, Mitte des 18. Jahrhunderts im Auftrag von Kaiserin Maria Theresia erbaut.

Trester. Rückstände der Weinmaische, Stängel, Kerne und Häute der Trauben. Vermutlich in Persien wurde um 400 n. Chr. erstmals daraus ein Tresterbrand destilliert.

Triestín. Italienischer Dialekt der Region Triest. Stark vom Venezianischen, aber auch vom Deutschen und Griechischen beeinflusst.

Tyrolienne. Um die Jahrhundertwende beliebter, aus der Gegend der Alpen stammender Rundtanz in einem ruhigen Dreivierteltakt.

Vendemmia. Italienisch für »Weinlese«.

Vitovska. Slowenischer Weißwein aus dem Karstland hinter Triest.

Folge der Autorin auf Amazon

Wenn dir dieses Buch gefallen hat, folge Charlotte Lyne auf Amazon. Dann erhältst du eine Benachrichtigung, wenn die Autorin ihr nächstes Buch veröffentlicht. Um der Autorin zu folgen, gehe bitte folgendermaßen vor:

Desktop:

1) Suche auf Amazon.de oder in der Amazon App nach dem Namen der Autorin.
2) Klicke auf den Namen der Autorin, um auf die Autorenseite zu gelangen.
3) Klicke auf den »Folgen«-Button.

Smartphone und Tablet:

1) Suche auf Amazon.de oder in der Amazon App nach dem Namen der Autorin.
2) Klicke auf einen Titel der Autorin.
3) Klicke auf den Namen der Autorin, um auf die Autorenseite zu gelangen.
4) Klicke auf den »Folgen«-Button.

Kindle eReader und Kindle App:

Wenn du dieses Buch auf einem Kindle eReader oder in der Kindle App liest, wird dir automatisch angeboten, der Autorin zu folgen, nachdem du die letzte Seite des Buches gelesen hast.

Printed in Poland
by Amazon Fulfillment
Poland Sp. z o.o., Wrocław

48734196R00240